古典詩歌研究彙刊

第四輯

龔鵬程 主編

第 10 冊

杜詩意象類型研究

林 美 清 著

國家圖書館出版品預行編目資料

杜詩意象類型研究／林美清 著 — 初版 — 台北縣永和市：花
木蘭文化出版社，2008〔民97〕

目 2+284 面；17×24 公分
（古典詩歌研究彙刊 第四輯；第 10 冊）

ISBN 978-986-6657-40-5（精裝）
1.（唐）杜甫 2.唐詩 3.詩評

851.4415   97012086

ISBN - 978-986-6657-40-5

9 789866 657405

古典詩歌研究彙刊
第四輯 第 十 冊   ISBN：978-986-6657-40-5

杜詩意象類型研究

作　　者　林美清
主　　編　龔鵬程
總 編 輯　杜潔祥
出　　版　花木蘭文化出版社
發 行 所　花木蘭文化出版社
發 行 人　高小娟
聯絡地址　台北縣永和市中正路五九五號七樓之三
　　　　　電話：02-2923-1455／傳真：02-2923-1452
電子信箱　sut81518@ms59.hinet.net
初　　版　2008 年 9 月
定　　價　第四輯 20 冊（精裝）新台幣 28,000 元

杜詩意象類型研究

林美清 著

作者簡介

林美清，國立政治大學中文研究所博士，現任長庚大學通識教育中心人文藝術科副教授。著有《想像的邊疆——論李商隱詩中的否定詞》一書，並發表〈「永恆的鄉愁」——由《莊子》的〈逍遙遊〉試解李商隱〈錦瑟〉的惘然追憶〉、〈詩與真實—論《彥周詩話》對杜牧詠史詩的褒貶〉、〈不廢江河萬古流——杜甫詩中的位格意象〉、〈極目傷神——杜詩視覺意象的形構與儒家心性論的崩解〉、〈李商隱詩與佛教的關係——禪、華嚴、李義山〉……等單篇論文。

提　　要

　　本論文是以杜詩的「意象」做類型的分析研究。意象分類的首要課題，在於分類的標準。而分類的標準又取決於意象的定義。本文以杜甫詩為具體材料，從意與象的辯證歷程與結果，也就是透過「象」表「意」的途徑與層次，分析出七重意象類型。

　　「緒論」部分，首先回顧杜詩研究的幾個大方向，然後交代這篇論文對「意象」所持的看法和定義，進而說明對於意象分類的理路及類型。

　　「結論」綜合討論七重意象類型之間的關係。評估以意象類型分析杜詩的效果，期待經由作品→意象→意象範疇的探討，得以使吾人在進行詩歌的評論時有溝通的基準及議論的開放場所，甚或發展出更能呼應生命真諦的詩學。

　　本論七章所論述的七重意象類型之間，是相因相生、層層轉進的關係：

第一章「名物」

　　本章所要論述的萬象之名，主要是詩句中的「述詞（predicate）」，此乃詩歌最基本的意象形構元素。至於分類的原則是以詩中的「主詞」為原點，是按照這些其與主詞「切近／疏遠」的程度 作為我們的分類依據。另一個與主詞有關的標準，則是以主體的理解程度作為分類的依據，亦即以「具象←→抽象」為兩端作為名相的分類軸線。

第二章「身心」

　　討論第二重意象的核心元素位格（Personae），位格主體在一首詩中，雖然不一定以主詞的形式出現，但是它的位格性經常是全詩意義的核心。

　　第一章所說的萬象，乃是以位格為思考的原點，位格是詩人觀察與表述人生的軸心，如果缺少位格元素，那麼詩中的意象元素頂多只是一些散置的視覺想像的片斷。就位格意象的形構來說，超度位格乃是此重形構的絕詣。

第三章「圖畫」

　　討論杜詩中圖畫意象形構多重映象布局的特色。詩歌的第一重意象形構元素，可以說是詩歌的基本單位，這些意象固然重要，但假如沒有位格主體作為統整的核心，這些意象元素只是機械性的排列，無法產生集中的作用，從而無法表達感

發和情意的趨向。所以當第二重作為位格主體的意象標示出相關位置後,唯有藉著第三重意象形構的元素,即「關係/布局」所標示的方向,貞定意象和情意排列組合的次序,第一、二重的諸意象元素,才成為有機的組合並產生意義,並使我們想像的世界形成明確的布局與深淺。

第四章「時間」

討論的重點在於,詩人如何辯證於「意」與「象」之間,形構其「念念相續的時間觀」。第四重意象形構的元素是時間語言,因為視覺想像的世界裡,尚無法曲盡詩人的心意,只有時間導向的思維與語言,足以呼應生命的綿延。

「時間性」元素與視覺想像世界的關係若即若離,而詩人的作法則是「不即不離」。因為如果沒有視覺世界的物象,我們無以度量時間。但若時間被空間化為幾何的刻度,那麼時間又將背離生命綿延的本質。所以詩人在形構此重意象時,必須善用視覺形象,而最常見的方式就是以視覺形象標示時間刻度的端點,並且以影像消逝與影像呈現的間距表述節奏。

第五章「述往思來」

討論杜詩中的第五重意象形構,第五重意象形構整合了上述四重意象形構,其形構元素是歷史事件。

第六章「夜角自語」

第六重意象形構的元素是情感事件,本章討論杜詩中藉著虛構的生活事件,表述內在心情的抒情詩。探索詩人如何運用前述的意象範疇,但是卻又抽離或否定客觀的事件,以突顯主體內心的情志。

第七章「陰陽造化」

討論杜詩中以虛構的情節或以神物作為主角的神話詩。但是本章不以窮盡杜甫神話詩的內容為務,而是從神話的本質形式進行分析。神話最明顯的特徵就是其特殊的論述,就日常生活的語言觀之,神話的論述超乎理智的邏輯,所以令人驚怖其言。河漢無極的生存境界凌駕現實生活的觀察,不近人情的神思超越平庸理智的推理,形構超寫實的神話論述。

目次

緒　論

第一節　杜詩研究回顧述要

　　《孟子‧萬章》上曰：「……故說詩者，不以文害辭，不以辭害志，以意逆志是爲得之。」《孟子‧萬章》下又曰：「……頌其詩，讀其書，不知其人可乎？是以論其世也，是尙友也。」〈萬章篇〉的這兩段話，提示後人兩個文學研究的路徑：所謂「知人論世」，簡單地說，走的是「世路」；而所謂「以意逆志」則是「心路」的探索。從事文學研究工作者，大都奉此爲圭臬。因此，歷來研究杜詩者，依其研究取向，亦可分爲以下幾類：

一、知人論世

　　宋人輯注杜詩已有編年、分類二途，爲杜詩編年，當是傳統「知人論世」的研究取徑。〔註1〕由杜甫的生活史入手，從歷史與社會的

〔註 1〕許總《杜詩學通論》認爲：「……對杜詩的大力搜集、整理、編年、分類、箋註、評點，蔚爲一代之風，形成專門之學，則是在宋代才興盛起來。」又曰：「方（深道）、蔡（夢弼）之著，開創了杜詩研究之新徑，實爲歷代杜詩學研究專著之濫觴。金人元好問即博綜唐宋以還的杜詩評論，成一專著，名曰《杜詩學》，更明確提出『杜詩學』的概念。無疑是取法方、蔡，而又加以發展的。」

脈絡，貞定杜詩的意蘊。如魯訔〈編次杜工部詩序〉曰：

> 騷人雅士，同知祖尚少陵，同欲模楷聲韻，同苦其意律深
> 嚴難讀也。……離而序之，次其先後，時危平，俗微惡，
> 山川夷險，風物明晦，公之所寓，舒局皆有概見，如陪公
> 杖履而遊四方，數百年間，猶有面語，何患於難讀耶！

　　魯氏認爲只要順著杜甫的人生歷程研讀杜詩，便可清晰瞭解杜
詩深刻的內涵。編年以外，年譜的編撰，對杜甫生平的探究考索，
亦開啓後人編撰年譜或撰寫杜甫評傳的研究領域。陳文華先生在《杜
甫傳記唐宋資料考辨・自序》中，對於宋人這部分的研究成績持肯
定的態度：

> ……但後世於宋人成績，卻多所鄙薄。《錢箋・註杜詩略例》
> 屢斥宋代諸子爲愚陋可笑。〈序〉中更譏魯訔黃鶴之鉤稽年
> 月乃「鼯鼠食角」，若必欲棄之而後快；浦二田《心解》亦
> 謂「杜之禍一烈於宋人之註」，後人迫於其說，亦多以宋人
> 爲荒誕不經。然而，清世諸家，如錢仇浦楊，雖多有更張
> 發明，然於杜公行止，杜句箋釋，其未採擇於宋註者幾希？
> 由此可見，宋人於杜甫之研究固大輅之椎輪，河源之濫觴，
> 雖不免蕪雜疵漏，然後人踵事增華，實未能脫其藩籬。

據陳先生書中〈凡例〉所列，引用宋代以後迄今各家所撰「年譜」在
十五種以上，〔註2〕這還不包括較晚出之杜甫研究〔註3〕或評傳一類的
專著。〔註4〕凡此，皆爲後世提供了豐富的詩學研究資料。宋人的研究
成果，不僅使得杜詩得以流傳至今，更衍出明清杜詩學的研究盛況。

　　從一個人的生活際遇，推測其意向內涵，進而詮釋其言辭意蘊，
需要證立許多預設，找到許多超乎人類認知領域的線索，其實是相當
冒險並且可能令人失望。更何況詩學的眞諦或許根本不屬於「符應的

〔註2〕　詳目請參見陳文華先生《杜甫傳記唐宋資料考辨・凡例》，頁12～15。
　　　　（臺北：文史哲出版社，1987）
〔註3〕　如馮至《杜甫傳》、朱東潤《杜甫敍論》、蕭滌非《杜甫研究》等。
〔註4〕　如劉維崇《杜甫評傳》、陳貽焮《杜甫評傳》、莫礪鋒《杜甫評傳》
　　　　等皆是。

眞理觀」〔註5〕。

二、以意逆志

　　另一種研究取向爲以意逆志，由杜甫的心性入手，以理想的人格內涵，作爲詮解疏釋杜詩的依據。例如由杜甫「一飯不忘君」，確立其「忠君」的「詩聖」地位，如蘇軾〈王定國詩集序〉云：「古今詩人眾矣，而杜子美爲首。豈非以其流落饑寒，終身不用，而一飯未嘗忘君也歟！」又陳俊卿〈碧溪詩話序〉云：「杜子美詩人冠冕，後世莫及。以其句法森嚴，而流落困躓之中，未嘗一日忘朝廷也。」

　　上引二說，除了「句法森嚴」一語稍涉及作品評價，實際上對杜甫的肯定緣於子美在困厄逆境中，無時或忘朝廷、君王，以其忠貞不渝，乃爲古今詩人之首。此一議題影響後世治詩者甚矣。然而，杜詩是否在在表現「一飯未嘗忘君」的忠君思想，其實前人於此早有疑義，如宋濂《宋文憲公全集》卷十七〈俞季淵杜詩舉隅序〉曰：

> 杜子美詩實取法三百篇，有類國風者，有類雅頌者。……。
> 務穿鑿者，謂一字皆有所出，泛引經史，巧爲附會，檀釀
> 而叢脞，騖新奇者，稱其一飯不忘君，發爲言辭，無非忠
> 國愛君之意。至於率爾詠懷之作，亦必遷就而爲之説，説
> 者雖多不出於彼則入於此，子美之詩不白於世者五百年矣。

又如清吳見思《杜詩論文・凡例》餘論曰：

> 古人作詩，自有寄託，如〈送菜〉、〈送瓜〉、〈種萵苣〉諸
> 作，其旨甚明，而後人因之，每多牽強；如〈詠月〉之「微
> 昇古塞外，已隨暮雲端」，與肅宗何與？乃後人一中其蠱，
> 首首皆詩史，字字皆忠愛矣。

錢謙益以爲杜公〈洗兵馬〉一詩語含譏刺，乃刺肅宗既失人子之道，復失君臣之義；而吳見思則以爲如〈送菜〉、〈送瓜〉、〈種萵苣〉、〈詠月〉等詩，乃一般閒居吟詠，若硬要牽強附會爲忠愛之作，失之太過。

〔註5〕符應的眞理觀，與揭露的眞理觀相對而言。參考：Martin Heidegger,
　　　　Sein und Zeit, §33，§34（Tübingen, Max Niemeyer Verlag, 1993）

關於這點，今人許總先生在《杜詩學通論》一書中，曾明白指出：「杜詩果眞主要表現了所謂『一飯未嘗忘君』的忠君思想嗎？通觀杜集，悉心以究，答案卻是否定的。」﹝註6﹞的確，以意逆志者，難免要標舉一個理想的人格，以便將各種人格特質集結於斯。一旦認定杜甫爲「一飯不忘君」的理想人格，連普通的詠懷之作，也要遷就此一偉大人格而曲爲解說，固難免穿鑿之病。言杜甫忠君愛國者如此，喜言杜詩中有性情者亦如是，如朱鶴齡《輯注杜工部集‧序》曰：

> 志者，性情之統會也。性情正矣，然後因質以緯思，役才以適分，隨感以赴節。雖有時悲愁憤激，怨誹刺譏，仍不庋溫厚和平之旨。……。子美之詩，惟得性情之至正而出之，故其發於君父、友朋、家人、婦子之際者，莫不有敦篤倫理。纏綿苑結之意。……。自古詩人變不失貞，窮不隕節，未有如子美者，非徒學爲之，其性情爲之也。

又如申涵光《聰山集》卷一〈嶼舫詩序〉云：

> 即如杜陵一生，褊性畏人，剛腸嫉惡，芒刺在眼，除不能待。其人頗近嚴冷，與和平不類也。而古今言詩者宗之，惡惡得其正，性情不失，和平之音出矣。

朱序認爲杜甫在窮困變亂中，忠貞不渝，不失操守，不只是後天的學習教養，而是性情使然。正由於杜甫得性情之至正，所以詩中即使有時悲愁憤激，怨誹刺譏，仍能不違背溫厚和平之旨。申氏之說，則從實際的性格和作品的展現歸結出所謂性情不失，故確保其所出必和平之音矣。在現實生活中，杜甫的嫉惡如仇，其實是嚴謹冷峻的，並非平和寬容的性格，但正因爲這種率眞的性情，表現在作品中對於善惡之辨，這種出自眞性情的堅持與價值判斷，是所謂和平之音。這和平之音是性情的展現，正合於中國傳統詩教的「思無邪」，所以吳喬《圍爐詩話》卷一也說：「問曰：何爲性情？答曰：聖人以思無邪蔽三百

﹝註6﹞ 參見許總《杜詩學通論》第三章第三節，頁54；又該書後附錄有〈「詩聖」廢名論〉及〈再論杜詩「忠君」說〉二文亦同此論點。（臺北：聖環圖書股份有限公司，1997）

篇，性情之謂也。……。杜詩所以獨高者，以不違無邪之訓耳。」性
情至正、性情不失，乃不違無邪之訓與和平之旨。作品中不僅反映性
情，更是人格的展現，如盧世㴶《尊水園集略》卷六〈讀杜私言〉云：

> 今觀子美詩，猶信子美溫柔敦重，一本愷悌慈祥，往往溢
> 於言表。他不具論，即如『又呈吳郎』一首，極煦育鄰婦，
> 又出脫鄰婦，欲開示吳郎，又迴護吳郎，七言八句，百種
> 千層，非詩也，是乃仁者也。惻隱之心，詩之元也。詞客
> 仁人，少陵獨步。

盧氏之說則非僅評價詩品，甚而月旦人品，以仁者許之。

　　如果杜詩的價值由他的人格保證，而他的人格我們何以得知呢？
史傳有限的資料以外，似乎應該由他的詩文得證。但這是否有循環論
證之嫌？再者，以詩人的人格特質作爲評論的基準，吾人必須深究並
把握詩人的心理，然而「心畫心聲總失眞，文章寧復見爲人」，[註7]
難怪當西方心理學傳入中國，以意逆志的研究取向宛如獲得詩學的祕
傳。

　　當代的研究，特別是 1949 年以後，試圖結合「以意逆志」取向
與「知人論世」取向者不乏其人，如馮至的《杜甫傳》：馮作寫於 1951
年，寫作的重點在於詩人的生平傳記。馮氏運用歷史唯物主義的觀
點，重新探討杜甫生平及其詩歌的關係。以階級的眼光，分析作家的
立場、意識及其作品的思想內容和藝術形式。馮作以外，尚有傅庚生
的《杜甫詩論》、蕭滌非的《杜甫研究》等專著。傅作成於 1954 年，
重新探討杜詩的成就，乃詩論專著。蕭著成於 1959 年，試圖兼容前
二書之兩種研究傾向，並在 1980 年作了一次較大的修訂。蕭氏在《杜
甫研究》說道：「所謂時代的影響，主要的也就是人民的影響。杜甫

〔註 7〕元好問《論詩絕句三十六首》之六：「心畫心聲總失眞，文章寧復見
　　　爲人。高情千古閑居賦，爭信安仁拜路塵。」（《元遺山詩集》卷十
　　　一）正表達了對「以意逆志」的質疑。清沈德潛亦以爲：人品不佳
　　　則其詩無足觀也，曰：「安仁黨於賈后，謀殺太子遹，與有力焉。人
　　　品如此，詩安得佳？」（《古詩源》卷七）

的偉大，既不是『從天而降』，也不是由於他個人主觀願望的『自我擴張』，而是來自客觀現實，來自人民。他那種具有永久藝術價值的現實主義精神和人民因素的作品，乃是─正如高爾基論俄國古典文學所說的『是在人民默默無聲的幫助下創造出來的』。」〔註8〕

　　將杜甫的偉大歸諸人民的幫助與創造，所謂「來自人民的影響」，實脫胎於馬克思的格言：「是人的社會存在決定他的意識，而不是他的意識決定他的社會存在。」〔註9〕這個取向可以說是知人論世的變體。但是一個人的階級意識一旦被確認之後，他作品的意義也就由作品外的意識型態所決定了。這也可以說是另類的以意逆志。

　　所以，儘管許總先生在《杜詩學通論》中對於當代杜詩學走勢的前瞻說道：

> ……作爲杜詩研究者，也不能再沿傳統的評點和考證的老路……，而應當建立符合當今時代要求的自成體系的科學的杜詩學。在今天的時代我們無疑應當以兼容並包的理論魄力，對一千多年的杜詩研究史加以宏觀清理和整體把握；……因此對杜詩的深入研究，不僅需要具備文獻學、訓詁學、古音韻學、古地理學、歷史學、文藝學等知識和素養，而且應當運用多學科的研究手段，特別是哲學、美學、心理學、語言學、社會學、倫理學等廣闊的視野和多面的角度。〔註10〕

從廣闊的視野和多面角度，運用多學科的研究手段進行詩學的研究，這是不容懷疑的治學態度和理想。但是，我們在這裡還是要慎防與作品的形構無關的因素，攙和到詩學的評論裡來。什麼是與作品的形構無關的因素？簡單地說，就是在作品內找不到存在證據的因素。無論一名詩人在現實生活裡如何健康，都不會減少其詩作裡明白表述的頹

〔註8〕《杜甫研究》上卷，頁13～14。
〔註9〕馬克思，《馬恩全集》第三卷（北京：人民出版社，1965），頁30。
〔註10〕參見許總《杜詩學通論》（臺北：聖環圖書股份有限公司，1997），頁257。

廢意象。透過作品所展現的頹廢和病態，並不能肯定創作者是一個體
弱多病的詩人；而一個飽經磨難的詩人，也未必在作品中詛咒命運或
現實。更遑論一個人被權威強加其上的階級成分，如何可以決定他想
像的極限。

　　人的心意雖然隱微，但是依舊可以從他的表現裡尋找理解的線
索。關鍵在於：僅只從他的表現裡尋找理解的線索。任何意識型態的
先驗論，都是一種值得批判的虛構意識。就作品論作品，我們固然可
能需要前述哲學、美學、心理學、語言學、社會學、倫理學等廣闊的
視野和多面的角度，但是它們的功能也應僅止於啓發而已。詩學如果
失去自主性，將評論的基地建立在其它學科上，我們似乎不應再相信
詩學的判斷，何況此時是否還算得上有詩學呢？

三、以作品爲研究對象

　　除了上述「以意逆志」與「知人論世」的研究取向，亦有專從詩
藝入手。這種觀點顯然回歸到作品本身，〔註11〕認爲作品可以表述作
者的人格內涵，進而反映其所處的時代。當然，就作品析論，還可以
有不同的著眼點，從詩歌形式技巧著眼，則尤其著重體裁、格律、章
法、修辭等之技法。若從作品意涵、詩歌的本質或價值著眼，那麼從
抒情寫志的言志傳統到教化諷諭的功能，也有輕重高下之別。主「意」
者，如明李東陽就主張：

> 詩貴意，意貴遠不貴近，貴淺不貴濃。濃而近者易識，淡
> 而遠者難知。如杜子美「鈎簾宿鷺起，丸藥流鶯轉」，「不
> 通姓字麤豪甚，指點銀缾索酒嘗」，「銜泥點污琴書內，更
> 接飛蟲打著人」。……皆淡而愈濃，近而愈遠，可與知道

〔註11〕如張雙英先生在〈文學理論產生的架構及其運用舉隅〉一文中說：
　　　　有關文學的研究，比較有系統的至少有三個路線，一種是「文學歷
　　　　史」的研究；一種是「文學理論」；而第三種是「直接研析、闡釋、
　　　　直接品評文學作品，或揭露其語文和結構之特色，甚而指出其內容
　　　　所含之深義，以提供給其他讀者……。」參見張雙英《中國文學批
　　　　評的理論與實踐》（臺北：萬卷樓圖書公司，1993），頁15。

者，難與俗人言。〔註12〕

「詩貴意」的主張，可以藉王世貞《藝苑巵言》卷一：「情志所托，故當以意爲主，以文傳意。以意爲主則其旨必見，以情傳意則其辭不流，然後抽其芬芳，振其金石。」得到更充分的說明。詩歌的意旨是詩人情志的宗會，但詩意的展現不能太濃烈淺近。濃烈淺近固然容易理解掌握，但是好比外行人看熱鬧；詩意的展現清淡悠遠比較難以理解把握，可是具備了深度，這要內行人才看得出門道。而杜甫詩不僅「以意爲主」，如王世貞《藝苑巵言》卷四所謂：「子美以意爲主，以獨造爲宗，以奇拔沉雄爲貴。」他又如何達到所謂「淡而愈濃，近而愈遠」的境界呢？這取決於詩人的創作技巧。關於創作技法的取捨，梁鍾嶸《詩品》早已提出看法：

> 夫四言文約意廣，取效風騷便可多得，每苦文繁而意少，故世罕習焉。五言居文詞之要，是眾作之有滋味者也。故云會於流俗，豈不以指事、造形、窮情、寫物最爲詳切邪？故詩有三義焉：一曰興，二曰比，三曰賦。文已盡而意有餘，興也；因物喻志，比也；直書其事，寓言寫物，賦也。……。若專用比興，患在意深，意深則詞躓。若但用賦體，患在意浮，意浮則文散，嬉成流移，文無止泊，有蕪漫之累矣。

以創作技巧的靈活運用，調度詩意的深淺。「專用」比興或「但用」賦體都是不理想的。如何巧妙運用賦、比、興等創作技巧，不僅是詩人殫精竭慮之處，也常是評論者的著眼點。對杜詩藝術技巧的解析與評論，多散見各家文集或詩話，且歷來褒貶不一。

四、杜詩意象研究

透過上文對於歷來杜詩研究的回顧，不論尊杜或輕杜，乃以褒貶作品爲研究杜詩的主流。接下來的問題在於：以作品論作品的研究取向，其立足點是什麼？根據前賢的研究成果，結合新的研究趨勢，我們似可歸結於「意象」。近年來，留意詩歌意象研究的前輩，陸續有

〔註12〕明李東陽《麓堂詩話》，頁一。

討論杜詩意象的專著或散篇論文發表。專著有歐麗娟《杜詩意象論》
（臺北：里仁書局，1997 年出版），本書以主題研究和主題學研究的
方法，論析杜詩中幾個主要的主題意象如：竹、花、月、鷗鳥、大鯨、
鷙鳥等，並推衍出杜詩意象塑造的形式和表現的特質。散篇則如侯迺
慧〈論杜詩的聲音意象與其心理意涵〉（第四屆中國詩學會議論文集，
國立彰化師範大學國文系編印，1998 年）、廖美玉〈杜甫詩中的碧海
鯨魚意象〉（同前）等文。另外，如陳植鍔《詩歌意象論》一書，試
圖在詩歌意象理論上有較全面的探索，此書在進行詩歌意象分類統計
時，（第十章〈意象統計舉隅〉）便選定杜詩作爲統計分析的典型，其
中以「花」、「鳥」、「山」、「水」四類意象，分別對比「泛稱意象」和
「特稱意象」的出現頻率，據以分析杜詩意象的特徵。

　　以「意象」爲詩歌主要營構的重心，研究詩歌的藝術性應從意象
入手，這是詩歌意象研究者的基本主張。但是，古今中外文論中對於
「意象」的定義和內涵，又有諸多不同。陳植鍔先生《詩歌意象論》
一書解釋「意象」，將意象視爲一個單一的概念，是與「意」、「象」
可以區分的第三類概念。甚至可以說是介於主體的意，以及客體的
象，作爲兩者媒介物的第三者。

　　一般探討詩歌意象者，多半同意劉勰是首先提出「意象」一詞之
人，〔註13〕《文心》之後，歷代有關「意象」的詮說，常爲人所稱引
者有幾條資料：

　　　1. 司空圖《詩品》：「是有眞跡，如不可知，意象欲出，造
　　　　 化已奇。」〔註14〕

〔註13〕如歐麗娟之《杜詩意象論》即是。（臺北：里仁書局，1997 年）又如
　　　　陳植鍔先生之《詩歌意象論》一書，全面探討中國詩歌的意象理論。
　　　　該書在〈意象溯源〉中說：「『意象』作爲合成詞第一次出現雖然是
　　　　在成書於東漢的《論衡》，但正式作爲文論用語而直接施於詩歌形象
　　　　的表述，則自前引《文心雕龍》之〈神思篇〉始。」亦持此說（中
　　　　國社會科學出版社出版，1990 年，），頁 18。
〔註14〕司空圖《詩品》收入清何文煥輯《歷代詩話》（臺北：漢京文化事業
　　　　有限公司）。

2. 宋強幼安《唐子西文錄》:「謝玄暉詩云:『寒城一以眺,平楚正蒼然。』『平楚』,猶平野也。呂延濟乃用『翹翹錯薪,言刈其楚』,謂楚木叢,便覺意象殊窘,凡五臣之陋,類若此。」〔註15〕

3. 明李東陽《麓堂詩話》:「『雞生茅店月,人跡板橋霜』,人但知其能道羈愁野況於言意之表,不知二句中,不用一二閒字,止提掇出緊關物色字樣,而音韻鏗鏘,意象具足,始爲難得。」〔註16〕

4. 王世懋《藝圃擷錄》:「老杜結構自爲一家言,盛唐散漫無宗,人各自以意象聲響得之。」〔註17〕

5. 陸時雍《詩鏡總論》:「齊梁老而實秀,唐人嫩而不華,其所別在意象之際。」〔註18〕

6. 朱承爵《存餘堂詩話》:「詩詞雖同一機杼,而詞家意象亦或與詩略有不同。」〔註19〕

7. 清葉燮《原詩》卷二曰:「必有不可言之理,不可述之事,遇之于默會意象之表,而理與事無不燦然于前者也。」

8. 羅挺《杜詩提要·後序》曰:「提綱挈領,攝魄追魂,意象昭融,法律森列如取作者悲歌感慨、縱橫跌宕之概,親授於千載以下。又如取讀者流連反覆、冥搜妙會之旨,親炙於千載以前,癥結盡開,神解獨契,則求之千百註杜家而不能得一二。」〔註20〕

第一、二條資料中所謂意象,並未作意義的分化,無法確認究竟是現

〔註15〕 宋強幼安《唐子西文錄》(同前註)

〔註16〕 明李東陽《麓堂詩話》,收入清丁福保編《歷代詩話續編》(臺北:木鐸出版社)。

〔註17〕 明王世懋《藝圃擷錄》,收入清何文煥輯《歷代詩話》(臺北:漢京文化事業有限公司)。

〔註18〕 陸時雍《詩鏡總論》,收入清丁福保編《歷代詩話續編》(臺北:木鐸出版社)。

〔註19〕 朱承爵《存餘堂詩話》,收入清何文煥輯《歷代詩話》(臺北:漢京文化事業有限公司)。

〔註20〕 羅挺《杜詩提要·後序》(臺北:大通書局,1974),頁769。

代通行主客合一的意象概念，或是原始分立的兩個概念。李東陽的說法似乎又回歸《易・繫辭傳》，將意與象視爲兩個分立相關的概念。

葉燮雖然也「意象」連言。他的說法我們還可以在〈冬日洛城北謁玄元皇帝廟〉之「碧瓦初寒外」一句的分析得到輔證，他說：

> 言乎外，與內爲界也。初寒何物？可以內外界乎？將碧瓦
> 之外，天初寒乎？寒者，天地之氣也，是氣也，盡宇宙之
> 內，無處不充塞，而碧瓦獨居其外，寒氣獨盤踞于碧瓦之
> 內乎？寒而曰初，將嚴寒或不如是乎？初寒無象無形，碧
> 瓦有物有質，合虛實而分內外，吾不知其寫碧瓦乎？寫初
> 寒乎？寫近乎？寫遠乎？使必以理而實諸事解之，雖稷下
> 談天之辯，恐至此亦窮矣。然設事而處當時之境會，覺此
> 五字之情景，恍如天造地設，呈于象，感于目，會于心。
> 意中之言，而口不能言；口能言之，而意又不可解。劃然
> 示我以默會相象之表，竟若有內有外，有寒有初寒，特借
> 碧瓦一實相發之。有中間，有邊際，虛實相成，有無互立，
> 取之當前而自得，其理昭然，其事的然也。昔人云：『王維
> 詩中有畫』，凡詩可入畫者，爲詩家能事。如風雲雨雪景象
> 之至虛者，畫家無不可繪之于筆，若初寒內外之景色，即
> 董、巨復生，恐亦束手擱筆矣。

可見葉氏也分別看待「意」和「象」。

從上引文獻的脈絡來看，評詩者雖然多把「意象」當成一個複詞，但實際的意涵不是側重在「象」，就是把「意」、「象」看成兩個分立的概念。

袁行霈先生在〈中國古典詩歌的意象〉中說：

> 詩的意象和與之相適應的詞藻都具有個性特點，可以體現
> 詩人的風格。一個詩人有沒有獨特的風格，在一定程度上
> 即取決于是否建立了他個人的意象群。……杜甫的風格，
> 與他詩中一系列帶有沉鬱情調的意象聯繫在一起。〔註21〕

───────────

〔註21〕袁行霈〈中國古典詩歌的意象〉，收入《中國詩歌藝術研究》，（五南圖書公司，1989 年）。

一個人使用的意象絕不是孤立的，我們可以同意意象群的說法，不過問題在於意象群內部是否可以再行分化，形成各自獨立的範疇？若是，那麼分類的標準和依據應是我們要探索的重點。劉若愚先生在《中國詩學》中，特別提出杜詩在意象使用的特殊處說：

> 假如我們將杜甫以前的詩與他的詩和他以後許多詩人的詩加以比較，我們可以看出在意象的使用上有相當的不同。……在早期的詩中，意象的使用傾向於偶然的和簡單的，而在較後期的詩中，往往是有意的和複雜的。而且，在早期的詩中，我們很少看到相同的意象被用於整首詩中，或者不同的意象以聯想密切地結合在一起，而在較後期的詩中，我們遇到持續的意象以及意象在基本上的一貫性。〔註22〕

早期、後期，或簡單複雜，是否足以作為意象分類的判準，有待證立。如果我們把意象當作詩歌藝術最小的能夠獨立運用的基本單位，必須再作進一步的分化，形成具體的分類標準，「意象」這個概念才可能變成詩學的理論工具。

我們雖然視意象為表意的媒介物，卻也絕不是要隔離意象的根本。意象的基源正在於創造它的人。相應於意象群預設，意象不是個人私密的物件，意象群呼應到社會與歷史的脈絡。

如果我們以意象為詩學研究的基本單位，便需要回應下述問題：首先，意象的定義是什麼？其次，意象的家族構造如何？意象是否只有單一品種？意象與意象之間，別同異的標準是什麼？在回答上述問題之前，還有一個務必釐清的提示：本文的重點不是意象的觀念史，也不擬羅列繁多的定義，本文文本裡的明確定義才是關鍵。意象一詞在本文裡必須稱職，亦即足以幫我們辨認詩人的心思。所以我們暫且撇開繁複的文獻，脫免冗長混亂的定義之戰，建構可操作的概念系統。就一個理論而言，若能將概念定義清楚，且持之有故，言之成理，庶幾體系宛然。

〔註22〕劉若愚《中國詩學》（臺北：幼獅文化公司，頁173）。

第二節　意象的定義與界定意象的參考座標

　　詩歌主要以「意象」為營構之重心，研究詩歌應從意象入手，這是詩歌意象研究者的基本主張。首先我們應釐清「意象」的定義，一般文論中對於「意象」的定義頗有歧義，但是語言的多義性乃其本質，所以釐清「意象」的定義，但絕不試圖局限「意象」的定義。反而宜藉此層疊歧出的定義，致力於圓融的表述。這種辯證式的定義方式，或許才能回應語言多義性的本質。

　　一般探討詩歌意象者，多以劉勰為首先提出「意象」一詞之人，〔註23〕《文心雕龍・神思》篇曰：「使玄解之宰，尋聲律而定墨，獨匠之照，窺意象而運斤，此蓋馭文之首術，謀篇之大端。」從上下文來看，此處意象是所窺者，故雖意象連言，其意涵仍重在作為被看的對象之象。陳植鍔在《詩歌意象論》一書中，解釋「意象」曰：

　　　　在詩歌藝術中，通過一定的組合關係，表達某種特定意念而
　　　　讓讀者得之言外的語言形象，……就叫意象。……所謂意
　　　　象，是詩歌藝術最重要的組成部分之一（另一個是聲律），
　　　　或者說在一首詩歌中起組織作用的主要因素有兩個：聲律和
　　　　意象。……就詩人的藝術思維來說，象，即客觀物象，包括
　　　　自然界以及人身以外的其他社會關係的客體，是思維的材
　　　　料；意，即作者主觀方面的思想、觀念、意識，是思維的內
　　　　容，……正如語言的最小獨立單位是語詞，所謂意象，也就
　　　　是詩歌藝術最小的能夠獨立運用的基本單位。〔註24〕

　　此說明白指出「意象」為一個單一的概念。也就是說「意」、「象」、「意象」，是三個不同的概念。然而材料與內容並非一組相反相成的概念，兩者在涵義上有重疊處。如果「意」作為意象的形式因，是規範的形式；「象」作為意象的質料因，是被規範的質料，〔註25〕質料

〔註23〕參見陳植鍔《詩歌意象論》（秦皇島：中國社會科學出版社出版，1990年），頁18。
〔註24〕同上，第一章〈意象溯源〉，頁12～17。
〔註25〕亞里士多德的四因說：例如建一棟房屋，建築材料是質料因，建築藍圖是形式因，建築者是動力因，居住則是目的因。

與形式才是一組相反相成的概念，才足以解釋意象的形構。「意象」甚至可以說是介於能指的意，以及所指的象，作爲「意」「象」兩者的媒介物。

其次，以主觀與客觀這一對概念形構論述的間架，難免流於二元論的對立與分裂。一旦主客分立，我們如何主張主體認知客體眞相之正當性？《莊子‧齊物論》以生存境遇認知的分級，表述生命眞諦的逐步沉淪曰：「古之人其知有所至矣。惡乎至？有以爲未始有物者，至矣，盡矣，不可以加矣。其次以爲有物矣，而未始有封也。其次以爲有封焉，而未始有是非也。是非之彰也，道之所以虧也。道之所以虧，愛之所以成。」所謂生命的眞諦就是回到開始意識到有物存在之前，這是莊子在語言與思想上的剝開法。但這層層剝落的虛無主義方法，其實否定了主體聲稱知道客體眞相的權利。因爲主體對客體眞僞的分類，乃基於自身預設的分類判準。全知的無預設思維，終究不屬於生死有命的人類。

所以《莊子‧齊物論》又曰：「有始也者，有未始有始也者，有未始有夫未始有始也者。有有也者，有無也者，有未始有無也者，有未始有夫未始有無也者。俄而有無矣，而未知有無之果孰有孰無也。」所謂客觀存有物，在上述重複層疊的命名活動中，獲得它們最終的正當性，亦即僅止是名相符號的正當性。

根據上述對客體世界正當性的質疑，衍生如下的論述策略，即如《莊子‧齊物論》所云：「六合之外，聖人存而不論。六合之內，聖人論而不議。春秋經世先王之志，聖人議而不辯。」此所以連康德（Immanuel Kant 1724〜1804）亦不免曰：「物自體不可知。」主客分立之後，再事彌縫，實屬不易。況且「意」、「象」同出而異名，同屬能知主體製作的符號。樸素的主客二元論述，恐已不適用於當今相當深刻的詩學論述。

第三點可議之處，即爲將聲律與意象同列爲詩歌中起組織作用的兩個主要因素。單就詩學言之，不遵古訓「多聞闕疑，愼言其餘」之

人，緣於不知古人之流別，作者之意指，拘執形貌而論文也。參考亞里士多德之詩學 Aristotellous peri Poiētikēs（Aristotle's Poetics）提示了詞源學的線索，並且以其著作展現了詩學的具體內涵。至於是否可以參考西方學術的概念，藉以理解並以其議論中國的學術？這個問題可以先簡單回應如下：承載概念意義的語言是共相（universal）與殊相間的中介，民族文化特殊的內涵透過語言的中介，與普遍性的共相發生連繫，爲異族異國的人們搭起理解的橋樑。

在此另有一個研究途徑的問題，因爲當代各類學術研究，無法自外於全球化與國際化的趨勢。借用西方的文學理論並非禁忌，但是第一，使用者必須透過具有歷史景深的西方理論，並且通觀其形上學來歷。第二，宜從中國文學的材料入手，以作品自身檢證或否證其運用西方理論詮釋中國文學作品的正當性。〔註 26〕就第一點來看，我們可以從西方理論的形構著手，檢視其專門術語的定義，驗證其命題的眞僞，以及評估其推論的正當性。〔註 27〕而第二點正是本文的一個副產品。當前臺灣學術研究領域的現實情境，也是本文借助西方學術名相，作爲溝通媒介與思辯工具的原因。這一方面學界早有議論，在此不再贅述。〔註 28〕

亞里士多德（Aristotle）的詩學提示了詩的本質，此一本質于東西方的詩學，都有可理解之道。在此我們還要強調，「道」如同「Logos」蘊涵多重意義。人類知識固然有其拘泥特殊生活史的內容，但絕不能缺少其溝通寰宇之內的共相。據 Aristotellous peri Poiētikēs，詩的特質不在於格律形式，而在於：唯有詩可以藉具體的事件表述普遍的眞理。〔註 29〕

〔註 26〕principle of falsification，否證法是 Karl Popper 的方法論主張。

〔註 27〕legitimacy, die Rechtmäßigkeit，正當性，或合法性，參考：Immanuel Kant, Kritik der reinen Vernunft, B 117。

〔註 28〕張靜二，〈中西比較文學中的文類學研究——兼論文類移植的問題〉《中外文學》第十九卷，第十一期，頁 4～39。

〔註 29〕Aristotellous peri Poiētikēs，in the Loeb Classical Library, Harvard

　　因此亞里士多德（Aristotle）的詩學涵蓋了俗見所不取的悲劇與喜劇的議論。而且其論述重點在情節，而不在聲律格式。所以本文從語言藉具體事件表述普遍真理之特質，而不從格律聲韻論詩；同時也不避忌悲劇的課題。

　　上述的觀點，亦見於章學誠的《文史通義‧詩教》：「學者惟拘聲韻爲之詩，而不知言情達志，敷陳諷諭，抑揚涵泳之文皆本於詩教。」〔註30〕詩的本質在於言情達志，敷陳諷諭，以及抑揚涵泳於文章。上述要素並不以聲韻爲準，所以章氏進而舉證，詩亦可無韻，曰：

> 演疇皇極，訓詁之韻者也，所以便諷誦，志不忘也。六象贊言，爻繫之韻者也，所以通卜筮，闡幽玄也。六藝非可皆通於詩也，而韻言不廢，則諧音協律，不得專爲詩教也。……後世雜藝百家，誦拾名數，率用五言七字，演爲歌訣，咸以取便記誦，皆無當於詩人之義也。而文指存乎詠歎，取義近於比興，多或滔滔萬言，少或寥寥片語，不必諧韻和聲，而識者雅賞其爲風騷遺範也。故善論文者，貴求作者之意指，而不可拘於形貌也。

章氏於此既說明韻文的記誦機能，又強調雖無諧韻卻善得作者之意指，實爲詩之精義。《文史通義‧詩教》又曰：

> 不歌而誦謂之賦。班氏固曰：賦者古詩之流。劉氏勰曰：六藝附庸，蔚爲大國。蓋長言詠歎之一變，而無韻之文可通於詩者，亦於是而益廣也。……故論文於戰國而下，貴求作者之意指，而不可拘於形貌也。〔註31〕

章氏這一段文字，從文學史立論，歸結詩義：貴求作者之意指，而不可拘於形貌也。如果參考 Aristotellous peri Poiētikēs，章氏所謂貴求作

　　　University Press，1982，p.85。關於詩的定義，若從 Oxford English Dictionary，則 poetry 並不局限於韻文。此爲學術論文，不宜引證到此地步。
〔註30〕章學誠（著）葉瑛（校注），《文史通義校注》（上）（臺北：里仁書局，1984），頁78。
〔註31〕同上，頁79～80。

者之意指，可以理解爲考究詩是否能從語言藉具體的事件表述普遍的眞理。

　　章學誠又曰：「論文拘形貌之弊，至後世文集而極矣。蓋編次者之無識，亦緣不知古人之流別，作者之意指，不得不拘貌而論文也。」〔註32〕所謂無識者，豈僅存於古代邪？

　　本文所謂的「意象」與上述以陳植鍔先生所定義或與之同類型的「意象」議論不盡相同。因爲所謂的「意象」，本來是兩個分立的概念。《周易・繫辭》上曰：「聖人設卦觀象，繫辭焉而明吉凶。」聖人所欲表明之吉凶即聖人之「意」，故又曰：「聖人立象以盡意，設卦以盡情僞，繫辭焉以盡其言，……」情僞即聖人之意指，「意」指生命之自由意志，〔註33〕「象」謂作爲表意媒介的形象，〔註34〕「立象以盡意」初步釐劃了「意」與「象」的關係，「立象」之說也再次確認了本于「意」以立「象」的因果。「意」即能指而「象」即所指，「意象」一詞則超越了傳統分立的關係，消融爲一新的概念。

一、意象與文本

　　對於陷入回憶的作者而言，實地的經驗遠不如回憶編織的網絡，關鍵在於回憶如何串連組織的問題。在我們日常的回憶裡，從它編織的片斷來看，與其說那是回憶，反不如說是遺忘。當我們處於日常生活的庸碌中，非自願性的回憶不過是我們夜晚夢境裡，織錦殘留的碎片罷了。所以作者在夜間的夢裡，不讓任何織錦交纏的線索在手裡散落。我們這裡所議論的文本（text），在拉丁文中正意

〔註32〕章學誠（著）葉瑛（校注），《文史通義校注》（上）同前註，頁80。

〔註33〕本文以「Will」，釋「意志」一辭。並借此表述「意」與「象」之間，黑格爾 G. H. W. Hegel 式的辯證關係。黑格爾的美學正是以意志自由的展布爲主軸，此即本文所待於黑格爾辯證法者。

〔註34〕本文以 image，釋「形象」一辭。因爲 image, imagine, imagination 等同一家族字眼之間，便於指涉意義的複構。中文以一「象」字，涵攝了象形的歷程與結果，如此妙用卻常爲近代人忽視。

謂著織品（tissu）。〔註35〕

這個夢之世界的結構，也就是意象的結構，它既是包含內容的口袋，同時又是它所包含的內容，只有意象才能夠平息作者的懷舊之情。〔註36〕作者的夢想世界，預設著他的世界觀。〔註37〕而他對生命的理解，以時間性作爲地平線。〔註38〕

哲學所謂「世界觀」，不止是「world picture」，而是對世界與人生的本質、起源、價值、意義和目的之整體看法。它試圖評價宇宙整體，而且必須直探終極與絕對存有。〔註39〕

如果視世界觀爲一種意識型態，意識型態尚有兩義〔註40〕：一是指錯誤的意識，一是指主觀意識的客體化成品。〔註41〕黑格爾（G. F. W. Hegel）將各種意識型態經由辯證運動的消融（Aufhebung），表述爲精神現象學的各個環節，最後圓成絕對知識。〔註42〕

尼采（Friedrich Nietzsche）倡論：歷史上的各種形上學，不過是世界觀的轉換而已。狹義（或劣義）之世界觀的考究與批判，源自馬克思主義對於基層結構與上層結構的區分，而馬克思明確地主張，人的社會存在決定了他的意識，爲上述結構分化的關係作了最佳注解。

〔註35〕Walter Benjamin, Zum Bilde Prousts，林志明（譯）〈普魯斯特的形像〉，收錄於《說故事的人》（臺北：臺灣攝影工作室，1998），頁146。

〔註36〕Walter Benjamin, Zum Bilde Prousts，林志明（譯），同上，頁149。

〔註37〕Martin Heidegger Sein und Zeit （Tübingen, Max Niemeyer Verlag, 1993）§12「在世界中存在」是人生的基本建制。

〔註38〕Martin Heidegger Sein und Zeit §51, §52, §53。人生在世歷時性的存在，即所謂：逝者如斯，不舍晝夜，旋起旋滅，方生方死。

〔註39〕die Weltanschauung，本文是從詞源上釐定「世界觀」的意義。

〔註40〕ideology，所謂「意識型態」一辭，在歷史上涵攝了負面評價與正面功能。

〔註41〕所謂「客體化」objectified（或「異化」alienation）請參考：G. W. F. Hegel ：Werke：in20Bd.,（Frankfurt am Main：Suhrkamp, 1986）Bd.3. S.137。

〔註42〕das absolute Wissen，參考：G. W. F. Hegel，Bd.3. SS.575～591。

　　如果世界觀一詞有其充足理由在此出現，而非虛飾之詞，則我們
應該可以考察它在此是否以適當的概念工具，達成了其辨識世界觀的
目標（進而評價世界觀），並且達成意象類型的範疇化使命。〔註43〕

　　本文所謂世界觀必須對於世界與人生的本質，起源，價值，意義
和目的提示整體看法。除此之外，我們將特別指出意象在世界觀的形
構裡的意義。意象既是世界觀的元素，又由世界觀決定其形構。

　　《莊子·逍遙遊》曰：「吾聞言於接輿，大而無當，往而不返。
吾驚怖其言，猶河漢而無極也，大有逕庭，不近人情焉。」人們之所
以會將自身無能理解的事理，逕自判定為錯謬，正是因為他看不見自
身認知裝備的短絀。所以人類的認知與理解，囿於他生命存在的界
域。當蜩與學鳩嘲笑與不解鯤鵬九萬里的長征時，「蜩與學鳩笑之
曰：……搶榆枋，時則不至而控於地而已矣。奚以之九萬里而南為？」
小知不及大知，小年不及大年。知識的貧乏源自生命的庸懦，所以《莊
子·逍遙遊》曰：「朝菌不知晦朔，蟪蛄不知春秋，此小年也。」

　　因此我們探究詩的意象，雖然假借主客二分的說法，其實仍然以
生命的真諦為依歸，意象營構的高下繫於詩人生命的理解。而理解生
命的途徑，不可局限於感覺經驗與概念推理，因為它們只是我們理解
生命的一小部分，絕不足以作為絕對知識的基礎。

二、「誤置具體性」的謬誤

　　然而無論「意象」、「主體」、「客體」、「感覺」等諸名相，透過邏
輯學的概念定義，命題表述，以及各式論證，其實都只是在西方學術
的傳統意識形態籠罩下，從一種「誤置具體性」的謬誤衍生的推理。
「誤置具體性」的謬誤，其一就是將世界視為：物質瞬間樣態的連續
形構。而我們將世界視為物質瞬間樣態的連續形構，則是因為我們以

〔註43〕 Aristotle, The Categories,（in the Loeb Classical Library, Harvard
　　　　University Press，1973）p.12～109。有關世界觀對於學術研究之影響
　　　　的討論，還包涵：現象學 Phenomenology 對無預設思考的探索，以
　　　　及兩種存而不論 epoche。

簡單定位原則爲認識世界的基本預設。

　　所謂簡單定位意謂：構成自然的物質在時—空中有一簡單地位。時空中的簡單定位，意即其具有在一切時空中相同的主要特徵，以及在時空中不同的次要特徵。〔註44〕而我們將世界視爲物質瞬間樣態的連續形構，其中的「誤置具體性」的謬誤，是因爲犯了「誤以爲抽象是具象」的錯誤。〔註45〕

　　另一個相關的謬誤，在於近代物理科學預設的世界的「連續性」。〔註46〕基於上述的預設，我們推理時將因果律裡的「因」與「果」物質化爲簡單定位後的「物質瞬間樣態的連續形構」。〔註47〕而我們日常生活裡的推理就依此原則進行。俗見以爲如是將概念簡單定位如線上的點，再連點成線可造就命題，連三點參伍錯綜便可成論證，並以爲倚仗這種物質化的因果律就足以建立關於世界的眞實知識，殊不知這種僵硬偏頗的學術工具，在二十世紀已飽受批判而改弦更張。

　　上述謬誤與本文相關者，主要在於「誤置具體性」的謬誤。「誤置具體性」的謬誤支撐的簡單定位原則，將因果律裡的「因」與「果」物質化爲簡單定位後的「物質瞬間樣態的連續形構」。我們依此原則所預設世界的「連續性」，使我們對線性推理的正當性深信不疑，因此形構了虛幻的世界觀與時間觀。

三、因陀羅網世界觀

　　因此我們所謂「意」「象」，只是假立的名相，其間主客的對峙／連續，也只是虛擬的關係。它們的用處也應限於記號學的應用。如此我們可以確立一則謊言教條：如果某一物無法被用來說謊，則此物將

〔註44〕A. N. Whitehead, Science and Modern World （N. Y.：1969） pp.48～9。

〔註45〕A. N. Whitehead 所謂：fallacy of misplaced concreteness. Ibid.p.51。

〔註46〕A. N. Whitehead 所謂：continuity, Ibid. p.99。

〔註47〕Friedrich Nietzsche, Jenseits von Gut und Böse , §21。

無法說出任何眞理，事實上，它根本無法說出任何東西。〔註48〕詩學
宛如研究如何說謊之學，但關鍵在於探討：如何藉謊言之遮蔽以揭露
眞理。正所謂：「以指喻指之非指，不若以非指喻指之非指也。以馬
喻馬之非馬，不若以非馬喻馬之非馬也。天地一指也，萬物一馬也。」
〔註49〕

　　順著上述的脈絡，本文所謂的「意象」應與一般常識性的「意象」
不盡相同。「象」固然是「意」的記號，但「意」未嘗不是記號。所
以「象」應該說是記號的記號。而「意象」作爲一個概念時，其定義
應著重在「象」，亦即記號的記號。

　　如果說「意象」僅作爲一個「象」，亦即記號的記號。我們如何
可以免於一種虛無的悲情？如何可以不墮入萬物皆是幻夢的無助失
望裡？在此可以藉「華嚴哲學」試作開解。華嚴眞空觀肯定宇宙有一
最高境界，即所謂「理法界」。其中宇宙的最高理性變作智慧光明，
遍照宇宙其它一切境界。

　　智慧光明照臨的境界，第一個是「色界」，第二個是「心界」。無
論色界或心界，所顯現的都是「現象」，此即所謂「事法界」。「事法
界」不僅包括近代科學所表述的「物理世界」，也包涵一切生命界的
「有情界」，以及所謂的「心靈世界」。〔註50〕這種說法呼應我們上述
的主張，第一，「意」與「象」都是現象。第二，它們都屬於理性光
照下的「現象界」，充其量只是個「記號」。

　　但這「事法界」卻是我們俗骨凡胎所能見得眞切者，所以欲出迷
執，還需進一步闡釋「事事無礙法界」。《六十華嚴》曰：

　　　爾時善財睹見樓觀不可思議眾妙莊嚴，心大歡喜，踴躍無
　　　量。其心柔軟，離諸妄想，除滅一切愚癡闇障。正念思惟，

〔註48〕Umberto Eco, A Theory of Semiotics, Indiana University Press, 1976.
　　　　p.7。
〔註49〕《莊子‧齊物論》。
〔註50〕方東美，《華嚴宗哲學》下冊（臺北：黎明文化事業公司，1989）四
　　　　版，頁352～3。

專求妙趣。以無礙身恭敬作禮，禮已，彌勒菩薩威神力故，
諸樓觀中自見其身。又見無量自在神力不思議事。……爾
時善財於寶鏡中見……有世界如因陀羅網。(卷六十)

《八十華嚴》的譯法略有不同，但表述了某些關鍵：「爾時，善財童
子見毘盧遮那莊嚴藏樓閣如是種種不可思議自在境界，生大歡喜，踴
躍無量，身心柔軟，離一切想，除一切障，滅一切惑，所見不忘，所
聞能憶，所思不亂，入於無礙解脫之門，普運其心，普見一切。普申
敬禮，纔始稽首，以彌勒菩薩威神之力，自見其身，遍在一切諸樓閣
中，具見種種不可思議自在境界。」(卷七十九)

　　善財童子看見彌勒樓閣裡，放出無盡珠光，自身也被收攝入每一
珠子，自己變作一面鏡子，也把無窮的光放出來。恰如印度佛教所云
的「帝網」(在「帝釋天宮殿」懸掛的珠網)，「帝網」裡有眾多寶珠，
「珠珠相攝」成雙重累現，表現「事事無礙法界」。(註51)

　　當代通俗的世界觀，受到西方近代牛頓物理學影響，相當富有線
性推理的意趣。一旦想像世界的景象，難免浮現在一個四維的時空
觀，在此四維時空裡的運動，循著線性路徑運行，而且在時空座標的
象限裡一次只佔有一個位置。而本文所參照的世界觀，權以「因陀羅
網」(註52) 的世界觀為名，表述異於日常生活的世界。「事事無礙法
界」，(註53) 亦即一存有物在此世界並非一次只佔有一個位置，而是：

又見十種光明相。何等為十？所謂見一切世界所有微塵，
一一塵中出一切世界微塵數佛光明網雲，周遍照耀。一一
塵中出一切世界微塵數佛光明輪雲，種種色相，周遍法界。
一一塵中出一切世界微塵數佛色像寶雲，周遍法界。一一

〔註51〕方東美，《華嚴宗哲學》下冊，頁459～461。
〔註52〕《六十華嚴》曰：「爾時善財睹見樓觀不可思議眾妙莊嚴，心大歡喜，
　　　　踴躍無量。其心柔軟，離諸妄想，除滅一切愚癡闇障。正念思惟，
　　　　專求妙趣。以無礙身恭敬作禮，禮已，彌勒菩薩威神力故，諸樓觀
　　　　中自見其身。又見無量自在神力不思議事。」「爾時善財於寶鏡中
　　　　見……有世界如因陀羅網。」(卷六十)
〔註53〕方東美，《華嚴宗哲學》下冊，頁459～461。

塵中出一切世界微塵數佛光燄輪雲，周遍法界。一一塵中
出一切世界微塵數眾妙香雲，周遍十方，稱讚普賢一切行
願大功德海。一一塵中出一切世界微塵數日月星宿雲，，
皆放普賢菩薩光明，遍照法界。一一塵中出一切世界微塵
數一切眾生身色像雲，放佛光明，遍照法界。一一塵中出
一切世界微塵數佛色像摩尼雲，周遍法界。一一塵中出一
切世界微塵數一切菩薩身色像雲，充滿法界，令一切眾生
皆得出離，所願滿足。一一塵中出一切世界微塵數如來身
色像雲，說一切佛廣大誓願，周遍法界。是爲十。(見《大
方廣佛華嚴經》卷第八十)。

「所謂見一切世界所有微塵，一一塵中出一切世界微塵數佛光明
網雲，周遍照耀。」一切世界有微塵，而此世界裡每一微塵裡又出一
切世界。上述一塵一切世界，一切世界一一塵的存有樣態，就是「因
陀羅網」世界觀的特色之一。

從圖畫意象論述「因陀羅網」世界觀，有所謂「重重無盡的視域」，
其關鍵首在「視域 (der Horizont)」。視域一方面啓示著視覺想像的世
界，一方面指向海德格 (Martin Heidegger) 在其名著 *"Sein und zeit"*
所揭示的「依時間性詮釋人的存在，而時間的演繹當作探詢存有之際
超驗的視域」。〔註54〕

善財童子呈現的世界觀，有一段前提「生大歡喜，踴躍無量，身
心柔軟，離一切想，除一切障，滅一切惑，所見不忘，所聞能憶，所
思不亂，入於無礙解脫之門，普運其心，普見一切。」其中以「身心
柔軟，離一切想，除一切障，滅一切惑」爲修養的工夫，至於「所見
不忘，所聞能憶，所思不亂，入於無礙解脫之門，普運其心，普見一
切。」則是它的效應。

我們求知的生涯裡，所謂記憶，反不如說是遺忘。我們對世界的
回憶，不過是我們夜晚夢境裡，織錦殘留的碎片罷了。我們有限的裝

〔註54〕Martin Heidegger, Sein und zeit, (Tübingen, Max Niemeyer verlag,
1993) S.41。

備窮於觀照令人目眩的生命，於是在推理時，草草以片段的殘餘記憶連綴線性的世界。反觀「身心柔軟，離一切想，除一切障，滅一切惑」的善財童子，卻能夠「所見不忘，所聞能憶，所思不亂，……普運其心，普見一切。」一般人的世界觀，宛如以管窺豹，所以只能以線性推理形構其世界。善財童子專一不忘，所以能夠普見一切，形構因陀羅網事事無礙的世界觀。

前者猶如「若一志，無聽之以耳而聽之以心，無聽之以心而聽之以氣。聽止於耳，心止於符。氣也者，虛而待物者也。唯道集虛。虛者，心齋也。」〔註55〕而後者說明了學習的目標與效果。如是對於「意」與「象」，我們能夠「若能入遊其樊而無感其名，入則鳴，不入則止。無門無毒，一宅而寓於不得已，則幾矣。」〔註56〕基於如此的世界觀，我們始掙得更多經營意象的自由。

四、意象與時間觀

一般學者將「意」與「象」物化之後，如何詮釋其間的連鎖，必關涉其時間觀。時間觀攸關我們對生命的理解與詮釋。時間是一種生存狀態的綿延不斷，無生存即無所謂綿延不斷。不變生存狀態之綿延不斷稱為永恆，變動的生存狀態之綿延不斷則稱為時間。

日常生活裡，時間的意義在於綿延不斷中的先後，展現為過去，現在與未來。過去者，現在已不存在，但存在於客體的效果中，以及主體的記憶中。現在者，以數學意義而言，只有時間的不可分割性，即當下呈現的剎那是現在。未來者，往往是期待中尚未發生的事物與事件。

以「念念相續的旋律」揭示與「因陀羅網」世界觀相應的時間觀，「念念相續」乃說明吾人聆聽音樂以形構想像時的認知歷程與結構，同時可以顯示音樂意象的特質。而音樂與時間，時間與人生的映比，

〔註55〕《莊子・人間世》。
〔註56〕《莊子・人間世》。

亦將有所闡明。〔註57〕

　　嘗試以圖畫意象與音樂意象的辯證形構詮釋詩學的內涵，其實受到 G. W. F. Hegel, *Vorlesungen über die Ästhetik*《美學講義》與 Friedrich Nietzsche *Die Geburt der Tragödie*《悲劇的誕生》的啓發。學者若能參照彼西方大哲智思佳構，則必有利於溝通與理解矣。除此之外，我們將特別指出意象在世界觀的形構裡的意義。意象是世界觀的形構元素，世界觀又規劃著意象的範疇。意象是表現時間的儀器，時間的向度則決定了意象的生滅變化。

　　「意象」概念指涉「意」與「象」的辯證關係，它是「意」與「象」辯證的歷程與結果。「意象」在文本脈絡裡，從生存境遇的反省出發，指向生命境界的昇華。所以詮釋意象的意涵，必先釐清攸關生存境遇反省的世界觀，以及揭露生命眞諦的時間觀。

　　界定意象的參考座標，在於我們的世界觀與時間觀。意象是世界觀的形構元素，世界觀又規劃著意象的範疇。意象是表現時間的儀器，時間的向度則決定了意象的生滅變化。

　　在物質瞬間樣態連續形構的世界裡，意象乃主體藉客體化（或對象化）形象表達心意的形構。在善財童子專一不忘，能夠普見一切的世界裡，意象放出無盡珠光，自身也被收攝入每一珠子，變作一面鏡子，也把無窮的光放出來。是所謂事事無礙的世界裡，因陀羅網一即一切，一切即一，交光互映，層重疊現的意象。

　　在時間虛擬的客觀性裡，意象表現爲線段的端點，簡化成一個方便計量的數碼。因陀羅網層重疊現的世界，壓縮了線性推理冗長的謬誤，爆破分類範疇的愛與執，映現珠珠相攝的生命之旅。層重無盡的

〔註57〕Friedrich Nietzsche, Die Geburt der Tragödie, § 1.; der Kunst des Bildners, der apollinischen, und der unbildlichen Kunst der Musik, als der des Dionysus, ……um in ihnen den Kampf jenes Gegensatzes zu perpetuiren, den das gemeinsame Wort „Kunst" nur scheinbar überbrückt; bis sie endlich, durch einen metaphysischen Wunderakt des hellenischen „Willens",……。

意象各自鏤刻著光的旅程。交光互映，層重疊現的意象，藉善財之智「所見不忘，所聞能憶，所思不亂，入於無礙解脫之門，普運其心，普見一切。」織成燦若錦荼的文本織錦。

當《莊子》指出表意方式與媒體的邊界與理想時，我們應該謹記：「大道不稱，大辯不言，……道昭而不道，言辯而不及，……故知止其所不知，至矣。」〔註58〕鑒於人類生命的局限，以及認知能力的有限性，本文關於「意象」的議論，只是謙卑地告白自身的無知。其最高的理想，也不過求知止其所不知而已。

第三節　如何進行意象的分類

袁行霈先生在〈中國古典詩歌的意象〉中說：

> 詩的意象和與之相適應的詞藻都具有個性特點，可以體現
> 詩人的風格。一個詩人有沒有獨特的風格，在一定程度上
> 即取决于是否建立了他個人的意象群。……

一個人使用的意象絕不是孤立的，意象群的說法相當實際，但是似乎還不夠充分。問題在於意象群內部是否可以再行分化，形成各自獨立的類型呢？

所謂類型，在西方哲學的領域裡，或許藉「範疇」概念更能表述其中的意涵。〔註59〕先從譯名說起，《尚書·洪範》曰：「天乃錫禹洪範九疇，彝倫攸敍。」範者，法則也。疇者，類型也。西方哲學中，範疇（categories）原意為「陳述」，有表述生存境遇的意思。因此範疇不僅是語言層面的言語活動，同時也是生命存有的樣態。諸意象各依生命境界而成其類，對於意象加以分類，既建立言語的範疇，同時也構想了生命的各種情境。

從「範疇」概念入手，本文對意象進行分類，其實際意義就是從

〔註58〕《莊子·齊物論》。

〔註59〕Aristotle, The Categories, （in the Loeb Classical Library, Harvard
University Press，1973），p.12～109。

生存境遇界定意象的參考座標，此一座標的原點就是我們自身的生命，而座標的軸線在於我們的世界觀與時間觀。

　　意象範疇論的具體內容決定於「意」與「象」之間的辯證歷程與結果。對於意象的分類，如果依於作者則往往傾向倫理學、心理學或生理學的分類方法；如果依於讀者則傾向社會學或考古學的分類法；即使從作品出發，如果執著意象的實在性和物質化則不免傾向生物學或其它自然科學的研究。若想要建立詩學獨特的研究領域，首先應該避免依賴其它學科的研究對象與方法論。

　　如果以作品中的意象爲基本研究單元，或許更切近詩學的專門研究領域與方法。以意象爲詩學基本研究單元，其首要工作即針對意象內涵進行類型分析，而第一重分類標準就是「意」與「象」之間的辯證歷程與結果。

　　當我們從概念分析工具的適當性選擇意象分類的根據時，也許回歸作品，並依於作品的藝術性，才是意象分類的理想根據。依據黑格爾的定義，藝術就是「意」與「象」之間的辯證歷程與結果，藝術表現著世界萬象的運動中，意志自由的程度與性質。依據藝術作品的藝術性進行藝術分類，並非新的發明，而是有長遠的藝術史爲基礎。〔註60〕據此，本文對杜詩意象的類型暫定如：名物、位格、關係／布局、時間表述、歷史事件、情感以及神話表述等。

　　第二重分類標準就是前述的「重重無盡的世界觀」與「念念相續的時間觀」。因爲此兩者基於生命的省思，表述意象形構的特質。

　　本文據「意」與「象」之間的辯證歷程與結果，依「象」的「具象←→抽象」光譜分類，從最具象到最抽象分布。例如名物相對較具象，而神話則較不具象。但是據「重重無盡的世界觀」與「念念相續的時間觀」，每一重意象元素皆有旁通的發展，而且彼此的意義並非完全隔絕。例如萬物相望即體現了「重重無盡的世界觀」，而屬於時

────────────

〔註60〕G.W.F.Hegel, Werke Bd.13～15.（Suhrkamp Verlag Frankfurt am Main 1986.）

間性的意象形構元素，充分展現了「念念相續的時間觀」。

詩人辯證於「意」與「象」之間，形構其「重重無盡的世界觀」，顯然運用名物、位格、關係／布局等意象範疇。名物、位格、關係／布局等又皆隸屬於圖畫類意象的範疇，這些訴諸視覺的意象，佔據詩歌意象的大宗。我們不敢貿然斷言一切意象皆是視覺意象，﹝註61﹞但是我們仍可以在杜詩裡發現，視覺意象在相應五種官覺的意象中，居於首要的關鍵地位。視覺意象的形構要素，大略言之，有線、色、光，以此為基礎，再講究布局的開合、虛實以及疏密。它的表現形式，乃基於認識空間與體現空間。﹝註62﹞儘管時代不同，民族文化不同，使圖畫的表現方式各異其趣，﹝註63﹞但是圖畫還是有其通則。有些繪畫的理念雖然當時無法以圖畫的媒介表現在圖畫裡，卻並不妨礙詩人運用詩的語言，表現在詩的圖畫意象裡。

上述冗長的議論，目的在於從記號的觀點界定「意」與「象」。並且藉著簡述世界觀與時間性的流變，繼承現代學術的成果。但是希望不會引發如下的誤會：

第一、杜甫豈能理解如此現代意義的時間觀與世界觀？

第二、杜甫豈是參照如此的時間觀與世界觀作詩？

本文縷述世界觀與時間性的流變，僅在於磨利理解杜詩的概念工具。就作為概念工具而言，我們對於世界與時間性的理解，不必同一於杜甫對於世界與時間性的理解。此等概念工具的正當性應該建立在它們自身的合理性之上，如果我們對於上述專業學者學說的理解無

﹝註61﹞ Walter Benjamin, Zum Bilde Prousts，林志明（譯），同上，頁162。

﹝註62﹞ 傅抱石，《中國的人物畫與山水畫》（臺北：華正書局，1987），頁1～2，12，24～25。以及附錄《中國畫題款研究》頁6，8，12，18。Gombrich, p.259，194。

﹝註63﹞ 傅抱石，同上，頁23～4。就時代差異言之，顧愷之的時代雖以人物畫為主流，但卻有足夠的資料顯示，他已經可以想像最完美的山水畫設計。就民族文化的差異言之，傅抱石，同上，附錄《中國畫題款研究》頁12，中國畫家雖不重透視法，但是還是明白透視的畫理。

誤，則關於其合理性的辯論應發生於質疑者與彼等學者的著作之間。

杜甫雖然未必主張上述的世界觀與時間觀，並不妨礙吾人從更廣闊的視野，標定杜甫的世界觀與時間觀。正因爲吾人掌握世界觀與時間性的流變，繼承現代學術的成果，才可能在更高明博厚的基地，觀照自身的視野，進而界定杜甫的世界觀與時間觀的眞實內涵。

如果眞能免於上述的誤解，既不自以爲可以複製杜甫的世界觀與時間觀，也不會將自身的世界觀與時間觀與杜甫的觀點混雜。或許還會質問：

我們是否有權利以吾人現代的世界觀與時間觀詮釋杜詩？

須知吾人對於自身的世界觀與時間觀，實在無所逃於天地之間。吾人自身的世界觀與時間觀，既已生根於吾人的當下生存境遇之中，更無時不以現代語彙表述與推理。任何當代的表述都只屬於當代，由於人生與歷史往而不返的特性，所以我們無法讓杜甫的世界觀與時間觀還原。

因此我們的目標自始就不是還原杜甫的世界觀與時間觀，而在於釐清我們現代思維和語言的特質，找出翻譯的途徑與極限，確認譯文達與不達的界線。對於達意的界線之外者，我們必須能發現其界線，而且明確地表述出來。在眞理之前，我們應該謙虛，承認自己認知能力的極限。

吾人掌握世界觀與時間性的流變，繼承現代學術的成果，在更高明博厚的知識基地之上，觀照自身的視野，進而界定杜甫的世界觀與時間觀的眞實內涵。既可避免自以爲是的我執我慢，更可使人類知識的局限減至最低。而上述可能之誤解，或可煙消雲散矣。

詩學的基本問題在於：抽象的符號如何啓發具象的想像？試以杜甫的〈秋興〉第一首第一句「玉露凋傷楓樹林」爲例，「玉」這個詞揭示了概念認知的對象，而此一對象首先是以它的色相呈現於主體的想像裡。從主體觀照，可以說「玉」這個詞媒介了主體對於「玉」這個物（或曰對象，或曰客體）的視覺想像。

　　從岩石學的觀點來看，「玉」不過是一種「變質輝石岩 Pyroxene Rock」。是由粒狀或纖維狀的硬玉 NaAlSi2O3 緻密結合而成。以綠色或深綠色為主，有時帶紫紅色細紋，亦有白色如大理石者。其中顏色呈雲翳狀，脈紋狀，斑駁狀，至為美觀。琢磨之後，有柔和油脂狀光輝。〔註64〕

　　玉石經過雕琢之後，一種變質輝石岩卻在中國文化裡佔有了極高的地位。例如《詩·鄘風，君子偕老》提及珈，瑱，《詩·衛風，木瓜》的琚，《詩·鄭風，有女同車》的佩玉等等，單純的岩石經由人工，變成有價值的物象。

　　玉飾作為有價值的物象，更提升為完美的代稱，例如《詩·召南，野有死麕》所謂「有女如玉」、《詩·魏風，汾沮洳》「彼其之子美如玉」等，甚至變成完美化的動詞，例如《詩·大雅，民勞》的「王欲玉女」。

　　瓊瑤琇瑩的美麗與價值，存在於人類社會約定的符碼系統裡。〔註65〕人類社會以符碼形構的系譜，〔註66〕貞定彼此信守的評價與抉擇判準。鑽研價值系譜的理念乃哲學的使命，〔註67〕推敲形構價值系譜的技藝則是詩學的任務。〔註68〕

　　就這個例子來說，詩學的任務在於尋繹：一種變質輝石岩如何可以在中國文化價值系譜裡佔有極高的地位？NaAlSi2O3 如何變成了瓊瑤琇瑩的美麗與價值？瓊瑤琇瑩又如何變成了美好人格的象徵？

　　價值系譜由社會契約形構而成，但是社會契約形構的符碼系統並非嚮壁虛造。主觀的價值系譜客觀化為物象的系統，例如人們將美好的價值賦予瓊瑤琇瑩。然而我們不能忽略，瓊瑤琇瑩之所以象徵美好

〔註64〕陳汝勤、莊文星，《岩石學》（臺北：聯經出版事業公司，1992），頁291。

〔註65〕以 code 注釋符碼，或密碼。

〔註66〕此處「系譜學」Genealogy 一詞的意義，請參考 Friedrich Nietzsche, Zur Genealogie der Moral.。

〔註67〕idea 在此釋為「觀念」或「理念」。

〔註68〕「Poetics」釋為「詩學」，乃是作為文學理論的一種稱謂。

的價值，其實建立在玉石的形質特徵與社會共認的價值之間對應的關係之上。如何取擇玉石的形質特徵？如何建立它們與價值系譜間綿密的對應關係，進而啓發我們對於價值理想的憧憬？這些問題是詩學關注的焦點。

相對於人的眼耳鼻舌身，我們對於世界萬物產生色聲香味觸諸感覺。玉石之於吾人，透過視覺而有色相，透過聽覺而有鏗鏘，透過嗅覺而知其無臭，透過味覺而味其無味，透過觸覺而感觸其溫潤。然而所謂玉之色相，鏗鏘，無臭，無味，溫潤，皆須有其相對的分類範疇，例如色──無色，鏗鏘有聲──無聲，無臭──有臭，無味──有味，溫潤──冷澀等等。有色還可分類爲紅黃綠等等色之對立，鏗鏘也可與嗡响悶啞等等相較，其餘感覺經驗亦同。

吾人就玉石既有的面貌，愼選便於分辨，易於記憶，以及善於啓示者，透過符號化手續轉化爲普遍性特徵。有關玉石具有價值意涵的特徵，雖非嚮壁虛造，卻也絕非玉石本身自有者，[註69] 它們只可說是我們辨認玉石所憑藉的記號叢結。而所謂記號，乃任何有意取代他物的東西。我們可將「以－A 來代表 A」當作一種謊言或騙局，至少這是一種遮蔽：以不是某物 A 之物－A 代表／遮蔽某物 A。

如上述的謊言教條：如果某一物無法被用來說謊，則此物將無法說出任何眞理，事實上，它根本無法說出任何東西。[註70] 如此說來詩學宛如研究如何說謊之學，但關鍵在於探討：如何藉謊言之遮蔽以揭露眞理。

符號如何能夠遮蔽／揭露眞理實相？關鍵即在於是否能啓發想像。亦即講究：如何設計與選擇符碼，以期恰當地開啓我們的記憶，激發我們想像力的創作。以上述的玉爲例，我們的任務即在於探究：人們如何選擇與命名玉石的特徵？這些玉石的特徵（溫潤鏗鏘）如何

〔註69〕Jade-in-itself 釋「玉自身」一辭。

〔註70〕Umberto Eco, A Theory of Semiotics, Indiana University Press, 1976. p.7。

轉譯爲社會契約裡的價值符號（美好）？人類社群如何形構其價值符號的系譜（例如由美好到醜惡的評價光譜）？

但是當下的課題，並非給予上述問題全稱的答案，而僅需就杜詩相關的部分探索，進而對上述鉅大的課題提出部分實證。所以我們將上述問題縮小爲下述問題：

杜甫如何選擇以及如何命名玉石的特徵？

杜甫所認知的玉，依然關聯著感覺經驗的記憶。例如玉的色相：「嘉陵江色何所似？石黛碧玉相因依。」（閬水歌）「登於白玉盤，藉以如霞綺。」（種萵苣）「斬根削皮如紫玉」（桃竹杖引贈章留後）其中以白玉較常被提及，碧玉紫玉則相當稀少。

其次玉的音響也屢被提及，例如：「鳴玉鏘金盡正臣」（承聞河北諸道節度入朝歡喜口號絕句十二首）、「鏘鏘鳴玉動」（殿中楊監見示張旭草書圖）。直接以擬聲詞，或以動詞啓發音響的聯想。

「玉潤終孤立，珠明得闇藏。」（送大理封主簿五郎親事不合……）「之子白玉溫」（別李義）溫潤可以啓發玉的觸覺想像，至於「未試囊中餐玉法」（去矢行）雖與神仙道化之說有關，還是可以視之爲指向味覺的可能。

然而根據杜詩，可以概觀杜甫藉「玉」所啓發的聯想仍然以玉的「色相」爲大宗，「色相」包含了「顏色」與「形象」。其實就藝術史觀之，藝術的目的不是爲了複製經驗世界，而是要建構我們的生活世界。﹝註71﹞所以杜甫絕不是在詩中全面複製關於玉的經驗，而是藉著詩人從生活經驗萃取的靈感，抽象化爲指向生命夢想的符碼。

這些符碼不僅不在於複製我們的經驗，甚至還要扭曲原始的形象，猶如「漫畫」的效果。﹝註72﹞所以杜甫筆下，玉的白碧青紫，甚

﹝註71﹞ E. H. Gombrich, The Story of Art （Oxford：Phaidon, fifteenth edition, 1990 reprinted.） p.456。藝術的目的不是複製（copy），而是建構（construct）。

﹝註72﹞ 漫畫（caricature）式的表現方式最能說明寫意與肖似之間的辯證關係。扭曲的形象反而突顯了對象的特色，令人易於領會把握對象的

或其溫潤冰寒，未必是玉的必然屬性。我們最多只能接受，這些特徵僅是杜甫對玉的理解與命名。

從杜甫的「漫畫式」建構裡，我們可以發現詩人的作品中有一百六十餘次提及「玉」字，大多致力於視覺意象的營構。例如「玉殿」、「玉觴」、「玉壺」、「玉華」、「玉粒」、「玉衣」、「玉袖」、「玉壘」、「玉盤」、「玉露」、「玉臂」、「玉樹」、「玉蟾」、「玉珮」、「玉繩」、「玉羽」……。

雖然我們不至於貿然斷言一切意象皆是視覺意象，〔註73〕但是就「玉」的意象而言，相較於其他官覺的意象，玉的視覺意象在杜詩裡乃居於首要的關鍵地位。例如「玉潤終孤立，珠明得闇藏。」（送大理封主簿五郎親事不合……）玉潤珠明的互映，觸覺意象也可以翻譯為視覺意象，因此更富於啓示的力量。甚至因為視覺比觸覺更為自由的認知際遇，所以此例句的視覺意象取得主導地位，玉的光潤啓發了溫潤的想像。

又如「鏘鏘鳴玉動」（殿中楊監見示張旭草書圖）以擬聲詞與動詞啓發音響的聯想。此例句裡的運動，不必呈現於視覺想像的領域，而可以聽覺意象領受。關於聽覺意象和音樂意象又可以時間來概括，因為音樂語言的要素，如節奏、旋律、和聲以及音色，〔註74〕其營構的表現形式，基本上是體現時間。〔註75〕

與上述例句相較，「玉殿」、「玉觴」、「玉壺」、「玉華」、「玉粒」、「玉衣」、「玉袖」、「玉壘」、「玉盤」、「玉露」、「玉臂」、「玉樹」、「玉蟾」、「玉珮」、「玉繩」、「玉羽」……等詞顯然依賴玉的色相，啓發我們對於殿、觴、壺、華、粒、衣、袖、壘、盤、露、臂、樹、蟾、珮、繩、羽……等物的想像。

以上從「玉露」中的「玉」，引發的冗長討論，希望可以回應藝

存在與意義。Gombrich, p.9。

〔註73〕 Walter Benjamin, Zum Bilde Prousts, 林志明（譯），同前註，頁162。
〔註74〕 鄧昌國，《音樂的語言》（臺北：大呂出版社，1995），頁21。
〔註75〕 鄧昌國，同上，頁25。

術創作的基本問題：抽象的符號如何啓發具象的想像？

　　所謂自然界的形象與色彩，並無思想性。藝術家有思想，而無思想的形象與色彩透過有思想的藝術家，也具有了思想性。〔註76〕歸根究底，藝術的首要課題不過是藝術表現方式的問題而已。如石濤曰：「搜盡奇峰打草稿。」藝術家的意匠經營當然不同於被動的對景寫生，徒事模仿。〔註77〕一般人將煩瑣的技巧分析視爲無足輕重的賞析，正是因爲不了解解析表現方式的重要性。甚至將分析作品表現方式的推論，逕自歸咎於品味的不同。殊不知品味固然無從爭辯，但是品味的高下優劣卻允許教養與拓展。〔註78〕

　　人們之所以喜歡某種表現方式，經常因爲那是他所易於理解的表現方式，於是他便深受這種表現方式感動。於是看似無從議論的品味，以及彷彿無足輕重的表現方式，都有深究的價值。〔註79〕

　　總之，當吾人從當下經驗反思，進而加以表述之際，生命當下之感受即隨之進入一符號系統，經對象化／客體化而取得符號化之身分。一般人僅藉著世界萬物的符號化身分，就可以遂行其認知活動，〔註80〕建構其世界觀（Weltanschauung）。詩人卻每每反歸生命原始，親切玩味生活，翻新符號陳腐的面具（personae），創作啓發想像活力的文本。此即尼采（Friedrich Nietzsche）在 *Die Geburt der Tragödie* 中的警句所謂〔註81〕：

〔註76〕傅抱石，《中國的人物畫和山水畫》（臺北：華正書局，1987），附錄〈中國畫題款研究〉，頁3。

〔註77〕所以藝術家與鑑賞家都必須學識淵博，見聞廣闊。傅抱石，同上，附錄〈中國畫題款研究〉，頁6～7。表現方式 expression 經常決定我們的好惡。有些人喜歡某種表現方式，經常因爲那是他所易於理解的表現方式，於是他便深受這種表現方式感動。Gombrich, p.5。

〔註78〕品味固然無從爭議，但是品位卻是可以教養與拓展的。博厚的學養足以啓發高明的品味。Gombrich, p.17。

〔註79〕品味偉大藝術的最大難處，在於人們不願揚棄習慣與偏見。Gombrich, p.11。

〔註80〕identification 既是認知又是身分。

〔註81〕Friedrich Nietzsche，Die Geburt der Tragödie --Versuch einer die Wissenschaft unter der Optik des Kunstlers zu sehn,

die Kunst aber unter der des Lebens

透過藝術家的通觀觀照科學，

透過生命的通觀觀照藝術。

綜結上述的論述，我們選擇從意象大宗的視覺意象入手。視覺意象又以圖畫意象爲主。﹝註82﹞但是我們也發現杜甫並非皆直接以圖畫進行意義的表述，而是透過語言文字。雖說文字與圖畫具有血親關係，﹝註83﹞但是我們終究無法忽視語言系統的符號特質。

抽象的符號如何啓發具象的想像？針對這個問題，我們首先應避免抽象對抗具象的二分法。其實絕對抽象與絕對具象，在藝術的表現中都不存在。﹝註84﹞在此虛擬的兩極，只有其間不絕如縷的萃取與蛻變。傅抱石命之爲眼睛的能量，並引《論語》：「心不在焉，視而不見。」言明中國人作畫的道理就是「視而不見」。﹝註85﹞繪畫從來無法複製對象，也不求複製對象。﹝註86﹞無論工筆或寫意，都必須假藉具象之跡，又都只是截取部分特徵逕自重構的人工作品。﹝註87﹞

然而攸關意象形構的關鍵，還是在於前述的通觀。如果迷執物質瞬間樣態連續形構的世界觀，將意象藉客體化（或對象化）形象表達

Selbstkritik., §2。

﹝註82﹞藝術史亦即建築的歷史，繪畫的歷史，以及雕塑的歷史。Gombrich, p.18。

﹝註83﹞猶如具象的圖畫與抽象的文字具有血緣關係，但是何者更能表現內蘊的意義呢？Gombrich, p.30。

﹝註84﹞而就藝術的表現來說，我們所見與我們所知一向是分不開的。Gombrich, p.446。

﹝註85﹞傅抱石，《中國的人物畫和山水畫》（臺北：華正書局，1987），附錄〈中國畫題款研究〉，頁18。

﹝註86﹞傅抱石，同上，附錄〈中國畫題款研究〉，頁17。藝術不等於自然，自然也不等於藝術。試問畫家給我們的是一張可信的快照，還是一個完整的人？Gombrich, p.332。攝影科技的發展促使畫家反省繪畫的意義，以及其獨特價值。

﹝註87﹞掌握特殊的面貌 character of physiognomy 並不會毀滅美麗，反而更能呈現靈魂的作爲。Gombrich, p.71。

心意的形構當作視域的參考點，墮落線性推理的迷宮，不僅不能理解杜詩，更無法在帝網光照下，通觀杜詩的意象範疇。

須知善財童子因其專一不忘，能夠普見一切的世界，故能觀照意象放出的無盡珠光。讀者自身在閱讀中，勢必也被收攝入每一珠子，變作一面創意的鏡子，把無窮的智慧光芒放射出來。回應尼采的警語，透過藝術家的通觀觀照科學，透過生命的通觀觀照藝術。讀者置身事事無礙的世界裡，以因陀羅網觀照一即一切，一切即一，交光互映，層重疊現的意象。

如果讀者沉溺在時間虛擬的客觀性裡，將意象當作時間線段的端點，簡化意象成一個方便計量的數碼，則其簡單的線性推理絕無法理會因陀羅網觀照的世界。因陀羅網層重疊現的世界，映現珠珠相攝的生命之旅。若無善財之智「所見不忘，所聞能憶，所思不亂，入於無礙解脫之門，普運其心，普見一切。」豈能知見燦若錦荼的文本，更加無緣邂逅交光互映，層重疊現的意象。

一、名　物

藉物象以表意的基本結構，存乎物象間相對的關係，以及此種關係所涵涉的意義。名物之意象形構即因其與直接指涉人類位格的名詞，「切近／疏遠」的程度為其分類依據。直接指涉人類位格名詞之所指，亦即能知的能指以其所知的程度為分類依據，亦即以「具象←→抽象」為名相的分類軸線。前述杜詩意象的物象範疇分類原則，乃以能知的能指為原點，度量所知與能知的能指間「切近／疏遠」的程度。而另一個與能知的能指有關的標準，也是更具有參考價值的評論標準，乃以能指對所指的理解程度為分類依據，亦即以萬象之「具象〔註88〕←→抽象」為名相的分類軸線。單就「具象←→抽象」為名相的分類軸線觀之，發現越抽象越易於表述意念，也越便於推論，但卻

〔註88〕具象 embodiment 與 body-image,形象 image 與想像 imagine,透過轉譯與並列,說明具象化與意象形構間較密切的關係。

離詩藝越遠，而近於邏輯〔註89〕。越具象越易於呈現物象，但卻易使人眩惑於萬象，遠離詩人亟欲表現的情意。單就指涉人類位格的名詞「切近←→疏遠」為分類軸線，則物象越切近位格，視域越微小，也越貼近日常生活。若物象越疏遠，則視域越宏大，也越遠離日常生活。

建築類的意象以磚木瓦石之類的材料，在滿足人類居住的實用目的之外，同時以象徵的手法表達建築師的心意。唐詩裡有豐富的建築意象，從家宅居室的結構到建築的環境，極為周到。詩基本的理念就是對生存環境的關懷，所以俯拾皆是生存環境的構成元素。家裡有床，有門窗，有棟樑。家還分貴族的家室與平民的居屋。貴族的住宅顯然比較複雜，一般而言為前堂後室的格局，又有亭、臺、樓、閣、園林等建築。

家宅還包括庭院，門庭之外則是街道。貴族的家庭在城中，城有望樓曰墉。城墉外為郊邑，更遠處為野，郊野包括了丘、園、山、陵、高陸、平原、川、淵等地理環境。多層次的表述顯示詩人生存的客觀環境，以及對於生存境遇的意識。

建築的意象並非僅僅陳列古建築的廢墟，它最重要的部分反而在於以宗廟宮室為核心，望向四面八方生命的通觀，進而反省人類居所安置於天地間的地位。人的生存定位最終由天地所界定，而天也是萬物存活的場所與背景，如《詩經・大雅，旱麓》：「鳶飛戾天，魚躍於淵。」天淵並舉，淵是魚游動的場所，天是鳥飛翔的場域。飛翔天際的鳥還包括神話中的鳥，例如《詩經・大雅，卷阿》所云：「鳳凰于飛，翽翽其羽，亦集爰止。……鳳凰于飛，翽翽其羽，亦傅于天。」，所以鳳凰于飛的天變成具有神話色彩的生存場所。又如《周易・乾卦》九五：「飛龍在天」，可見天地同時也是魚龍生活的境域，所以雖然人的想像拓展到天地的極限，但是生存其中的不只是一般人，還有象徵著超凡生命形態的神物。

〔註89〕邏輯 logic 與 logos，理性 reason 與 reasoning，藉轉譯而呈現其間的關係。

二、位　格

　　位格乃人生的寓所，人安身立命之地。因爲生命的一次性，發生過的事情無法在生涯中重複出現，人類的回憶只是採取其片面印象，依自身的理解與感情加以重構。採集生涯的片面印象，並加以符號化，足以安頓我們對於自我人生的認知，所以「位格」才是人生永恆的居所，而人所寄寓的居所必須表現個人的「位格」特色，才能夠彰顯其人生的意境，也才能夠表達其生命的意義。將他物位格化，或許可以突破身體形象衰亡的悲運，但是唯有萬物齊一，同於大通的物化歷程，才能夠顯現詩人駕馭意象的能力。所以就位格意象形構言之，超度位格乃是此重形構的絕詣。

　　對一般人來說，想像力易於著眼於一個擬人的對象。雕像的特質在於提供一個安定與最具體的想像對象，而且因爲它與我們自身的相似性，啓發我們從自身的位格意識喚醒我們的想像力。但是它只是一具靜止的身體形象，它只是我們複雜多變生活的遺蛻，所以它不僅不是眞實的生命，甚而是生命的幻象，是眞實生命的否定。與其說它是生命的象徵，不如說它是屍體的模型。〔註90〕孤立的雕像突顯了意象的位格性，〔註91〕表現了意念被封閉在媒體中，喪失表達生命眞實內涵與生活互動關係的能力。

　　前文已經闡明建築的意象，也解釋了建築意象所象徵的生命意境。接下來我們要以一個擬人的雕像爲主角，去掌握它所表述的生命範疇。雕像若置於建築之中，或安排在圖畫的布局裡，更易於突顯它的意涵。

　　尤其作者的目擊者意識，透過位格化的雕像，使讀者與文本產生視覺形象的反身關係，此時讀者注視一注視身體的視覺形象之間的關係被呈現在我們的視覺想像中。畫面裡不再只是一尊顧盼自憐的雕

〔註90〕G. F. W. Hegel, Werke. Bd.14. SS.351〜361。

〔註91〕personae，原意指人，亦當作角色，上場人物解，在此以之釋「位格」
　　　　與「人格」等辭。

像，讀者注目雕像之姿也被想像帶入，成爲一尊與前此獨立之像相對的一尊雕像。

　　詩人甚至藉雕像意象構築了一組森然並列的雕像群，環伺並列的各種姿勢雕像，依視線的歷時瀏覽，使想像進入一座供奉人自身形象的神殿之中，以各自生命的體會譜成一首無聲的自戀舞曲。

三、關係／布局

　　圖畫意象形構在於認識空間，以及體現空間。〔註92〕無思想性的形象與色彩，經過藝術家的眼與腦，具有了思想性，藝術家要有美好的幻想，還要能看到未來，引導群眾。在「意」與「象」假立的名相之間，鋪陳抽象關係的具體圖畫。詩學依循其間蛻變的光譜，映比詩人創作的軌跡，使文學批評不再是空想或自由心證。杜詩圖畫意象形構多重映象布局的特色，表現國畫選集奇峰湊配奇峰的布局，依眼睛視覺的能量來畫畫。虛實互見，爲觀看者留下想像的餘地，視線不黏滯於塞滿形象的畫面，反而體現流動的空間。

　　圖畫犧牲了的立體性，將想像從位格模擬的雕像中解放出來。運用光影的變化與人物的布局，表現生命的活動歷程。〔註93〕但是圖畫所呈現的只是生活的斷片，生命的眞相卻被框限在刹那的視覺領域之中。圖畫意象的範疇，運用線條，色彩與光影的變化，人與物的虛實、疏密、布局，將緊湊的戲劇化歷時態遭遇，一時呈現於圖畫之中，此即圖畫之妙用。

四、時間性表述

　　詩人辯證於「意」與「象」之間，形構其「念念相續的時間觀」，乃知僅有視覺想像的世界裡，無法曲盡詩人的心意。只有時間導向的思維與語言，足以呼應生命的綿延。時間表述可以類比於音樂語言的

〔註92〕傅抱石，《中國的人物畫與山水畫》（臺北：華正書局，1987），頁23。
〔註93〕G. F. W. Hegel, Werke. Bd.15. SS.19～38。

要素，如節奏、旋律以及和聲，〔註94〕其營構的表現形式，基本上是體現時間。〔註95〕

　　如果將世界視為物質瞬間樣態的連續形構，那麼所謂物理時間（physical time）乃指稱每一事物與事件本身固有的具體的持續。物理時間與想像時間（imaginary time）相對而言。亞里士多德就是以客觀化的（objectified）運動為思考時間之基準。

　　日常語言表述中，時間是一種生存狀態的綿延不斷，無生存即無所謂綿延不斷。不變生存狀態之綿延不斷稱為永恆，變動的生存狀態之綿延不斷則稱為時間。吾人對於生命的理解，必須藉時間的刻度記錄下來。當我們試圖去理解生命時，時間度量的問題就浮現出來。

　　問題的癥結在於計量時間的人對於計時器的選擇，計時器的材質與形式決定了時間度量。依據霍金（Stephen W. Hawking）提示的人事原則，我們回到選擇計時器的問題。既然計時器的材質與形式決定了我們的時間觀，任何領域的時間度量，都必須還原到此一領域裡的計時者與計時器，從計時者的觀點與裝備，辨認時間意義的參考座標。〔註96〕

　　想像時間（imaginary time）是一切可能事件發生的空虛系統。想像時間乃以等速流動之單向度連續體，既無開始也無終結。想像時間類比絕對空間的抽象性，這點我們可以參考康德（I. Kant）關於想像時間的名言：「時間（與空間）是感性（sensibility）的先驗形式（a priori form）」。至於心理時間（psychical time）則是內在體驗的持續。

　　計時者的觀點與裝備，在文學的領域裡，就是上述的「天地一指，萬物一馬」。如此我們又回到本文的核心之一：如何藉謊言之遮蔽以

〔註94〕鄧昌國《音樂的語言》（臺北：大呂出版社，1995），頁21。

〔註95〕鄧昌國，同上，頁25。

〔註96〕Stephen W. Hawking, A Brief History of Time, New York： Bantam Book, 1989。

揭露眞理？形構表意媒體「意象」的原理：「道行之而成，物謂之而然。……物固有所然，物固有所可。無物不然，無物不可。……恢詭憰怪，道通爲一。」〔註97〕營構意象之道，原來如此自由。這應該是藝術的最高理想。但是人們緣於「誤置具體性」的謬誤，導致表意媒體的生成與毀滅：「其分也，成也。其成也，毀也。凡物無成與毀，復通爲一。」〔註98〕

　　媒體生成與毀滅的契機在於用與通，而通即是用，用即是通。通則有所至，是所謂得也。方得到卻已是盡頭，此即媒體體系（因是）的邊界。超越此邊界即是不知其然，即是得道。所謂：「唯達者知通爲一，爲是不用而寓諸庸。庸也者，用也。用也者，通也。通也者，得也。適得而幾矣。因是已，已而不知其然，謂之道。」生命藉意象的媒介，在層重無盡的意象上鏤刻時間的軌跡，但簡單定位的意象不是生命，計時器各自表述的軌跡也不是時間。

　　人透過表意媒體「意象」理解生命，「意象」若不能通情達意，則生命眞諦將逐步沉淪：「古之人其知有所至矣。惡乎至？有以爲未始有物者，至矣，盡矣，不可以加矣。其次以爲有物矣，而未始有封也。其次以爲有封焉，而未始有是非也。是非之彰也，道之所以虧也。道之所以虧，愛之所以成。」〔註99〕

　　上文透過《莊子》虛擬的時間刻度，我們看見知識墮落的刻痕。知識墮落的軌跡同時也是意象形構生滅的軌跡。意象生滅的軌跡表述了「誤置具體性」的謬誤歷程。任何領域的時間度量，都必須還原到此一領域裡的計時者與計時器，從計時者的觀點與裝備，辨認時間意義的參考座標。若能免於執著「意象」的實在性，遂能不去佔有物質化的「意象」，「意象」才能成爲我們親近生命的媒介。

　　如果透過《莊子》在語言與思想上的剝落與開顯：「有始也者，

〔註97〕《莊子・齊物論》。
〔註98〕《莊子・齊物論》。
〔註99〕《莊子・齊物論》。

有未始有始也者，有未始有夫未始有始也者。有有也者，有無也者，有未始有無也者，有未始有夫未始有無也者。俄而有無矣，而未知有無之果孰有孰無也。」〔註100〕將爆破分類範疇的愛與執。《莊子》「天地與我並生，而萬物與我爲一。」的生存原理壓縮了線性推理冗長的謬誤，釐清我們生存的境界。所謂：

> 夫道未始有封，言未始有常，爲是而有畛也。請言其畛，
> 有左，有右，有倫，有義，有分，有辯，有競，有爭，此
> 之謂八德。〔註101〕

說明人類基於生活的需要，建構意象的範疇。但是對於意象適用的領域，有所謂三部曲：存而不論→論而不議→議而不辯。「六合之外，聖人存而不論。六合之內，聖人論而不議。春秋經世先王之志，聖人議而不辯。」〔註102〕存而不論→論而不議→議而不辯三部曲，否定了統一的時間表，單純的線段無法表述生命的軌跡。分類學與記號學有其根於生命眞理實相的極限，所謂：「故分也者，有不分也。辯也者，有不辯也。曰何也？聖人懷之，眾人辯之以相示也。」〔註103〕任何領域的時間度量，都必須還原到此一領域裡的計時者與計時器，從計時者的觀點與裝備，辨認時間意義的參考座標。意象的世界就是我們生命的計時器，如果可以通觀因陀羅網層重疊現的世界，則必能映現珠珠相攝的生命之旅。

　　非視覺形象的音樂超越視覺形象的片斷支離，以歷時性的節奏、和聲、旋律，直接呼喚心靈的感知。節奏是長短不同的模式，或規則或不規則，加重音或不加重音的聲音與休止。旋律是一條水平發展的，高低長短聲音或休止的節奏。和聲是兩條以上旋律的垂直並進產生和諧效應的作品。

　　音樂記號提供太多聯想的餘裕，雖然表現了意志的自由，卻也迫

〔註100〕 同上。
〔註101〕 同上。
〔註102〕 同上。
〔註103〕 同上。

使意念幽閉在內在自由的想像之中。音樂跳脫視覺形象的執著與框限，直接呼應生命綿延的交響樂，是最貼近生命內在律動的意象，但是也喪失了視覺意象的簡易明白。〔註104〕

五、三類複構事件

第五重意象形構整合了上述四重意象形構，所以我們可以從事件中分析出「道具」、「角色」、「舞臺」以及「配樂」，然後事件結合爲一齣「戲劇」。第五重意象形構的元素是事件，而事件即空間中一特定點與時間中一特定點共同標定的事物。

正如前文所議，各重意象形構皆相因而生，第五重歷史意象形構乃因於第四重時間意象形構。但是時間在此乃事件的相續，而非現代意識所謂客觀度量的時間，事件是一種歷史意義的時間表述，而情感以生命歷時的軸線爲本表述爲意識流，至於神話表述以歷史意義的時間表述爲本，表述超現實的事件。因此時間、事件、情感以及神話意象的世界就是我們生命的計時器。

詩與圖畫意象或音樂意象的表現媒介不同，卻能表現出圖畫與音樂的意象。因爲詩的意象形構元素，從圖畫意象或音樂意象的形構元素裡解放出來，卻不揚棄這些元素。無論敘事詩所憑藉的歷史事件，抒情詩所憑藉的主觀情緒，或者各種戲劇的內在邏輯，其基礎還是圖畫意象／音樂意象。

敘事詩首要的表意媒介是語言，語言的形承擔了建築與圖畫意象的功能，語言的音承擔了音樂意象的功能，語言的意以形音爲基礎表現出來。語言與建築圖畫音樂等意象不同的地方，在於社會契約的運作使語言成爲歷史中的制度，制度的抽象性使我們脫離具體物象的束縛，能夠更加自由的表述心意。但是犧牲意象媒介的具體性之後，意象與現實生活更加疏遠，似乎更難表述眞實的生命了。然而運用語言以敘事，可以更深入生活的細節，不只是立體性格的刻畫，人際互動

〔註104〕G. F. W. Hegel, Werke. Bd.15. SS.137～159。

的鋪陳，還可以掌握生命綿延的實在性。〔註 105〕

　　敘事詩直接以生活事件爲媒介，藉生活史的經驗類比，啓發我們的想像。它的優點在於貼近生活的外觀，使想像力不至於疏離現實。它的缺點則是使想像局限於有限的生活經驗，並且使眞實的生命在虛構的生活事件範限下逐漸僵化。典型的敘事詩通常有一位格化的主角，在一幅幅圖畫的布局裡，經歷漫遊歷險的生命交響樂，最後以一具雕像完美的姿態屹立建築意象的圖畫布局之中。

　　抒情詩藉著虛構的生活事件，表述內在的心情。它雖然可能運用前述的意象範疇，但是它總是要跳脫客觀的生活事件，或者說否定客觀事件的存在，以突顯主體內心的情志。〔註 106〕

　　神話詩的典型環節包涵了放逐──革命──歸鄉。放逐包涵了疏離──歷險──陶成，革命包涵了顚覆──解放──立法，歸鄉則包涵了生命的形上學與烏托邦的夢土。〔註 107〕神話詩最大的特質還不在上述虛構的情節，而在於經歷這一切的主角，具有神性的位格。所謂神性的位格，表現爲超越人間的權力，祂可以超越人間的喜怒哀樂，不在乎塵世的吉凶禍福，因爲祂的神力可以旋乾轉坤。

　　虛構的生活事件寓有生命的啓示，如果只是人間的英雄作主角，則構成簡單的教訓。但是以神物作主角，超現實的疏離與神物的崇高，使得虛構的情節產生神話詩的顚覆。神物的超現實神性，透過祂原先被賦與的擬人化位格，再度下放到人間，祂的超能力重新受到人間理性法則的規範。

　　生命藉意象的媒介，在層重無盡的意象上鏤刻時間的軌跡，但簡單定位的意象不是生命，計時器各自表述的軌跡也不是時間。如果可以通觀因陀羅網層重疊現的世界，則必能映現珠珠相攝的生命之旅。

〔註 105〕G. F. W. Hegel, Werke. Bd.15. SS.325～338。
〔註 106〕G. F. W. Hegel, Werke. Bd.15. SS.418～438。
〔註 107〕Harold Bloom　（ed.）　The Bible Chelsea House, 1987. pp.259～289。

第四節　論文架構

　　基於上述的理路安排章節，所以「緒論」部分，首先簡述歷來有關杜詩之研究概況，次說本文所採「意象」之意涵，再則闡明本文對於意象分類的理路及類型。

　　第一章「名物」，討論杜詩所運用的各種名物。所謂「名物」，如《周禮・天官・庖人》曰：「掌共六畜六獸六禽，辨其名物。」藉物象以表意乃詩的基本結構，本章探討名物之意象形構，因其與直接指涉人類位格的名詞關係遠近，與指涉人類位格名詞之所指，亦即能知的能指以其所知的程度為分類依據，亦即以「切近／疏遠」和「具象←→抽象」作為名相的分類軸線。依此雙軸再分為八節，分別是：第一節「天地」、第二節「風月」、第三節「江山」、第四節「家室」、第五節「草木蟲魚鳥獸」、第六節「遺蛻」、第七節「神氣」、第八節「以物觀物」。

　　第二章「身心」，討論第二重意象的核心元素位格（Personae），位格主體在一首詩中，雖然不一定以主詞的形式出現，但是它的位格性經常是全詩意義的核心。第一章所說的萬象，乃是以位格為思考的原點，至於指涉位格的媒體，出現於詩句中者雖然經常不離「身」、「心」，其實「位格」才是人生永恆的居所。能表現個人的「位格」特色，才能夠彰顯人生的意境，表達生命的意義。將他物位格化，[註108]或許可以暫時免於身體形象衰亡的悲運，但是擬人的手法，仍不免以自我為中心，必得經過物化的歷程，才能夠顯現詩人駕馭意象的能力。所以本章依次分為四節：第一節「界定位格」、第二節「位格化」、第三節「生滅成毀」、第四節「物化」。

　　第三章「圖畫」，討論杜詩中圖畫意象形構多重映象布局的特色，在「意」與「象」假立的名相之間，鋪陳抽象關係的具體圖畫。所以

─────────────

〔註108〕在修辭學中，一般稱之為「擬人」。如方回《瀛奎律髓》卷二十七
　　　　　所說：「詩家賦物，毋論大小妍醜，必有比況寄托。即以擬人，亦
　　　　　未為失倫。」

本章依次分爲五節：第一節「圖畫意象的定義」、第二節「圖畫意象的元素」、第三節「圖畫意象的形構」、第四節「圖畫意象的虛實」、第五節「圖畫意象的疏密」。

第四章「時間」，討論的重點在於：詩人如何辯證於「意」與「象」之間，形構其「念念相續的時間觀」。時間觀攸關我們對生命的理解與詮釋，因爲視覺想像的世界裡，尚無法曲盡詩人的心意，只有時間導向的思維與語言，足以呼應生命的綿延。第四重意象的形構元素是事件，所以本章依次分爲三節：第一節「時間的定義」、第二節「時間定位與理解」、第三節「多元時間度量事件」。

第五章「述往思來」，討論杜詩中的第五重意象形構。第五重意象形構整合了上述四重意象形構，其形構元素是歷史事件。歷史事件是一種歷史意義的時間表述，所以本章依次分爲十節：第一節「歷史的定義」、第二節「歷史迷宮裡的辯證」、第三節「墓誌銘的救贖」、第四節「歷史咒語的歧義」、第五節「夢迴逝者的囈語」、第六節「族姓繁衍的教誨」、第七節「召魂」、第八節「漂泊者的航海學」、第九節「歸根復命的禱詞」、第十節「天地流離的獨白」。

第六章「夜角自語」，討論杜詩中藉著虛構的生活事件，表述內在心情的抒情詩。探索詩人如何運用前述的意象範疇，但是卻又抽離或否定客觀的事件，以突顯主體內心的情志。第六重意象形構的元素是情感事件，所以本章依次分爲四節：第一節「照我衰顏」、第二節「獨立蒼茫」、第三節「全身極樂」、第四節「潤物無聲」。

第七章「陰陽造化」，討論杜詩中以虛構的情節或以神物作爲主角的神話詩。神話詩的特質不只在於虛構的生活事件，還在於主角所具有的神性位格。所以本章依次分爲三節：第一節「界定神話」、第二節「神人夢境」、第三節「尸解物化」。

最後「結論」，則將評估：以意象類型分析杜詩的效果，並且藉杜詩文本的意象分析，探討詩學究竟應模仿自然科學的線性推理？抑或採取散點透視的研究途徑？期待經由作品→意象→意象範疇的探

討，得以使吾人在進行詩歌的評論時有溝通的基準及議論的開放場
所，甚或發展出更能呼應生命眞諦的詩學。

第一章　名　物

　　杜甫留下將近一千五百首詩作，總字數超過十萬字，運用了近四千五百個字詞，[註1]如果由杜甫詩作裡萃取出最基本的意象形構元素，亦即表述爲名詞的天地萬象，其中萬象之名何可勝計？因此針對萬象之名所作的分類，乃形式的分類，而非內容的分類。就詩學評論的需要而言，藉物象以表意的基本結構，在乎物象間相對的關係，以及此種關係所涵涉的意義。至於萬象難以計數的內容，或許提供生活史研究豐富的材料，在詩學研究中則將暫時擱置。

　　本章所要論述的萬象之名，主要是詩句中的「述詞（predicate）」，所以分類的原則乃是以詩中的「主詞」爲原點，按其與主詞「切近／疏遠」的程度，作爲我們的分類依據。另一個與主詞有關的標準，則是以主體的理解程度作爲分類的依據，亦即以「具象←→抽象」爲兩端作爲名相的分類軸線。

第一節　天　地

　　第一類名相如「宇宙」、「天地」、「天」、「地」、「乾坤」、「陰」、

〔註 1〕杜詩的各種版本所收詩篇數目略有出入，如《錢注杜詩》共收一千四百二十三首，《讀杜心解》共收一千四百五十八首，根據《全唐詩索引》數據庫統計數字則詩文總字數爲 106324 字，詩作 1500 首，使用字數 4498 字。

「陽」……等是。如杜甫〈詠懷古跡五首〉其五曰：

諸葛大名垂宇宙，宗臣遺像肅清高。

三分割據紆籌策，萬古雲霄一羽毛。

伯仲之間見伊呂，指揮若定失蕭曹。

運移漢祚終難復，志決身殲軍務勞。

此詩的第一重意象形構中，屬於此類名相的有「宇宙」、「雲霄」。上下四方為「宇」，古往今來為「宙」，「宇宙」是空間和時間的無限連續，可以說是視域的最高範疇，同時也是最空泛的範疇，因此它已不屬於視覺領域，而是理性所知解的普遍概念。

「宇宙」一詞在杜詩中出現十次，「天地」出現三十次，以兩者使用的頻度相較，顯見杜詩視域的邊際固然以「宇宙」為終極，但實際卻多以「天地」為主。再單獨以「天」、「地」的字頻來看，杜詩中「天」出現五百四十四次，「地」出現兩百五十八次，可見「天地」還是杜詩中視覺意象最常見的邊際。

其實所謂「天地」只是符號，它們有時也以「乾坤」為名，如《周易・象傳》曰：「大哉乾元，萬物資始，乃統天。雲行雨施，品物流形。大明終始，六位時成，時乘六龍以御天。乾道變化，各正性命，保合太和，乃利貞。」「至哉坤元，萬物資生，乃順承天。坤厚載物，德合無疆。含弘光大，品物咸亨。牝馬地類，行地無疆，柔順利貞。」

「天地」與「乾坤」顯見類比的關係。但是我們也可以確認，「天地」已經相當不具體，而「乾坤」較之更具有抽象的意義。另外一組名相「陰陽」也是具有抽象意義的述詞，「陰陽」雖然不是視域的邊界，但是卻經常類比於「乾坤」。如《周易・繫辭下傳》：「子曰：乾坤其易之門邪？乾，陽物也。坤，陰物也。陰陽合德，而剛柔有體，以體天地之撰，以通神明之德。」又《周易・說卦》曰：「昔者聖人之作易也，將以順性命之理，是以立天之道，曰陰與陽。立地之道，曰柔與剛。立人之道，曰仁與義。兼三才而兩之，故易六畫而成卦。分陰分陽，迭用柔剛，故易六位而成章。」

因此上述「天地」「乾坤」等概念與「陰陽」產生了類比關係，雖然這種類比關係並非十分工整。但無論「宇宙」、「天地」、「天」、「地」、「乾坤」或「陰」、「陽」，這一類意象範疇的特質在於其非具象性。以「天」概念為例，在中國古代的思想脈絡裡，它已經是相當抽象的概念。以下簡約論述「天」概念的幾個主要面向〔註2〕：

（一）作生與監命之天

《詩經·大雅·蕩》云：「……天生烝民，其命匪諶。……」烝者，眾也。言眾民之生，乃受天所命，〔註3〕天命是人生的根本，說明眾生生存的根源。

《詩經·周頌·天作》又云：「天作高山，大王荒之。彼作矣，文王康之。」言上天作此高山，山乃岐山，〔註4〕周民所居。天生眾民，且作高山供人安居。上天既生眾民，又作眾生生存的場所，故《詩經·大雅·烝民》又云：「天生烝民，有物有則。……天監有周，昭假于下。……」以及《詩經·大雅·大明》：「天監在下，有命既集。文王初載，天作之合。……」

上天監視著眾生，監視的結果是善惡價值判斷的前提，決定生民的命運。恰如《尚書·呂刑》所謂：「上帝監民罔有馨香德，……乃命重黎，絕地天通，罔有降格。」

（二）導民與罪民之天

《詩經·大雅·板》：「天之牖民，如壎如篪，如璋如圭，如取如攜，……」牖者，道也，言開導之也。壎土製樂器，篪竹製樂器，言其如奏樂相和也。璋為半圭，可與圭相合。圭者，為上圓下方之端玉。〔註5〕意謂上天有如音樂韻律之諧和，啓發開導人民。

〔註2〕 李霖生《辭與物：易傳釋物的秩序》臺灣大學哲學研究所博士論文，1996年1月，頁24～27。
〔註3〕 王靜芝《詩經通釋》（臺北：輔仁大學文學院，1978），頁562。
〔註4〕 王靜芝，同上，頁614。
〔註5〕 王靜芝，同上，頁560。

上天除了啓導人民，也施嚴酷的手段降喪降罪於民。如《詩經‧大雅‧召旻》云：「旻天疾威，天篤降喪。……天降罪罟，蟊賊內訌。……」統治者受到上天的監督，上天視其是否能保民安民，決定其政治生命的存亡。如《尚書‧康誥》曰：「惟厥罪無在大，亦無在多，矧曰其尚顯聞于天。」人民只要一有罪過，上天必會知聞。

上天生眾生，作萬物以養眾生。藉王朝存亡絕續的審判結果，向君王啓示天命。君王則以實現保民治民的使命，進而建立人間的秩序，得確保天命在己。

（三）天作為萬物存活的場所與背景

最後以天作為萬物存活的場所與背景，如《詩經‧豳風‧鴟鴞》云：《詩經‧大雅‧崧高》：「崧高維嶽，駿極于天。維嶽降神，生甫及申。維申及甫，維周之翰。四國于蕃，四方于宣。」此高天是高山大地的背景，是萬物存在的極限，也是生存視域的邊疆。而《詩經‧大雅‧旱麓》更明確表述：「鳶飛戾天，魚躍於淵。」天淵並舉，淵是魚游動的場所，天也是鳥飛翔的場域。

飛翔天際的鳥很多，例如《詩經‧大雅‧卷阿》所云：「鳳凰于飛，翽翽其羽，亦集爰止。……鳳凰于飛，翽翽其羽，亦傅于天。……鳳凰鳴矣，于彼高崗。梧桐生矣，于彼朝陽。……」鳳凰是神話中的鳥，所以鳳凰于飛的天變成具有神話色彩的生存場所。又如《周易‧乾卦》九五：「飛龍在天」，天地是魚龍生活的境域，所以雖然人的想像拓展到天地的極限，但是生存其中的也不是一般人，而是以龍為主的位格，象徵著超凡的生命形態。

最重要的意義在於《詩經‧大雅‧下武》所謂：「下武維周，世有哲王。三后在天，王配于京。」京，鎬京也，西周廟寢所在之地。〔註6〕所以上天也是已逝祖先生存的場所，但卻也是人們無法以肉眼觀看的世界，是宗教信仰中人物的生存場域。

〔註6〕王靜芝，《詩經通釋》（臺北：輔仁大學文學院，1978），頁529。

　　杜詩中的「天地」主要屬於第三種意義，是萬物存活的場景。但是當作場景的「天地」與「宇宙」，或「天」與「地」的內容已經具有多元分化，因此它們退到視域的邊緣。退至視域邊緣後，它們的內容也更加缺乏具體性，而呈現更高的抽象性，因之其內涵指涉也更具普遍性。其它如「乾坤」、「陰」、「陽」，因爲與「天」「地」概念間的轉譯，所以也可以歸屬於此一範疇。

　　試觀「江間波浪兼天湧，塞上風雲接地陰。」〈〈秋興〉第一）出句「江間波浪兼天湧」雖然也只是白描，如只看「江間波浪」的意象，則不過僅見各人經驗的波浪而已，但是波浪竟然「兼天湧」，於是視覺想像經此一頓挫，遂產生一重視線的曲折。視覺作用其實是以光線爲條件，巫山巫峽之間的光影取決於天光，如今波濤洶湧兼天，遮天蔽日，詩人於此營造了昏天黑地之勢。昏黑的景象雖然是光的缺席，卻仍然是光的另一種面目，只是這光乃以陰影演出，由此帶出下句的風景。

　　「塞上風雲接地陰」風雲雖然勉強可說薄具形象，但是到底變幻莫測。就圖畫意象的形構而言，「風雲」終究不免過於曖昧。「塞上風雲」的形勢令人既不難想像，又著實難以想像。不難想像是因爲它的畫幅充眼，讓人無法視而不見。難以想像則是因爲其遼闊無垠，使人觀測不出它的輪廓。尤其天上風雲竟入於「地」，這景象實在難以描摹。如果擬之於國畫，則可譬之潑墨山水。又或如西方文藝復興時期的大畫家達文西（Leonardo da Vinci）所發明的手法（義大利人稱之sfumato），爲我們的想像留下餘裕。如果輪廓的線條不是那麼明確，如果形貌有些模糊，宛如將隱逝於陰影裡，將可避免造型與色彩單純結合所產生的乾枯與呆板。〔註7〕

　　詩中「兼天湧」與「接地陰」的意象，並非描摹自然，卻因此表現了一種超自然的布局。超自然的布局以漫畫式的手法呈現，表達超

〔註7〕E. H. Gombrich, The Story of Art Oxford：Phaidon, fifteenth edition, 1990 reprinted. p.228。

自然的理念。杜甫在此表現的是一種封閉疏離的生存處境，人在這種處境裡，因爲兼天接地的隔絕，疏離隔絕的意象可以戲劇化地呈現於想像的視域。疏離的生存處境不屬於自然世界，是自然之外的，超自然的人際關係。如同與「參與」相對的「缺席」，因爲很難具象地表現，尤其難以藉自然世界裡的視覺形象表現，所以杜甫以不自然的圖象表現了超自然的事情。〔註8〕

寒意已經滲透這一帶江山，想像卻未稍停。生命的感觸不僅是寒冷，還有更強烈的不安。不安的意象寄托在更遼闊的場景裡，簡直要漫出詩人兀然獨立的江山之外。峽之中是詭譎的波浪，波濤洶湧瀰天蓋地，意象的圖畫直向天涯鋪去，生命的不安也自腳下泛濫至於天際。

意象的圖畫仍然持續伸展開去，視域的擴張，自〈秋興八首〉之一的首句「玉露凋傷楓樹林」鎖定的一點玉露之後就沒有停息，一直引誘想像擴向天涯，但是感情的內涵卻逐漸由寒冷秋意的傷感，轉出生命在動亂中的不安。江的湧動原本是一騷亂的事件，但詩人仍許以圖畫的意象，以靜寫的圖象表述洶湧的不安。但是江流波濤的動亂終究溢出了圖畫，歷時的意象必將隨生命的省思改變意象的範疇。

從一點玉露的形象開始，意象的圖畫便逐次展開，直到想像力瀰漫天地之間。玉露是此亙古天地間，夔府一帶江山間，一遍紅浸楓林間，一點詩人生命感觸的表述媒介。江間的波浪，騷亂上達於天，這是詩人想像的仰視。邊城夔府的天際風雲，寒冷直貫地下，這是詩人心眼的俯瞰。這可以說明中國畫的空間是流動的空間，所以不受焦點透視的局限。〔註9〕

風雲與波浪皆因其與時俱變的歷時性，對於生命騷亂不安的意象體貼入微。〔註10〕但是詩人在第一至第四句，只營構了兼天接地的意

〔註8〕中世藝術家捨棄了空間的幻影與戲劇化的行動，於是能夠安排肖像與身影於純粹裝飾線上。因爲免於模仿自然世界，所以能夠自在地傳達超自然的理念。Gombrich, p.136。

〔註9〕潘天壽，《潘天壽談藝錄》（臺北：丹青圖書，1987），頁91。

〔註10〕關於雲的聯想，請參考羅師宗濤〈唐人詠雲詩試探〉收錄於《第三

象圖畫，將洶湧的波濤與動亂的風雲，規範於天地江山之間。以靜態的圖象表述動態的生意，原本易於縛手縛腳，難以盡意。但是杜工部因通天徹地之局，凝聚鋪天蓋地之力，江間波浪兼天湧，塞上風雲接地陰，靜寫的動能巍巍然將於刹那之間釋放。

其次，以杜甫〈詠懷古跡五首〉其一爲例：

> 支離東北風塵際，漂泊西南天地間。
> 三峽樓臺淹日月，五溪衣服共雲山。
> 羯胡事主終無賴，詞客哀時且未還。
> 庾信平生最蕭瑟，暮年詩賦動江關。

分析本詩的第一重意象形構元素，如：「風塵」、「天地」、「峽」、「溪」、「樓臺」、「衣服」、「日月」、「雲山」等。其中「天」與「地」提示了視覺想像的邊界與框架，因爲有「天」與「地」框定了視覺想像的邊界，「日月」與「雲山」等意象元素才有了掛搭處。個別的視覺意象元素，藉著一種相當邊際性的視覺意象元素「風塵」與「天地」，形成了全幅共存的意象效果。然而在這看似同一平面共存的意象，對主體而言還是有親疏遠近的不同。

又如杜甫的〈望嶽〉：

> 岱宗夫如何，齊魯青未了。造化鍾神秀，陰陽割昏曉。
> 盪胸生層雲，決眥入歸鳥。會當凌絕頂，一覽眾山小。

「陰陽」一詞，如果參照《莊子・大宗師》文中，子來將死時的開示，曰：「父母於子，東西南北，唯命之從。陰陽於人，不翅於父母。彼近吾死而我不聽，我則悍矣，彼何罪焉。」陰陽一詞在上述的章句中彷彿具有位格，擬於父母，但是接下來「今一犯人之形，而曰人耳人耳，夫造化者必以爲不祥之人。」〔註11〕我們如果迷戀人的位格性，絕無法領悟生命的大化流行。所以承《莊子・齊物論》所謂「天地一指，萬物一馬」之旨，「陰陽」一詞則不可以執定爲擬人的生命元因。

屆中國唐代文化學術研討會論文集》（臺北：中國唐代學會，1996），頁 8〜25。

〔註11〕《莊子・大宗師》。

第二節　風　月

在「天」與「地」建立的視域範疇內，還可以依其與主體的相對關係，分化出更多的物象範疇。例如「日」、「月」、「星」、「北斗」、「河漢」、「象緯」、「參」、「暉」、「雲霄」、「天末」、「天闕」、「雲」、「雲雨」、「雨」、「霜」、「雪」、「霖」、「露」、「風」、「涼風」、「微風」、「萬里風煙」、「春風」、「風塵」、「影」、「瘴」……等等，屬於主體宏觀天下的視域範疇。

在杜甫宏觀天下的視域範疇裡，如「日」、「月」、「風」、「雲」等詞，詩集中使用的頻率都非常高：「日」字七百零二次，「月」字二百八十九次，「風」字六百零四次，「雲」字五百次。這些詞皆有利於鋪陳宏觀的意念，但正因其利於宏觀，所以必然薰染抽象的屬性。例如「支離東北風塵際，漂泊西南天地間。」（〈詠懷古跡五首〉其一），「風塵」一詞便藉著一種相當邊際性的視覺意象元素，統合個別的視覺意象元素，形成了全幅共存的意象效果。

又如「……畫圖省識春風面，環珮空歸月夜魂。千載琵琶作胡語，分明怨恨曲中論。」（〈詠懷古跡五首〉其三）詩中的第一重意象元素，如果以它們與位格主體的遠近來區分，可以由「風」這個元素開始。

現實生活中，我們如何用眼睛捕捉風的姿態？必須透過「風」的效應，例如飛揚的髮絲或飄搖的枝葉。汪曾祺的短篇小說〈鑒賞家〉，[註12] 講述一個畫家和水果販子知音相賞的故事，其中就有這樣一個情節：畫家畫了一幅紫藤，問果販葉三。葉三說：「紫藤裡有風。」畫家問他如何得知？葉三說：「花是亂的。」畫家於是提筆題了兩句詞：「深院悄無人，風拂紫藤花亂。」的確，一幅紫藤的畫面如何畫出「風」來？必須透過「花亂」，因為「風拂紫藤花亂」。相對於視覺意象元素，「風」所能具體指涉的對象內涵相對地貧乏，但正由於「風」的不具象，反而產生了普遍性的意涵。

〔註12〕請參閱汪曾祺《茱萸集》（臺北：聯合文學出版），頁 142。

其次是「月」這樣的意象元素，它的出現通常作爲時間度量的標記，因此它提示了時間想像的軸線，而且是時間的空間式表述。「月（亮）」雖有晦明（光線）、圓缺（形狀），似可以透過視覺的傳達進行表述，實則像表述時間刻度的「月」、「年」、「歲」等都是抽象概念。

又如「三分割據紆籌策，萬古雲霄一羽毛。」（〈詠懷古跡五首〉其五）句中的「雲霄」雖然近似可見的具體事象，其實因其澹漠無邊，所以也襲取了普遍概念的共相性格。「雲霄」和通俗所說的某動物、某植物、某礦物等概念不盡相同，普遍概念之所以爲普遍，能夠陳述許多事物，正由於它的抽象性，像某動物、某植物、某礦物屬於經驗概念，它們只代表許多個體所共有卻並非事物本質的共同特徵。而「雲霄」只反映某類事物的存在，是事物存在的場域，比起某動物、某植物、某礦物等具體事物，更爲抽象。「雲霄」雖然未能指涉某一具體事物，卻是某類具體事物存活的條件。

此類意象固然屬於視覺想像的世界，但是其表述宏觀的屬性，可以類比於歷史的通觀，所以在詩人詠懷古跡的詩句裡，它們的普遍性與抽象性，往往利於歷史長河式的表述。據上述引文出處觀之，或可窺其關竅。至於歷史長河式的表述形式，將於第五章詳論之。

第三節　江　山

相對於上述主體宏觀天下的視域範疇，其它如「山」、「岑」、「雲山」、「江山」、「嶔崟」、「山郭」、「南山」、「群山萬壑」、「峽」、「溪」、「川」、「江」、「江湖」、「平野」、「陸」、「陂」、「水鄉」、「池」、「洲」、「岸」、「谷」、「絕頂」、「陰壑」、「秋水」、「波濤」、「石」……等等，屬於主體俯察天下的視域。

杜甫的〈望嶽〉詩，以山爲主要的表述對象，正可以作爲闡釋此類意象的範例：「岱宗夫如何，齊魯青未了。」「岱宗」者，據《白虎通德論》所說，萬物相代於東方，故東嶽泰山又稱岱宗。既然稱宗，

自不同於龍門之爲山或其它的山岳。根據杜甫的〈望嶽〉，發現詩人對於人生境遇的感悟，有如《莊子‧大宗師》所言：「若人之形者，萬化而未始有極也，其爲樂可勝計邪。故聖人將遊於物之所不得遯而皆存。」人的生命，於萬物之中稟受天地之化而爲人形，這與變爲體的形體，其實是萬化而無窮盡的。若能明白生命乃是與大化同流，如聖人乘於變化之途，遊於物所不得遯的境地。既然與大化同流，便是「天地與我並生，而萬物與我爲一」了，詩人達觀生命變化的視域，隨著造化生成的岱宗而起，著眼於生成變化的這一端。

從仰望崇山以至於縱目平野，陸上還有許多地形、地物，對於諸多地形、地物的描寫常藉以表述詩人漂泊的生涯。例如「……三峽樓臺淹日月，五溪衣服共雲山。……庾信平生最蕭瑟，暮年詩賦動江關。」（〈詠懷古跡五首〉其一）詩句中的「峽」與「溪」、「江」與「關」則將視線從邊遠無際的天地帶到了近前，至於更切近的「樓臺」，則提供了主體暫時安身之地。

縱目之野望，詩人歷述地形、地物，除了漂泊還有歷史的懷想。詩人將賦予這些地形、地物時間的形容詞，於是地形、地物變成了計時器，積蓄著歷史的向量。例如「群山萬壑赴荊門，生長明妃尚有村。一去紫臺連朔漠，獨留青塚向黃昏。……」（〈詠懷古跡五首〉其三）「群山萬壑」在視覺想像軸線上，藉著層疊的效應，形成幅度廣大的指涉，進而直逼普遍性的視域範疇。

「漠」是視覺想像軸線上，空間性的提示，而且對此空間具有收斂視域的效果，因爲它是一種特殊的地形。但是相對於「山壑」，「漠」的幅度較廣大，因此也更傾向指涉普遍性的意涵。

以上的名相如果歸類爲自然的宏觀，那麼主體俯察的視域裡，還有所謂人文的景觀。人文的景觀才是詩人宏觀視域裡的焦點，也是情意表述的依歸，如「城」、「國」、「京華」、「朝廷」、「闕」、「宮闕」、「五陵」、「齊」、「魯」、「朔漠」、「州」、「邊」、「烽火」、「關」、「關山」、「塞」、「關塞」、「野」、「鳥道」等等宏觀的視域。

　　置身於「城」牆圍繞著的「國」中，貴族的家在城垣內，國中「京華」、「朝廷」的主建築爲「廟寢」、「社壇」、「庫臺」。廟以接神，寢藏衣冠。古代宗廟亦爲國君或貴族起居與會見貴族之所，故廟寢一體連言。社壇爲城內平壙之地，壘土植樹，是統治者與國人祭祀之地。戰征之前，先在祖廟卜算授兵，所謂廟算是也。其次於社壇祭祀，與國人分食祭肉，以固人心。班師則於社壇刑罰，於祖廟嘉賞。積土四方而高曰「臺」，蓄藏財貨兵甲之臺曰「庫」。庫臺爲城內防禦最後基地，平日可爲登高覽勝之地。〔註13〕

　　城邑的功能在於保衛與統治，築城的原則爲「鄉山左右，經水若澤」，意即築城的理想地理條件：背高山，臨深谷，左右有丘陵或河川湖澤；又或丘陵湖泊環於四方。〔註14〕「墉」即城，前後皆設望樓，〔註15〕權力與視域在城邑的形構裡有密切的關係。宗廟宮室皆在城牆的保衛範圍之內，城墉牆垣劃分了不同的生存環境，所以我們先看到高大的城牆望樓，再由城門窺見郊原川「野」。

　　典型城邦的地理景觀：裡口是城垣，外口是封疆。城垣內謂之國，城垣外謂之野。走出國門概稱爲野，野細分爲「郊」與「野」，郊指「國」與「野」之間近城門之地。《說文解字》口字條：「邑外謂之郊，郊外謂之野，野外謂之林，林外謂之口。」「口」爲圍繞國邑的封疆。封疆爲城邦外口，利用山谿樹林隔絕內外。

　　國與封疆之間，野上散布農莊邑社。〔註16〕此所謂「田」可與「邑」並舉，古代農莊聚落與耕作的田地不能分離，據杜正勝先生的看法，以爲人口比較密集的聚落，周圍建築防禦工事者稱作「邑」。人口稀疏，聚落無圍牆者稱作「田」。田亦有田獵活動的意涵，但是田獵仍然以田的存在爲前提。金文與甲骨文的「邑」皆象人依存於城

〔註13〕杜正勝《古代社會與國家》（臺北：允晨文化實業股份有限公司，1992），頁 619～31。

〔註14〕杜正勝《古代社會與國家》，頁 612～3。

〔註15〕杜正勝《古代社會與國家》，頁 228。

〔註16〕杜正勝《古代社會與國家》，頁 457～61。

下。〔註17〕

　　人文景觀的宏觀視域含出城之後的歷覽之地，山上高平之地爲陸，築城的理想地理條件：背高山，臨深谷，左右有丘「陵」或河川湖澤；又或丘陵湖泊環於四方。封疆爲城邦外口，利用山谿樹林隔絕內外。「淵」字，據馬如森曰：「本義是潭淵。」〔註18〕一般農民生存於城外近郊的高地上，是所謂「丘民」。「深淵」「大川」是隔絕封疆內外的天然界限。

第四節　家　室

　　自然景觀與人文景觀的區分不是本文的重點，因爲基本上那是由文化哲學借來的分類方式，而非本於意象分類學的區分。宏觀與微觀的區分，乃基於視覺想像的通觀，以想像的主體爲參考點。宏觀視域或許表現詩人生命的境界，微觀視域當然也相對表現詩人生命境界的另一極。

　　在微觀的視域裡，自然景觀環聚在主體的周圍，而人文景觀又往往比自然景觀更貼近主體。所以先論及人文景觀如「府」、「宅第」、「家」、「室」、「畫省」、「官」、「青塚」、「故宅」、「軍」、「宮」、「殿」、「寺」、「廟」、「祠屋」、「荒臺」、「樓臺」、「紫臺」、「山樓」、「江樓」、「閣」、「軒」、「小苑」、「鄰家」、「巢」、「村」、「柴門」、「戶牖」、「粉堞」、「梁棟」、「井」、「園」、「茅屋」、「場」……等等，相對微觀的人文視域。

　　檢視名物與人的關係遠近，我們可以較量出想像的視域在共時軸上，有縮小並貼近的現象。例如「……江山故宅空文藻，雲雨荒臺豈夢思。最是楚宮俱泯滅，舟人指點到今疑。」（〈詠懷古跡五首〉其二）「江山」在天地之間，日月之下，而「故宅」比起日月江山更切近人的生存。

〔註17〕杜正勝《古代社會與國家》，同上，頁226，232。
〔註18〕馬如森《殷墟甲骨文引論》（長春：東北師範大學出版社，1993），頁563。

　　而「雲雨」與「江山」一樣，單獨來看，仍然在天地日月的意象範疇之下。此處「雲雨」雖意謂著男女的遇合，然而遇合事件發生的場景是「臺」與「宮」，兩者皆是居所的建築圖像，「臺」與「宮」自然也可以歸屬於人生寓所的範疇下。詩人在詩篇中所引入的「宅」、「臺」、「宮」等，這些居所的建築意象，當然不是客觀建築自身。文字符號所組構的建築，本來就與現實具體之物迥異，但是詩人以精緻的表述重新編織出起居住所的圖像，即使他本意不在於重回建築裡生活起居的經驗，詩篇本身也會因為關於具體存有諸物的描寫，而吸引我們對現實生活的懸念。

　　又如「群山萬壑赴荊門，生長明妃尚有村。一去紫臺連朔漠，獨留青塚向黃昏。……」（〈詠懷古跡五首〉其三）「村」作為單純的地貌，可以進一步收斂起視域。「青塚」是視線收回到身體形象的中繼點，再貼近一點就是身體形象的投影：「畫圖」，因為此詩裡，「畫圖」乃是指明妃的畫像。〔註19〕

　　這自我身體形象的投影，牽繫著畫主的生命意義與價值。微觀視域裡的人文景觀最主要的意義在於承載主體的生命，視域逐漸收斂亦意謂著生命境界的萎縮，或者生命意義的深邃。例如杜甫〈詠懷古跡五首〉其四曰：

　　　蜀主窺吳幸三峽，崩年亦在永安宮。
　　　翠華想像空山裡，玉殿虛無野寺中。
　　　古廟杉松巢水鶴，歲時伏臘走村翁。
　　　武侯祠屋常鄰近，一體君臣祭祀同。

這首詩的第一重意象形構元素，顯然收斂於較小的視域。「峽」與「山」是常見的元素，也是這首詩想像視域最大的景觀。其次場景就集中於「宮」、「殿」、「寺」、「廟」、「祠屋」，這些名號既指涉人間的居所，

〔註19〕昭君之事本出於正史，《漢書・元帝本紀》、《漢書・匈奴列傳》與《後漢書・南匈奴傳》均有記載。然皆無圖畫及畫工收賄之說，東漢時流傳有關昭君之事已較西漢曲折、豐富。託名東漢蔡邕的《琴操》雖載昭君事，亦無圖畫之說。

也可表述逝者的居所，有時兼具兩重意義。

延續上述相對微觀的人文視域，又有「干戈」、「弩」、「弦」、「刀尺」、「砧」、「針」、「鉤」、「機」、「舟」、「檣」、「車馬」、「槎」、「牙檣」、「編蓬」……等等，代表人所製作的工具。而「機絲」、「樽」、「椮」、「琛」、「烏几」、「旌旗」、「結繩」、「籌策」、「酒」、「膠」、「漆」、「燭」、「燈燭」、「藥」、「鐘」、「棋」、「香爐」、「枕」、「玉」、「萬金」、「葛」、「文藻」、「稻」、「食」、「菰米」、「脫粟」……等等，則是人製造的產物。因為是人製造的產物，而且是日用尋常之物，所以又有了一番貼近生活的意蘊。

首先要提的是「舟」，因為「舟」兼具居住與遷徙雙重意義。例如〈旅夜書懷〉，杜甫嘗試開出人生的出路：

> 細草微風岸，危檣獨夜舟。星垂平野闊，月湧大江流。
>
> 名豈文章著，官應老病休。飄飄何所似，天地一沙鷗。

在朝或在野是杜甫生涯的臨界情境，[註20]「朝」的世界元件如宮室朝堂京華故國，「野」的世界包括郊原田野山河峰澗江湖草莽。杜甫的〈旅夜書懷〉顯然是詩人在野的懷想。「細草微風岸，危檣獨夜舟。」是當下孤危寡與的生存處境，「星垂平野闊，月湧大江流。」點染在野的寥落場景，「名豈文章著，官應老病休。」並非單純的回憶，而是詩人的人生反思，感悟「文章憎命達」，所以長吟「名豈文章著」表述蒼涼的達觀。對於漂泊的宿命，蹭蹬的際遇，杜甫期許自身「官應老病休」遂得解脫仕宦的懸念，人生的境界瞬間達於逍遙任化的高明自在：「飄飄何所似，天地一沙鷗。」

「舟」的意象當然也和人生的寄寓相關，例如「利涉大川，乘木舟虛也」（《易經・中孚・象傳》），「子曰：道不行，乘桴浮於海。」（《論語・公冶長》）或者如《莊子・逍遙遊》：「且夫水之積也不厚，則其負大舟也無力。……今子有五石之瓠，何不慮以為大樽，而浮於

〔註20〕「臨界情境」critical condition 借自近代西方自然科學術語，所附英文譯語在於豐富其所寓意義。

江湖？」所以，「舟」自然也可以歸屬於人生寓所的範疇下。

由這些名物層次的意象觀之，透過同一範疇並且性質相近的意象元素所產生的集中作用，在在指向「人生寄寓」的主題上。直到杜甫去世的前一年，唐大曆四年（769A.D.）詩人寫下最後的〈野望〉：﹝註21﹞

納納乾坤大，行行郡國遙。雲山兼五嶺，風壤帶三苗。

野樹侵江闊，春浦長雪消。扁舟空老去，無補聖明朝。

審視詩人數十年生涯的世界觀，「乾坤」、「郡國」、「雲山」、「風壤」、「五嶺」、「三苗」，再度揭示杜甫眺望或想望中的世界，城國郊野山川，以及乾坤六合的布局。但是如同前述，詩人的世界觀已逐漸崩塌坍縮成虛無頹廢的情意黑洞。所以乾坤雖大，郡國之旅迢遞疏離，「雲山」、「風壤」寫盡飄搖浮生，「五嶺」、「三苗」標點逐客幽人的悲懷，「江闊」、「雪消」歸途無覓，「扁舟空老去，無補聖明朝。」是詩人野望視線最後的落點，「舟」字再次透顯了居住與遷徙雙重意義。然而最後的歸宿或終將是無歸處。

再回到日用尋常之物貼近生命意境況味的議題，論述的焦點仍然在於居住與遷徙雙重寓意的人生境遇之上，例如「江山故宅空文藻」（〈詠懷古跡五首〉其二）「藻」是「藻」飾，它是「藻」這種實有物作為「水草總稱」的符號化結果，而「文藻」因此變成了「符號的符號」、「名物的名物」。它修飾著人生的居所，同時它自身就是人生的寓所。

前述微觀視域裡的人文景觀，以萬物之微象表現主體生命的意義，視域逐漸收斂固然可以意謂著生命境界的萎縮，但也可能表述著生命意義的深度。例如「三分割據紆籌策，萬古雲霄一羽毛。」（〈詠懷古跡五首〉其五）「籌策」在軍事活動裡的寓意，使得鞠躬盡瘁的表象具有深度的刻畫。至於與雲霄相映的「羽毛」，其基本意象只是生活裡的一物而已，在此只隱涵著詩人別具會心的矛盾對比效應。

人製造的產物裡有許多樂器，如「琴」、「鳴管」、「笛」、「鼓」、「鴉琴」、「笳」、「琵琶」……等等，乃頗值得留意之處。例如「千載琵琶

─────────

﹝註21﹞此詩繫年據劉孟伉主編《杜甫年譜》（臺北：學海書局，1981）。

作胡語，分明怨恨曲中論。」（〈詠懷古跡五首〉其三）「琵琶」與位格主體的關係更爲親近，因爲樂器使人聯想到演奏者。「琵琶」與明妃的關係尤爲密切：〔註22〕

> 明君歌舞者，晉太康中季倫所作也。王明君本名昭君，以觸文帝諱，故晉人謂之明君。匈奴盛，請婚於漢，元帝以後宮良家子明君配焉。初，武帝以江都王建女細君爲公主，嫁烏孫王昆莫，令琵琶馬上作樂，以慰其道路之思，送明君亦然也。其造新之曲，多哀怨之聲。晉、宋以來，《明君》止以絃隸少許爲上舞而已。梁天監中，斯宣達爲樂府令，與諸樂工以清商兩相間絃爲《明君》上舞，傳之至今。

音樂因爲是時間藝術，所以特別貼近生命的眞相，但也因此特別難以空間中的視覺意象表述。以樂器表述音樂的屬性，進而暗喻生命的況味，通常是詩人較易入手的地方。因爲音樂與時間，時間與生命之間的類比，音樂性意象具有特別重要的地位。樂器遂成爲音樂的替身，以視域中器物的圖象，詮釋視域外的生命理想。

第五節　草木蟲魚鳥獸

上文論及微觀的視域裡，自然景觀乃環聚在主體的周圍，而主體先是包裹在人文景觀裡。所以在微觀的視域裡，人文與自然交織存在於主體的周遭，如杜甫上元二年（761 A.D.）作于青城縣的〈野望因過常少仙〉：〔註23〕

> 野橋齊渡馬，秋望轉悠哉。竹覆青城合，江從灌口來。
> 入村樵徑引，嘗果栗皺開。落盡高天日，幽人未遣回。

「野橋」與「江」「村」說明杜甫眼中所望，江村野橋如此寫實，又

〔註22〕宋郭茂倩《樂府詩集》卷二十九，《相和歌辭》〈王明君〉解題，題下引《古今樂錄》。唐詩中以「琵琶」代昭君者，除此尚有李商隱詩之「馬上琵琶行萬里，漢宮長有隔生春」以及劉長卿之「琵琶弦中苦調多」等皆是。
〔註23〕此詩繫年據劉孟伉主編《杜甫年譜》（臺北：學海書局，1981）。

如此現實。地則「灌口」、「青城」，物則碧「竹」、褐「栗」，「天日」崩塌墮落，因爲是「幽人」之望也。

上元二年，垂暮的杜甫在自我放逐的失望裡，只能看見青城一隅逼仄的高天，而貌似悠然的生涯全無出路，詩人只能著眼於眼前的江村竹栗。自我放逐於京華，卻仍懸念歸鄉之期，殘餘懸念的微溫，更顯得這秋暮野望的悲涼。

青城雖然也有城郊田園川野的布局，但豈能與京畿名城大都的山川形勝相提並論。此時詩人的世界不僅萎縮，甚至塌陷下來。灰心喪志的陰鬱情懷，凝結成情志的黑洞，向孱弱不堪的身體重重的坍縮進來，詩人的雙眼勉強縱目，也只能望見青城一隅落盡之高天。例如曾經監臨齊魯，展現宰制寰宇之意的詩人，在〈望嶽〉一詩中，展現共大化之流行的生命感悟，表現出異樣的眺望。到了暮年的〈野望〉，或〈秋興八首〉中邊城流離對京國的遠望，不僅意氣不再，也喪失了極目縱觀的敘事風格。如「聞道長安似奕棋」（〈秋興〉第四），由夢想中的長安開啓的畫面，最後以隱而無名的平居懷思—「故國平居有所思」作結。其間遠近、大小、濃淡的安排，可以看出其經營布局。參照杜甫乾元二年（759 A.D.）作于秦州的另一首〈野望〉：〔註24〕

清秋望不極，迢遞起層陰。遠水兼天淨，孤城隱霧深。

葉稀風更落，山迥日初沉。獨鶴歸何晚，昏鴉已滿林。

與開元間所作〈望嶽〉已相隔二十餘年，杜甫的人生眺望景象迴異。古中國的權力網絡以「城」爲點，城與城之間是郊邑田園鄉野山川，所以望嶽與野望都存在於城堭外遼遠的山野。然而望嶽時的恢宏氣象，並未出現在在這首野望裡。

「天」、「風」、「日」、「層陰」構成視域的上緣，「山」與「遠水」布置了大地，其間點綴著微觀視域裡的「葉」、「鶴」、「鴉」、「林」，詩人已喪失一覽眾山小的氣度，他只著眼於一片「孤城」，以及生命裡的「清秋」。如果說瞻望無極意謂生命的遼闊意向，那麼被「霧」

〔註24〕此詩繫年據劉孟伉主編《杜甫年譜》（臺北：學海書局，1981）。

所遮蔽的江山只揭露了個人處境的疏離孤絕，人在無邊的濕霧裡，生命的通觀被打斷，此時詩人的野望，只是望見自身的孤寒。

「會當凌絕頂」的自我期許，以及「一覽眾山小」的豪情勝概，皆不復見。經過二十餘年的風塵困頓，杜甫的世界觀已然萎縮。昔日滿眼了然的青春，變作今時窅然的層陰霧深。以往縱目齊魯的雄視，現在只餘昏鴉獨鶴的遲暮。而這灰心喪志的陰鬱情懷，盡在物象流轉之際，由宏觀而微觀的遞嬗之跡，所以接下來必須一敘主體俯察的自然景觀。

主體俯察的自然景觀裡，可以區分出植物類物象，如「草木」、「樹林」、「楓」「蒼松根」、「松筠」、「杉」、「松」……等等，主要為相對宏觀的視域。至如「菊」、「麻」、「細草」、「蓮房」、「芙蓉」、「花」、「華」、「藤蘿」、「蘆荻花」、「花萼」、「莖」、「條蔓」、「藻」……等等，則屬於相對微觀的視域。此外主體俯察的自然景觀裡，還可以區分出動物類物象，如「鳥」、「燕子」、「鸚鵡」、「鳳凰」、「鴻雁」、「黃鵠」、「白鷗」、「沙鷗」、「鶴」、「雞」、「狗」、「虎」、「猿」、「馬」、「飛蛾」、「蟪蛄」、「魚」、「石鯨」、「鱗甲」……等等，此亦為相對微觀的視域。

如杜甫〈重過何氏五首〉其一曰：

問訊東橋竹，將軍有報書。倒衣還命駕，高枕乃吾廬。
花妥鶯捎蝶，溪喧獺趁魚。重來休沐地，真作野人居。

這首詩也包含了多重的意象元素，其第一重意象元素乃對於萬物直接命名。既然乃所以名物，故可依物類稍作區分。

第一類以「地」、「居」等概念為主，顯示了生活的場所。其它如「廬」、「溪」、「橋」使得居住的意象內容更為豐富，而且說明其視域是人步行可至的範圍。在生活場所的視域範圍內，視覺想像所獲得的提示趨向細節，例如「書」、「衣」、「駕」、「枕」。其中「衣」與「枕」，更是貼近身體，也因而貼近生活的細節。「書」信與車「駕」則將生活範圍向外拓展，指向視域之外。

從底定生命視域的居所，轉向貼身的生活細節，進而生命以此身

為媒介，徜徉徘徊於此間，「竹」與「花」這一類的物象，標示著寓目寄情的媒介。而「鶯」、「蝶」、「獺」、「魚」其實也可以歸於寓目寄情的媒介，所不同者在於前者趨於靜態，後者趨於動態。

人類生活的場所並非物理學所定義的空間，而是「竹」、「花」、「鶯」、「蝶」、「獺」、「魚」生存的世界，世界的意義由其間萬物的生活史所界定。最後視線集於「人」，「人」是共相的說法，可以涵蓋許多殊相，如此詩裡的「將軍」，以及顛倒衣裳與高枕無憂的我。

又如杜甫〈詠懷古跡五首〉其四曰：「蜀主窺吳幸三峽，崩年亦在永安宮。翠華想像空山裡，玉殿虛無野寺中。古廟杉松巢水鶴，歲時伏臘走村翁。武侯祠屋長鄰近，一體君臣祭祀同。」此中有豐富的人文景觀，在「峽」與「山」裡，有「宮」、「殿」、「寺」、「廟」、「祠屋」悄然獨立。而在「宮」、「殿」、「寺」、「廟」、「祠屋」旁，又有「華」、「杉」、「松」、「鶴」這些植物與動物生存其間，「巢」與宮殿寺廟共存，顯示這首詩裡，與居住有關的名相特別多。山裡的「宮」、「殿」、「寺」、「廟」、「祠屋」與人群聚居的「村」有一點距離，「村」裡又有村「翁」，在這小小江山裡，詩人集合了相當豐富與多元的物象。

寶應元年（762 A.D.）杜甫作于射洪縣的另一首〈野望〉：〔註25〕

　　金華山北涪水西，仲冬風日始淒淒。
　　山連越雟蟠三蜀，水散巴渝下五溪。
　　獨鶴不知何事舞，饑烏似欲向人啼。
　　射洪春酒寒仍綠，極目傷神誰為攜？

詩人遲暮野望的主題仍然是前述的疏離孤絕，所以儘管「山」、「水」、「風」、「日」六合的布局依舊，「三蜀」、「五溪」標示的城邑郊野山川形構宛然，「仲冬」與「春酒」詮釋著生命節序，而「獨鶴」、「饑烏」、「向人啼」、「誰為攜」的孤危寡與之情，使得「極目傷神」的野望，望不出高明博厚的世界觀。

〔註25〕此詩繫年據劉孟伉主編《杜甫年譜》（臺北：學海書局，1981）。

大曆二年（767 A.D.）作于東屯的〈曉望〉：〔註26〕
　　白帝更聲盡，陽臺曙色分。高峰寒上日，疊嶺宿霾雲。
　　地坼江帆隱，天清木葉聞。荊扉對麋鹿，應共爾爲群。
以下六件標示「白帝」、「陽臺」、「高峰」、「疊嶺」、「地坼」、「天清」等
生存視域的元素，再度重構了世界觀的六合。「荊扉」、「麋鹿」將拋向
天地的目光收回一隅的居處，蘊涵詩人對於自身生存境遇的反省。「更
聲盡」、「曙色分」表現生涯的節序，踽踚一隅的生涯埋沒於「寒上日」
與「宿霾雲」之下，隱而難發。隱沒鄉野的人生寄寓於「江帆」、「木葉」
之間，那是逐漸沉淪的生命。落魄江湖，隱沒山野的詩人似乎已經不在
乎世界觀的崩潰與坍塌，因爲他在喪失京極〔註27〕的理想之後，進一步
遺忘了自我的生存，而化入呦呦麋鹿之中。東屯的〈曉望〉顯示杜甫世
界觀兩個原點的位移與變形，以及世界觀逐漸消逝隱沒。

　　「請看石上藤蘿月」（〈秋興〉第二首）再度浮現了詩人目擊者的
自我意識。「看」是非常明確的視覺，而且是視覺意象的自我指涉。
〔註28〕「請看」是目擊者的邀請，使我們似乎可以不經由目擊者的轉
述，也參與目擊的遭遇。其實這個邀約的動作如同以手指月，以戲劇
的情節，加強視覺意象的效果。〔註29〕「石上藤蘿」是以線爲基礎靜
物素描。〔註30〕天邊的「月」原本是指涉範圍十分廣泛的符號，可能
啓發各式各樣月的想像，而且大多屬於圖畫意象範疇。但是「石上藤
蘿月」卻是爲暗夜的圖畫垂布光影，否則詩人此句的圖畫將缺少最重

〔註26〕同上。
〔註27〕此處「京極」一詞，蓋取杜甫〈登樓〉詩：「北極朝廷終不改，西山
　　　　盜寇莫相侵」之意，詩句以「北極」象徵大唐政權，故此處以「京
　　　　極」表示京師長安不僅爲詩人極目所望，亦爲權力核心終極所在。
　　　　「京」原意爲高崗，《詩，大雅，公劉》：「迺陟高崗，乃觀于京。」
　　　　此所以詩人仰望憧憬也。
〔註28〕reflexive
〔註29〕圖畫宛如一齣默劇 dumb show，所有的角色 character 有其應走的臺
　　　　步，透過手勢與道具表述意蘊，履行其任務。E. H. Gombrich, The Story
　　　　of Art Oxford：Phaidon, fifteenth edition, 1990 reprinted.p.365
〔註30〕潘天壽，《潘天壽談藝錄》（臺北：丹青圖書，1987），頁 76。

要的繪畫元素。

　　藉著「石上藤蘿月」突顯的月光，詩人使得目擊的情節更加生動。宛如運用聚光燈一樣，在暗夜的場景裡，因光的指引聚焦於詩人當下的情境。杜甫藉此句詩，表現猶如畫家以目擊者的觀點，邀請讀者親臨現場一般，成功地掌握了線與光的要素。〔註31〕

　　「已映洲前蘆荻花」宛如上句，仍然掌控著光的因素。例如「映」的情節，預設著戲劇發展的歷時性。〔註32〕所以詩人使用「已映」的表述方式，點明時間的遷流。夜幕下本難辨認景物，更何況「洲前蘆荻花」。「洲前」說明了目視足以分辨遠近，而月光皎潔足以賞析「蘆荻花」。

　　中國畫不像西洋繪畫單以光線與色彩來造型，堅持以線為主。〔註33〕因此這幅近景的圖象，主要的元素是月光下細緻線條勾勒的「蘆荻花」。「請看石上藤蘿月，已映洲前蘆荻花。」充分表現了詩人擺佈光影的能力，而且讓屬於圖畫意象的光線，同時擔任時間的指針，藉歷時性的情節，視覺意象的遷流，巧妙地開啓時間的反思。

第六節　遺　蛻

　　人製造的產物裡最特別的部分是與主體位格最貼近的物象，如「冠」、「衣裳」、「衣冠」、「裾」、「鶉衣」、「簪」、「寒衣」、「鞋」、「衣袖」、「畫圖」、「遺像」、「衣服」、「環佩」……等等，它們因為貼近位格所寓的身體形象，所以在萬象之中常居於特別的地位。而且詩人使用這一類物象，更易於切近主體所蘊涵的意義。

　　「三峽樓臺淹日月，五溪衣服共雲山。」(〈詠懷古跡五首〉其一)

〔註31〕利用破碎的色調，以及突兀的光影，反而完善了畫面戲劇化的布局。圖畫遂更加生動感人。Gombrich, p.281～5。
〔註32〕歷時與共時 diachronie，與 synchronie 相對。參見索緒爾（Ferdinand de Saussure）《普通語言學教程》（臺北：弘文館出版社，1985）。
〔註33〕傅抱石，同上，頁32。

從日月雲山到樓臺，漸次貼近主體，最後又有「衣服」包裹著主體的存在。「生平」則以抽象的表述形態表現人一生所寄寓的性命。

「畫圖省識春風面，環佩空歸夜月魂。」(〈詠懷古跡五首〉其三)「青塚」是視線收回到身體形象的中繼點，再貼近一點就是身體形象的投影：「畫圖」，因爲此詩裡，「畫圖」乃是指明妃的畫像。這圖像不是一幅普通的肖像畫，而是別有深意的。據晉葛洪所作的《西京雜記》〔註34〕說：

> 元帝後宮既多，不得常見，乃使畫工圖其形，案圖召幸。宮人皆賂畫工，多者十萬，少者亦不減五萬。昭君自恃容貌，獨不肯與。工人乃醜圖之，遂不得見。後匈奴入朝，求美人爲閼氏，帝按圖以昭君行，及去召見，貌爲後宮第一，善應對，舉止閒雅。帝悔之，而名籍已定，方重信於外國，故不復更人，乃窮按其事。畫工有杜陵毛延壽，爲人形，醜好老少，必得其眞。安陵陳敞，新豐劉白、龔寬，並工爲牛馬飛鳥。眾藝人形好醜，不逮延壽。下杜陽望、樊青，尤善布色。同日棄市，籍其家資，皆巨萬。京師畫工於是差稀。

「琵琶」與位格主體的關係更爲親近，至於「環佩」，本指衣帶上所繫之佩玉。「環」是圓形之玉，中有圓孔，圓孔的半徑與周邊的寬度相等。《禮記・經解》曰：「行步則有環佩之聲」，後來「環佩」成爲婦女專用的飾物。「環佩」除了因爲依偎著身體形象而更貼向位格主體之外，在中國古代的文化密碼系統裡，它還指涉人格的特質，《禮記・玉藻》：「古之君子必佩玉，行則鳴佩玉，凡帶，必有佩玉。……君子無故，玉不去身。」佩玉的質地，能顯示出佩者身分的尊卑貴賤，所以「君子於玉比德焉，天子佩白玉而玄組綬，公侯佩山玄玉而朱組綬，大夫佩水蒼玉而純組綬，世子佩瑜玉而綦組綬，士佩瓀玫而縕組

〔註34〕關於《西京雜記》的作者，舊有劉歆、葛洪、吳均三說，據葉慶炳先生考訂，以爲葛洪作，詳見《漢魏六朝小說選》，(臺北：弘道文化事業公司)，頁35～38。

綬。」又《荀子・大略》曰：「絕人以玦，反絕以環。」玦的形狀如環而有缺口，「玦」與「決」同音，故古時以玦表示決斷或決絕。可見「環佩」與位格主體的親近又不僅在於一種佩戴的飾物而已。

分析上述詩句所蘊涵的第一重意象元素，可以發現杜甫對此類意象元素的經營，如果以位格爲核心，則可以見證其遠近有致的布局。如以物象的普遍性——特殊性進行分類，則亦可見其離核心越遠，則普遍性越高的特質。

萬象既如前述，乃以位格爲思考的原點，則指涉位格的媒體如「身」、「心」、「首」、「肘」、「口」、「骨」、「骸骨」、「眼」、「齒」、「膝」、「腹」、「胸」、「眥」、「顏」、「面」、「白頭」、「白髮」、「尸」、「淚」、「涕淚」、「血」、「人」、「性命」、「魂」……等等，當然居於最核心的位置。

杜甫〈詠懷古跡五首〉其二曰：

搖落深知宋玉悲，風流儒雅亦吾師。
悵望千秋一灑淚，蕭條異代不同時。
江山故宅空文藻，雲雨荒臺豈夢思。
最是楚宮俱泯滅，舟人指點到今疑。

這首詩的第一重意象形構元素，從一開始就不同於第一首。「淚」依從於身體形象，比起衣服更貼近身體形象，乃至於人的自我意識。身體形象乃是自我認知的依據，以身體形象寄託生命的感懷，其實是詩人慣用的手法，也是詩人最能表達際遇與志願的媒介。因爲，就近取譬的詩人，往往以切身之物起興，所謂切身之物，如一般日常家居所見所用之物，皆可爲媒介以寄寓詩人的情思與生命的反思。詩人將自我的形象寄寓近身所及或所見知的事物，彷彿人的生命能夠透入外物之中。當然，身體形象才是詩人比類象物最後的焦點，是詩人從周遭外物反觀自身的核心。

再以〈詠懷古跡五首〉其五爲例：

諸葛大名垂宇宙，宗臣遺像肅清高。
三分割據紆籌策，萬古雲霄一羽毛。

　　　　伯仲之間見伊呂，指揮若定失蕭曹。
　　　　運移漢祚終難復，志決身殲軍務勞。

「軍」雖然也有具體指涉，但也已經是共相的層次。「身」與「遺像」
是一對有趣的對應概念，他們與位格理念息息相關。

　　再看寶應元年（762 A.D.）杜甫作于成都的〈野望〉〔註35〕：
　　　　西山白雪三城戍，南浦清江萬里橋。
　　　　海內風塵諸弟隔，天涯涕淚一身遙。
　　　　惟將遲暮供多病，未有涓埃答聖朝。
　　　　跨馬出郊時極目，不堪人事日蕭條。

成都野望，雖然依然由「西山」、「三城」、「南浦」、「清江」構成其世
界觀裡，城邑田園郊野山川的布局，而且由「海內」與「天涯」形構
了完整的天地四方的六合之局，野望卻無縱覽達觀之興。

　　同樣六合極目之望，為何杜甫暮年成都野望竟是世界觀的萎縮與
墮落呢？關鍵在於「諸弟隔」與「一身遙」所表述的疏離孤絕。詩人
的自我想像是其世界觀的原點，所以他生存境遇的疏離使其世界觀脆
範不安。而「遲暮」「多病」的身體形象，更增加了其世界觀的崩解
與虛無。所以詩人野望「極目」「蕭條」，反映前述「海內風塵諸弟隔，
天涯涕淚一身遙。」使我們想見杜甫昔日的宏偉世界觀，已日見與他
的生命剝離。

　　其實本節的名相皆是位格的自我指涉，所以應於第二章專門議
論之，在此暫不詳論。人製造的產物裡，還有一類屬於符號自我指
涉的物象，如「名」、「書」、「語」、「胡語」、「詩」、「文章」、「經」、
「疏」、「大名」、「功名」、「筆」、「綵筆」、「家書」、「書信」、「箋」、
「羽書」、「曲」、「論」、「律」、「思」、「夢」……等等。這裡之所以
將思想與思想的產物合為一類，乃因為人的思想與語言之間相應的
關係，與前舉諸詩所見之「淚」、「衣服」、「畫圖」、「環珮」、「琵琶」、
「遺像」、「文藻」、「夢思」等皆為表述身體形象的切身之物，雖然

────────────────────

〔註35〕此詩繫年據劉孟伉主編《杜甫年譜》（臺北：學海書局，1981）。

它們都切近生命，然而終究非生命自身，而是由生命剝離之物，故可謂爲生命之遺蛻。

第七節　神　氣

《莊子·田子方》曰：「夫至人者，上闚青天，下潛黃泉，揮斥八極，神氣不變。」所以最後一類物象是最能展現詩人想像力的物象，這些物事非尋常百姓日用之物，如「錦帳」、「雉尾」、「宮扇」、「青瑣」、「珠簾」、「繡柱」、「錦纜」……等等，可突顯詩人想像視域的過人之處。順著超現實的意象形構路線，我們進入神話的世界，以人間的物象組合，創作了超乎人間世的物象，例如「丹砂」、「源花」、「承露金莖」、「龍」、「龍鱗」、「石鯨」、「鱗甲」、「瑤池」、「紫氣」、「氣」、「運」、「神」、「御氣」、「漢祚」……等等，它們因爲承載著超越人間世的意義，所以表述著想像的極致，在詩人仰觀俯察天地萬象之外，將想像的視域開往異次元時空，而超現實的表述媒介常承載著終極的關懷與夢想。

以杜甫〈秋興〉的第五首爲例：

蓬萊宮闕對南山，承露金莖霄漢間。
西望瑤池降王母，東來紫氣滿函關。
雲移雉尾開宮扇，日繞龍鱗識聖顏。
一臥滄江驚歲晚，幾回青瑣點朝班。

詩句所呈現的至少有三層圖畫意象。首先是「蓬萊宮闕對南山」、「雲移雉尾開宮扇」、「日繞龍鱗識聖顏」、「幾回青瑣點朝班」所營構的人間皇居。「蓬萊宮闕」裡，「雉尾」、「宮扇」的意象既遮蔽又揭露「龍鱗」與「聖顏」。而從杜甫爲臣的角度觀之，由「青瑣」之門想見「朝班」上的顯貴。而「蓬萊宮闕對南山」牽引想像的視線拋向仙境：「承露金莖霄漢間」、「西望瑤池降王母」、「東來紫氣滿函關」，上三句布滿神話的符碼，從詩人在野的仰觀遙想，皇居與仙境，相同的視象符碼造成意象的重疊輝映。「承露金莖」細寫神物，「瑤池」標示仙境，

「王母」則突顯神人，「霄漢」與「函關」造成景深，「雲移」與「日繞」是統一畫面的光影，「紫氣」渲染神祕的色彩，「西望」與「東來」則拉開寬廣的橫幅。

這一幅充滿視覺意象的想像的圖畫，除了「南山」、「霄漢」、「西望」、「東來」、「雲」、「日」巨幅的布局，詩人使用了許多誇飾的的形貌與色彩，例如「雉尾」、「宮扇」、「龍鱗」、「聖顏」、「青瑣」、「朝班」。並且搬弄許多神話的視象符碼，「蓬萊宮闕」、「承露金莖」、「瑤池降王母」、「紫氣滿函關」，皆是在人間營構想像可以企及的仙境。然而巨幅紫氣繚繞的宮闕與仙境，盡在詩人滄江一臥之間的恍惚，「一臥滄江驚歲晚」，一臥之間生命無聲晃過陰沉的憂鬱。〔註36〕

蓬萊宮闕神仙道化的寓意使得現實的建築意象自地面浮起，想像隨之扶搖而上，產生一種否定現實的力量。而描寫史事的圖畫背負著超現實的理想，也就是現實景況的圖畫意象其實包含著自我否定的超寫實意象。

瑤池上，西王母之降臨是一個故事的情節，但是因為主角的神格，所以構成了假托史詩的神劇，點明了上述事件實屬虛構，超越了報導事實的功能，專門用以表達了人的意願。詩人魂牽夢縈的故鄉京華，竟然盡託諸神話建築，明顯的虛構表達了故鄉在詩人心中的虛幻與不確定，無法企及的歸鄉徒增焦慮而已。

前四句所鋪張的神劇形構，為下述君主現身提供了舞臺。君王在詩人的心目中，也是生存在神仙世界中，具有神性位格的人。雲移宮扇的意象則繼承前四句的神劇意象，使人間現象轉瞬昇華，目的就是要為君王神聖的出場再添榮景。帝后乃人中龍鳳，龍鳳生存的境界即神話世界，所以才有雲日並駕齊驅的超現實觀點。君父的

〔註36〕奢華的裝飾猶如酒神荒淫的祭典 orgy。藝術家以極度誇飾的殿宇，
在人間建構伊甸的極樂。（E. H. Gombrich, The Story of Art Oxford：
Phaidon, fifteenth edition, 1990 reprinted.p.356～7）繁華的極致閃爍不
可思議的歡讌，卻瀰漫陰沉憂鬱的寂靜。（Gombrich, p.358～9）

生存境界越超現實，詩人回歸生命價值故鄉的可能性越低，歸鄉越遙不可及，自我的疏離便越深沉。

第八節　以物觀物

　　通觀上述寓望之詩，縱貫杜甫的生涯，透過杜甫深情凝望的懷抱，我們可以重構詩人的世界觀。以下我們先標定其世界觀裡的幾個參考點，環繞每一參考點形構一區詩人的生活視域。組合詩人各區生活視域，即可完成重構杜甫世界觀的工作。首先我們要標定此一世界觀的原點與焦點：

　　京華聖朝：例如「國城」、「聖明朝」、「聖朝」，皆指向杜甫懸念的終點，標示詩人理想的歸宿。京華是一切權力的根源，也是所有價值薈萃之地。無論杜甫漂泊到何處，他心中的羅盤總是指向帝京。不管詩人多麼潦倒，他總還餘有一絲故國之思。

　　極目之身：例如那可以「盪胸」可以「決眥」之身。那攀登泰山頂巔，可以「會當凌絕頂，一覽眾山小。」之身。那供詩人「白髮搔更短，渾欲不勝簪。」自傷自憐之身。那「天涯涕淚一身遙」，疏離孤絕之身。「惟將遲暮供多病」多愁多病之身。除了早年望嶽時，極目眺望曾經豪情勝慨之外，此後杜甫的極目之望，總不免「極目傷神」。望中極目之身承載了詩人的懷抱與期許，是其世界觀的另一原點。這一原點不像京華聖朝那般恆定，而浪跡天涯，居無定所。所以京華乃此身極目之歸鄉，而此極目之身正是漂泊無依，懸念京國之身。杜甫人生史詩的情節，全是由極目之身回歸京華聖朝鋪張開來。

　　孤城：例如「孤城」、「青城」、「越嶲」、「巴渝」、「白帝」、「郡國」此皆非京城帝都，且多為邊疆關塞。即使它們不是地理上的邊塞，就詩人的流放，以及疏離而言，它們都稱得上是邊陲，是權力版圖上的邊陲。所以不僅常望見「烽火」，而且平日所見只有「江村」、「江帆」、

「南浦」、「春浦」、「野樹」、「清江」，詩人則悶居在「荊扉」之內。

林野：天涯漂泊的詩人，所居的孤城多在「三蜀」、「五溪」、「五嶺」、「三苗」之地。古人建城，城國的布局大致爲城邑田園郊野山川，邊陲孤城固然也有此格局，但是就詩人的世界觀而言，只要是京城之外，皆可謂之野。至於「林」、「野」、「村」、「郊」，野必郊離城墉更遠，是一城一國的邊陲。郊野曠地，田園村居之外，則爲林莽。京城故國之外，天涯盡爲人生的邊陲。

山河：無論居於核心或邊陲，皆共存於山河之間。例如「岱宗」、「絕頂」、「眾山」、「山河」、「遠水」、「江」、「西山」、「南浦清江」、「金華山」、「涪水」、「高峰」、「疊嶺」，這些元素一再出現於詩人的世界觀裡。山河多爲泛稱，規劃詩人生存的廣漠世界。人生到處皆有山河，山河的異同媒介著詩人的生涯。

草木：在野的場景並非全然寫意的山水，杜甫尤其喜歡深刻描寫「草木」、「葉」、「林」、「竹」、「杉」、「松」、「菊」、「麻」等物的細緻樣態，進而在精微的表述裡傳達幽遠的情感。

高天：天的意象雖然多端，例如「天」、「高天日」、「日初沉」、「昏曉」「曙色」，但是天的意涵卻相當單純，天穹只是風雲迴盪，飛鳥翱翔的場所。天穹是構成世界六合的一端，是想像遨遊的境域。天既不主宰人事，也不創生萬物，所以「乾坤」、「造化」、「陰陽」等概念並不等同於天。「天涯」更強化了天作爲生存場域的意義。

風雲：天作爲生存場域，除了藉「昏曉」「曙色」等意象來表現詩人的情懷，「層雲」、「層陰」、「霾雲」、「雲山」、「風壤」等意象賦予生存更豐富的姿態，得以表現更深刻的情意。

飛鳥：從現實層面說，天穹是飛鳥生存的場域。人的想像藉飛鳥遨遊天際，高天與飛鳥組合成情意的媒體。因此飛鳥的面貌多元，例如「飛鳥」、「獨鶴」、「昏鴉」、「饑鳥」、「燕子」、「鴻雁」等皆是也。

時節：除了六合之內的萬物騷動，「春」、「秋」、「多」等節候的遞變，時序的韻律也是世界觀與生命的協奏曲。

　　前述杜詩意象的物象範疇分類原則，乃以「主詞」爲原點，度量述詞與主詞間「切近／疏遠」的程度。而另一個與主詞有關的標準，也是更具有參考價值的評論標準，乃以主體對客體的理解程度爲分類依據，亦即以萬象之「具象←→抽象」爲名相的分類軸線。若僅是意象，指涉越抽象越易於表述意念，也越便於推論，但是離詩藝越遠，近於邏輯。〔註37〕若意象離主體越遠，其指涉越抽象，則越不易啓發想像，也越可能是失敗的意象形構。若意象離主體越遠，其指涉越抽象，越表現出主體的武斷，越不易啓發想像，也越可能是失敗的意象形構。

　　若僅是意象指涉越具象，〔註38〕越易於表現物象，也越便於感知與想像，於是離詩藝越近，而且近於現實生活。這一方面的風險在於因寫實而使人執著物象，反而喪失想像力。但是只要確保「能指」與「所指」間不即不離的關係，應可超度此種風險。若意象離主體越近，而且指涉越具象，則越易啓發想像，也越可能是成功的意象形構。若意象離主體越遠，其指涉越具象，則越能開展客觀的想像視域，越易於啓發想像，也越可能是成功啓發想像的意象形構。

　　所謂客觀的想像視域，並非物理學意義的客觀，而僅就其與「能望」的主體相對而言。〔註39〕以上簡介杜甫望出去的世界觀，但是偏重「所望」。以下我們可由杜甫「能望」的生命情態，闡釋詩人的世界觀。透過詩篇可以明瞭，杜甫的世界觀與其生命的感悟息息相關。〈望嶽〉一詩的豪壯之語：「會當凌絕頂，一覽眾山小。」與杜甫終身的抱負，可以說最爲親近，所以極目所望，有凌駕寰宇的氣象。豐沛的生命力從個體生命漫溢而出，所以才能夠望見盪胸而出的層雲，以及審視天涯的飛鳥。過度豐盈的生命突破個體生命的格局與形貌，

〔註37〕邏輯 logic 與 logos，理性 reason 與 reasoning，藉轉譯而呈現其間的關係。

〔註38〕具象 embodiment 與 body-image，形象 image 與想像 imagine，透過轉譯與並列，說明具象化與意象形構間較密切的關係。

〔註39〕德文的客體 der Gegenstand 一詞最能表現此種相對的意義。

化爲崇大的岱宗，也唯有這樣的雄奇大境，〔註40〕足以承載詩人當時強盛的意志。

但是我們檢視二十年後的〈春望〉：「國破山河在，城春草木深。」杜甫的視域不僅局限於京城一隅，而且當詩篇結束時，已是「白頭搔更短，渾欲不勝簪」，詩人的關懷完全退縮到自身的衰老傷感之中，全無前述的恢宏氣象。雖名「春望」其實已漸漸收回眺望的目光，喪失希望的人生唯餘不盡的自傷自憐。此後，杜甫凡題名「野望」之詩，絕無前引「望嶽」詩裡的曠觀，而多拘限於環迴此身的瑣碎思念與戀愛。

所以（759A.D.）寫于秦州〈野望〉中的「遠水兼天淨，孤城隱霧深。」雖然望見澄澈遠水晴天一碧，但放逐者困守的孤城卻爲濃霧所隱。視域的昏茫形構生命的牢獄，生命走不出這霧陷的迷城。兼天遠水雖然澄淨，卻因爲無法企及而更增絕望。所謂前途光明，但是卻沒有出路。

再看（762A.D.）寫于青城縣的〈野望因過常少仙〉：「落盡高天日，幽人未遣回」句，詩人的生命正如昏鴉投林，高天之日終究不得常照幽隱，幽囚的天涯逐客，在日落西山的蒼茫昏曚裡，連維繫希望的落日餘暉也留不住，歸鄉之望終於難免失望。

再次（762A.D.）寫於成都的〈野望〉：「跨馬出郊時極目，不堪人事日蕭條。」垂老的杜甫縱然極目眺望，也望不見山河勝景，更望不出高明博厚的氣象。其實有不忍望，不堪望的人事蕭條。詩人的生命再也無力承擔一生的困頓，無心回應山河大地的呼喚，所以雖然極目，其實心似寒灰，再也無夢，無想。此時望而爭如不望，望而無所見，不能見。

另一首（762A.D.）作於射洪縣〈野望〉中的質疑：「極目傷神誰爲攜？」點明詩人的野望不僅觀覽山川風景，世界觀的動力因正在於能望者的情意志願，而所願所意者豈能無人事？杜甫極目傷神，因爲

〔註40〕清・金聖嘆《才子杜詩解》卷一曰：「從來大境界，非大胸襟不易領。」（臺北：新文豐出版公司，1979）

他的世界觀裡少了情志感通的親友，人生喪失了倫理的聯繫，此所謂
「臣之事君，無所逃於天地之間，義也，人生之大戒也，天刑也。」
〔註41〕

（767A.D.）寫於東屯的〈曉望〉：「地坼江帆隱，天清木葉聞。」
江帆隱入地坼之極，所以詩人只能困守在野的白帝。天雖清明，但詩
人止聞蕭蕭落木，傾聽落葉飛迴，此時取消視覺的意象，引人入於不
可見的暗暝之中，雖云曉望，實則地已坼，帆已隱，唯有枯枝落葉聲
聲入耳，何曾望見什麼？歸鄉無路的詩人竟然違逆「鳥獸不可與同群」
的聖訓，可見其頹廢失望之甚。

最後的〈野望〉（769A.D.）：「扁舟空老去，無補聖明朝。」乾坤
雖大，處郡國之遙的詩人，隔著風壤雲山，阻於長浦闊江，不絕望於
歸鄉，更對自己的生命失望。一切都「無補」於事，人生是無可挽救
的絕望。

分別論述了能望與所望之後，我們將綜論杜詩表述之人生觀與世
界觀的絜矩之道。換言之，我們標定了詩人的能望與所望之後，將度
量兩者距離所蘊涵的意義。杜甫〈望嶽〉顯示詩人偉岸的身體形象，
盪胸生層雲，決眥入飛鳥的詩人，幾與岱宗化而為一。所以詩人極目
之視域可隨飛鳥逝於幽渺無邊之域。

詩人雖然有與岱宗同化的胸襟懷抱，透入萬物的現象，推究存有
的根源，思索生命的境界，詩人的自我卻擴大為一覽眾山小的泰山，
望見歷史地理之「岱宗」「齊魯」，勘透形而上的「造化」與「陰陽」，
想見萬物與我為一的「層雲」「飛鳥」，更自顧其「胸、眥」，而陡然
顯露「會當」凌絕頂與「一覽」眾山的「自我存在」。杜甫最初之「望」，
是齊魯古國青綠無垠的山河大地，甚至望見那陰陽造化創生之始。此
「望」所臻之監臨，展現了極高的宰制寰宇之意。

此後我們看見詩人偉岸的自我，逐漸衰頹坍縮。詩人所望見的世

〔註41〕《莊子‧人間世》。

界也逐步落實，生涯的敘事更見細微。杜甫〈春望〉裡自傷「白頭」，感懷「春深」的詩人，漸漸無法極目眺望天下。放逐的生涯與疏離的悲情使他的視線定著於「國」與「城」，點出終極關懷的帝京才是詩人所有嚮往的終極歸宿。

白髮詩人眼中的「花」、「鳥」、「山河」、「草木」等，表述杜甫失落了生涯的兩個原點之後，詩人的失望所顛覆的世界觀，視線落點變得零亂與瑣碎。例如「孤城」、「青城」、「越巂」、「巴渝」、「白帝」、「郡國」，此皆詩人流放於權力版圖上的邊陲，視線落點局促於平日所見的「江村」、「江帆」、「南浦」、「春浦」、「野樹」、「清江」，詩人則悶居在「荊扉」之內，這就是詩人世界觀的新內涵。杜甫與京國的距離漸行漸遠，衰老的目光只落在腳前尺寸之地，失落了終極關懷，只能畢記著每日的旅程。天涯漂泊的孤城，「三蜀」、「五溪」、「五嶺」、「三苗」、「遠水」、「江」、「西山」、「南浦清江」、「金華山」、「涪水」、「高峰」、「疊嶺」之地。杜甫深刻描寫「草木」、「葉」、「林」、「竹」、「雪」等物的細緻樣態，在精微的表述裡傳達放逐的幽怨與無聊。

相對於衰病之身，以及蹭蹬的際遇，天的意象開始轉變爲「日初沉」、「昏曉」、「曙色」、「層陰」、「霾雲」、「雲山」、「風壤」，高天不是想像遨遊的境域，不需演繹「乾坤」、「造化」、「陰陽」等概念。「天涯」的意象引導我們逐漸下視，歷覽生存的場域。所以此際即使高天飛鳥的生命樣態也有所不同，例如「獨鶴」、「昏鴉」、「饑鳥」等皆是也。

因此視茫茫，髮蒼蒼的衰老詩人，對於時節的流轉特別敏感。在流放的生涯裡，不僅山河草木瑣碎的場景，縈繞詩人生存的世界，「春」、「秋」、「多」等等節候的遞變，更加重詩人對自身生存境遇的悲觀絕望。但是縱觀諸詩，詩人終究無法契入「虛而待物」的世界。但是超然回首的觀照，還是在詩句裡表現了虛實疏密的逍遙布局，藉詩文的抽象性，透發多元主體散點透視的自在觀照，此當即所謂「以物觀物，以天下觀天下」是也。

因此，本章對詩人常用的萬象之名進行分類，但是分類的標準一

如「緒論」及本章開始所言，並不以「生物學」的分類爲旨趣，而是以詩歌創作的形構原理及詩中的「主詞」（亦可視爲第二章討論之「位格」），亦即詩人的「人生觀」和「世界觀」做爲形式分類的依據。在「能望」（詩人的人生觀）與「所望」（詩人的世界觀）兩個端點間，形成「名物」的光譜。

第二章　身　心

第一節　界定位格

　　《孟子‧盡心》上曰：「君子之於物也，愛之而弗仁。於民也，仁之而弗親。親親而仁民，仁民而愛物。」君子是位格性的指稱，名物基本上不被視爲位格，但人民卻被君子視爲位格性存有。關鍵在於介詞「親」、「仁」、「愛」的落差，居於判準的「仁」，前提在於人與人之間互相尊重的關係。「親」界定的是倫理關係，「仁」界定的人際關係，而「愛」界定的是人與物的關係。

　　《孟子‧盡心》上曰：「盡其心者知其性也，知其性則知天矣。存其心，養其性，所以事天也。殀壽不貳，脩身以俟之，所以立命也。」循盡心知性以知天的脈絡，表述人對自身定位的認知。而經由脩身立命的軸線，貞定生命的意義。盡心知性以知天的脈絡，以及脩身立命的軸線，共同的原點即由身心兩詞所表述的位格。

　　位格在生理學層面指標性的字眼，如上引文中以「身」爲媒介，如衰老病死。位格在心理學層面指標性的字眼，如上引文中以「心」爲媒介，如瘋狂悲哀。位格在倫理學層面指標性的字眼，以「身分」爲媒介，如君臣、人民、父子、兄弟等是。位格在存有學層面指標性的字眼，如上引文中以「性命」爲媒介，表述生死存亡殀壽者是也。

−83−

〔註1〕

第二重意象的元素是位格（Personae），位格在一首詩中，雖然不一定以主詞的形式出現，但是它的位格性經常是全詩意義的核心。萬象既如前章所述，乃是以位格為思考的原點，至於指涉位格的媒體，出現於詩句中者則有「身」、「心」、「首」、「肘」、「口」、「骨」、「骸骨」「眼」、「齒」、「膝」、「腹」、「胸」、「皆」、「顏」、「面」、「白頭」、「白髮」、「尸」、「淚」、「涕淚」、「血」、「人」、「性命」、「魂」……等等。

首先以杜甫〈詠懷古跡五首〉其一為例說明位格的意義，詩曰：
支離東北風塵際，漂泊西南天地間。
三峽樓臺淹日月，五溪衣服共雲山。
羯胡事主終無賴，詞客哀時且未還。
庾信生平最蕭瑟，暮年詩賦動江關。
詩中雖然有「天地」、「風塵」這樣介於「意」與「象」之間的媒體，但是構成全幅圖象的關鍵還是有賴於主體位格的存在。句中「支離」者與「漂泊」者的存在，將上述的意象元素統整於一全幅的想像視域裡。如果缺少了事件的主角，那麼上述的意象元素頂多只是一些散置的視覺想像的片斷。但是「支離」者與「漂泊」者的存在，說明了物我彼此的相對關係，使讀者得以從中尋繹諸意象的意義。「羯胡」與「詞客」在此提供更多關於位格的想像，「羯胡」從相對的方向界定著「詞客」的存在，因而使前述「支離」者與「漂泊」者的內涵更為多元與清晰。

再以〈詠懷古跡五首〉其三為例，此詩第二重意象形構的元素如「明妃」，則是以點名的方式說明此詩的位格。至於「胡語」者，建立了此詩中的多元位格主體。至於能「怨恨」者，是加強主體位格內

〔註1〕 存有學 Ontologie 的主旨在於明確地理論性追問存有者的意義。參考：Martin Heidegger, Sein und Zeit, §4（Tübingen,Max Niemeyer Verlag, 1993）。

涵的豐潤。「春風面」與「夜月魂」，更加從人格的裡外，勾勒出位格的多重意涵。

「赴荊門」者與「向黃昏」者，以行動表述位格的存在。因為我們必須預設位格主體存在，否則何來「赴荊門」者與「向黃昏」者？

「面」因為臉相與人品之間的類比，所以幾乎可以視為位格自身。面子是位格價值的代稱，面目是人格特質的表述。相對於「面」被視為位格主體的表象，「魂」則往往被視為位格的隱喻〔註1〕。

「懷」所蘊涵的懷念之意，依乎詩人對另一位格主體的記憶。杜甫的〈述懷〉詩可以作為感懷的典型，詩人在這類詩作中表述了他對妻子、天子、親故、家宅、世變以及中興等事的關懷與思念：〔註2〕

去年潼關破，妻子隔絕久。今夏草木長，脫身得西走。
麻鞋見天子，衣袖見兩肘。朝廷愍生還，親故傷老醜。
涕淚受拾遺，流離主恩厚。柴門雖得去，未忍即開口。
寄書問三川，不知家在否。比聞同罹禍，殺戮到雞狗。
山中漏茅屋，誰復依戶牖。摧頹蒼松根，地冷骨未朽。
幾人全性命，盡室豈相偶。嶔岑猛虎場，鬱結迴我首。
自寄一封書，今已十月後。反畏消息來，寸心亦何有。
漢運初中興，生平老耽酒。沉思歡會處，恐作窮獨叟。

「去年潼關破，妻子隔絕久。今夏草木長，脫身得西走。」其中「妻」、「子」、「脫身」者與「西走」者，皆是具位格者。去年／今夏時間的節奏，區隔出生涯一段顛沛流離。賊破潼關而與妻子隔絕，因隔絕而

─────────────

〔註1〕「魂」通常指人的意念或精神，並且是可以離開肉體單獨存在的精神。因此「魂」做為位格的隱喻比起有具體的「臉」、「面」更為貼切。所謂「位格」（personae 或 person）是指精神性的個體，因此位格是具精神性及不能為別的個體所共有的特質之個別存有者。人以位格的形式出現於可見世界，他有個別姓名，一切陳述均以他為主體，一切特性均以他為擁有者。例如：我們說諸葛亮是人，是政治家，是聰明絕頂的等等，這些敘述都是以諸葛亮為位格主體，可見精神性才是位格的重心。

〔註2〕此詩有「去年潼關破」及「涕淚受拾遺」等句，參照《年譜》，繫於至德二載（757 A.D.），詩人年四十六。

心生懸念，從分離開啓一樁戰亂的故事。抒寫懷抱似乎宜藉抒情詩的形態，但杜甫卻以深情綿密的敘事詩，鋪陳亂世的感懷。

「麻鞋見天子，衣袖見兩肘。朝廷愍生還，親故傷老醜。」句中的「天子」、著「麻鞋」者、「衣袖見兩肘」者乃至「老醜」者，也都具有位格。朝廷天子是杜甫不能釋懷的重大關節，縱然歷經戰亂，詩人依然心繫朝堂京闕。京國既是杜甫人生夢想的歸宿，貞定詩人流離的人生，自然不會在他的世界觀裡輕易消失。

「涕淚受拾遺，流離主恩厚。柴門雖得去，未忍即開口。」「涕淚」者、「拾遺」、君「主」、能「開口」者，皆是具位格者。家與國似乎在詩人的心中產生扞格矛盾，其實詩人心中的家國本是一體，將家園建築在京國聖朝，原是詩人畢生的理想，然而戰亂分裂了這美好的夢鄉，家與國的疏離是杜甫生涯不幸的根源。

分裂的懷思使杜甫一方面「寄書問三川，不知家在否。」對於離亂中的家人，詩人憂懷「嶔岑猛虎場，鬱結迴我首。」另一方面杜甫又在意著「漢運初中興，生平老耽酒。」家國分裂的相思，不免使杜甫「沉思歡會處，恐作窮獨叟。」遂自傷孤臣無力回天，暗傷年華老去，一身衰病，團圓不知何年。能「問」者、能「知」者、「迴我首」者、「生平老」者、「沉思」者，而「窮獨叟」更明顯，皆具位格性。

友情乃杜甫生涯中的重點，〈天末懷李白〉足以道盡其中底蘊〔註3〕：

涼風起天末，君子意如何。鴻雁幾時到，江湖秋水多。
文章憎命達，魑魅喜人過。應共冤魂語，投詩贈汨羅。

〔註3〕宋・洪邁《容齋隨筆》卷三言及：「李太白，杜子美在布衣時，同遊梁、宋，爲詩酒會心之友。……」據邱燮友先生考訂，杜甫贈懷李白之詩多達十五首，不僅對李白爲人及詩酒稱頌和評價，也是對友誼的思念與關懷。參見邱燮友〈杜甫心目中的李白〉一文，收錄於《第三屆中國唐代文化學術研討會論文集》（臺北：中國唐代學會，1996），頁411～425。

「君子」、「命達」者、「魑魅」、「冤魂」，皆具有位格性。「涼風起天末，君子意如何。」爲杜甫懷李白搭起遼闊的場景，涼風起於天涯，風雲爲天末故人扯起深遠的連繫。懷者與所懷者建立了詩人懷想的世界觀，天涯江湖是此世界的觀望徑路與版圖。天涯江湖是視域裡的想像，然而世途的崎嶇坎坷實有甚於江湖。爲學求知以圖功名顯達，文章縱好，若無知遇，亦徒然無用。所以求取功名，倚仗的不是文章，而是人緣與天命。人緣與天命才是世界的結實形構。而這世界在杜甫眼中，總結成「文章憎命達，魑魅喜人過。」詩人眞切體會生存的世界竟是如此的蹭蹬不遇，而蹭蹬不遇的結果就是孤絕疏離。在我們現實生活之外，似乎存在一種決定此世生活的力量，亦即「命」與「魑魅」。更慘的是我們在此世受困於「命」與「魑魅」，完全無法可解，唯有「應共冤魂語，投詩贈汨羅。」這種解脫也聯繫到另一個世界，所以杜甫的世界觀有了此世與他世的階層結構，一層是世人流徙的人生，一層是魑魅冤魂的喜怒哀樂。全詩表現虛擬與實指的位格，以及位格間翩然共舞的敘事結構。

位格在一首詩中，經常是全詩意義的核心。以〈重過何氏五首〉其一爲例：

> 問訊東橋竹，將軍有報書。倒衣還命駕，高枕乃吾廬。
> 花妥鶯捎蝶，溪喧獺趁魚。重來休沐地，眞作野人居。

位格亦即那能「問訊」與能「倒衣」，欲「高枕」與欲「命駕」的主體。詩中的「將軍」與此未名的主體相對，而「野人」則是此主體的暱稱。此一位格主體發出的「問訊」成爲全詩情節的起點。一個「顚倒衣裳」的主體則承載了詩人歡欣的情感。因爲隱含的主詞承載著「高枕者」的無憂，以及「命駕者」的興奮，事件才得以推展。

全詩的意旨會歸於「重來休沐地，眞作野人居。」此一對句表述了詩人對於田園生活的憧憬，而休沐者與野居者正是此一田園理想的媒介。如果消除了這首詩的位格主體，讀者將無以想像情節的演繹，更無法理解詩人的意旨。

　　杜甫〈遊龍門奉先寺〉詩云：

　　　已從招提遊，更宿招提境。陰壑生虛籟，月林散清影。

　　　天闕象緯逼，雲臥衣裳冷。欲覺聞晨鐘，令人發深省。

詩人藉「遊」與「宿」揭示了生存活動的主題，同時也是全詩表述的主軸。中間「陰壑」、「月林」、「天闕」、「象緯」等詞乃表象的符號，標示著生存的場景。如果直接由「遊」與「宿」生存活動的主題，回歸能「覺」與能「省」的主體，則僅止於反省的思維，而缺乏意匠經營的趣味。但經過「陰壑」、「月林」、「天闕」、「象緯」、「雲臥」與「衣裳」等表象的符號標示著生存的場景，詩人對於自身生命境界的反省，獲得了豐富的意象。因此「陰壑」、「月林」、「天闕」、「象緯」、「雲臥」與「衣裳」等表象的符號，構成此詩意象的主軸。

　　現實生活中的「陰壑」、「月林」、「天闕」、「象緯」、「雲臥」與「衣裳」，在我們的視域裡是具體的形象，但透過上述諸詞的表述，這些具體場景抽空了特殊具體性，剩下勾連記憶的媒體。過去具體感受的記憶，藉著平面的記號媒介，重回想像的視域。但是想像視域裡重現的情境，終究是人為造作的產物，我們可以藉著審視這一重歷程而理解所謂「藝術」的定義。〔註4〕

　　經過語言符號的轉折，具體生活的經驗轉化為平面的圖畫。這幅

〔註4〕蘇珊郎格《情感與形式》書中，認為「藝術」是創造人類情感的符號形式活動，一件藝術品不只是材料排列組合的結果，而是由材料的組構中浮現出原先不存在的某種東西。郎格把「詩歌」定義為「虛幻的記憶」，這「記憶」必須是活的記憶，也就是深植於情感和靈魂的記憶，而不是記憶數字、名目的死記憶。死的記憶會模糊、淡忘；活的記憶即使經過歲月的淘洗，卻依舊鮮明，甚至因沉澱而更為深刻。實際的經驗沒有完整的形式，它常是零碎的、不加強調的。但是「記憶」卻可以把經驗放到一個不同的模式中，使經驗得以認識和評價。記憶是偉大的意識組織者，它簡化並組織我們的知覺，使之成為個人的知識單位。回憶一件事情就是再一次體驗它，但這次的體驗與第一次的方式不同。回憶是一種特殊的經驗，因為它是經過選擇的印象淡認識和評價。Susanne K. Langer, Feeling and Form -A Theory of Art,Developed from Philosophy in a New Key（New York：Charles Scribner's Sons,1953）p40，p262～263。

圖畫由「陰壑」、「月林」、「天闕」、「象緯」、「雲臥」與「衣裳」等視覺形象的符號構成，意象類型的研究重點即在於分析上述符號的性質，進而加以分類。透過分類學的結果，我們可以描繪詩人經營意象的系譜，而意象的系譜學也就是詩學的具體意涵。

「陰壑」、「月林」、「天闕」、「象緯」、「雲臥」與「衣裳」等視覺形象的符號，爲這幅表現於想像視域的圖畫標示出範圍與輪廓。「陰壑」、「月林」、「天闕」、「象緯」提供了星月丘壑的記號，遂成就了這幅圖畫的天地。繼而由天地風月收攏過來，視線因「雲臥」與「衣裳」兩者的提示，回歸於縱觀天地風月的主體自身。臥榻與衣裳，以及天地風月，一樣是人生存的寓所，人生存於臥榻與衣裳，猶如人生存天地風月之間。逐次收斂視域的意象，最後點出能「覺」與能「省」的主體，達成全詩生命內省的旨趣。詩人的臥姿與衣裳則標示了圖畫的焦點。然而杜甫絕非刻板的模仿畫師的作爲，讓語言屈就繪畫構圖的規範。〈秋興〉第七「關塞極天唯鳥道」表述一幅有開有合的圖畫，〔註5〕「關塞」原本可以提供畫面最基本的起點，但是「關塞極天」卻突破了傳統的布局，地上的關塞倏然峻極于天，畫面天翻地覆，遮蔽了視線的出路。「鳥道」是無形的道路，在虛空中唯有留白方可指點其去路，不過「鳥」還是很具象的，所以藉鳥與鳥無形的航道，爲過「實」的布局裂開一道虛空的生路。「關塞極天」開啓的畫面極密實，「鳥道」卻於密實的墨跡裡轉出鳥蹤，以一線留白裡的飛影作結。

〈秋興〉第七的「江湖滿地一漁翁」可說是一幅山水畫，「江湖滿地」開啓了全幅畫面，看似密實的布局，因江湖泛泛的指涉，以及水光的留白，反而變成極空泛疏朗的布局。而「一漁翁」在密緻的畫面裡，點出漫無所歸的身體形象，這一點漁翁泛舟的形象因此變成虛空裡的實景。

再就「江湖滿地」與「關塞極天」構成畫面來看，兩者鋪張出來

〔註5〕傅抱石《中國的人物畫與山水畫》（臺北：華正書局，1987），附錄〈中國畫題款研究〉，頁8。

的天地，「一漁翁」對映虛空的鳥道。細小的「漁翁」與「鳥」，在畫面不確定的位置，吸引讀者的目光，反而構成畫面的主點／畫眼。〔註6〕

關塞極天構成一幅極度隔絕生存情境之圖畫，在四圍關山極天的隔絕裡，只有飛鳥得以逃出生天。唯字的詞義在此具有否定義，排除了包括人在內所有非鳥的動物逃生的可能，因此強烈地否決了人的出路。

相對於上圖的隔絕，江湖滿地所構劃的生存視域極端遼闊。在這幅遼闊的圖畫裡，只餘一孤獨的漁翁，更顯得出路無限廣闊。關塞雖然極天，卻引人邁越，因為隔絕的處境蘊涵了求生的慾望。江湖儘管遍在，然而何處是歸鄉？註定漂流的孤絕，無往不利其實是無繫舟之處。

〈秋興〉第八的「佳人拾翠春相問」，詩句依然富於圖畫意象構成的情節。「佳人」是情節裡的主角，但是其內涵極貧乏。讀者可依各自對佳人容貌的經驗／想像，將畫面上人物的空白填上。「拾翠」與「相問」是佳人的情節，由未拾而拾，必須將圖畫意象組織成歷時態的動畫。「春」標示著季節，但是也只能算是時間空間化於時間的地圖上。

〈秋興〉第八「仙侶同舟晚更移」主要是圖畫意象構成的情節。「仙侶」是情節裡的主角，「同舟」構成主角的生存狀態。「晚」是詩人以語言作的時間指標，而為了表現「晚更移」的歷時態情節，讀者在詩人的指示下，想像未移至已移的變化，形構動畫式的圖畫意象。佳人踏青尋春圖，但圖畫中有敘相問遭之情節，與神仙伴侶同舟共遊，雖晚，樂而忘歸，皆追懷京華而以事件為表述方式之句也。

經過上述繁複的分析，我們可以由詩句的安排、命題的邏輯形式，辨認位格的意義。位格在生理學層面指標性的字眼，以身為媒介，如衰老病死。位格在心理學層面指標性的字眼，以心為媒介，如瘋狂悲哀。位格在倫理學層面指標性的字眼，以身分為媒介，如君臣父子兄弟。位格在存有學層面指標性的字眼，性命為媒介，如生死存亡夭壽是也。

上述分析因應詩句結構，並未一一區分各個層面的表述，但是回

〔註6〕傅抱石，同上，附錄〈中國畫題款研究〉，頁15。

歸最初所謂，人生循盡心知性以知天的脈絡，以及脩身立命的軸線，共同的原點仍然是由身心兩詞所表述的位格。我們可以將位格類比於語句或命題裡主詞的地位，進而整合所有名物意象，以表述完整的意旨。

第二節　位格化

　　界定位格的意義後，接下來討論位格化的表現方式。所謂位格化乃將人格性賦予前述的名物，如此萬物似乎可以類比於人，擁有了人的地位與情感。先以〈秋興〉第一首爲例稍作說明。首句「玉露凋傷楓樹林」，第一筆顏色抹在凋傷的楓樹林上，「楓樹林」則呈現了最初的形象。以色彩與形象的意象支撐起來渲染楓紅的樹林，呈現詩人繪畫的成果。但是僅僅呈現一幅渲染楓紅的樹林，還不足以啓發豐富與深刻的想像。想像的視線匯集到「露」的圖象上來，而「玉露」挾著玉的諸般意象，宛然呈現於目前。玉的顏色與露的形象，在想像的視域呈現如靜物的小品。

　　色彩與形貌尚不足以完成一幅圖畫，所以我們的視覺意象仍未臻完善。以「凋傷」這個動詞爲中介，將「玉露」與「楓樹林」兩幅圖交疊映現，玉石的光輝點亮了楓林的黤色，進而拉開了視野裡的一片矗立的樹林。如是，繪畫的另一關鍵要素出現了，那就是光。〔註7〕「玉露」與「楓樹林」在同一片光影裡統合了，「玉露」的小品與「楓樹林」的巨幅在同一片光影裡平衡了。〔註8〕

〔註7〕雖然西洋畫以光影明暗突顯畫材，中國畫以空白與線條突顯畫材。不講究光源，但憑主次決定濃淡。傅抱石，同上，附錄《中國畫題款研究》頁19。但是就算表現的只是玉露的濃淡，我們仍可以確定玉露屬於光的範疇。

〔註8〕畫家掌握光影的技藝，使他得以統合整個畫面裡的天地萬物，所有的意象渾然一體 unity。E. H. Gombrich, p.253～4 或許有人因爲無法理解中國畫依眼睛視覺的能量來畫畫，受思想控制。所謂視而不見，心不在焉。傅抱石，《中國的人物畫與山水畫》（臺北：華正書局，1987）附錄〈中國畫題款研究〉，頁18。所以質疑杜甫豈能按西畫原理創作？殊不知，第一，繪畫原理有其共法，例如線，色，光等是。

「凋傷」使「玉露」「楓樹林」具有擬似的位格性，玉露「凋傷」
楓樹林的情節使得玉露與楓樹林都取得了位格的地位。這種表現手法
傳統的說法謂之擬人，其實只說是「擬人」，就表現方式來說並不究
竟。我們必須在點出擬人的類比手法之後，進一步指出此種表現方式
在表現方式的範疇裡的定位。

傅抱石在《中國畫題款研究》裡曾經提綱挈領地說：自然界裡的
形象與色彩，是沒有思想性的。但藝術家有思想，所以無思想性的形
象與色彩，經過藝術家的眼與腦，具有了思想性。藝術家不僅要抓住
生活的主流思想來表現，還要能看到未來，要有美好的幻想，引導群
眾。〔註9〕所謂擬人法，乃是以人類為中心的說法，藉以激發人的同
情。〔註10〕既曰擬人，似乎應力求肖似於人。但若太過肖似於人，豈
非妄以己意加諸外物，如此萬物將失其所據，而任人宰割。因此這種
類比必須既能激發想像，又必須讓人從自以為是的妄想裡解脫出來。
必須襲取人的形象以取信於人，又必須任此形象變滅。〔註11〕玉露雖
然襲取主體〔註12〕的形式，但在杜甫筆下並沒有變幻為人的形象。而
它所凋傷的也不是與己相侔的形體，而是一大片不定形的楓樹林。因
任萬物保有各自的身姿，或許留予較寬廣的想像餘地。〔註13〕

所以傅抱石也說過：中國畫的透視不求太精確，不合透視的文人畫
尤多。它跳出法則，不受束縛，實際透視的基本畫理還是懂的。活
用透視，任憑感覺變通。傅抱石，同上，附錄〈中國畫題款研究〉，
頁 12。第二，詩人藉語言表現圖畫意象，原就超脫了水墨與油彩等
「質料因」的限制，所以何妨作出國畫範疇以外的圖畫意象？
〔註 9〕傅抱石，《中國的人物畫與山水畫》（臺北：華正書局，1987），附錄
《中國畫題款研究》頁 3。
〔註10〕人類學中心固然可以激發同情（sympathy），但難免有主觀妄想之
嫌，更忌諱專斷自私。對人固宜同情，但孟子曰：「親親而仁民，仁
民而愛物。」人對世界的感情原本是有等差的。但若能「以物觀物，
以天下觀天下。」其世界觀又勝一籌，故云萬物靜觀皆自得也。
〔註11〕身體形象的變幻（transfigure）是位格表述的關鍵課題。
〔註12〕主體，主詞，主觀皆可譯如 subject。
〔註13〕恰如上引傅抱石的論點：中國畫依眼睛視覺的能量來畫畫，受思想
控制。所謂視而不見，心不在焉。視而不見故無物可畫，遂成留白，

再以〈秋興〉第六爲例：

> 瞿唐峽口曲江頭，萬里風煙接素秋。
> 花萼夾城通御氣，芙蓉小苑入邊愁。
> 珠簾繡柱圍黃鵠，錦纜牙檣起白鷗。
> 回首可憐歌舞地，秦中自古帝王州。

詩中「花萼夾城通御氣」句，表現由曲江頭一路上溯得見的細節，「花萼」與「夾城」簡單描寫了京城建築的部分。「御氣」則是非常抽象的事物，然而詩人將「花萼」與「夾城」兩地的建築物統一於畫面裡，所以借助於「通御氣」這樣形而上的說法，就圖畫意象的營構技巧而言，或許失之於直。

「芙蓉小苑入邊愁」句裡，「芙蓉小苑」簡單點明京城的建築。同上句「邊愁」是非常抽象的事物，難以入畫。詩人借助形而上的字眼，預期的目標或許如上句「通御氣」的說法，達到統一畫面各部細節的目的。但是「入邊愁」與「通御氣」相同的地方還在於兩者皆預設了位格的存在，「邊愁」是某人的主觀情感，「御氣」是屬於某人的氣息。但是嚴格說起來兩者的位格又都缺席了，只留下位格存在的遺跡。位格的缺席雖然使讀者失去執著的視覺意象，但是同時開啓了廣闊的想像餘裕。仍然是遙想京華的圖畫意象，使城的建築得到豐富的內涵。芙蓉小苑是一幅圖畫，描摹帝京一隅。入了邊愁，卻屬抒情的表述。邊愁獲得虛擬的人格，彷彿行進那安居的芙蓉小苑。

再參看〈秋興〉第七：

> 昆明池水漢時功，武帝旌旗在眼中。
> 織女機絲虛夜月，石鯨鱗甲動秋風。
> 波漂菰米沉雲黑，露冷蓮房墜粉紅。
> 關塞極天唯鳥道，江湖滿地一漁翁。

「織女機絲虛夜月」基本上也是圖畫意象。首先「織女」固然可以指涉牛郎織女故事裡的神仙人物，也可以指星辰，更可以只是任何紡織

是謂虛。因空虛留白故主體突顯，是謂實。傅抱石，同上，附錄〈中國畫題款研究〉，頁18。

之女，總之她是視覺想像的對象。而「織女機絲」更是十分具象且細緻的圖象。「夜月」帶來光影的想像，「織女機絲虛夜月」原本只是詩人旁觀的判斷，並不能具象的表達，但正是這無法具現於想像視域的形而上的轉折，竟使月光下的織女機絲轉趨朦朧。因爲「虛」達成虛無一物的視覺意象，然後才形成虛無的價值判斷。

「石鯨鱗甲動秋風」是一幅極爲生動的圖畫意象。「石鯨」點出龐大與堅實的形象，〔註14〕「石鯨鱗甲」又藉細緻的描寫，加深了石鯨的視覺效果。「石鯨鱗甲動」是鋪張於圖畫裡的戲劇性情節，石鯨鱗甲原不應動，如今石動乃「秋風」動，抑或如神話傳說石鯨鼓動了秋風，都足以激起驚異的感動。人們原本無由親見「秋風」，是鱗甲動故知秋風起。「石鯨鱗甲動秋風」句展現戲劇性的情節雖然需要歷時態的圖畫序列，不過圖畫意象終究是其根本。

織女機絲虛夜月初步構成一幅圖畫，一幅不必標明歷史端點的圖畫。但是織女的意象並不單純，首先她是神話中人，其次這裡的織女是雕像，而且是從歷史的某個端點而來的雕像。織女的形象從某紡織之女，轉變爲愛情故事中的女主角，再轉變爲神仙，再轉變爲歷史的雕像，她已經脫離現實的思維，層層虛構達成解放想像的目的。葉嘉瑩先生說：「杜甫此二句，原非眼前實景，而爲想像之言，則此二句所表現之意象情調，更不可以實景限之。」〔註15〕又說：「織女句自有一片搖蕩淒涼機絲徒具之悲，石鯨句自有一片搖蕩不安鱗甲欲動之感，非唯狀昆明之景生動眞切，更復有無限傷時念亂之感，而於政之無望，時之不靖，種種感慨皆借此意象傳出，寫實而超乎現實之外。」〔註16〕但是我們的想像如果無所歸依，如何能夠理會詩人的意向？所以解放想像的目的不是脫離此前的層層意象，反而在於不黏滯於任何

〔註14〕杜甫集中出現「鯨」之意象有十六次之多，如「長鯨吞九州」、「周秦觸駭鯨」、「斬鯨遼海波」……等皆是，而「石鯨」意象僅此一處。
〔註15〕參見葉嘉瑩先生《杜甫秋興八首集說》（臺北：桂冠圖書公司，1994），頁507～508。
〔註16〕參見，同上，頁516。

意象，卻能通觀綜覽以得到更豐饒的體會。

　　夜月下織女機絲虛而不能織，這是對織女意象的否定。經過這層否定，集結織女身上的豐富意象皆被否定，因此所有預設的期望盡皆落空，織女為主角的任何層次情節皆廢。情節的終絕截斷了綿延的生意，詩人以包涵否定義的敘事詩句，表述了生機的終絕。石鯨形構了意象的石質雕像，石鯨鱗甲動則是一樁神話情節。〔註17〕石鯨的位格就是由上述的情節雕塑而成。石鯨驚動肅殺秋風，因為前述的神話意象，所以飆起肅殺秋風似有神意，人力難迴。

　　前文既曰擬人，力求肖似於人，不免妄以己意加諸外物，如此萬物將失其所據，而任人宰割。萬物失其本位，詩人妄議主觀的宇宙，如此作詩絕不可許其以主客交融也。萬物因過繼了人格，所以人身所承載的生滅成毀也改變了萬物存在的樣態。人對於此生成與毀滅的感觸，藉位格化之便，主觀地代入萬物存在的樣態之中。下節即將就此生滅成毀之情，藉位格之身心表述之。

第三節　生滅成毀

　　位格的生滅成毀富於史詩的情調，因為史詩往往藉主角的生死存亡成敗榮枯，蘊涵生命的啟示。史詩中的主角必須表述為詩句中的位格，否則無法遂行史詩的議論。《莊子・齊物論》曰：「六合之外，聖人存而不論。六合之內，聖人論而不議。春秋經世先王之志，聖人議而不辯。」春秋經世先王之志即足以表述位格，例如澹泊明志，即所以表彰其人格。又如〈秋興〉第三首：

　　　千家山郭靜朝暉，日日江樓坐翠微。
　　　信宿漁人還汎汎，清秋燕子故飛飛。
　　　匡衡抗疏功名薄，劉向傳經心事違。

〔註17〕石鯨故事出自晉葛洪《西京雜記》，謂：「昆明池刻玉石為鯨魚，每至雷雨，鯨常鳴吼，鬐尾皆動，漢世祭之以祈雨，往往有驗。」引自宋・郭知達集註《九家集註杜詩》（臺北：大通書局，杜詩叢刊本）。

同學少年多不賤，五陵衣馬自輕肥。

「匡衡抗疏功名薄」可以說表述了詩人的史識與史筆。「匡衡抗疏」這樣的歷史情節當然可以因著「匡衡」這個歷史人物的位格，呈現為一幅圖畫：圖畫中可浮現各人心目中諫臣的形象。「抗疏」更可提供畫面一種戲劇性的緊張，〔註18〕孤臣應有群臣襯托，諫臣亦宜有所諫之君對立。這就是抽象的「功名」一詞可以啓發的聯想，因為「功名」的抽象性同時賦予它啓發豐富聯想的可能性，而且這些可能的情景以共時態存在著。〔註19〕至於「功名薄」與「匡衡抗疏」之間的因果關係，誠如前文所論：直接將因果關係的判斷說出來，恐怕還是失了風流蘊藉的詩意。

「劉向傳經心事違」（〈秋興〉第三首）如同上句，例如「劉向傳經」這樣的歷史情節當然可以因著「劉向」這個歷史人物的位格，呈現為一幅圖畫：圖畫中可浮現各人心目中儒者傳經的形象。「心事」也是抽象的字眼，它的內涵既單調又豐富。「心事」的抽象性同時賦予它啓發豐富聯想的可能性，而且這些可能的情景以歷時態存在著。「心事違」說明「劉向傳經」所預設的歷時態情節的頓挫，而詩人逕訴諸「心事違」的表述，再度顯現杜甫直接將相違的判斷說出來，或

〔註18〕就繪畫和雕像等造形藝術而言，只表達空間裡的平列，不表達時間上的後繼，但是好的繪畫或雕像若能抓住那「富於包孕的片刻」，仍可以表現戲劇性的緊張。上古的希臘繪畫或雕像頭部沒有表情容貌，似乎從未流露強烈的情緒。大師們只在軀體和動作上表現蘇格拉底所說的「心靈活動」，直到西元前四世紀末，希臘化時期藝術家發現了能給予容貌生氣而又不破壞其美的方法，更甚者他們知道如何去捕捉個人的心靈活動與其面貌的特性，而創造出我們今日所說的「肖像」來。1506 年出土的勞孔父子群像便是此期代表作，希臘化時期的藝術家轉而對技藝本身感到興趣如何去呈現這麼戲劇化競爭的動作、表情與緊張。E. H. Gombrich, The Story of Art Oxford：Phaidon, fifteenth edition, 1990 reprinted.p.77

〔註19〕希臘法則啓迪了藝術家的自覺：藝術的癥結在於如何以媒體的運動、其表現方式，以及其緊張關係，呈現一戲劇性的競存形構（dramatic contest）。Gombrich,.p.77

者失了風流蘊藉的詩意。〔註20〕

　　匡衡抗疏是歷史事件，功名薄則與匡衡事不符，詩人以否定的詞意，虛構的歷史事件，介入自傷身世的慨歎。追懷古人的事蹟並非過去史實的複印重現，因爲生命的一次性，發生過的事情絕對無法在生涯中重複出現，詩人只是探取其片面印象，依自身的理解與感情加以重構，所以後人對歷史事件的每一次重述都蘊涵了個人的創意。〔註21〕功名薄三字正說明了詩人的心事，他與匡衡雷同的抗疏事，有了不同的結果，因爲這種對比，更顯出其中的不平與怨望。

　　位格在倫理學層面指標性的字眼，以身分爲媒介，如君臣、人民、父子、兄弟。在此詩中劉向傳經亦爲著名的歷史事件，而且對中國歷史產生深遠的影響。所以劉向傳經絕非與其心事相乖違，所違者乃詩人的心事。詩人的心事明明白白就是如劉向傳經一般，能得君行道，經世濟民。以事件爲表述方式的詩裡總有一個主角，一個爲理想奮鬥的人格典型，劉向與匡衡猶如矗立歷史洪流中的偶像，但是他們並非敘事中的主角，他們的存在只是爲了吸引我們對主角的期待，經過第五句與第六句的否定形構，反映出詩人沉吟心事的孤獨身影。

　　宰制寰宇的氣象有其權力的核心與邊陲，杜甫世界觀的座標原點

〔註20〕明・胡震亨《唐音癸籤》卷三〈法微二〉曰：「詩人詠史最難，妙在不增一語而情感自深，若在作史者不到處，別生眼目，固自好，然尚是第二義。」（臺北：木鐸出版社），頁24。

〔註21〕錢鍾書先生在《宋詩選註》序文裡有段話，大意是說：作品在作者所處的歷史環境中產生，在他生活的現實中生根立腳，但是反映這些狀況和表示這種背景的方式卻是各色各樣。我們可以參考許多歷史資料以證明詩歌的眞實性，這些記載也許和詩歌的內容相符，但也只是文件，不是文學。是詩歌的局部說明，不是詩歌的唯一衡量。或許歷史可以把一件事敘述得更爲詳盡，但是經過詩歌裡的提煉和剪裁，卻使它表現的更集中、更具體、更鮮明，產生更強烈更深永的效果。反過來說，如果詩歌欠缺這種藝術性，而只是枯燥粗糙地敘述，那麼即使有歷史的事實根據，甚至可以彌補歷史記載的缺漏，那也只是押韻的文件而已。請參考錢鍾書，《宋詩選註・序》（臺北：木鐸出版社），頁3〜5。

正是權力核心的故國京都，它是史詩英雄放逐的起點，也是回歸的終點。杜甫的流放始於安史之亂後，殘破的京師。踏上流放之途的詩人至死不忘那如隔雲端的故國。生命永恆的基地在眼前崩潰，杜甫將這虛無的惶惑寫在至德二年（757 A.D.）的〈春望〉裡：

> 國破山河在，城春草木深。感時花濺淚，恨別鳥驚心。
> 烽火連三月，家書抵萬金。白頭搔更短，渾欲不勝簪。

　　國指帝國的京城，安身立命于京城是詩人一生全部的嚮往，國破而山河猶存，似乎保守著復興的期待，但是時不我與，既經賦別「感時花濺淚，恨別鳥驚心。」無可奈何於困躓流離中，「白頭搔更短，渾欲不勝簪」生命卻沒有足夠的時間讓你攀上最後的涯岸。位格在生理學層面指標性的字眼，如衰老病死標示著位格的毀滅。日月其邁，死亡的進行曲開始演奏就無法終止，京國崩毀之後已沒有死亡以外的終點，懸繫於生涯無主的浮沉悠悠漂向確定的不確定，剩下不可預知又無能逃脫的死期，雖名為春望，其實爭如無望。

　　如此的推論必須回到放逐開始之前，杜甫的〈哀王孫〉記述了長安統治權威的崩潰：

> ……金鞭折斷九馬死，骨肉不得同馳驅。腰下寶玦青珊瑚，可憐王孫泣路隅。問之不肯道姓名，但道困苦乞爲奴。已經百日竄荊棘，身上無有完肌膚。……豺狼在邑龍在野，王孫善保千金軀。不敢長語臨交衢，且爲王孫立斯須。昨夜東風吹血腥，東來橐駝滿舊都。……

「可憐王孫泣路隅」哀王孫哀的是皇朝的衰敗，皇朝的衰敗就是杜甫生命意義的崩盤。杜甫一生的志願在於「致君堯舜上」，京都淪陷，帝政隳敗，「昨夜東風吹血腥，東來橐駝滿舊都。」詩人生命的終極理想失據，「豺狼在邑龍在野」人生墮入茫然無所歸的絕境，杜甫的哀痛無在私交，而在天下氣運，在於虛無的臨界情境。昔日承載價值理想的皇家子孫，生存際遇惡劣至於「困苦乞爲奴」，生存的焦慮如詩人所言「不敢長語臨交衢」。

　　杜甫〈春望〉所望的是殘破的帝京故國，是這可憂的亂世，是生存世界的有無成毀。詩人在驚惶感傷的花鳥身上，看見了一世之亂，看見流離的自身，看見了生命從權力根源的核心疏離開去。

　　杜甫〈春望〉裡望見的「國」與「城」，點出終極關懷的帝京，揭示詩人所有嚮往的終極歸宿。至於「花」、「鳥」、「山河」、「草木」等乃詩人生存境域常見的意象因素，「山河」表述古人生存的基本建構，所謂「經水若澤，嚮山左右」乃古人築城安居的地理思維。「花」、「鳥」、「草木」點染山河大地，寄寓生命的想像，以及媒介深沉的感情。「淚」與「心」標示了人的身體形象，身體形象寄托人的生存意識。「國破」與「烽火」說明這世界不僅是物理的世界，而是歷史的世界。期望「家書」，引出詩人的人倫關係。自傷「白髮」，感懷「春深」，表述詩人生活世界裡的時間形構。

　　〈春望〉之際，詩人只關注人生終極理想，故國帝京的破滅。雖曰春望，其實失望、絕望、無望。這首詩包含杜甫生涯的兩個原點，以及兩原點的失落。詩人的身體形象是其自我認知的原點，權力核心的帝京則是其生命回歸的原點。詩人的身體形象是生命的質料因與動力因，權力核心的京城則是人生的形式因與目的因。〔註22〕但是國破使詩人生命的歸宿不可歸，白首讓詩人生命的動能無可挽回。

　　春望表述的失望顛覆詩人的世界觀，我們看見一個隨著詩人生命消逝而逐漸萎縮的世界，正在形成或正在毀滅。當理想的歸鄉路斷，人間因果的連鎖消散，紅塵已無值得追索的線段，一切都通透於豁然開朗的了悟之中。詩人寧或未在詩的章句裡證成此種達觀，但此種達觀本來就只存在於蕩相遣執之後，不落言詮的通觀裡。在此我們只要指出，杜甫經營的流動空間，以及散點透視後的無執無失。

〔註22〕亞里士多德的四因說：例如建一棟房屋，建築材料是質料因，建築藍圖是形式因，建築者是動力因，居住則是目的因。Aristotle, Metaphysics,（in the Loeb Classical Library, Harvard University Press，1989），p.16～17。

　　〈詠懷古跡五首〉是大曆元年（766 A.D.）杜甫於於夔州寫成的組詩。夔州和三峽一帶，本來就有宋玉、王昭君、諸葛亮、庾信等人留下的古跡。詠懷古跡的關鍵在於「古跡」原是某一古人的居所，因此一方面「人生寄寓」是詠懷古跡的主題，一方面詠懷古跡一貫的主題在於藉寓所表述生命的意境。「位格」其實才是人生永恆的居所，而人所寄寓的居所必須表現個人的「位格」特色，才能夠彰顯其人生的意境，也才能夠表達其生命的意義。因此第二重意象形構元素在這組詩中有了突出的表現。例如組詩中的第二首歌詠的「搖落深知宋玉悲，風流儒雅亦吾師」句中的「宋玉」，以及形容宋玉人格特質的字眼：「風流」、「儒雅」等，皆屬於此重意象形構元素。

　　頷聯的「悵望千秋一灑淚」，「悵望」者的存在已是位格意象明顯的提示，而前文論及「淚」乃依從於身體形象，以至於人的自我意識。所以「灑淚」無疑表現著位格的意涵。「悵望」者、「灑淚」者以至於「吾師」與「舟人指點到今疑」的「舟人」，都指涉與自我主體相對的其他主體，表述著位格間的相對存在。

　　「懷」所蘊涵的懷生之意，依乎詩人的生命真詮。懷居並非單純室內設計的議題，正如前文所述，居所的嚮往當然包涵建築的意象。而詩人位格的自我意識，是建築理想居所絕不或缺的主體：雕像。但是僅存立一具雕像於空洞的建築裡，豈非死者的居室？所以需要圖畫意象形構戲劇情節，生動地表現作者內在的情懷。亦即主體生活的情節與反思，所以懷居之後應有更深刻的懷生之思。試觀大曆二年杜甫所作的〈寫懷〉二首其一：

　　　　勞生共乾坤，何處異風俗。冉冉自趨競，行行見羈束。
　　　　無貴賤不悲，無富貧亦足。萬古一骸骨，鄰家遞歌哭。
　　　　鄙夫到巫峽，三歲如轉燭。全命甘留滯，忘情任榮辱。
　　　　朝班及暮齒，日給還脫粟。編蓬石城東，採藥山北谷。
　　　　用心霜雪間，不必條蔓綠。非關故安排，曾是順幽獨。
　　　　達士如弦直，小人似鉤曲。曲直我不知，負暄候樵牧。

　　行近暮年的杜甫，在詩篇中展現濃厚的道家色彩，第一句「勞生共乾坤」就揭開了他的人生智慧，《莊子・大宗師》曰：「夫大塊載我以形，勞我以生，佚我以老，息我以死。」乾坤與大塊都為我們的生存提供一幅偉大的基地，漂泊離散的生涯共此乾坤，所以生命得以綿延，記憶得以延續，人生方得衍生意義。

　　但是共此乾坤的生涯並不一定能產生意義，尤其當平鋪的生涯只是充斥劫難折磨時「冉冉自趨竟，行行見羈束。」我們難免在磨難中喪失生命的價值感，逐漸在衰老中墮入虛無。尤其當我們發現：「無貴賤不悲，無富貧亦足。」生活的現實令人忘懷理想，但是飽經憂患的杜甫又是如何看待這離亂人生呢？

　　詩云「萬古一骸骨，鄰家遞歌哭。」使我們不免想到《莊子・齊物論》中所說：

　　　　一受其成形，不忘以待盡。與物相刃相靡，其行盡如馳，而莫之能止，不亦悲乎。終身役役而不見其成功，苶然疲役而不知其所歸，可不哀邪。人謂之不死，奚益。其形化，其心與之然，可不謂大哀乎。

　　形骸直接承載著我們的生命，所以杜甫經常以身體形骸抒寫感懷。但是從上引詩句，我們可以推敲詩人已不若凡俗之人，拘拘於身體形骸所表述的生命。杜甫承接了莊子所引發的生命悲歌，同時也在詩句文本裡揭露了生命的體悟。如果杜甫也遇見「子來有病，喘喘然將死，其妻子環而泣之。」恐怕也將效子犁曰：「叱。避。無怛化。」（《莊子・大宗師》）

　　猶如杜甫〈詠懷古跡五首〉其四曰：「蜀主窺吳幸三峽，崩年亦在永安宮。翠華想像空山裡，玉殿虛無野寺中。古廟杉松巢水鶴，歲時伏臘走村翁。武侯祠屋常鄰近，一體君臣祭祀同。」詩中第二重意象形構元素，屬位格性主體者如：「蜀主」與「武侯」，「君」與「臣」，又如「村翁」，也呈現了多元共存的現象。其他又有一些預設位格存在的介詞：「窺」、「崩」、「祭祀」、「想像」。「窺」者、「崩」者、「祭

祀」者,以及「想像」者,或同一或差異,但其間趣向的多元,一樣
值得注意。「窺」者與「崩」者雖然同為一人,但「窺」與「崩」在
生命的層次上卻有極大的差異。「崩」者與「祭祀」者雖然不同,但
在生命的層次上卻屬同一範疇。至於「想像」,又與「窺」與「崩」
不同存在層次。「窺」、「崩」與「祭祀」均屬可以被察見的行為,但
「想像」卻不如此外顯。這些位格所承載的人生或存或歿,位格如古
跡徒留想像,詩人經常藉位格的生滅成毀,表述人生意義的省思。

又如〈詠懷古跡五首〉其五,此詩的第二重意象形構極為豐富。
它表述了位格在倫理學層面指標性的字眼,以身分為媒介,如君臣。
進而以萬古宇宙等符號將位格帶到存有學層面,如上引文中以性命為
媒介,表述生死存亡妖壽。例如「諸葛大名垂宇宙」句中的「諸葛」
與「大名」,指涉位格的符號形式是人生永恆的居所。「宗臣遺像肅清
高」句中「宗臣」與「遺像」表述身體形象是位格價值的承載者,身
體也是人格特質的表述。「遺像」雖然否定了身體的存續,但卻以死
亡後不滅的身體形象,表述其位格的永恆性。

「宗臣」與「肅清高」以表述人格特質的字眼,強化了人的存在。
「三分割據紆籌策」句中「三分割據」以位格間的緊張對立表述三國
鼎立的形勢,而「伯仲之間見伊呂,指揮若定失蕭曹」的「伯仲之間」
卻以位格並存的關係表述了融洽的人際關係。「伊呂」與「蕭曹」從
相對的方向界定著「諸葛」的存在,「紆籌策」者,「指揮」者,乃至
於「志決身殲軍務勞」的「志決身殲」者,受「軍務勞」者,一一指
涉著位格主體的存在。這首詩以極密集的位格符號,從生命的許多層
次觀照位格的內涵。

因此雖然杜甫自顧「鄙夫到巫峽,三歲如轉燭。」但是他卻可以
長吟「全命甘留置,忘情任榮辱。」中間經過生涯的坎坷與流離「朝
班及暮齒,日給還脫粟。編蓬石城東,採藥山北谷。」已達觀窮通富
貴,了悟生死存亡的杜甫遂可曰:「用心霜雪間,不必條蔓綠。非關
故安排,曾是順幽獨。」位格在心理學層面指標性的字眼,如上引文

中以心為媒介，如「忘情任榮辱」。位格在倫理學層面指標性的字眼，以身分為媒介，如「曾是順幽獨」。

此句中所謂安排，意涵不只俗話中的安排淺顯，如《莊子‧大宗師》曰：「且汝夢為鳥而厲乎天，夢為魚而沒於淵。不識今之言者，其覺者乎，其夢者乎？造適不及笑，獻笑不及排，安排而去化，乃入於寥天一。」將安排的深刻意蘊道盡。位格在存有學層面指標性的字眼，乃以性命為媒介，如生死存亡妖壽是也。後人囿於閱歷，或許懷疑杜甫是否有此襟抱，但僅就文本觀之，杜甫若非了悟生命與形骸的離合正如：「若能入遊其樊而無感其名，入則鳴，不入則止。無門無毒，一宅而寓於不得已，則幾矣。」（莊子人間世）則難以有上述之達觀。

杜甫與莊學的關係，後人闡發者不多，但推循詩篇文本，杜甫直接使用莊子的概念詞彙者，意涵至為明顯。最後以「達士如弦直，小人似鉤曲。曲直吾不知，負暄候樵牧。」為例，《莊子‧應帝王》：「齧缺問於王倪，四問而四不知。齧缺因躍而大喜，行以告蒲衣子。」齧缺問王倪的四個問題是什麼？王倪之不知又有何玄妙？杜甫又為何以「吾不知」作結呢？《莊子‧齊物論》：「齧缺問乎王倪曰：『子知物之所同是乎？』曰：『吾惡乎知之。』『子知子之所不知邪？』『吾惡乎知之。』『然則物無知邪？』『吾惡乎知之。』」此三問似乎僅關乎萬物的存有，以及人類認知的界限，其實它們指向一終極關懷，齧缺最後問王倪曰：「子不知利害，則至人固不知利害乎？」王倪的回答：「至人神矣。大澤焚而不能熱，河漢沍而不能寒，疾雷破山風振海而不能驚。若然者，乘雲氣，騎日月，而遊乎四海之外。」揭示了生命自由的真諦。藉莊子寫懷而以「曲直吾不知」作結，蘊涵了詩人暮年的了悟與達觀。

接下來，再回到大曆二年所作〈寫懷〉二首的第二：

　　夜深坐南軒，明月照我膝。驚風翻河漢，梁棟日已出。
　　群生各一宿，飛動自儔匹。吾亦驅其兒，營營為私實。
　　天寒行旅稀，歲暮日月疾。榮名忽中人，世亂如蟣蝨。

> 古者三皇前，滿腹志願畢。胡爲有結繩，陷此膠與漆。
> 禍首燧人氏，屬階董狐筆。君看燈燭張，轉使飛蛾密。
> 放神八極外，俛仰俱蕭瑟。終然契眞如，歸匪金仙術。

「夜深坐南軒，明月照我膝。驚風翻河漢，梁棟日已出。」杜甫以自己的身體作爲計時器，度量著生命的流逝，遂而興起生命的感懷。既曰位格在生理學層面以身爲媒介，表述其衰老病死，上引詩句即以此爲媒，再追問生命的眞諦是什麼？

「群生各一宿，飛動自儔匹。」此生或許只是一段借宿的時光，一旦時間到了，大家便各奔前程。此詩句由位格在生理學層面指標性的字眼，引出以追問生命的眞諦爲媒介，位格在存有學層面的議論。

「天寒行旅稀，歲暮日月疾。」恰如杜甫生涯的寫照，華年不可再，人生的流徙卻不止。嘗試追問人生的意義，所有人文的建設不僅不具有價值，反而使生命陷溺於文明的構陷：「古者三皇前，滿腹志願畢。胡爲有結繩，陷此膠與漆。」文明的建制不僅未給予生命自由，反而成爲生命的縲絏，加速死亡與毀滅。此即以三皇爲媒介，表述位格在倫理學層面的意義。

然而以三皇爲媒介，所表述位格在倫理學層面的意義，其實是負面性的議論。「禍首燧人氏，屬階董狐筆。君看燈燭張，轉使飛蛾密。」當詩人豁開位格的局限，得以通觀生命：「放神八極外，俛仰俱蕭瑟。」詩人藉心理學層面的位格，以內心情感爲媒介，通透生命的眞諦：「終然契眞如，得匪金仙術。」「眞如」乃佛家所謂最高眞理，意謂生命的眞理本來如此，不增不減。既爲眞諦，何不逕謂之眞？還須稱名眞如。學者多以《大乘起信論》爲文本釋之，然《金剛經》有云：

> 若以色見我，以音聲求我，是人行邪道，不能見如來。

此偈所言，解說眞諦乃在意象之外，泥滯音聲色相，無法參透實相。杜甫或許眞能參透皮相，了悟生命眞諦。所謂：

> 不取於相，如如不動。

眞如之如在此乃演繹眞空妙有之道，所謂不壞假名以說諸法實相。以

故《金剛經》再言：

> 一切有爲法，如夢幻泡影，如露亦如電，應作如是觀。

此所以生命眞諦，要說眞如也。由生理義與心理義的位格，帶出追問存有意義的話題，此即存有學層面的位格是也。詩人得契眞如，表示詩人的人生境界已不局限於形骸，杜甫對人生眞諦別有一番體悟。所以雖然議論存有學層面的位格，但卻旨在突破位格的局限，主體之雕像不立，秋風所破的茅屋亦將無所用。如果詩人眞能勘破這臭皮囊的虛，就可實得彌勒樓閣帝網智慧光。

第四節 物 化

經歷位格的生滅成毀，突破位格化的表述形式，最後匯歸存有學層面的位格，因爲無論身體形象的衰老病死，或心情的蕭瑟灰敗，或功名志業的如夢似幻，最後都歸結爲生命意義的追問。人生以位格爲媒介，在生理心理與倫理各個層面的意義，歸根究底還是在追尋生命存有的價值。如果一旦以性命表述的位格失去了基地，人格性的生命樣態不值得人去執著，則改變生存的樣態將是詩學的首要課題。不再執著人的位格，當然更不必將位格強加於萬物之上，於是會呈現新的存有樣態。此即杜甫的〈望嶽〉詩就已透露出的物化觀：

> 岱宗夫如何，齊魯青未了。造化鍾神秀，陰陽割昏曉。
>
> 盪胸生層雲，決眥入歸鳥。會當凌絕頂，一覽眾山小。

詩題已藉「望」字點出想像的視域，而且是一幅場景遼闊高明的圖畫。

「岱宗」與「齊魯」空洞的名號，僅以「青未了」著色，因爲缺乏具體描繪，所以獲得遼闊的視野。然而視域之中，單純的著色成就了巨幅的想像。詩人藉擬人的「造化鍾神秀」建立宏觀的想像，復以泰山的「陰陽」表述天象「昏曉」的成因，完成這巨幅圖畫的天地布局。

上述由「岱宗」「齊魯」渲染的滿目青青，以及「造化」「陰陽」刻畫的天地，將讀者的視域拓開。藉著省略細部的描寫，達成廣闊高明視域的建構。這裡表現了符號內涵具體與抽象之間，表意豐儉的反

比效應。所以下述「盪胸」「決眥」二詞因為著墨於細部，造成視域回歸並且集中於一獨立的身體形象。因為述及「胸」「眥」等身體的部位，點出身體形象的預設。在巨幅的天地布局裡，安排視線焦點的人物立身其間，已成為一種典型的畫面。

以「造化」為主詞鍾神秀於泰山，繼而以「岱宗」主詞割剖天象昏曉，再以「人身」為主詞觀照層雲歸鳥，最後以「同一自我」（identified ego）為主詞預期登臨絕頂的境界。主詞標示著承載「通觀」（perspective）的主體，主詞的更迭引導讀者轉換觀點，揭示不同層次的視域。詩人在這首詩裡，表現了展開手卷式的圖畫布局，提示了流動的閱讀觀點。

雖然詩人運用語言達成手卷式的圖畫布局，但是並非單純仿傚圖畫的表現方式。從「盪胸生層雲，決眥入歸鳥。」的詩句我們的圖畫開始產生複構。在邏輯學上或許會構成「自我指涉的弔詭」，但是相對抽象的語言使我們的想像突破平面的構圖，所以我們能夠看見登覽者眼中的歸鳥，切入層雲激盪的胸懷。

再從「會當凌絕頂，一覽眾山小。」詩句預期的登臨裡，我們發現必須預設「同一自我」（identified ego），否則我在當下何以預知一旦登臨絕頂，將「一覽眾山小」耶？但是生活歷程中的「同一自我」（identified ego），若勉強以圖畫表現，也必須突破單幅圖畫的限制，以連環圖中相似的身體形象表現「同一自我」（identified ego）。然而我們還須注意「會當凌絕頂，一覽眾山小。」預設的「同一自我」（identified ego）並未指涉特定的個人。因為未指涉特定的某個人，所以形成開放的角色，只要閱讀此詩即可享有同樣的想像視域。就這一點而言，這又是詩的圖畫意象與具體圖畫不同之處。

「造化」者，《莊子・大宗師》曰：「今以天地為大鑪，以造化為大冶，惡乎往而不可哉？」莊子的寓言藉造化之名，申大化流行之旨，故造化在此章句中具有虛擬之位格（personality）。其實案諸《莊子》本義，造化一詞僅是虛擬之假名，並非真有作主之實體。

《莊子·大宗師》文本乃以「子來喘喘然將死」為寓言，點出「死生存亡之一體者」，死生存亡乃一體之化，所以不必預設一形而上的造物者，我們的生命不需要生命之外另立的創造因或第一因（causa prima）。《莊子·齊物論》謂：「天地與我並生，而萬物與我為一。」又曰：「物無非彼，物無非是。」「彼出於是，是亦因彼。彼是方生之說也。雖然，方生方死，方死方生，方可方不可，方不可方可。因是因非，因非因是。」「彼是莫得其偶，謂之道樞。樞始得環中，以應無窮。」莊子上述的章句解構了自立因（causa sui）的觀念，因果相循的論述點破造物創世第一因的迷執。

造化也罷，造物者也罷，在《莊子》的思想脈絡裡，都只是一種寓言方便權宜的符號，所謂：「以指喻指之非指，不若以非指喻指之非指也。以馬喻馬之非馬，不若以非馬喻馬之非馬也。天地一指也，萬物一馬也。」所以雖然前引文指出「天地與我並生，而萬物與我為一。」其實天地萬物也無非表述之記號，《莊子》真正的主旨在《莊子·齊物論》早已點明：「今者吾喪我，汝知之乎？」啟示無位格的思維，無主詞的論述，是《莊子》生命哲學的實踐。

杜甫的〈望嶽〉之所望，透入萬物的現象，推究存有的根源，思索生命的境界，這岱宗絕頂之下的山河大地，是岱宗矗立的世界，而盪胸生層雲，決眥入飛鳥的詩人，幾與岱宗化而為一，極目之視域則隨飛鳥而逝於幽渺無邊之域矣。詩人雖然有與岱宗同化的胸襟懷抱，但是詩人的自我卻擴大為一覽眾山小的泰山。青年時期的杜甫，在〈望嶽〉詩中望見歷史地理之「岱宗」、「齊魯」，勘透形而上的「造化」與「陰陽」，想見萬物與我為一的「層雲」、「飛鳥」，更自顧其「胸、眥」，而陡然顯露「會當」絕頂與「一覽」眾山的「自我存在」。所以杜甫最初之「望」，望的不是一區一隅之地，而是齊魯古國青綠無垠的山河大地，甚至望見那陰陽造化創生之始。會當凌絕頂，登泰山而小天下，則此「望」所臻之監臨，展現極高的宰制寰宇之意。

我們必須先理解杜甫在〈望嶽〉詩中，以「造化」與「陰陽」

爲主詞的典故與用意，方能疏釋盪胸如何生層雲？決眥何以入歸鳥？縱觀中四句的意象，如果執著於人的位格性，勢必無法生雲入鳥，又豈能登此萬化流行之境。吟詠望嶽的詩人，其人生感悟從「天地與我並生，而萬物與我爲一」而來，了然「今以天地爲大鑪，以造化爲大冶，惡乎往而不可哉？」〔註23〕的眞諦，所以能夠創作恍若「偉哉造化，又將奚以汝爲，將奚以汝適？以汝爲鼠肝乎？以汝爲蟲臂乎？」〔註24〕的詩句。

　　試看詩人的立足點更高，視域更爲遼闊。詩人不僅看到形而下的山林大地，還推理於形而上的造化。不止觀照及於變化，更能及於創生變化之理。龍門山所見僅林壑，如今望嶽則盡覽眾山。詩人身在奉先寺，始覺山深雲濕衣，雲雖貼身，終究是身外之物。如今層雲出自胸中，身與雲化爲一體，這種生命的詮釋預設了「天地與我並生，而萬物與我爲一。」（《莊子‧齊物論》）這種思想提供生命更深刻的存有基礎，它使生命的變化不淪沒爲虛無的幻象。所以詩人仰觀星月夜天之餘，陰陽昏曉由現象轉爲存有學的（ontological）符號，承載造化鍾美之意。

　　〈風疾舟中伏枕書懷三十六韻奉呈湖南親友〉據說是杜甫最後遺作，案諸詩意，亦堪稱絕命詩。〔註25〕在此詩中，道家的物化觀再度顯現：

軒轅休製律，虞舜罷彈琴。尚錯雄鳴管，猶傷半死心。
聖賢名古邈，羈旅病年侵。舟泊常依震，湖平早見參。
如聞馬融笛，若倚仲宣襟。故國悲寒望，群雲慘歲陰。
水鄉霾白屋，楓岸疊青岑。鬱鬱冬炎瘴，濛濛雨滯淫。
鼓迎非祭鬼，彈落似鴞禽。

〔註23〕《莊子‧大宗師》。

〔註24〕同上。

〔註25〕楊倫《杜詩鏡銓》、仇兆鰲《杜詩詳註》及浦起龍《讀杜心解‧少陵詩目譜》等諸家多將此詩繫於卷末，《杜甫年譜》繫於代宗大曆五年冬（770 A.D.），以爲此詩寫成後不久，詩人即在從潭州向岳州進發之湘江舟中溘然長逝。參見劉孟伉編《杜甫年譜》（臺北：學海書局，1981），頁288。

興盡纔無悶，秋來遽不禁。生涯相泪沒，時物正蕭森。
疑惑樽中弩，淹留冠上簪。牽裾驚魏帝，投閣爲劉歆。
狂走終奚適，微才謝所欽。吾安藜不糝，汝貴玉爲琛。
烏几重重縛，鶉衣寸寸針。
哀傷同庾信，述作異陳琳。十暑岷山葛，三霜楚戶砧。
叨陪錦帳坐，久放白頭吟。反樸時難遇，忘機陸易沉。
應過數粒食，得近四知金。
春草封歸恨，源花費獨尋。轉蓬憂悄悄，行藥病涔涔。
瘞夭追潘岳，持危覓鄧林。蹉跎翻學步，感激在知音。
卻假蘇張舌，高誇周宋鐔。
納流迷浩汗，峻址得欹崟。城府開清旭，松筠起碧潯。
披顏爭倩倩，逸足競駸駸。朗鑒存愚直，皇天實照臨。
公孫仍恃險，侯景未生擒。書信中原闊，干戈北斗深。
畏人千里井，問俗九州箴。戰血流依舊，軍聲動至今。
葛洪尸定解，許靖力難任。家事丹砂訣，無成涕作霖。

杜甫此詩繼續前述〈寫懷〉的歷史反省與文化批判，即所謂：「古者
三皇前，滿腹志願畢。胡爲有結繩，陷此膠與漆。禍首燧人氏，屬階
董狐筆。君看燈燭張，轉使飛蛾密。」近死之際，杜甫風疾舟中伏枕
書懷奉湖南親友，劈頭就是「軒轅休製律，虞舜罷彈琴。尙錯雄鳴管，
猶傷半死心。」黃帝堯舜三代聖君，傳說開啓千年華夏文化，否定三
代功業，無異於批判文化的價值。杜甫的批判實基於對人生與歷史深
切的了悟。「聖賢名古邈，羈旅病年侵。」正如「千秋萬歲名，寂寞
身後事。」表述世間功業的虛無，並因此虛無感悟生命的眞諦。而「舟
泊常依震，湖平早見參。」豈非「關塞極天唯鳥道，江湖滿地一漁翁。」
同樣的孤絕與悲涼。「如聞馬融笛，若倚仲宣襟。」表述無邊鄉愁與
垂死雄心，然而「故國悲寒望，群雲慘歲陰。」杜甫的世界將隨生命
的終結坍縮成虛無絕望的黑洞，且看「水鄉霾白屋，楓岸疊青岑。鬱
鬱多炎瘴，濛濛雨滯淫。鼓迎非祭鬼，彈落似鴞禽。」詩人流離的生
涯縱目盡是霾瘴淫雨，景象濛濛鬱鬱。

　　總結詩人的一生，正是「生涯相汩沒，時物正蕭森。」生涯的困窮不僅「烏几重重縛，鶉衣寸寸針。」所表述的貧乏，更有一番「狂走終奚適」的驚疑不定。杜甫回顧此生的辛酸，可謂身心俱疲而油盡燈枯矣。杜甫讀破萬卷書，壯遊萬里路，時常追懷暮年詩賦動江關的庾信，懷才不遇的孤憤甚深，難當流離在野的京國鄉愁「叨陪錦帳坐，久放白頭吟。」窮愁潦倒的生涯何以自安？「反樸時難遇，忘機陸易沉。」這是詩人歷經窮窘之後，了悟虛無之後的曠達「應過數粒食，得近四知金。」《莊子‧逍遙遊》曰：「鷦鷯巢於深林，不過一枝。偃鼠過河，不過滿腹。歸休乎君，予無所用天下為。」這是杜甫在流離顛沛中的自我寬解，這裡值得注意的是他自我寬解的取徑。杜甫在困厄中不是向儒家的人生理想求助，也鮮見釋家的超度，反而隨處可見老莊或楊朱的人生趣向。我們不必勉強為人云亦云的傳說背書，只須回到詩人的作品，正視隨處可見的道家典故。

　　「轉蓬憂悄悄，行藥病涔涔。」是杜甫生涯最後的寫真，「書信中原闊，干戈北斗深。」說明戰亂造成的疏離對杜甫的影響，「葛洪尸定解」仍然顯示道家思想對杜甫的啟發，但是「無成涕作霖」幾乎可為杜甫一生最後的結語。如果我們要追問杜甫在這首風疾舟中伏枕書懷奉湖南親友的詩裡，除了顛覆歷史文化的虛無主義，是否有任何超越之道？

　　此詩最後的詩句：「葛洪尸定解，許靖力難任。家事丹砂訣，無成涕作霖。」或許是唯一可能的解答。「尸解」乃道家解脫死亡焦慮的生命詮釋，所謂尸解以登仙也。「丹砂」謂點石成金之術，家事只有託付想像中的點金術。無論杜甫晚年究竟信不信道術，但他在無可奈何之際，還是僅僅以道術的意象為生命最終的解脫。

　　道家哲學與道術思想，嚴格言之有上下之別，但並非全然無關。道術尸解的思想的根本在於道家「物化」的理念。《莊子‧齊物論》：「不知周之夢為胡蝶與？胡蝶之夢為周與？周與胡蝶則必有分矣，此之謂物化。」固然是美麗的文學意象，同時也是一種生命真諦的闡釋。

　　若非有此，何來尸解登仙的美妙意象？杜甫究竟是否相信丹砂之術，
丹砂訣究竟是否能點石成金，已經不關宏旨。總之，杜甫在生命盡頭，
頹廢虛無的悲懷裡，僅剩一絲道家齊物應化的想像，然而杜甫始終還
未下定決心相信道家物化的理想。

　　杜甫詩中的懷思，表述他世界觀的格局與細節，而位格則是此世
界最醒目的界標。例如懷家與懷國，以分裂位格關係表述疏離造成的
相思。杜甫的世界觀分別涉及身家性命與京極帝鄉，而詩人放逐的生
涯緣自此兩者的疏離。杜甫的懷思呼應了他的望鄉之旅，而不同之處
在於懷思乃著落於此世的身家性命，極目之望則以帝都京極為標的。
「懷」概念著重想像與反思裡的世界觀，「望」概念鋪陳視覺意象布
置的世界。

　　因此在杜甫的懷思之中，世界觀有了此世與他世的階層結構，如
〈天末懷李白〉詩中所說：「文章憎命達，魑魅喜人過。應共冤魂語，
投詩贈汨羅。」〔註26〕一層是世人流徙的人生，一層是魑魅冤魂的喜
怒哀樂。魂魄魑魅的世界僅存在於詩人的想像，而超越了視覺意象所
營構的世界觀。在這種形而上的基礎上，杜甫繼續討論人生的真諦。
對於漂泊的宿命，蹭蹬的際遇，杜甫必須提升生命的期許，解脫現實
功名事業的懸念，達於逍遙任化，高明自在的人生境界。

　　有限的人生終究無法企及永生的安憩，杜甫飽歷憂患，對於人生
的安適已瀕臨絕望，無盡放逐之旅中的杜甫，如何安居於這連綿無疆
的江湖。我們可以從杜甫懷居的懸念，透過詩句周詳的布置，揭露鏤
刻在心版上的記憶。但是杜甫豁然劈下的結句「惜哉形勝地，回首一
茫茫。」瞬間粉碎了原本清晰的想念，顛覆了精心營建的懷想，在翻
覆天地之際，揭露了絕望後的豁達：處處無家，處處為家。

　　窮愁潦倒的杜甫，在流放的生涯裡將生命的意義寄託於日用尋常
之物，這是詩人的超然豁達，不為物役的清明朗潤。這種生活瑣細裡

────────────

〔註26〕高步瀛《唐宋詩舉要》引邵長蘅評曰：「一憎一喜，遂令文人無置身
　　　　地。」又黃生《讀杜詩說》曰：「不曰弔而曰贈，說得冤魂活現。」

打轉的敘事詩，反而揭示了生命自由的眞諦。這就是杜甫藉眞如演繹
眞空妙有之道，不壞假名以說諸法實相。詩人得契眞如，表示詩人的
人生境界已不局限於形骸，杜甫世界觀的別有洞天。

　　杜甫世界觀的核心就是以身心爲媒介的位格表述，所以此一位格
內涵的轉化，改變了其世界觀的形構。從位格爲核心所懷與所望的世
界，到位格化的天地萬象，再轉化爲萬物靜觀皆自得的物化觀世界，
身心所承載的生滅成毀，或衰頹哀傷，是詩人觀察與表述人生的軸
心。本章以位格化到物化，標示著詩歌創作境界的升沉。杜甫變換的
世界觀，其實正是其世界觀軸心的扭曲與潰散。

　　杜甫世界觀的深遠處展現了超越歷史評價的強勁生命力。所以其
詩作裡，俯拾皆是的詠懷古跡之作，雖然藉歷史意象表述懷抱，但是
詩人的懷抱已超越了歷史的價值判斷，更超脫了興廢榮枯帶來的傷
感。但是勘破歷史評價與文化理想的杜甫，瀕臨墮入虛無頹廢的危
機。顛覆歷史評價與文化理想的結果，或許將帶來茫茫無所歸的悲
運。但是杜甫在生命盡頭，頹廢虛無的悲懷裡，是否已決心相信道家
物化的理想，尚屬未知之天。然而就杜甫的世界觀言之，他無疑已開
拓出現實生活視域之外，凌駕歷史潮流之上，直探生命根本的多元理
念。亦即上述道家／道術、釋家等另類的生命眞諦。

第三章 圖 畫

在虛擬的兩極之間，絕對抽象與絕對具象間不絕如縷的萃取與蛻變，或許正好提供了評價表現方式的基準。最起碼我們可以依循其間蛻變的光譜，映比詩人創作的軌跡，使文學批評不再是空想或自由心證。但是我們也不要忘了，所謂「意」「象」，只是假立的名相，其間主客的對峙／連續，只是虛擬的關係，它們的用處也應限於記號學的應用。詩人的絕詣基於啓發想像的能力，在「意」與「象」假立的名相之間，鋪陳抽象關係的具體圖畫。

藝術表現的本質，究竟在於肖似逼眞，抑或呈現理念？一直是藝術的核心議題。試問畫家給我們的是一張可信的快照，還是一個完整的人？〔註1〕攝影科技的發展促使畫家反省繪畫的意義以及其獨特價值，當一切其它目的消失，表現位格性才成爲藝術眞正的目的。詩是作者與讀者間的媒體，符號是位格間溝通情感的渠道，情意流通而符號空餘蟬蛻。藝術家要藉藝術與那些值得相遇的人交往，〔註2〕生活史沉積的偏執必使情意滯塞。

藝術的表現方式經常決定我們對藝術品的好惡，而有些人喜歡某

〔註 1〕 E. H. Gombrich, The Story of Art （Oxford：Phaidon, fifteenth edition, 1990 reprinted.）p.332。
〔註 2〕 Gombrich, p.398。

種表現方式，經常因為那是他所易於理解的表現方式，於是他便深受這種表現方式感動。〔註3〕尤其當我們的認知方式局限於線性推理時，線上的生命僅能抓住前後緊鄰的意象，表現方式與表意媒體之質料的差異就成為理解的指標。

第一節　圖畫意象的定義

　　建築類的意象以磚木瓦石之類的材料，在滿足人類居住的實用目的之外，同時以象徵的手法表達建築師的心意。建築意象範疇有四個特點：第一，它的媒體材質最不受人類自由意志主宰。第二，這些相對獨立的媒體只能硬性規定其意涵。第三，人的心意透過媒體規定下來之後，無法再生規定以外的意涵。第四，它屬於視覺形象的領域。〔註4〕

　　建築意象從家宅居室的結構到建築的環境，家裡有床、有門窗、有棟樑。家還分貴族的家室與平民的居屋。貴族的住宅顯然比較複雜，一般而言為前堂後室的格局，又有亭臺樓閣園林等建築。家宅還包括庭院，門庭之外則是街道。貴族的家庭在城中，城有望樓曰墉。城墉外為郊邑，更遠處為野，郊野包括了丘園山陵高陸平原川淵等地理環境。建築的意象並非僅僅陳列古建築的廢墟，它最重要的部分反而在於以宗廟宮室為核心，望向四面八方生命的通觀，進而反省人類居所安置於天地間的地位。人的生存定位最終由天地所界定，以鳶飛魚躍主體的情節，表現超寫實的圖畫意象。

　　人的想像容易著眼於一個擬人的對象。雕像的特質在於提供一個安定與最具體的想像對象，而且因為它與我們自身的相似性，啟發我們從自身的位格意識喚醒我們的想像力。但是它只是我們複雜多變生活的遺蛻，所以它也是真實生命的否定。與其說它是生命的象徵，不如說它是屍體的模型。〔註5〕孤立的雕像突顯了意象的位格性，表現了

〔註3〕Gombrich, p.5。
〔註4〕G. F. W. Hegel, Werke. Bd.14. SS.266～272。
〔註5〕G. F. W. Hegel, Werke. Bd.14. SS.351～361。

意念被封閉在媒體中，喪失表達生命眞實內涵與生活互動關係的能力。

　　作者的目擊者意識，透過位格化的雕像，使讀者與文本產生視覺形象的反身關係，此時「讀者注視——注視身體的視覺形象之間的關係」被呈現在我們的視覺想像中。詩人甚至藉雕像意象構築一組森然並列的雕像群，依視線的歷時瀏覽，使想像進入一座供奉人自身形象的神殿之中，以各自生命的體會譜成一首無聲的自戀舞曲。

　　圖畫意象的範疇，運用線條、色彩與光影的變化、人與物的虛實疏密布局，更貼切地表現了生命的活動歷程。將緊湊的戲劇化歷時態遭遇，一時呈現於一幅圖畫之中，此即圖畫的妙用。

　　圖畫犧牲了雕像的立體性，反而將想像從位格模擬屍體的形象中解放出來。圖畫運用光影的變化與人物的布局，更貼切地表現了生命的活動歷程。〔註6〕但是它到底只是生活的斷片，將生命的眞相框限在刹那的視覺領域之中。

　　據傅抱石的看法，繪畫的問題在於認識空間，以及體現空間。〔註7〕自然界裡的形象與色彩，是沒有思想性的。但藝術家有思想，所以無思想性的形象與色彩，經過藝術家的眼與腦而有了思想性。藝術家不僅要抓住生活的主流思想來表現，還要能看到未來，並以美好的幻想，引導群眾。〔註8〕

　　關於圖畫的定義已如上述，接下來我們檢視詩人如何形構詩中的圖畫意象，首先以杜甫〈重過何氏五首〉其一爲例：

　　　　問訊東橋竹，將軍有報書。倒衣還命駕，高枕乃吾廬。

　　　　花妥鶯捎蝶，溪喧獺趁魚。重來休沐地，眞作野人居。

分析此詩第三重的意象元素，其實基於下列的意象元素：「廬」、「溪」、「橋」「書」、「衣」、「駕」、「枕」、「竹」、「花」、「鶯」、「蝶」、「獺」、「魚」、「將軍」與「野人」等，它們提示了畫面的片斷細節，但是就

〔註6〕G. F. W. Hegel, Werke. Bd.15. SS.19～38。

〔註7〕傅抱石，《中國的人物畫與山水畫》（臺北：華正書局，1987），頁23。

〔註8〕傅抱石，同上，附錄〈中國畫題款研究〉，頁3。

第三重意象形構而言，這些「詞／概念」所標示的只是想像的「點」，這些藉著文字重構於視覺想像裡的個別圖象是前述的第一重意象形構。

第一重意象形構提示的點，經由第二重意象形構的位格主體的運動，標誌了方位與關係。「問訊」所預設的主詞，與「東橋竹」相應而立。「將軍有報書」預設先前「將軍書信」的景象，從「將軍為書信」到如今我有「將軍報書」，「報書」必預設了「將軍」與「我」兩個互動的主體，而且也交代了相關位置。

「倒衣」挺立了一主體，「命駕」又挺立了一主體，每一主詞都展開一主體的形象，表述了一種情感／意志。「倒衣還命駕」超出了一幅畫的構圖，但是前後兩幅圖畫的主角，在不同的動作中並未失去「同一性」（identity），也就是說並未喪失被辨識的「位格」（identified）。所以雖然是各自一幅圖，但各自圖畫語句中以同一位格主詞為媒介，因此建構了前後兩幅圖畫中同一主體間的關係。

同樣「高枕」的位格，以及「吾廬」藉「所有格」顯示的「意欲」（interest），也各自預設著位格主體的存在。「高枕乃吾廬」所表述「高枕者」與「有吾廬者」之間的對等關係，同樣在各自圖畫語句中以同一位格為媒介，因此建構了前後兩幅圖畫中同一主體間的關係。

「鶯捎蝶」點明了鶯與蝶的相關位置，「花妥」則顯示了運動的方向，「花妥鶯捎蝶」可以經由想像力布局。「獺趁魚」則顯示了獺與魚的相關位置，「溪喧」因音聲輾轉示現了溪流的運動性與方向性。「溪喧獺趁魚」以個別物象的位置與運動性指示，為讀者的視覺想像布局。

「休沐地」與「野人居」都不僅是地點標示，同時預設著主體特定的內涵。「重來休沐地」預設之前應有一次以上曾來休沐地，所以想像中預設了前後兩幅圖畫中同一主體間的關係。「真作野人居」起碼預設一「假作野人居」，真假兩位格因此建構了虛實兩幅圖畫中同一主體間的關係。

再以〈詠懷古跡五首〉的第一首為例：

　　支離東北風塵際，漂泊西南天地間。

　　三峽樓臺淹日月，五溪衣服共雲山。

　　羯胡事主終無賴，詞客哀時且未還。

　　庾信平生最蕭瑟，暮年詩賦動江關。

此詩的第一重意象形構元素「風塵」、「天地」、「日月」、「雲山」、「峽」、「溪」、「樓臺」、「衣服」等，依賴第二重意象形構元素所提示的位格主體，發揮締結統整的作用，在想像的視域中展布開來。作為詩歌的第一重意象形構元素，可以說是詩歌的基本單位，這些意象固然重要，然而它不能孤立地決定一首詩的好壞。如前所述，假如沒有位格主體作為統整的核心，這些意象元素只是機械性的排列，無法產生集中的作用，從而無法表達感發和情意的趨向。所以當第二重作為位格主體的意象標示出相關位置後，唯有藉著第三重意象形構的元素，即「東北」與「西南」所標示的方向，「三峽」與「五溪」所欲著墨的風土特色，貞定意象和情意排列組合的次序，第一、二重的諸意象元素，才成為有機的組合並產生意義，並使我們想像的世界形成明確的布局與深淺。

　　再看〈詠懷古跡五首〉其二曰：

　　搖落深知宋玉悲，風流儒雅亦吾師。

　　悵望千秋一灑淚，蕭條異代不同時。

　　江山故宅空文藻，雲雨荒臺豈夢思。

　　最是楚宮俱泯滅，舟人指點到今疑。

就此詩的第三重意象形構分析，這一首詩表現了特殊的畫面。「搖落」一方面表述了飄墮的物象，如此畫面有了上下虛實的布局。〔註9〕另一

─────────────

〔註9〕所謂圖畫的「虛實」是指言畫材的有無，和布局有關。中國的繪畫依照眼睛視覺的能量來畫畫，受思想控制。所謂「視而不見，心不在焉」。視而不見則無物可畫，遂成留白，是謂虛。因空虛留白故主體突顯，是謂實。西洋畫是以光影明暗來突顯畫材，中國畫則以空白與線條突顯畫材，不講究光源，但憑主次決定濃淡。請參考傅抱石，《中國的人物畫和山水畫》附錄〈中國畫題款研究〉，頁18～22（臺北：華正書局，1987）。

方面「搖落」與「蕭條」使畫面產生空疏的布局。若以一個花樹的畫
面爲例，想要呈現「搖落」與「蕭條」則需以枝頭花朵的缺席和枝幹
的空疏表意，這是「虛」；滿地的殘葉落英，佈滿畫面的下方，則是「實」。

　　然而在這「江山」空虛荒涼的畫面裡，還有更深刻的空虛，那就
是「故宅」裡，雖然點綴些許的「文藻」，但是卻不見了昔日的主人。
同樣「臺」已荒蕪，「宮」已「泯滅」，詩句意象所指不斷空虛，圖畫
中具體的物象產生相當大的空白，這是這首詩在第三重意象形構方面
的特色之一。本來繪有藻飾的宅第，層疊的樓臺，巍峨的宮殿，它們
共同組構了生存的基地，在這些建築中曾發生過生命的種種情節，在
這重重的情節裡，寄寓著過往的記憶。但是詩人在這裡不是直接以否
定詞介入，而是透過否定的命題，否定原來存有的狀態，以臺之「荒
蕪」和宮之「泯滅」造成這些視覺形象的缺席，表達意象的空無，而
意象的闕如假若呈現於圖畫，則是畫面的空白。

　　但是這首詩在第三重意象形構方面的特色不止於此。詩中透過「深
知」，表述了今之詩人與古之「宋玉」間的位格〔註10〕關係，這種關係
與「亦吾師」類似，它們都無法具體表現在視覺想像的畫面中，但是
它們又的確表現了位格與位格間的關係特質。「悵望千秋一灑淚」同樣
由一今之「悵望」者，望出了他爲之灑淚的古之宋玉。「蕭條異代不同
時」也以預設的兩個位格，再次加強了時間差距的印象。此四句都必
預設兩個位格主體的存在，而他們之間關係的特色就是兩個歷時存在
的位格，由相知相望的介繫作用，在想像的視域裡產生了共時的關係。

　　「江山故宅空文藻」以江山故宅的「有」，對比主人久逝，空留
故宅的「無」，其中位格的存在呼之欲出。「雲雨荒臺豈夢思」提示缺
席的位格主體，實際曾經有過的思想。宋玉的〈高唐賦〉，其語言與

〔註10〕精神性的個體稱之「位格」（personae 或 person），因此位格是具精神
　　　　性及不能爲別的個體所共有的特質之個別存有者。人以位格的形式
　　　　出現於可見世界，他有個別姓名，一切陳述均以他爲主體，一切特
　　　　性均以他爲擁有者。例如：我們說諸葛亮是人，是政治家，是聰明
　　　　絕頂的等等，這些敘述都是以諸亮爲位格主體。參見本文第二章。

情思皆眞實不移，而高唐臺已荒蕪難辨，以及楚宮泯滅，〈高唐賦〉實際依托的對象反而虛無可疑。「最是楚宮俱泯滅」在畫面上的虛，對照「舟人指點到今疑」在畫面上的實。與「舟人」共語「指點」的詩人，因著他不信雲雨荒臺盡夢思，挺立了缺席的宋玉的存在，也爲宋玉的眞情背書。於是同於上述：兩個歷時存在的位格，由相知相望的介繫作用，在想像的視域裡產生了共時的關係。

再以〈詠懷古跡五首〉其三爲例：

群山萬壑赴荊門，生長明妃尚有村。

一去紫臺連朔漠，獨留青塚向黃昏。

畫圖省識春風面，環珮空歸夜月魂。

千載琵琶作胡語，分明怨恨曲中論。

第三重意象的形構首先可以從位格關係來看，「明妃」、「胡語」者、能「怨恨」者、「春風面」與「夜月魂」、「赴荊門」者與「向黃昏」者，所提示的第三位格線索，與前述兩重位格架起此詩的多重位格形式。

「群山萬壑」位格化之後，方得以履行「赴荊門」的行動。「獨留青塚」者，固然是一位格主體，但卻非「向黃昏」者。「向黃昏」的行動，向「獨留青塚」者分得了位格的地位，因此「青塚」宛如有知的位格主體，完成了「獨向黃昏」的畫面。

第三重意象形構的第二層結構，「群山萬壑」將山與壑定性定位，使山壑在視覺想像的畫面上取得一方位置。因著「赴荊門」的擬人化表述，「群山萬壑」與「荊門」在畫面上有了相對的位置。「生長明妃」是一歷時的連續事件，隱涵著許多提示成長的階段性圖畫，但在這句詩裡，只有明妃生長的「村」是畫面裡可資辨識的布景，至於「生長」所揭示的延續性和過程，除非以卡通或電影等動態的影像處理方式，否則在靜止單一的畫面上，無法表述這歷程，足見圖畫意象留住的只是生命的斷片。〔註11〕

〔註11〕如黑格爾所説：只能抓住一個「片刻」（Augenblick），因此畫家該選擇那集合在一點上繼往開來的景象（in welchem das Vorgehende und

位格主體明妃「一去紫臺連朔漠」的行動表述，提示了「紫臺」與「朔漠」的相對存在。「獨留青塚向黃昏」則在視覺想像的畫面上，留下了「青塚」與「黃昏」兩個參考點。「群山萬壑」與「荊門」，「紫臺」與「朔漠」，兩組四個視覺想像的參考點，合成了一幅遼闊的圖畫。而在這巨幅圖畫裡，有一視覺想像的焦點，亦即據說是明妃生長的「村」。而「青塚」則是另一個黑洞式的焦點，因為它是死者的居所。相對於明妃生長的村子，在「黃昏」的逐漸晦暗的場景裡，生命熙攘的想像隱去，獨留之「青塚」在想像的視域裡，既表述著死亡的黑暗世界，也表述了死亡的孤絕。

藉「省識」的介詞反映明妃身體形象的「畫圖」，「春風面」只是加重其自我指涉的效果。但是原本抽象且單調的位格，卻在圖畫意象的布局裡得到揭露。「魂」作為位格的隱喻，在「環佩空歸」的圖象提示下，突顯它的陰暗特質，亦即離去視覺想像領域的屬性。既曰空歸，由於環佩無人佩戴，所以連環佩也不應在視域久駐。尤其趁著「夜月」的朦朧遮掩，「環佩空歸夜月魂」所表現的位格與物我布局，應該在視域中隱逝。視覺雖然隱退，但詩意未竟，接下來「千載琵琶」句，將詩意帶向音樂的想像，這一個部分，我們將在下一章時間意象形構的層次時再討論。

〈詠懷古跡五首〉其四曰：

蜀主窺吳幸三峽，崩年亦在永安宮。
翠華想像空山裡，玉殿虛無野寺中。
古廟杉松巢水鶴，歲時伏臘走村翁。
武侯祠屋常鄰近，一體君臣祭祀同。

此詩的第三重意象形構在「峽」與「山」裡，有「宮」、「殿」、「寺」、「廟」、「祠屋」，其間又有「華」、「杉」、「松」、「鶴」。這些物象在「蜀主」與「武侯」所形成的位格軸線上鋪排開來，而「蜀主」與「武侯」

Nchgehende in einen Punkt us ammengedrangtist），也就是包孕最豐富的片刻，請參考 G. F. W. Hegel, Werke. Bd.15. S.777.、S.869。

這一對「君」「臣」，各自又完成某些動作。位格的行動將周遭的意象元素組織起來。「蜀主」「窺」吳，「崩」於永安宮，「宮」「殿」「寺」「廟」裡，主體雖然缺席，但他的缺席卻必先預設他的存在，因爲這些物象場景乃因他的存在而有意義。「祭祀」所預設的位格關係特別耐人尋味，因爲祭祀的位格關係若能成立，必須其中一端的位格承載者缺席。

就視域的布局觀之，「蜀主窺吳」句中，蜀吳原是具普遍性指涉的名號，反而在有限的畫面裡無法表現出來。「三峽」則相對較易呈現，而「永安宮」與「古廟」等形象也得以安頓。得到安頓的視線因此進一步集於「古廟」，乃至於「古廟杉松」。「古廟杉松」上更有「水鶴」築巢。視域從三峽一路收至古廟杉松上的水鶴巢，可謂布局嚴整。但是「歲時伏臘」無法表現於同一畫面，但是卻能點染畫面使意義更顯豁。「走村翁」較爲具象倒不難表現，因此可以豐富視覺想像的內容。

「蜀主」與「武侯」這一對「君」「臣」的位格關係，藉「古廟」與「武侯祠屋」長鄰近，得到進一步的表述。由此可見詩人布局的用心。然而最難能者還在於「翠華想像空山裡」，因爲「空山裡」已經不容易表達，在「空山裡」「想像」「翠華」，那麼翠華更應該是虛擬。「空山」之虛無反而易於表現，具象的「翠華」反而要表現爲想像所虛擬者，如此呼應了下句「玉殿虛無野寺中」。「玉殿」與「野寺」雖然各爲具象者，但不屬於同一時空，並且兩者互爲消長。試想，建築玉殿的地基上或曾是某座野寺，物換星移，玉殿塌毀後，在這玉殿的舊址蓋起一座野寺，在兩者的興毀消長過程中，有玉殿則無野寺，有野寺則無玉殿，亙古以來這樣的輪替不知凡幾，詩人卻借上句的想像，將時空異位的兩者錯置於虛擬的層疊輝映中。

〈詠懷古跡五首〉的第五首和前四首在圖畫意象層次的表現上有極大的不同，前四首提供了豐富的建築和圖畫意象的元素，第五首所使用的意象元素幾乎都超出視覺之外，而訴諸知解或理性的判斷。

例如首句曰：「諸葛大名垂宇宙」。「諸葛大名」是位格的符號，而

「宇宙」不屬於視覺領域，而是理性所知解的普遍概念。所以「諸葛大名」垂「宇宙」，雖有介詞連繫兩端，卻不是圖畫意象的布局。這裡呈現的並不是諸葛的「肖像」。即使我們以西元前四世紀末，希臘化時期藝術家所發現的能給予容貌生氣而又不破壞其美的方法，更甚者去捕捉個人的心靈活動與其面貌的特性，而創造出我們今日所說的「肖像」來。或者如中世紀的畫家（通常用圖畫提供教義宣揚教會所倡導的神聖真理），所採用的原則——按照畫中人物的重要性而定其尺寸大小，即使我們給予諸葛的肖像一個巨大的形象，也無法表述垂宇宙之「大名」。非視覺想像的布局，離開美學的表述，而接近理論的表述。

次句曰：「宗臣遺像肅清高」。「宗臣遺像」已點明了它是歷史圖像，標示著往而不返的景象。而所謂「肅清高」固然有其具象的聯想，但要表現人品內涵則不免流於抽象。所以此句的圖畫意象也不是視覺想像的布局，因為上句的「大名」和此處的「宗臣」、「清高」都是人格價值的評斷，此處更直接以評價的字眼論述，而不是以象喻的方式表現，可見這兩句的論述層次離開美學的表述，較接近理論的表述。

頷聯曰：「三分割據紆籌策，萬古雲霄一羽毛」。「三分割據」在此根本僅只是一幅平面的地圖，而所謂「紆籌策」情節其實又太複雜，複雜的情節僅以三字帶過，在視域裡就只能是一個姿態而已。至於表現方式的宿敵：一方是令人妒恨的精湛技巧與無法承受的圓熟完美，另一方則相信色彩重於造型，而形象重於知識。〔註12〕例如古埃及人描繪他所知，希臘人描繪其所見，中世紀之人描繪其所感。〔註13〕古埃及人對「雕像」一詞的定義是：使人持續存活者。〔註14〕但是雕像只保留基本的部分，枝末的細節應予捨去。或許正是因為嚴格關切人頭的基本形貌，所以他們才令人印象深刻。體察自然的細節，並能顧及全體的嚴整，於是方能既栩栩如生，又能感人至深。古埃及人所謂：

〔註12〕E. H. Gombrich, The Story of Art （1990 reprinted.） p.399～401。
〔註13〕knew - saw - felt . Gombrich, p.120。
〔註14〕He-who-keeps-alive。

生動，就是持續存活。〔註15〕猶如警世畫家〔註16〕擁有安然垂死的藝術，因此無畏於地獄毀天滅地的勢力。〔註17〕

　　就西方的繪畫藝術發展來看，整個藝術的來龍去脈並不是一個技巧如何演進的故事，而是一個觀念與需求不斷變化的史實。在上古漫長的藝術發展中，埃及藝術曾有相當的影響力。綜結繪畫的埃及法則〔註18〕：圖畫的首要目標，不在於追求美觀，而在於完善。藝術家的任務在於儘可能地使萬物如實常存。〔註19〕所以藝術家不必致力於根

〔註15〕例如：埃及文「雕刻家」的意思就是「使人續活者」。E. H. Gombrich, The Story of Art （1990 reprinted.）p.33。

〔註16〕例如十六世紀的大師艾葛瑞柯（El Greco）的畫作「揭開第五封印的情景」（The opening of the Fifth Seal）以《啟示錄》中的預言為題材，展現出世界毀滅的恐怖。另外如日耳曼大師杜勒及格魯奈瓦德的作品亦是。對他們而言，藝術只有一個目標，也就是中世紀一切宗教藝術的目標：用圖畫提供教義，宣揚教會所倡導的神聖真理。他們拒絕文藝復興以來所發展的現代藝術規則，並且刻意回歸到中古與先民畫家的原則－按照畫中人物的重要性而定其尺寸大小。E. H. Gombrich, The Story of Art （1990 reprinted.）p.262～287。尼采對於杜勒的名作「與死神與惡魔並轡的騎士」（A.Dürer： als den Ritter mit Tod und Teufel.）有精闢之論。Friedrich Nietzsche，Die Geburt der Tragödie, S.131。

〔註17〕其實在中國的話本小說、戲曲、民間文學中亦多有此類「勸世」、「警世」之作，例如「白骨紅顏」、「萬金和尚」、「莊子休鼓盆成大道」或佛經中之「嘆骷髏」等，借地獄的描繪或生死的映照，警醒世人對生的執迷與死的畏怖。

〔註18〕埃及藝術往往不是基於藝術家在某一特定時刻所「見到」的東西，而卻根植於他對某人或某情景所「知道」的情況。他從所知道的、所學得的形式中，鍊製出自己的表現手法。埃及繪畫中，對於每一細節的秩序感相當強烈，在幾何式的秩序感中，卻無妨其觀察自然的正確性。埃及的藝術家嚴守共同法則，不要求原創或新意支配一切，埃及藝術的規則，使每一件作品產生沉靜與和諧的效果。埃及畫家呈現實際生活情況的方式和當代畫家迥然有別，他們擔心的不是漂不漂亮，而是完不完整的問題。他們要把每一事物，盡可能清晰且永久地保存下來。所以，他們不從呈現在眼前的角度去描寫自然，而是依照記憶來畫，嚴守著確畫中所有東西都要表現得完美、清晰的規則。Gombrich, The Story of Art （1990 reprinted.）p.32～34。

〔註19〕可譯為 clearly & permanently。

據隨機角度觀照所見描寫自然。反之,他們根據記憶,將萬物最明確的一面呈現出來。〔註20〕必須從萬物最具特色的角度呈現萬物。描寫萬物的唯一準則僅在於以人的型範斟酌。〔註21〕可見誇飾與宣傳的藝術在古文明裡,已經獲致長足的進步。〔註22〕

希臘藝術則代表了迥異於埃及的理念:埃及人將藝術建基於知識,希臘人則開始運用眼睛。〔註23〕希臘法則的意義在於藝術家可以自由呈現人體的姿勢與運動,藉此得以反映肖像內蘊的生命。〔註24〕藝術家應該藉著精審觀照情感影響行動之身體的方式,呈現靈魂的作爲。〔註25〕掌握特殊的面貌並不會毀滅美麗,反而更能呈現靈魂的作爲。〔註26〕

「萬古雲霄」僅能在視域表現雲霄,而難表現萬古的時間向度。「雲霄」提供了廣漠遼闊的視域,「一羽毛」卻倏然收束視線於飄渺微細的一點,形成一幅形象強烈對比,又極度突顯其中形象焦點若有若無的特點。

頸聯「伯仲之間見伊呂」與「指揮若定失蕭曹」兩句,因爲充滿了歷史人物的位格意象,所以構成了諸葛武侯與「伊呂」「蕭曹」所意指的歷史人物,形象交疊互映的圖畫布局。原本各自歸屬不同歷史時空的人物,在詩人指揮若定的比附下,納入一共時的布局裡。

末聯「運移漢祚終難復,志決身殲軍務勞。」其中「運移漢祚終難復」是一歷史判斷,而非視覺想像的布局,因此其論述層次同樣遠離美學的表述,而接近理論的表述。「志決身殲軍務勞」也是一歷史判斷,但是因爲其指涉的歷史事件並不複雜,所以視覺想像得

〔註20〕 Gombrich, p.34。
〔註21〕 Gombrich, p.35。
〔註22〕 Gombrich, p.45。
〔註23〕 knowledge , Gombrich, p.48。
〔註24〕 figure. Gombrich, p.61。
〔註25〕 Gombrich, p.61。
〔註26〕 character of physiognomy , Gombrich, p.71。

以分別營構「身殲」與「軍務勞」的畫面。但是這些畫面只能表現其歷程的一個斷片，或一個停格。正如萊辛在《拉奧孔》中所說：作為空間藝術，繪畫、雕塑只能表現最小限度的時間，所畫出、塑造出的不能超過一剎那內的物態和景象，繪畫更是這一剎那內景物的一面觀。〔註 27〕中國的藝術家也有類似的看法，如徐凝的〈觀釣臺畫圖〉曰：「一水寂寥青靄合，兩崖崔崒白雲殘，畫人心到猿啼破，欲作三聲出樹難。」意謂著無論畫家如何挖空心思，也難畫出「三聲」連續的猿啼。〔註 28〕

第二節　圖畫意象的元素

圖畫意象的元素，概言之，中國畫以線為基礎。〔註 29〕色彩在畫面上受線的支配，必須與線取得高度調和。〔註 30〕中國畫家以暈染解決光的問題，並適度強調了立體感。〔註 31〕繪畫的造型必須以小喻大，以大觀小。〔註 32〕中國畫不像西洋繪畫單以光線與色彩來造型，堅持以線為主。〔註 33〕

像「夔府孤城落日斜」句（〈秋興〉第二），詩人利用形貌與光影揭示一幅郊野的風景畫，「夔府孤城」既然在目，觀者顯然身在城郊。如果為了展望落日夕照，甚至可能置身更遠的野地。〔註 34〕「落日」的視覺想像給畫面帶來光影，而且加重落日的意象，揭示了光線的「斜」照。光影擺平紛紜的形象，並引導眼睛的視線投向焦點。藉著

〔註 27〕萊辛著，朱光潛譯《拉奧孔》第三章，收錄於《朱光潛全集》。
〔註 28〕此正如宋沈括《夢溪筆談》卷一所謂：「凡畫奏樂，止能畫一聲。」
〔註 29〕潘天壽，《潘天壽談藝錄》（臺北：丹青圖書，1987），頁 76。
〔註 30〕傅抱石，《中國的人物畫與山水畫》（臺北：華正書局，1987），頁 5。
〔註 31〕傅抱石，同上，頁 6～7。
〔註 32〕傅抱石，同上，頁 24。
〔註 33〕傅抱石，同上，頁 32。
〔註 34〕杜正勝，《古代社會與國家》（臺北：允晨文化實業公司，1992），頁 452。

幾筆暗影，光線射向預設的焦點。〔註35〕所以詩人似乎只是以十分童稚的漫畫手法，以線爲基礎，〔註36〕將一座城與落日夕照的影象結合在一幅畫面裡，但是如果想表現出「孤城」的意象，僅僅如此看待這句詩是不夠的。

藝術的發展並非技能的提升，而是理念與理念的裝備的變遷。〔註37〕畫家掌握光影的技藝，使他得以統合整個畫面裡的天地萬物，所有的意象渾然一體。〔註38〕色彩與光影擺平紛紜的形象，並引導眼睛的視線投向焦點。著色大師領悟如何藉著幾筆暗影，巧妙傳導光線射向預設的焦點。〔註39〕

畫家必須讓觀眾有猜想的餘地。〔註40〕如果輪廓的線條不是那麼明確，如果形貌有些模糊，宛如將隱逝於陰影裡，可以避免形象的乾枯與呆板。西方繪畫有達文西（Leonardo da Vinci）發明 sfumato 的手法，中國畫也有所謂的「沒骨法」，〔註41〕都企圖爲我們的想像

〔註35〕E. H. Gombrich, The Story of Art（Oxford：Phaidon, fifteenth edition, 1990 reprinted.）p.259。

〔註36〕潘天壽，《潘天壽談藝錄》（臺北：丹青圖書，1987），頁 76。

〔註37〕idea⟷requirements. Gombrich, p.24。

〔註38〕unity. Gombrich, p.253～4。

〔註39〕Gombrich, p.259。

〔註40〕留與觀眾想像的空間，當不只限於畫家，十九世紀英國小說家里特（Charles Reade）指導習作長篇小說的後輩只有三句話：「讓他們哭，讓他們笑，讓他們等」（Make'em laugh；Make'em cry；Make'em wait）。明清章回小說的「欲知後事如何，且看下回分解。」正是此意。至於詩歌，則傳統所謂含蓄蘊藉，不失風人之旨，或如司空圖所謂「不著一字，盡得風流」亦是。

〔註41〕梁代張僧繇所創造的「沒骨」形式，消滅線的存在，把線的表現引向「面」的表現。「沒骨」就是沒有輪廓線，完全用色彩畫成，並使用了「暈染」，使畫面美麗富贍，同時又適當地強調了形象的立體感，豐富了中國繪畫的色彩。這種進步的手法，對於傳統以線爲主以色爲輔，是帶有創新性質的改變。但是因爲色彩的發展變成爲對線的壓迫，所以到了唐代，吳道子又提出一套辦法向色彩作猛烈的抗爭，高舉「焦墨薄彩」的旗幟，吳道子的作法獲得肯定，因而有「畫聖」之稱。中國繪畫沒有走上西洋繪畫那樣，單純倚靠光線、色彩來造型的路線，堅決地保存以線爲主，理由在此。參見傅抱石，《中國的

留下餘裕。〔註42〕而漫畫式的表現方式最能說明寫意與肖似之間的辯證關係，扭曲的形象，不管是美化或醜化，反而突顯了對象的特色，令人易於領會把握對象的存在與意義。〔註43〕

「孤城」的形象其實啓示了眾城的想像，「孤城」的意象實際存在於隱隱殘留視域邊界的眾城陰影之上。「落日斜」也並非止於眼前的素描而已，它的背後一樣存在著日正當中的對比景象。「落日」的夕照原本應是無偏私地成為大地萬物的背景，但是「孤城／眾城」的層疊意象，使的畫面產生兩個交疊的畫面，一幅是當下孤城夕照的圖畫，後方則是一幅眾城與陽光普照的對比。近景突出，引人聚精會神。遠景以速度高，壓力大的線面構成。〔註44〕唯有如此映比，才能詮釋「孤城落日」的實相。

「每依北斗望京華」（〈秋興〉第二）進一步揭露作者的現場目擊。〔註45〕穹蒼藐遠的「北斗」，儼然是作者／觀者視域的隱逝／匯歸點，〔註46〕這邈遠漸高漸隱的星辰必須預設詩人的親臨現場，仰望北斗的詩人構成畫面觀測的基點，如此才能形構上述透視法的隱逝／匯歸點。透視法的運用不是線條的描繪，而是光的介入。宗炳的《畫山水序》說：「且夫崑崙之大，童子之小，迫目以寸，則其形莫睹，迥以數里，則可圍于寸眸。誠由去之稍闊，則其見彌小。今張絹素以遠映。則崑、閬之形，可圍于方寸之內。豎劃三寸，當千仞之高，橫星數尺，

人物畫與山水畫》（臺北：華正書局，1987），頁7，頁31～32。
〔註42〕E. H. Gombrich, The Story of Art （Oxford：Phaidon, fifteenth edition, 1990 reprinted.）p.228。
〔註43〕Gombrich, p.9。
〔註44〕傅抱石，《中國的人物畫與山水畫》，同上，頁38。
〔註45〕十五世紀初畫家范艾克（Jan van Eyck 1309? ～1441）在「阿諾菲尼的訂婚式」（The Betrothal of the Arnolfini）畫中的留言 Johannes de eyck fuit hic，乃藝術家作為完美目擊見證者（eye-witness）自覺的典範。畫家的目擊者自我意識，賦予透視法合法的基礎。E. H. Gombrich, The Story of Art （Oxford：Phaidon, fifteenth edition, 1990 reprinted.）p.180
〔註46〕vanishing/meeting point. Ibid。

體百里之迴。」這一個說法，被視為中國繪畫最早有關透視規律的論述，可見中國的畫家也曾探索過這種固定視點的透視法則。不過到了唐代，中國的山水畫更運用了散點透視，也就是可以任意變換焦點和角度的透視法。這種獨特的空間處理方式所表現的不是物理空間，而是心理空間。〔註47〕

以詩所呈現的這幅圖象來看，畫中的隱逝／匯歸點除了「北斗」，更深遠的隱逝／匯歸點其實是「京華」。「京華」與「北斗」在目擊者視域「望」的隱逝／匯歸處，重疊為一。意象重疊啟示意義的重疊與互詮，「京華」即「北斗」，「北斗」即「京華」也。視覺構圖裡的透視法，為讀者提示了通觀詩意的軌跡。光線與視線的關係是透視法的基本間架，國畫雖不重西方的透視法，但光線與視線的基本間架卻不容否認。

至於「每依」北斗望京華，形構了望鄉長吟的三疊，設定了鄉愁的安魂曲式。〔註48〕但這已屬於下一章關於時間意象的主題了。

以線為基礎，〔註49〕瀰天夕陽，落日西斜，一片孤城，組構了一幅無限寂寥的圖畫。視線的焦點從第一首暮色蒼茫裡的白帝城，移向背景西斜的落日，構圖因而更為宏闊，孤城的寂寞也更為突出。我們的想像從暮砧急切的快板，重回視覺想像的領域，但是視域已經不再局限於一滴玉露，一片楓林，一帶江山，而是重回蒼茫寥落的天地，再現一幅宏觀的構圖。

第三節　圖畫意象的形構

圖畫意象的形構原理，由搜集材料開始。〔註50〕而搜集材料的要

〔註47〕參見陳華昌《唐代詩與畫的相關性研究》（陝西：陝西人民美術出版社1993），頁189～190。
〔註48〕在此使用安魂曲 Requiem 這個符號的意義，在於指出鄉愁裡死亡的暗示，以及由死亡反照出來生命存有的意義問題。
〔註49〕潘天壽，《潘天壽談藝錄》（臺北：丹青圖書，1987），頁76。
〔註50〕Formation。形構者，強調其以形式 form 使質料 matter 獲得形狀的歷

點在於：體驗生活，觀察入微，以及詩的境界。〔註51〕石濤說：「搜盡奇峰打草稿。」抓形象時，選集奇峰湊配奇峰，使構成不落平常的作品：這是東方繪畫常用的布局辦法，與對景寫生有所不同。〔註52〕品味偉大藝術的最大難處在於人們往往不願揚棄習慣與偏見。〔註53〕品味固然無從爭議，但是品味卻是可以教養與拓展的。博厚的學養足以啓發高明的品味。〔註54〕畫家必須具備工藝、教養以及想像力，〔註55〕以表現圖畫的主題。〔註56〕畫家如此，詩人亦如是。葉嘉瑩先生說：「詩人的條件第一是能感之，第二是能寫之。」〔註57〕能感之，是生活體驗、教養、想像力的蓄積和發用；能寫之，是對於語言媒介的操控。畫家和詩人所採用的媒介、方式不同，但是在成爲藝術家的條件上有其共通處。〔註58〕

　　例如「玉露凋傷楓樹林」（〈秋興〉第一）寥寥七字，卻運用多層意象交織出一種生命的傷感。從玉露到楓林，視域由微觀而宏觀，焦

　　　程與結果。

〔註51〕傅抱石，《中國的人物畫與山水畫》附錄〈中國畫題款研究〉，同上，頁3～5。

〔註52〕傅抱石，同上，附錄〈中國畫題款研究〉，頁6。

〔註53〕E. H. Gombrich, The Story of Art （Oxford：Phaidon, fifteenth edition, 1990 reprinted.）p.11。

〔註54〕Gombrich, p.17。

〔註55〕本文再三強調 imagination 一詞。因爲 image,imagine,imagination 等同一家族字眼之間，便於指涉意義的複構。中文以一「象」字，涵攝了象形的歷程與結果，如此妙用卻常爲近代人忽視。

〔註56〕Gombrich, p.367。

〔註57〕參見葉嘉瑩先生《好詩共欣賞》（臺北：三民書局），頁42。

〔註58〕在亞里士多德的《詩學》認爲：一切的藝術都是「摹仿」，包括詩在內的各種藝術都是摹仿藝術，而包括詩人在內的藝術家都是「摹仿者」。畫家和雕塑家摹仿人和事物的外形，優秀的造型作品應能準確地表現原型的色彩和形狀，音樂可以摹仿，好的音樂本身即可體現正確的原則，因而是對美的趨同。舞蹈以節奏摹仿，可以再現生活，舞姿和旋律可以反映人的精神面貌和道德情操。詩和繪畫、雕塑等藝術一樣，有著寬廣的工作面。換句話說，「摹仿」是藝術的共性，而不同藝術之間的差別在於：摹仿中採用不同的媒介，取用不同的對象，使用不同的方式。請參考亞里士多德《詩學》第一章。

點由小而大，由近而遠。玉露與楓林是兩幅交迭互映的圖畫，中間季節的流轉與生死的更迭，由外顯的凋傷類比內心的感傷，既藉生活事件的意象敘事，又抒寫內心的情感。

「玉露」的意象因為玉的顏色與質感帶來的視覺想像，以及露珠的形象與凝結的場景，瞬間布置成一幅圖畫〔註59〕的小品，在視覺領域傳達了季節與天候的寒意。「楓樹林」同樣在視覺領域鋪張了一幅色彩豐富的圖畫，楓樹林挑起的紅葉聯想不僅是靜態的圖畫，也是季節流轉的訊號，宣示秋天的到來。「凋」謝的意象以靜態的圖象，表述了生死的歷程。斲「傷」的行動構成一生活事件，〔註60〕只是它發生在玉露寒侵楓樹林的情節裡。〔註61〕以虛擬的生活事件表述季節的更迭，反而將內心凋傷的感觸，投影在外顯的景象之上。

但是這裡使用所謂圖畫意象，並不想輕易就說詩中有畫，畫中有詩。因為圖畫意象的範疇，運用線條，色彩與光影的變化，人與物的虛實疏密布局，進而表現生命的活動歷程。圖畫意象顯然與運用語言之詩的意象，在表意媒體上迥異。將圖畫意象類比應用於詩的解析，僅僅視之為記號的記號，圖畫絕不應也不能取代詩的意象。

〔註59〕所謂詩詞中的圖畫意象，乃指詩人藉語言的媒介，啓發我們視覺想像的形構 formation。圖畫的意象乃以顏色增加想像的內涵，使具有位格性 personality 的視覺印象焦點，更能深刻表現主體的心意。同時圖畫中的景與物，與主角之間靜態描寫的互涉佈局，啓示了主體心意的流變。請參考 G. F. W. Hegel, Werke. Bd.15. SS.19～38。

〔註60〕這裡引用敘事詩 epic 這個概念，乃以具位格的主要視覺印象，集結形狀與顏色於一身，同時藉由圖畫的佈局，或靜置的形象，以主角運動的歷時性節奏、和聲、旋律，呼喚心靈的感知，進而超越視覺形象的片斷與支離，重構生活的事件，以達表現心意的目的。請參考 G. F. W. Hegel, Werke. Bd.15. SS.325～338。

〔註61〕〔清〕佚名撰《杜詩言志》云：描繪物理，刻畫者必失之尖小。博大者又易含糊。似此既極鐫削又極渾淪，以玉露為追琢，以楓林為方幅。其其玉露降而楓林傷，非玉露之果為確鑿，然楓林之傷實由玉露之降，若或凋傷之。葉嘉瑩先生按曰：此說雖似乎過於深求，然謂其「刻畫」中有「渾淪」，亦未始無見。參見葉嘉瑩先生，《杜甫秋興八首集說》，同前註，頁 134。

反而我們正好藉圖畫意象與詩的意象，在表現方式上的差異，以及兩者在表意媒體之質料的差異，突顯各自的類型特性。〔註62〕

「巫山巫峽氣蕭森」（〈秋興〉第一）其實是水墨的山水，但是畫面僅有「巫山巫峽」單調的描寫，既無顏色，也無光影。所謂「氣蕭森」者，失之於抽象，使讀者失去了想像的媒介，作者替讀者下了判斷，卻未能有所啓發。詩的意象如果僅僅依賴文字表述，只是抽象概念的呈現，並無所謂的意象的表現。反觀「巫山巫峽」的描述雖嫌單調，但是卻表現了江山的輪廓，實現了線的運用，滿足了圖畫意象的形構。

巫山巫峽一時之間拉開了視野，山之高，峽之深，視覺想像從一點玉露，而一片紅透的楓林，而一帶江山，色彩氣象漸次展開。深秋的寒意原本是主體點滴在心的感觸，卻因詩人意匠經營的視覺形象，得以展佈於讀者想像的視域。深秋寒涼的感懷藉玉露，楓紅，江山峽嶺，蜿蜒染就一幅抒情詩畫。

若非玉露凋傷楓樹林，巫山巫峽不過是一帶尋常山水，何來蕭森氣象？若非巫山巫峽拉開遼遠的視域，玉露凋傷的寒涼秋意豈能如此深沉？第一二句圖畫意象的布局，如一部連環動畫，視域由一點玉露的寒意，隨著視覺想像疆域的漸次拓展，逐步浸透詩人當下極目四野的生存境域。最重要的是詩人以文字達成了圖畫的目標，無思想性的形象與色彩，經過藝術家的眼與腦，具有了思想性，有了情感。

「叢菊兩開他日淚」（〈秋興〉第一）的畫幅裡有兩處工筆的細節，一是「叢菊」，一是「淚」。對菊垂淚的畫面描寫了一個感人的瞬間，凝望花開的瞬間墮淚。同時詩人在此展現了點的筆法，形體雖小，但在畫面上增一點，減一點都不成。〔註63〕「叢菊兩開」使上述的畫面

〔註62〕關於詩和畫的同異，古今中外的文藝理論家有諸多討論，茲不贅述。錢鍾書先生的看法是：「詩和畫既然同是藝術，應該有共同性；它們並非同一門藝術，又應該各具特殊性。它們的性能和領域的異同，是美學上重要理論問題。」參考錢鍾書，〈中國詩與中國畫〉收錄於《七綴集》（臺北：書林出版有限公司，1980），頁7。
〔註63〕潘天壽，《潘天壽談藝錄》（臺北：丹青圖書，1987），頁106。

產生短暫的動畫效果，亦即他日與今時兩度映現對菊垂淚的景象。這裡涉及音樂意象，是後文另章討論的議題。單就畫面來說，它只是兩幅並列的素描。

「孤舟一繫故園心」（〈秋興〉第一）句中，「舟」首先揭示了舟的圖象，而且還是白描的舟。「孤舟」反而帶入汩汩眾舟的意象，因為「孤舟」必須預設「孤──眾」這一對概念，所以雖說想像的是孤舟，卻必先已有了眾舟的想像。「故園」是一幅寫意，「心」原本也是一幅寫真，但是「故園心」一詞就超出了想像的視域，也就超越了視覺意象的範疇。「孤舟」、「故園」、「心」三幅素描小品的連鎖，表現出超時空的視覺意象。素描或速寫的特色，往往運用線條與簡單的幾何圖形組合而成，兒童的繪畫便常採用這種表達方式。對現實圖景加以簡化、抽象化，這樣的圖畫通常展現較原始、樸拙、童稚的美感。在詩歌中，雖然構圖的高度簡化，但喚起的形象卻依舊鮮明。〔註64〕就如同速寫或剪影，寥寥數筆，簡單的線條，卻能表現鮮明肖似的形象。孤舟與故園當然不應呈現於同一時空，裝在腔子裡的生理性的心臟更不可能裝得下偌大的故園。三幅圖象超越時空錯置並列，其間未見明顯的音樂語言，反而宛如一幅對比強烈，內容突兀的漫畫。前文已經點出漫畫式的表現方式最能說明寫意與肖似之間的辯證關係。扭曲的形象反而突顯了對象的特色，令人易於領會把握對象的存在與意義。〔註65〕

叢菊的圖畫意象固然可以啟發我們的視覺想像，但是這一句詩更引人注目的焦點是菊花開的事件，以及開啟鄉愁的昔日〔註66〕之淚。淚不只提供了一個視覺想像的焦點，它更標示了一個歷時性的端點，或者說供人追想的折返點。叢菊兩開的事件由兩幅菊花綻放圖所表

〔註64〕請參考陳華昌《唐代詩與畫的相關性研究》（陝西：陝西人民美術出版社 1993），頁 124。

〔註65〕E. H. Gombrich, The Story of Art（Oxford：Phaidon, fifteenth edition, 1990 reprinted.）p.9

〔註66〕〔元〕張性撰《杜律演義》云：他日，言向日。參見葉嘉瑩先生，《杜甫秋興八首集說》，同前註，頁 145，又頁 150。

述，它們提示了歲月。時間意象的介入使一滴淚珠的內涵豐富起來，淚滴流出的情感不是一時的感傷，而是穿越時光隧道的不勝眷戀之情。

從第一句至第五句，詩人的構圖一幅接著一幅，但是詩人的心意並不受到圖畫格局的限制，他運用圖畫與圖畫的交迭映現，把音樂的節奏在閱讀間譜成。因爲圖畫間的歷時性鋪排，我們組織了傷感與追憶的生活事件。詩人最值得關注的藝術，在於悉心將情意鋪張於一幅一幅圖畫之中，但是圖畫內容互相牽引，卻又使圖畫的形構不能自足於自身的篇幅，頻欲突破框限，去與歷時鋪排的前後幅圖畫聯絡。

孤舟與故園，宛然兩幅圖畫小品。但是因爲詩人對圖象的否定，圖畫漸漸淡出，悠遠的情意卻飄然而出。〔註67〕一繫的孤舟預設了一個泊宿的渡口，一片優遊的水域，一個等待啓航的方向。但是詩人將孤舟繫在一個非視覺形象的端點上，故園固然已經遠遠逸出孤舟所在的渡口，故園心也絕非一顆具象的心器。孤舟無從眞實繫於所謂故園之心，而是虛擬繫於一縷鄉愁〔註68〕之上。故園具體的圖象在詩人點出鄉愁之後，從視域隱入心中的幻影。

圖畫的意象逼眞，但它們的眞實卻繫於對其眞實性的否定。〔註69〕孤舟繫於視域之外的故園，故園存在於虛擬的心中。由實入虛的引渡，想像突破圖象的框限，優遊視域之外，達成直抒情懷的目的。〔註70〕

〔註67〕 林美清：《想像的邊疆》（臺北：文史哲出版社，1997年），頁87。

〔註68〕 〔明〕王維楨撰《杜律頗解》云：故園指長安也，杜氏之先在城南杜曲。葉嘉瑩先生案曰：杜甫十三世祖杜預，《晉書》云京兆杜陵人。……杜甫雖亦有田園在鞏洛，然居止多在長安，居近城南杜曲之少陵，故每自稱杜陵野老，少陵野客。參見葉嘉瑩先生《杜甫秋興八首集說》，同前註，頁145。

〔註69〕 〔清〕金聖嘆撰《唱經堂杜詩解》云：此身莫定，不繫在一處，故曰「孤舟一繫」，……同前註，頁149。此解特就身世的不安立言，頗得詩人藉否定現實以抒寫生存焦慮之旨。

〔註70〕 關於抒情詩 lyric 的定義並非本文的重點，這裡只試圖簡單地形構一種意象的範疇，以利於詮釋杜詩的內涵。詩人藉具有位格性的視覺形象，集結形狀與顏色的內涵，有時由圖畫中景物的佈局，或益之以主角行動的歷時性旋律，直接抒發心靈的感知。整體表述的情感，

　　雖然這首詩夾雜音樂意象，甚至觸覺意象，大體而言，全詩是由許多視覺意象組成，其組構方式並符合繪畫原理。「玉露」、「楓樹林」略略點染顏色，「樹林」、「巫山巫峽」、「波浪」、「塞上」、「叢菊」、「淚」、「孤舟」、「故園」、「寒衣」、「刀尺」、「白帝城」、「砧」、「暮」則顯示詩人素描此圖形貌的成果。

　　「樹林」、「巫山巫峽」、「波浪」、「塞上」、「故園」、「白帝城」、「天」、「地」諸意象描寫的是大體，「叢菊」、「淚」、「孤舟」、「砧」將視覺的想像收斂到細節，也可以說是細節的特寫。其實每一視覺意象都有其視域的邊界，隨著詩人提示的視域邊界，全詩的畫面產生層疊輝映的效果。

　　即使巨幅宏觀的布置，杜甫也並非隨意安排。雖然畫面分割爲多重，但是若以透視法觀之，〔註71〕透視法的視覺法則，主要有預期縮短法則，〔註72〕隱逝／匯歸點，〔註73〕以及漸遠漸小法則。〔註74〕繪畫上的透視法藝術，強化了現實錯覺的作用，但是間接透過文字的媒介，終究不如具象的圖畫易於表現透視法，究竟詩如何能夠表現透視法呢？

　　以〈秋興八首〉第一來看，全詩視覺意象的布局兼顧了遠近、大小、明暗。近處、明處莫過於心與淚，遙遠處則出現故園模糊的影象。眼前的叢菊與墮淚是當下的細節，這是一個層面。白帝城下展望稍遠

　　　超越視覺形象的片斷支離，表述位格化的 personal 情感，以達表現
　　　心意的目的。請參考 G. F. W. Hegel, Werke. Bd.15. SS.418～438。

〔註71〕透視法 perspective 也可譯爲通觀。如傅抱石《中國的人物畫與山水
　　　畫》謂：繪畫的問題在於認識空間，以及體現空間。繪畫的造型必
　　　須以小喻大，以大觀小。參見傅抱石，頁23～4。中國畫不像西洋繪
　　　畫單以光線與色彩來造型，堅持以線爲主。傅抱石，同上，頁32。
　　　近景突出，引人聚精會神。遠景以速度高，壓力大的線面構成。傅
　　　抱石，同上，頁38。或許更能詮表透視法 perspective 的意義。

〔註72〕foreshortening. Alison Cole, Perspective,（London：Dorling Kindersley,
　　　1992.）p.7。

〔註73〕vanishing/meeting point.請參閱 Alison Cole, Perspective, p.7。

〔註74〕diminution. 請參閱 Alison Cole, Perspective, p.7。

處巫山巫峽，又是一層。兼天波浪與接地風雲，又是一層。渺遠的故
園與昔日的叢菊淚滴，則恍然即是隱逝／匯歸點。故園是詩人全幅詩
意之所繫，卻置於所有畫面的最後方，其遙遠難覓彷彿隱逝於我們視
域的邊界，這正是透視法所謂的隱逝／匯歸點。至於預期縮短法則與
漸遠漸小法則，在這首詩裡並未明顯呈現。或如傅抱石所言，中國畫
的透視不求太精確，不合透視的文人畫尤多。它跳出法則，不受束縛，
但實際透視的基本畫理還是懂的。活用透視，任憑感覺變通。〔註75〕
中國畫依眼睛視覺的能量來畫畫，受思想控制。所謂視而不見，心不
在焉。視而不見故無物可畫，遂成留白，是謂虛。因空虛留白故主體
突顯，是謂實。〔註76〕

　　音樂意象是下章的課題，但是傅抱石在《中國畫題款研究》裡言
道：眼睛看東西也要有節奏有變化，這是布局疏密的問題。〔註77〕上
文雖然參考西畫的透視法，疏釋詩中圖畫意象的布局，但是我們也發
現其中的光線的遮蔽與扭曲。從西畫的透視法看是光線的遮蔽與扭
曲，從中國畫的流動空間看，詩句圖畫意象體現的空間卻符合國畫的
原理，不受焦點透視的局限。〔註78〕

　　爲了說明中國畫的詩情，〔註79〕我們可以在上述圖畫意象上，
歷覽杜甫在秋興裡的人生感懷：「玉露凋傷楓樹林」寥寥七字，卻運
用多層意象交織出一種生命的傷感。從玉露到楓林，視域由微觀而宏
觀。玉露與楓林是兩幅交迭互映的圖畫，在兩個時間的端點之間，季
節的流轉與生死的更迭，由外顯的凋傷類比內心的感傷，既藉生活事
件的意象敘事，又抒寫內心的情感。巫山巫峽拉開遼遠的視域，玉露
凋傷的寒涼秋意乃如許深沉。想像的視域由一點玉露的寒意，隨著視

〔註75〕傅抱石，《中國的人物畫與山水畫》，附錄〈中國畫題款研究〉，頁12。
〔註76〕傅抱石，同上，附錄〈中國畫題款研究〉，頁18。
〔註77〕傅抱石，同上，附錄〈中國畫題款研究〉，頁20。
〔註78〕潘天壽，《潘天壽談藝錄》，同前註，頁91。
〔註79〕若無詩情畫意，殊不足以爲詩，殊不足以爲畫。潘天壽，《潘天壽談
　　　　藝錄》，同前註，頁88。

覺想像疆域的漸次拓展，逐步浸透詩人當下極目四野的生存境域。

視域的擴張自一點玉露之後就沒有停息，一直引誘想像拓向天涯。但是感情的內涵卻逐漸由寒冷秋意的傷感，轉出生命在動亂中的不安。江流波濤的動亂終究溢出了圖畫，歷時的意象必將隨生命的省思改變意象的範疇。洶湧的波濤與動亂的風雲，規範於天地江山之間。詩人凝聚鋪天蓋地之力，江間波浪兼天湧，塞上風雲接地陰，靜峙的動能巍巍然將於刹那之間釋放。因此想像力向綿密靈動的生涯尋找釋放的出路。

如果從認識空間，以及體現空間的角度議論圖畫意象，〔註80〕這一首秋興的核心意象是什麼？如果自然界裡的形象與色彩，是沒有思想性的。而圖畫意象正表現了藝術家的思想，所以無思想性的形象與色彩，經過藝術家的眼與腦，具有了思想性。同時藝術家不僅要抓住生活的主流思想來表現，還要能看到未來，要有美好的幻想，引導群眾。〔註81〕那麼這首詩是否具有圖畫意象的形構呢？

我們試以「叢菊兩開他日淚，孤舟一繫故園心。」（〈秋興〉第一）聯爲核心，嘗試進一步說明其中藝術家透過體現空間，進而表現思想的方式，繼而印證前述關於圖畫意象的定義。從圖畫意象認識空間與體現空間的目標來看，詩人的世界觀呈現的空間意象當然不是現代人所謂的物理空間。不僅不是幾何學與透視法的形式空間，還是充滿質感的空間。〔註82〕

「懷」與「望」都是杜甫詩作的常見主題，「望」表述詩人眼前目下的世界觀，「懷」則揭露詩人不在眼前的世界觀，當詩人極目失望之際，往往退而有所懷思。「叢菊兩開他日淚，孤舟一繫故園心。」（〈秋興〉第一）雖不著一「懷」字，卻道盡懷念之情。詩人心中的

〔註80〕傅抱石，《中國的人物畫與山水畫》，同前註，頁23。
〔註81〕傅抱石，同上，附錄〈中國畫題款研究〉，頁3。
〔註82〕Form→← Matter. Aristotle, Metaphysics, （in the Loeb Classical Library, Harvard University Press，1989）p.318～9。

家國一體，將家園建築在京國聖朝，然而戰亂分裂了這美好的夢鄉，家與國的疏離，詩人畢生的理想瀕臨破滅，生存的空間也將崩塌。杜甫生涯在朝或在野之臨界情境，「在朝」如宮室朝堂京華故國，「在野」包括郊原田野山河峰澗江湖草莽，浮現了詩人意念的流行：從解脫仕宦的懸念，進於逍遙任化的高明自在。

「千家山郭靜朝暉」（〈秋興〉第三），可以表現杜甫對於繪畫元素嫻熟地掌握。「千家山郭」提示了畫面的主要形貌，我們盡可在想像的視域呈現人們聚居的山城。「朝暉」揭示了光的因素，但是這光影界定在時序的「朝」。所以本來使人目眩的「暉」光，在日初的瞬間被詩人以時間記號確定下來。

生命遷遷流謝，我們迎接「朝暉」的視覺經驗多半隨著流光輝耀而難謂之「靜」。但是詩人／畫家難免要將朝陽在畫面上固定下來，所以杜甫依然運用了「請看石上藤蘿月」的巧藝，〔註83〕光線／視線的焦點在「千家山郭」，而不在「朝暉」。〔註84〕「千家山郭」必定在此表現了靜謐的一面，因此我們的視覺聯想也被要求回到其靜謐的一面。所以杜甫這句詩而不是透過意象的經營，而是透過詩人的期許，才能達成靜的意象。

「日日江樓坐翠微」（〈秋興〉第三）彷彿繼「千家山郭靜朝暉」的「休止符」之後，展開舒緩的慢板。「江樓」與「翠微」為前述山城的畫面添加細節與顏色，繪畫的元素更為豐富。但是「坐」的情節顯示，詩人非僅為圖畫而來。「日日江樓坐」使「江樓」與「翠微」構成的畫面以日復一日的節奏出現。〔註85〕「節奏」屬於音樂的意象將在下一章

〔註83〕利用破碎的色調，以及突兀的光影，反而完善了畫面戲劇化的布局。
E. H. Gombrich, The Story of Art （Oxford：Phaidon, fifteenth edition, 1990 reprinted.）p.281～5。
〔註84〕色彩與光影擺平紛紜的形象，並引導眼睛的視線投向焦點。著色大師領悟如何藉著幾筆暗影，巧妙傳導光線射向預設的焦點。Gombrich, p.259。
〔註85〕節奏（rhythm）是基本的音樂語言。

闡釋。此處先只分析詩句中的圖畫意象：「江樓」的形與「翠微」的色。

　　朝暉下寂靜的千山萬嶺，因爲它的悄然無聲，因爲它的嶷然不動，更因爲它在晨曦揭露的天穹下映現了橫向無限展開的群山萬壑，所以它是一幅典型的圖畫。前一首月光曲已隨日月的輪轉，隨著生命的流光，翕然休止。當陽光重新統治大地，建立在視覺形象上的圖畫意象取代了生命的樂章，重新開啓我們想像的視域。

　　翠微是盤桓山間的青翠山氣，人坐江樓中，所見唯山間盤桓不去的青翠山氣，〔註86〕遂覺江樓如坐翠微之中，全幅構圖看似各自爲政，卻又見其互相映帶，互相顧盼，一氣呵成。如包世臣論王羲之的字，字的各部分，字與字之間「如老翁攜帶幼孫，顧盼有情，痛癢相關。」江樓坐翠微是一幅圖畫，日復一日的圖畫重現就不再是一幅圖畫，而是生活裡一再重現的節奏，成爲一件具有音樂性的生活事件。朝暉下千家山郭共時的靜穆，迴向日日江樓獨對青山歷時的節奏，江樓裡那日日困守生涯的人，面對靜峙的千山，映現了千山亙古常存的歷時綿延。千山亙古不遷的靜峙照見了江樓裡，人生趨近靜止的困守。

第四節　圖畫意象的虛實

　　經營布局的首要條件在於：學識要博，見聞要廣。〔註87〕如此方能營構豐富與深刻的戲劇性布局。布局的基本間架稱之爲開合，開合即謂畫面應有起——承——轉——結。其間有局部的起結，謂之分合。有開合，其間又有分合，畫面就有變化了。〔註88〕

　　所謂圖畫的虛實：言畫材之有無也。〔註89〕中國畫依眼睛視覺的

〔註86〕請參考葉嘉瑩先生《杜甫秋興八首集說》（臺北：桂冠圖書公司，1994），頁238～9。
〔註87〕傅抱石，《中國的人物畫與山水畫》，附錄〈中國畫題款研究〉，同前註，頁7。
〔註88〕傅抱石，同上，附錄〈中國畫題款研究〉，頁8～9。
〔註89〕傅抱石，同上，附錄〈中國畫題款研究〉，頁22。

能量來畫畫，受思想控制。所謂視而不見，心不在焉。視而不見故無物可畫，遂成留白，是謂虛。因空虛留白故主體突顯，是謂實。〔註90〕西洋畫以光影明暗突顯畫材，中國畫以空白與線條突顯畫材。不講究光源，但憑主次決定濃淡。〔註91〕

　　希臘法則啓迪了西方藝術家的自覺：藝術的癥結在於如何以媒體的運動，其表現方式，以及其緊張關係，呈現一戲劇性的競存形構（dramatic contest）。〔註92〕藝術的目的不是複製（copy），而是建構（construct）。〔註93〕而就藝術的表現來說，我們所見與我們所知一向是分不開的。〔註94〕因此世界觀與時間觀的差異，必將導致圖畫意象的殊異布局。

　　因此我們接著再談論布局的主體與主點。何謂主體？何謂主點？例如人物畫，頭是主體，眼是主點。主點很小，卻很引人注目，故有人稱之爲畫眼。〔註95〕近景突出，引人聚精會神。遠景以速度高，壓力大的線面構成。〔註96〕

　　西洋畫多以活動的對象爲主，以人物爲主。中國畫多以靜止的對象，如山水花卉爲主。〔註97〕但在表現方式上，西畫的空間雖講究透視法，卻是靜止的空間，有固定的視點。國畫的空間則是流動的空間，超出透視法的計較。〔註98〕肖似逼眞應非圖畫意象的形構準則，反之

〔註90〕傅抱石，同上，附錄〈中國畫題款研究〉，頁 18。
〔註91〕傅抱石，同上，附錄〈中國畫題款研究〉，頁 19。
〔註92〕E. H. Gombrich, The Story of Art Oxford：Phaidon, fifteenth edition, 1990 reprinted. p.77。
〔註93〕Gombrich, p.456。
〔註94〕Gombrich, p.446。
〔註95〕傅抱石，同上，附錄〈中國畫題款研究〉，頁 15。
〔註96〕傅抱石，同上，頁 38。
〔註97〕唐代以前繪畫的主流還是人物畫，盛唐以後花鳥畫始與人物山水並立成爲獨立的畫科，宋代，山水畫的發展進入輝煌的時代。請參考陳華昌《唐代詩與畫的相關性研究》（陝西：陝西人民美術出版社 1993），頁 206。
〔註98〕潘天壽，《潘天壽談藝錄》，同前註，頁 91。

不管形象多麼違悖習慣與常態，只要足以啓發想像，就是好的圖畫意象。就圖畫意象的布局來說，西畫從觀賞者的觀點出發，以透視法統理全局，似乎看起來比較順眼，但是就啓發想像力來說，選集奇峰湊配奇峰，使構成不落平常的作品，體現流動的空間，不受焦點透視的局限，似乎更能表現藝術氣韻生動的自由精神。〔註99〕

　　只因爲我們有限的裝備，窮於觀照令人目眩的生命，於是人們在推理時，草草以片段的殘餘記憶連綴線性的世界。如果能夠「身心柔軟，離一切想，除一切障，滅一切惑」，記憶的格間與斷層消失，於是讀者能夠「所見不忘，所聞能憶，所思不亂，……普運其心，普見一切。」一般人的世界觀，宛如以管窺豹，所以只能以線性推理形構其世界。唯有專一不忘，所以能夠普見一切，形構因陀羅網事事無礙的世界觀。任何領域的時間度量，都必須還原到此一領域裡的計時者與計時器，從計時者的觀點與裝備，辨認時間意義的參考座標。

　　意象的世界就是我們生命的計時器，如果可以通觀因陀羅網層重疊現的世界，則必能映現珠珠相攝的生命之旅。藝術家選集奇峰湊配奇峰，使構成不落平常的作品，也重定了我們生命之旅的計時器。試觀杜甫在下引詩中的圖畫意象布局之開合：

　　「蓬萊宮闕對南山」（〈秋興〉第五）揭露的圖畫，以「宮闕」閱讀的起點，可以指涉長安皇居的蓬萊宮，然「蓬萊宮闕」同時可以指向更深一層神仙宮闕的意涵。因爲「蓬萊」蘊涵著神話的線索，於是「蓬萊宮闕」之說，令人間的宮闕瞬間轉化爲神仙的居所。至於「南山」固然可實指地理上的南山，但是這必須依「蓬萊宮闕」的意涵而定，詩人藉著「對」所拉開的張力，務必使這兩幅圖畫處於對映的相

〔註99〕「氣韻生動」是繪畫六法之一，南齊謝赫的《古畫品錄》曰：「畫有六法，罕能該盡。一曰氣韻生動是也。」徐復觀先生認爲，六法中的氣韻生動乃最重要，而又最不容易理解，此語含義若明，則六法之意全義亦因之而明，且中國繪畫的精神、特性，亦可由此把握梗概。請參考徐復觀，《中國藝術經神》第三章〈釋氣韻生動〉（臺北：學生書局，1976），頁144～244。

關位置。如果前者是實指歷史／地理上的宮闕，則浮現歷史／地理上的南山。如果前者啟發神仙宮闕的意象，則後者豈能獨留人間？

妙的是這天上人間兩重意涵，又能互相輝映。就其圖畫意象的營構而言，「蓬萊宮闕對南山」杜甫不僅藉著「對」所拉開的張力，營構畫面的緊湊生動，還能夠同時呈現寫實與超寫實兩重畫面，使我們無法執定那一幅是近景，那一幅是遠景。由於詞的多重意義，反使我們從單純定點觀察的透視法格局裡解脫。智的光照將兩幅圖畫，疑幻似真地布置，不在乎三度空間牽引的線條，而依賴無法執實的交光輝映。

「承露金莖霄漢間」（〈秋興〉第五）也是一幅圖畫意象，先不論其歷史背景與神仙道化的憧憬，僅「金莖」、「霄漢」即已提供視覺想像的素材，但是「承露金莖」的歷史故事，以及情節背後的憧憬，在承露金莖挺立「霄漢間」之際，同時垂布於畫面。杜甫如上句，能夠同時呈現寫實與超寫實兩重畫面，藉視覺意象鋪陳出層疊寓意。

蓬萊宮闕對南山，是宮闕與南山兩組建築意象，共同構成了一幅圖畫的布局。但是蓬萊宮闕還有一層神仙道化的寓意，因此使得前述現實的建築意象自地面浮起，想像隨之扶搖而上，產生一種否定現實的力量。〔註100〕

西方繪畫所發展出影響深遠的視覺法則：預期縮短法則 foreshortening。〔註101〕攸關繪畫透視法的視覺法則，主要還有隱逝／匯歸點 vanishing/meeting point，以及漸遠漸小法則 diminution。〔註102〕實踐預期縮短法則 foreshortening，意謂著藝術家不再試圖以萬物最明確的視覺形貌，包舉萬物於圖畫之中，反而開始從自己立身的角度觀物。〔註103〕就圖畫意象的布局言，西畫從觀者的觀點出發，以透視法統理全局，似乎看起來比較順眼，但是就啟發想像力來說，其連續性

〔註100〕林美清：同前註，頁 165。

〔註101〕E. H. Gombrich, The Story of Art （Oxford：Phaidon, fifteenth edition, 1990 reprinted.）p.51。

〔註102〕Alison Cole, Perspective,（London：Dorling Kindersley, 1992.）p.7。

〔註103〕Gombrich, p.52。

的布局，將世界視爲：物質瞬間樣態的連續形構，體現古典物理學的世界觀所預設的堅實的空間。

中國的繪畫和西方不同，國畫選集奇峰湊配奇峰的布局，依眼睛視覺的能量來畫畫。視而不見，無物可畫，遂成留白。因空虛留白故主體突顯。〔註 104〕虛實互見，爲觀者留下想像的餘地，視線不黏滯於塞滿形象的畫面，反而體現流動的空間。虛實取捨，使中國畫的畫面表現極高的靈動，使主體得到最突出，最集中，最明豁的視覺效果。〔註 105〕

承露金莖，仍然是一幅圖畫。只是這幅圖畫蘊涵了歷史的典故〔註 106〕，它以靜態的圖畫表述了歷史的情節。上述歷史事件其實蘊涵神仙道化的期望，因此描寫史事的圖畫背負著超現實的理想，也就是現實景況的圖畫意象其實包含著自我否定的超寫實意象，以神仙故事爲內容的神劇意象。〔註 107〕

「西望瑤池降王母」（〈秋興〉第五）雖然以神話爲底，但是神話的人物與情節皆可具象化，「瑤池」乃泛起瑤光之池，「王母」無論天上人間皆指尊貴之婦人，此皆可入畫也。杜甫把視覺意象構成的元素，鋪進「西望瑤池」與「降王母」的情節裡，加強了畫面戲劇性的緊張，這一點仍然是詩人值得稱道的地方。

中國畫的透視不求太精確，不合透視的文人畫尤多。它跳出法則，不受束縛，實際透視的基本畫理還是懂的。活用透視，任憑感覺

〔註 104〕傅抱石，《中國的人物畫與山水畫》，附錄〈中國畫題款研究〉，同前註，頁 18。

〔註 105〕潘天壽，《潘天壽談藝錄》，同前註，頁 130～1。

〔註 106〕〔宋〕郭知達編《九家集注杜詩》漢武帝作金銅仙人，仙人掌以承露，求長生之具也。請參見葉嘉瑩先生，《杜甫秋興八首集說》，同前註，頁 357。

〔註 107〕所謂神劇的意象，首先它襲取了悲劇或喜劇的結構，但是神劇的主角不是人，而是神格化的人，或人格化的神，祂與人最大的不同在於祂超寫實的存在狀態或生命形態。所以說神劇是藉虛構的生活事件，展現神格化主角在超越世俗的境遇中，扭轉永恆不變的命運，更不酖溺微笑的自信，表述永恆普遍超然物外的存有樣態。

變通。〔註108〕西方畫家不僅相當依賴透視法以經營布局，甚至還在畫面裡表現出強烈的自我意識。例如：十五世紀初畫家范艾克（Jan van Eyck）〔註109〕為了使藝術成為縝密反映現實的鏡子，為了製造「絕對精確」的奇蹟，范氏把名字留在畫中留下畫家和見證人的形象。范艾克在「阿諾菲尼的訂婚式」（*The Betrothal of the Arnolfini*）畫中的留言「范艾克曾在現場」（Johannes de eyck fuit hic），可以說是藝術家作為完美目擊見證者（eye-witness）自覺的典範。〔註110〕而畫家的目擊者自我意識，正賦予了透視法合法的基礎。

　　「東來紫氣滿函關」（〈秋興〉第五）如同上句，雖然以神話為底，但是神話的人物與情節皆可具象化。更勝一籌的地方在於主詞的缺席，僅見「紫氣」與「函關」等字眼，一幅兼具色彩與形象的圖畫即躍然在目，然而這不是純粹風景的寫生，而是蘊涵歷史事件／神話故事的舞臺。主詞的缺席無疑富於神龍見首不見尾的況味，但是「紫氣」、「東來」、「滿函關」不息的情節，使人不由得不去猜測主角現身。

　　瑤池降西王母，儼然一幅圖畫。西王母之降臨是一故事的情節，〔註111〕所以此句構成了一句敘事詩。但是因為主角的神格，所以構成了假托史詩的神劇。圖畫裡的主角是神話中人，點明了上述事件實屬虛構，與現實相反的虛構，因為並非事實，所以脫免了報導事實的功能，專門用以表達了人的意願。智的光照將兩幅圖畫，疑幻

〔註108〕傅抱石，同上，附錄〈中國畫題款研究〉，頁12。
〔註109〕范艾克（Jan van Eyck），十五世紀初活躍於尼德蘭的畫家。他以油彩代替整個中世紀的蛋彩，是油畫的發明者。顏料的改進不只幫范艾克「回到現實」的藝術要求製造「絕對精確」的奇蹟，范氏把名字留在畫中留下畫家和見證人的形象，等於是照片的法律用途觀念，藝術家在歷史上於此首次成為最佳的「目擊者」。E. H. Gombrich, The Story of Art （Oxford：Phaidon, fifteenth edition, 1990 reprinted.）p.179～180。
〔註110〕Gombrich, p.180。
〔註111〕〔宋〕郭知達編《九家集注杜詩》云：漢武帝夜忽見西王母降。請參考葉嘉瑩先生《杜甫秋興八首集說》（臺北：桂冠圖書公司，1994），頁370。

似真地布置，超越了實線，掌握了虛線的表現方式。如彌勒樓閣裡所見，因陀羅網光線交織，詩人藉文字表現了智慧通透之光的圖畫意象。

此句亦以圖畫為事件表述的張本，而主角老子又是神格化的人物〔註 112〕。第一句至第四句所鋪張的神劇，只為提供下述君主現身的舞臺。君王在詩人的心目中，是生存在神仙世界中，具有神性位格的人。因此如神人的君王，其生存的範疇應異於紅塵俗世中的凡夫俗子。

「雲移雉尾開宮扇」（〈秋興〉第五）極富視覺趣味，畫面因為「雲」、「雉尾」，以及「宮扇」的視覺意象而具體起來。「雲移雉尾」虛擬的情節，「開宮扇」的動作，使畫面運動起來。詩人為了表現其生動，以雲移的速度決定了「雉尾」與「宮扇」情節的節奏。

「日繞龍鱗識聖顏」（〈秋興〉第五）此句與上句是杜甫回憶與憧憬的細節。大體的宮殿屋宇，甚至京師的地形與掌故，都需要以畫面精緻的細節來貞定。杜甫除了色彩，形貌，以及光線的掌握，更加入戲劇的安排。「日繞龍鱗」無疑可以直接構圖，抽象如「聖顏」的概念也都可以起發許多想像。

西方文藝復興以來的藝術家，熱衷於透視法，繪畫提供他們管理劇場的享樂。〔註 113〕繪畫不再只是素描加上色彩，畫家不是將人物與事物推上呈現的空間，透視法賦予畫家統領八荒，包舉六合的能力。〔註 114〕城堡與教堂不再只是建築，還是夢想與權力的證明。因此所有的城市，伸展如戲劇上演的舞臺。〔註 115〕

〔註 112〕〔宋〕郭知達編《九家集注杜詩》云：老子自洛陽而入函谷。又云：老子西遊，關令尹喜見其氣，知其人當過，物色而跡之。請參考葉嘉瑩先生《杜甫秋興八首集說》（臺北：桂冠圖書公司，1994），頁370。

〔註 113〕E. H. Gombrich, The Story of Art （Oxford：Phaidon, fifteenth edition, 1990 reprinted.）p.194。

〔註 114〕Gombrich, p.251。

〔註 115〕Gombrich, p.353。

　　雖然也有部分畫家，利用破碎的色調，以及突兀的光影，達成了畫面戲劇化的布局。以過度華美的洛可可風，使圖畫更加生動感人。〔註116〕但那終究不是西畫的主流。在透視法的魔咒下，圖畫宛如一齣默劇（dumb show），所有的角色（character）有其應走的臺步，透過手勢與道具表述意蘊，履行其任務。〔註117〕

　　這種寫實的主流迴異於中世紀的畫家，中世藝術家捨棄了空間的幻影與戲劇化的行動，於是能夠安排肖像與身影於純粹裝飾線上。因為免於模仿自然世界，所以能夠自在地傳達超自然的理念。〔註118〕中世紀的畫家在超自然的裝飾性圖畫與如實呈現自然世界之間，以擬似實物的細節，化成裝飾性的象徵符號，完成其繪畫的超自然安排。〔註119〕

　　「移」字調動了全幅圖畫的每個元素：雲朵，雉尾，宮扇。雉尾扇開雖屬華麗景象，但終究是人間現象。雲移宮扇的意象則繼承前四句的神劇意象，使人間現象轉瞬昇華，目的就是要為君王神聖的出場再添榮景。

　　雲端迴異於人間，因其高遠而布置了神聖的場所。帝后乃人中龍鳳，龍鳳生存的境界即神話世界，所以才有雲日並駕齊驅的超現實觀點。詩人在此富麗的布局，反而類似西洋中世紀的畫家，在超自然的裝飾性圖畫與如實呈現自然世界之間，以擬似實物的細節，化成裝飾性的象徵符號，完成其繪畫的超自然安排。〔註120〕也可以說是彌勒樓閣裡，因陀羅網的體現。

第五節　圖畫意象的疏密

　　圖畫布局的疏密：言畫材排比之距離遠近也。〔註121〕眼睛看東

〔註116〕Gombrich, p.281～5。
〔註117〕Gombrich, p.365。
〔註118〕Gombrich, p.136。
〔註119〕Gombrich, p.165。
〔註120〕Gombrich, p.165。
〔註121〕傅抱石，《中國的人物畫與山水畫》，附錄〈中國畫題款研究〉，同

西也要有節奏有變化，這是布局疏密的問題。〔註 122〕一幅畫的主題（subject）不如畫中無數的細節（trivial objects）重要，一幅美麗的織錦（text）是由無數細節提供的線索編織而成。〔註 123〕布局疏密之道在於密不透風，疏可走馬。又云：疏處不可空虛，還得有景。密處還得有立錐之地，不可使人感到窒息。〔註 124〕

所以國畫並非撇開光與透視，而是超越了實線，掌握了虛線的表現方式。恰如前述彌勒樓閣裡所見的帝網，因陀羅網是光線交織的網，而且是理性的光，智慧通透的光，所以凡是在因陀羅網裡尋找失落的線段者，必將茫然無所歸。當我們從誤置的具體性謬誤裡解脫，〔註 125〕能夠「身心柔軟，離一切想，除一切障，滅一切惑」，則記憶的格間與斷層消失，喪失推理的貧乏線索，反而獲得「所見不忘，所聞能憶，所思不亂，……普運其心，普見一切。」的智的直覺。體現流動的空間，遂行散點透視的中國畫特質，或許最能表現如是的因陀羅網法界。

一般人的世界觀，只能以線性推理形構其世界。唯有專一不忘，能夠普見一切，形構因陀羅網事事無礙的世界觀。以肉眼作線性瀏覽的歷時性，體現空間化的時間。觀照因陀羅網的視線，其歷時態體現以物觀物的多媒體多層次時間。任何領域的時間度量，都必須還原到此一領域裡，意象的觀點與裝備，以通觀因陀羅網層重疊現的世界，映現珠珠相攝的生命之旅。藝術家選集奇峰湊配奇峰，遂重定了我們生命之旅的意象。

「瞿唐峽口曲江頭」（〈秋興〉第六）乍看是單純的圖畫，「瞿唐峽口」直接指出景物而已，「曲江頭」亦同。但是這兩幅簡單的素描，

前註，頁 22。
〔註 122〕傅抱石，同上，附錄〈中國畫題款研究〉，頁 20。
〔註 123〕Gombrich, p.339。
〔註 124〕潘天壽，《潘天壽談藝錄》，同前註，頁 141～2。
〔註 125〕A. N. Whitehead, 論誤置具體性的謬誤（fallacy of misplaced concreteness）。見 Science in the Modern World, p.51。

其實並不在同一場所，因此杜甫把兩地風景的素描連接起來，產生整體畫面的地理斷層。圖畫的斷層或許可以表現心念上的跳躍，因為以畫面表現心念的沉思原就是中國畫的特質。〔註 126〕所以這首詩的第一句，視線或許越過畫面前緣的「瞿唐峽口」，反而注目於遠方的「曲江頭」。

「萬里風煙接素秋」（〈秋興〉第六）一句正用來連接「瞿唐峽口」與「曲江頭」之間地理的斷層。「萬里風煙」極為抽象，萬里其實無以目測，風煙萬里更教人如何捉摸？但是山水畫裡近山遠水之間本就是無色無形的留白，因此「萬里風煙」的不著一物恰可彌縫此間的斷層。所謂「素秋」，可供視覺想像的只有「素」而非「秋」，所以「素秋」也變得難以入畫。用在「瞿唐峽口曲江頭」錯落的畫面上，「萬里風煙」算是旁白式的交代，「接素秋」則以顏色的濃淡統一了畫面。鍛鍊筆力與墨的濃淡，不也正是國畫的專長嗎？〔註127〕

「珠簾繡柱圍黃鵠」（〈秋興〉第六）映現極度繁華的建築與裝潢。建築與裝潢的「珠簾繡柱」固已極奢華，詩人更以「黃鵠」的視覺意象引發生動的聯想，而所謂「圍黃鵠」營造的戲劇張力，可見詩人如何藉形貌、色彩，以及生動的線條，〔註128〕經營此戲劇性的畫面張力。

「錦纜牙檣起白鷗」（〈秋興〉第六）同樣映現了極度繁華的建築與裝潢。「錦纜牙檣」雖屬於船體，但依然是船的建築與裝潢。至於「白鷗」啟發視覺意象生動的聯想，而「起白鷗」也依舊是戲劇性的畫面張力。合上句同觀，其營構的華麗視覺意象，預期的效應在於藝術家以極度誇飾的殿宇，建構人間的極樂。但是不可思議的歡讌與極度的繁華背後，卻瀰漫陰沉憂鬱的寂靜。〔註129〕

黃鵠本是鳥，如今入畫，作了繡幅。珠簾繡柱圍黃鵠遂成一幅圖

〔註 126〕Gombrich, p.109～110。

〔註 127〕Gombrich, p.477。

〔註 128〕利用曲線表現生動的情節是中國畫的特質之一，此句的曲線如珠簾、如繡柱，而圍更是道盡曲線之意。Gombrich, p.105。

〔註 129〕Gombrich, p.356～9。

畫，將生動的情節變爲平面的圖畫。黃鵠是虛構的圖象，白鷗卻振起水面，由是形構了一君王生活的情節。

國畫並非撇開光與透視，而是超越了實線，掌握了虛線的表現方式。恰如前述彌勒樓閣裡所見的帝網，此網是光線交織的網。所謂光是理性的光，智慧通透的光，所以凡是在因陀羅網裡尋找失落的線段者，以肉眼作線性的瀏覽，在線條連續與斷滅之間逡巡，於是產生閱讀的節奏。

觀照因陀羅網的視線，其歷時態體現以物觀物的多媒體多層次時間。因爲任何領域裡，觀覽的時間度量，都必須還原到此一領域裡，意象的材質與形構。所以帝網世界觀裡，圖畫布局的疏密節奏，可比之莊子所說的「天籟」：

（形如槁木，心如死灰）今者吾喪我。……聞天籟夫。……

夫吹萬不同，而使其自己也。咸其自取，……〔註130〕

在所有運動裡，主體消失了。尋找主（主使）人的遊戲，總預設因果律的有效。聲音之後是否必有意義？聲音與竅穴，意義與聲音，主詞與意義，宿主與載體，實與名，主與賓……皆是知也，皆是言也，皆是孔也，〔註131〕皆是虛無也。生存與認知的虛無主義，體現於趨近抽象的音樂與語言裡，更易於表述虛無主義「蕩相遣執，眞如朗現」的意涵。在圖畫意象虛實疏密的布局裡，我們傾聽天籟的演奏。

「昆吾御宿自逶迤」（〈秋興〉第八）固然屬於視覺意象，但是「昆吾」與「御宿」僅是地名，所以所謂圖畫意象，也不過是地圖而已。「逶迤」描寫委曲長遠之貌，開啓我們想像的視域，而「自逶迤」預設「昆吾」與「御宿」位格化的主體，藉以引導讀者情感的涉入。但是杜甫逕謂之「自」，已不屬於視覺意象的表現方式。

「紫閣峰陰入渼陂」（〈秋興〉第八）表現圖畫意象。「紫閣峰」提供了線的架構，「紫閣峰陰」縱或不是光影的運用，也是巧施水墨

〔註130〕《莊子·齊物論》。

〔註131〕《莊子·齊物論》。

的濃淡。「渼陂」也提示了畫面線的組構，但是「入渼陂」所預設「紫閣峰」的位格主體，乃以歷時態的視覺意象表現方式，達成動畫的效果。

想昆吾御宿諸地依然如昔，所以此句儼然圖畫也。逶迤自然，雖靜實動，擬人而寓其自在也。紫閣山與渼陂川，山影映入川中，蜿蜒自在。此句亦圖畫意象也。山陰浸入川中，則虛擬位格之虛構事件。

「懷」所蘊涵的懷居之意，依乎詩人的生活構想。詩人的生活構想多以建築之意象呈現，試以〈懷錦水居止二首〉為例，其一：

> 軍旅西征僻，風塵戰伐多。猶聞蜀父老，不忘舜謳歌。
> 天險終難立，柴門豈重過。朝朝巫峽水，遠逗錦江波。

懷居的意念深入刻劃杜甫的世界觀，使得詩人的世界有了清晰的角落。但是與安居的執念相反的是離亂的生涯，而顛沛流離的原因則是「軍旅西征僻，風塵戰伐多。」懸念戰亂未止正因為熱切懷居也，這是詩人心中真正的謳歌「猶聞蜀父老，不忘舜謳歌。」人生對安家立業以安身立命的渴望，可以說是終生不息的追求。然而有限的人生終究無法企及永生的安憩，杜甫飽歷憂患，對於人生的安適已瀕臨絕望，所謂「天險終難立，柴門豈重過。」詩人在瀕臨絕望之際，卻猶可達觀「朝朝巫峽水，遠逗錦江波。」綿綿不絕的巫峽水，與遙遠的錦水居協奏詩人的生活旋律，如此放逐的杜甫將安居於這連綿的江湖。

其二

> 萬里橋西宅，百花潭北莊。層軒皆水面，老樹飽經霜。
> 雪嶺界天白，錦城曛日黃。惜哉形勝地，回首一茫茫。

「橋西宅」「潭北莊」「層軒」「老樹」「雪嶺」「錦城」標點了詩人所懷之居，從如是橋、如是潭、如是花、如是水，如是嶺與如是城，我們想見詩人對錦水居的懸念。懷居的懸念透過詩句周詳的布置，彷彿鏤刻在心版上的記憶，但是杜甫豁然劈下的結句「惜哉形勝地，回首一茫茫。」瞬間粉碎了原本清晰的想念，「茫茫」視域似乎顛覆了精心營建的懷想，反而在翻覆天地之際，揭露了絕望後的豁達。正因

爲了處處無家，方悟處處爲家。

杜甫沉淪絕望深處之後的豁達，表現爲隨時隨地的生活興味，例如〈刈稻了詠懷〉：

稻穫空雲水，川平對石門。寒風疏草木，旭日散雞豚。

野哭初聞戰，樵歌稍出村。無家問消息，作客信乾坤。

一句「無家問消息，作客信乾坤。」，將前詩「回首一茫茫」的悽涼度盡，重開生涯之豁達。而〈茅堂檢校收稻〉二首其二，杜甫以溫柔的心情，悉心表述他對稻米的情意：

稻米炊能白，秋葵煮復新。誰云滑易飽，老藉軟俱勻。

種幸房州熟，苗同伊闕春。無勞映渠碗，自有色如銀。

「白」、「新」、「滑」、「軟」已經非常具象地描述了新稻，而「房州熟」、「伊闕春」、「映渠碗」、「色如銀」更以美麗的語言，激發我們對稻米的審美想像。稻米原是飽腹療饑之物，但詩人的意匠經營，令日常米稻獲得了美學的長生。窮愁潦倒的杜甫，在流放的生涯裡將生命的意義寄託於日用尋常之物，這是詩人的超然豁達，不爲物役的清明朗潤。

若與「波漂菰米沉雲黑」（〈秋興〉第七）比較，則此句表述儼然水墨畫。「波漂菰米」以線條寫出水波，以及流波上的細節。符合中國畫的布局，近景細緻的描寫「波漂菰米」，以及遠景以雄渾的「雲黑」作收。雖說「波漂菰米沉雲黑」（〈秋興〉第七）是同一情節，但是最初它們必定是「波漂菰米」與「雲黑」兩個部分疊現，形成畫面尖銳、明快以及含蓄的畫面。〔註132〕「沉雲黑」所導致的逆轉，遠景溶入近景，是詩人藉層疊的視覺意象造成的戲劇化情節。

「露冷蓮房墜粉紅」（〈秋興〉第七）表現了繪畫的線條與色彩，然而「露冷」所透發的觸覺意象，虛擬觸覺的主體達成位格雕像的形構。但是觸覺的冷，在圖畫意象的範疇，還是必須藉「墜粉紅」由不墜而墜的情節表現出來，否則讀者無法依賴自己的想像，而必須遵照作者的命令，相信其中的冷。但是冷與墜的因果關係並不明確，所以

〔註132〕傅抱石，《中國的人物畫與山水畫》，同前註，頁38。

到頭來讀者還是要依賴作者的提示。

　　波漂菰米形構一幅圖畫，圖畫的著色卻是由一個虛擬的動作來完成，所謂虛擬是因為我們未見使雲黑沉的手，只見雲已黑沉。所謂虛擬是因為並非天垂黑雲，而是波漂菰米沉若黑雲。

　　露冷蓮房是一虛構的事件，其中有一虛擬的位格，以感知其冷。此一虛擬的位格使這幅圖畫所敘述的事件得以完成，遂傳達了其中的冷，以及顏色之冷墜。

　　同樣的虛擬布局「香稻啄餘鸚鵡粒」（〈秋興〉第八）的圖畫意象，就「香稻」的「粒」狀言，屬於視覺意象。但是無論詩人如何極言其香，我們也只能聽從詩人的指示，並無嗅出香氣的機會。「鸚鵡」的形象，原本平板，但藉「啄餘」的情節，形構生動的圖畫視覺意象。

　　「碧梧棲老鳳凰枝」（〈秋興〉第八）兼具線構的形貌，以及丹青顏色。「碧梧」先指示青碧梧桐的形象，而「碧梧枝」的形構，提供了畫面細緻的部分。「鳳凰」既是華麗的視覺意象，也是虛無的意象。華麗與虛無的組合，營造了畫面難言的憂鬱。「碧梧棲老鳳凰枝」藉由未棲而棲的情節，形構生動的圖畫視覺意象。

　　香稻成為注目的焦點，由香稻組織了一事件，即鸚鵡啄食香稻，且食之不盡的富裕。碧梧自成一幅圖畫，但是鳳凰的神話屬性，使得碧梧之畫變成虛構的事件，事件虛擬的主角碧梧，經歷長久的歲月而成為棲鳳的神物。而一粒米的意象，實足以承載詩人漂泊的生命。

　　總結圖畫布局的意義在於詩人期盼人生的出路，目的為求安頓漂泊的生命。這就是縈迴杜甫一生的懷居主題，居所的嚮往當然包涵建築的意象。而詩人位格的自我意識，是建築理想居所絕不缺的主體。如果僅存立一具雕像於空洞的建築裡，豈非死者的居室，生者的廟宇？所以需要圖畫意象形構戲劇情節，生動地表現作者內在的情懷。

第四章　時　間

第一節　時間的定義

　　本章將討論杜甫詩中所呈現的時間表象，但是在作品的析論之前，我們必須先界定「時間」是什麼？當我們論述生命、反省生命意義之時，勢必觸及時間的問題，不同的時間觀，產生不同的生命詮釋。詩人透過詩歌所作的生命論述，是否呈現出有別於日常的時間看法和時間向度？我們不妨參考哲學家或科學家對時間的不同說法，當然西方物理學史或哲學史的流變，絕不是我們論述的主旨，我們只是略舉各家對時間的理解，以映比杜甫詩歌中的時間觀。

　　一般說來，時間是一種存有物（being）的持續（duration），無存有者即無所謂持續。不斷滅的存有者（immortal Being）之持續即所謂永恆（immortality），而會斷滅的存有者（mortal being）之持續樣態即稱之爲時間。時間是持續中的先後，展現爲過去，現在與未來。過去者，現在已不存在，但存在於客體的效果中，以及主體的記憶中。現在者，以數學意義而言，只有時間的不可分割性，即當下呈現的刹那是現在。未來者，往往是期待中尚未發生的事物與事件。

　　物理時間（physical time）乃指稱每一事物與事件本身固有的具體的持續。物理時間與想像時間（imaginary time）相對而言。亞里士

多德（Aristotle）就是以客觀化的（objectified）運動爲思考時間之基準，主張有一個具有優位性（priority）的靜止狀態。

　　時間問題最原始的困難，來自我們對於絕對空間與絕對時間的信仰。伽利略（Galileo）與牛頓（Newton）的理念迥異於亞里士多德（Aristotle）的理念。亞里士多德（Aristotle）主張有一個具有優位性（priority）的靜止狀態，伽利略（Galileo）與牛頓（Newton）卻主張沒有一個獨特的靜態標準。缺乏絕對的靜態標準意謂：我們無法確定異時發生的事件是否發生於空間裡的同一位置。絕對靜態不存在，所以無法賦予一事件，在空間裡的絕對位置（絕對空間）。〔註1〕

　　伽利略（Galileo），牛頓（Newton）與亞里士多德（Aristotle）卻都相信絕對時間：時間與空間完全分開，各自獨立。人們可以毫不含糊地測量兩事件的間隔，而且只要有一個好的鐘錶就可以達成測量。事實上，這種常識僅可處理相當緩慢的旅行。〔註2〕

　　相對論拋棄了絕對時間的想法。每人攜帶自己的時鐘以計算時間，而且彼此不必一致。〔註3〕因爲時間與空間不能完全分開，所以最好組合成一「空間──時間」合成的客體（object）。爲了表述此一時空合一的單元，我們宜先界定所謂事件（event）。事件者也，是空間中一特定點與時間中一特定點共同標定的事物。我們可以用四個數碼或座標來標定它。〔註4〕

　　牛頓的運動定律終結了空間裡絕對位置（絕對空間）的想法。相對論則消除了絕對時間的迷思（myth）。〔註5〕空間與時間是動力量（dynamic quantities），因此雙子弔詭（twins paradox）只存在於偏執絕對時間之人心中。相對論主張每一個人可以擁有私人的時間度量。

〔註1〕　Stephen W. Hawking, A Brief History of Time, Bantam Books, 1988. pp.17～18。

〔註2〕　Stephen W. Hawking, ibid. pp.18～19。

〔註3〕　Stephen W. Hawking, ibid. pp.20～22。

〔註4〕　Stephen W. Hawking, ibid. pp.24。

〔註5〕　Stephen W. Hawking, ibid. pp.35。

〔註6〕霍金（Stephen W. Hawking）主張空間——時間有限而無界，或許對於時間的度量提出較佳的方案，並可成功地顛覆絕對時空觀的偏執。〔註7〕

　　任何週期性過程都可以作爲時間的單位，問題的關鍵在於計時者對於計時器的選擇。計時器的材質與形式決定時間度量的週期之定義（definition）。如果參考霍金（Stephen W. Hawking）的《時間簡史》（*A Brief History of Time*），我們可以先探討計時方法裡的循環論證弔詭：〔註8〕

　　如果我們能以理性尋找到一個完全整合理論（complete unified theory），則此一完全整合理論（如果眞正具有完全整合理論的力量）必將完全整合我們的推理與結論。所以我們發現的完全整合理論只能是此一完全整合理論所決定的完全整合理論。因此我們沒有辦法證明自己的發現的完全整合理論是眞正的完全整合理論。

　　霍金（Stephen W. Hawking）建議採用達爾文（Charles Darwin）的自然抉擇原理（principle of natural selection）消解上述循環論證造成的困局。達爾文的原理認爲：任何自我再生的物種裡，都有遺傳與生養上的個別上的變異。因此證明有些個體對世界作出正確的結論，所以更適宜存活。人性最深的求知慾使我們持續的追尋獲得了正當性。基於達爾文的自然抉擇原理（principle of natural selection），有些個體對世界作出正確的結論，所以更適宜存活。我們追尋完全整合理論的目的，乃基於我們對於自身生存的宇宙，作一完整陳述的欲望。

　　既然時間是會斷滅的存有物（being）之持續（duration），無存有者即無所謂持續。那麼如果從存有者的立場議論時間性，必須先說明什麼是「想像時間」（imaginary time）。想像時間是一切可能事件發生的空虛系統，想像時間表述爲等速流動之單向度連續體，既無開始，

〔註6〕Stephen W. Hawking, ibid. pp.36。
〔註7〕Stephen W. Hawking, ibid. pp.122
〔註8〕Stephen W. Hawking, ibid. pp.13～14。

也無終結，想像時間類比絕對空間的抽象性。康德（Immanuel Kant）關於想像時間的名言說：時間（與空間）是感性（sensibility）的先驗形式（a priori form）。因此時間（與空間）是感性認知能力的先天條件，若無時間（與空間），則無法感知世界。至於心理時間（psychical time）則是指內在體驗的持續，與想像時間的意義不宜混淆。

時間（與空間）是以人於此世存有之感性（sensibility）的先驗形式（a priori form）。時間問題遂早於任何主體性與客體性的觀照，因為時間是使「早於（a priori）」成為可能的條件。時間的闡釋是詢問存有 Sein（Being）之際，超驗的地平線（des transzendentalen Horizontes）。人透過時間性掌握與詮釋他在世界中的存在意義。〔註9〕當牛頓的運動定律終結了空間裡絕對位置的想法，而相對論消除了絕對時間之後，我們如何確認時間度量的基準呢？

霍金（Hawking）的人事原則（anthropic principle），或許是理解與詮釋時間較佳的建議，也就是說我們是以我們存在的方式觀看我們存在的宇宙。人事原則（anthropic principle）又可分弱人事原則與強人事原則。弱人事原則意謂：智性生命的發展的必要條件僅存在於空間與時間的某一有限區域內。強人事原則意謂：有許多不同的宇宙，以及宇宙裡許多不同的區域，都存在其自身的原始完型，或許還有一套自己的科學律則。

智性生物問，為何宇宙如我們所見？答案是宇宙不如此，則我們不會存在於此。〔註10〕

因此根據人事原則（anthropic principle），我們的思考取向（approach）回到計時者對計時器的選擇上。既然計時器的材質與形式決定時間之定義（definition），任何場域（field）裡的時間度量，都必須還原到此一場域裡生存的計時者與計時器，從計時者的觀點（perspective）與裝備（equipment）裡確認（identify）時間意義的座標。

〔註 9〕 Martin Heidegger, Sein und Zeit,（Tübingen：Niemeyer 1993.）S. 235。
〔註10〕 Stephen W. Hawking, ibid. pp.130～1。

海德格（M. Heidegger）認為日常生活的此世生命，其時間性的詮釋應該建立於那些時間性的詮釋自我組建的結構上。在這些時間性自我組建的詮釋結構上，方能建構其發展歷程。這些時間性自我組建的詮釋結構就是理解、定位、墮落與議論（Verstehen, Befindlichkeit, Verfallen und Rede）。每一理解都有其情味，每一定位皆可以理解，而對此定位的理解又有其墮落的面目，此具墮落情味的理解又在議論中娓娓道盡其理解。〔註11〕

因此時間的闡釋是詢問存有 Sein（Being）之際，人生在世的超驗性地平線（des transzendentalen Horizontes）。時間是人生在世（des Dasein）的存在樣態，因著人對自我與世界之體驗（即時間性），人能把握到整個人生在世期間，並加以塑造。〔註12〕因為言詮表述的組建行動，事件在時空中虛擬的現身才能得到完全的展布，言詮的時間性遂居於樞紐的地位。〔註13〕所以我們將以時間性的言詞或語句當作計時器，詩在時間性的地平線上展開自身的論述，從而度量詩句中蘊涵的時間性即時間自我詮釋的組建行動。藉著時間性的詮釋，表述詩句中承載的生命領悟。

先以杜甫〈秋興第五〉的末聯為例，詩曰：「一臥滄江驚歲晚，幾回青瑣點朝班。」「滄江」是詩人動作的舞臺，由於詩人並未描繪舞臺的細節，這種輕描淡寫的手法，反而給予視覺想像遼闊的視野。詩人在此速寫的舞臺上演出「一臥滄江」的情節，乍看已覺充滿動感，因為詩人並非僅素描「臥」的圖象，「一臥」之間必須預設未臥—已臥運動時間的兩個端點，如此一臥的瞬間才能夠豁然朗現。

可惜「歲晚」乃詩人以目擊者的專利，自行報導，難免剝奪了讀者的臨場感。透過詩人「驚」的告白，我們固然分享詩人的內心世界，但是無法像目睹其「一臥滄江」的生動情節一樣，只能相信詩人的自

〔註11〕Martin Heidegger, Sein und Zeit, S.334〜5。
〔註12〕Martin Heidegger, Sein und Zeit, S. 235。
〔註13〕Martin Heidegger, Sein und Zeit, S. 349。

白，而少了想像的視覺媒介。從畫面上來看，「一臥滄江驚歲晚」所揭露的只是詩人一臥之際，滿眼的不愜。〔註14〕

「幾回青瑣點朝班」，「朝班」與「青瑣」提示了鮮明的視覺意象，其中「朝班」概略素描了我們對朝堂君臣魚雅雍容的想像，「青瑣」不僅提供想像的顏色，還因其指青瑣門之故，為視覺想像的舞臺提示了觀窺的門戶。舞臺既布，「青瑣點朝班」的情節方始得以演繹。

至於難解的「幾回」一詞，若僅就此句的視覺意象觀之，它提示的是情節的歷時態。猶如上句之「一臥」，此句之「幾回」必先預設一回一回「青瑣點朝班」的景象，如是方得言「幾回」也。

臥于滄江之野，原本是一幅圖畫意象，但是一臥之勢使人在剎那間捕捉了詩人淪落異域的沉痛。歲晚是一事件，驚覺歲暮忽然已至。詩人在頹然沉淪的剎那，憬悟歲月流失的力道，〈秋興第五〉前六句意匠經營的神仙化境，在詩人主觀的驚歎之際，瞬間崩潰。

此詩以身體形象支撐的位格作為計時器，詩人在追懷帝京君父聖顏的瞬間，〔註15〕跌落邊城滄江之野的歲暮裡，就著這一臥滄江的頹喪失志，彷彿迴光返照，仍無力地企圖捉住些許殘存的美麗回憶，重現生命中最接近聖顏京華的斷想。身體形象所支撐的位格，瞬間的興衰為生命意義的崩潰作註腳。

〈秋興第八〉曰：「綵筆昔遊干氣象，白頭今望苦低垂。」表述圖畫意象構成的戲劇性情節。「綵筆」的形構，提供了畫面細緻的部份。「昔遊」構成歷時態的戲劇性情節。「干氣象」使戲劇性情節得以延伸，營構相對的關係。因為「氣象」其實是相當概括的說法，畫面裡只有「綵筆」提示比較具體的視覺意象，所以這一個詩句並不是直接將戲劇性情節呈現於想像的視域。

〔註14〕希臘法則的意義在於：藝術家可以自由呈現人體的姿勢與運動，藉此得以反映肖像（figure）內蘊的生命。藝術家應該藉著精審觀照情感影響行動之身體的方式，呈現靈魂的作品。Gombrich, p.61

〔註15〕青瑣者，漢未央宮中門名，應劭曰黃門郎每日暮向青瑣門拜，謂之夕郎。參見葉嘉同前註，頁398。

　　憶昔攜綵筆紀京華壯遊,〔註16〕彩筆題詩,直與山水爭奇,凌其氣象,奪造化之功。此句以「綵筆」作為計時器,標示著昔日光彩的紀念碑,但是綵筆的時間線索並沒有延續。跳接到「白頭今望苦低垂」,時間的度量回到詩人的身體形象。「白頭」與「低垂」雕塑詩人的身體形象,畫面因而有筆有墨,線條勾勒出詩人低迴的身姿,水墨濃淡點染詩人垂暮的容顏。「今望」與「昔遊」構成歷時態的戲劇性情節。「苦低垂」中的苦味卻是詩人直接表述的味覺意象,並未借助其它感覺意象的轉譯。

　　白頭今望〔註17〕顯然是事件表述的下半段,因為今昔氣象的迥異,標誌了歷時的兩端。兩端呈現兩幅圖畫,其色彩姿態皆異,表述了歲月與際遇的淪落與流失。既然每一時間性的理解都有其情味,此一具有墮落情味的理解又在詩句的議論中,娓娓道盡了人生的理解。

第二節　時間定位與理解

　　時間經由視覺意象而定位,〔註18〕並經由視覺意象的更迭而理解。杜甫〈重過何氏五首〉其一曰:「問訊東橋竹,將軍有報書。倒衣還命駕,高枕乃吾廬。花妥鶯捎蝶,溪喧獺趁魚。重來休沐地,真作野人居。」第四重意象形構的元素是時間語言。相對於上述三重意象形構,時間語言的特徵在於其非視覺性。更精確的說法應該是「時間語言存在於圖象語言的間隙,亦即時間語言是由視覺圖象顯隱交迭來表述。」

〔註16〕葉嘉瑩先生云:雖各本作「昔曾」者為多,然此句似當從較早之王洙本作「昔遊」為是。「綵筆昔遊」者,以「綵筆」記「昔遊」也,且「綵筆昔遊」正與下一句「白頭今望」相呼應。同前註,頁546。

〔註17〕「今望」亦有作「吟望」者,即上下句文意脈絡觀之,宜作「今望」。同前註,頁547。

〔註18〕此處以 location 轉譯「定位」,其義與海德格未盡相同。時間的定位意即以視覺意象作為時間度量的端點,而閱讀圖象之間的歷程類比著時間。

〈重過何氏五首〉其一,時間語言形構的意象並不鮮明(這樣的語句似乎犯了形容詞的謬誤)。事實上每一個詞營構的形象與概念,如果彼此不能化約,則意謂著彼此互相排擠。因此當讀者閱讀時,每一單音獨體的字詞轉換之際,時間開始發音。但是單純閱讀時間的間距只形成意義簡單的音節,而未形構複雜的涵意。

更清晰的時間語言由「主詞」與「述詞」間的「介詞」所承載。例如「問訊」介於主詞「我」與述詞「東橋竹」之間,「問訊」顯然承載著異於「質詢」、「責求」的時間「度量」,在「問訊」之下,時間或有不同的「刻度」,或者說表述著不同的節奏。「有報書」所表述的靜態似乎僅標示了「靜止的時間」(我們似乎再一次犯了形容詞的謬誤)。

「倒衣」的典故出自《詩・齊風・東方未明》,詩曰:「東方未明,顛倒衣裳。顛之倒之,自公召之。」參照典故所提供詮釋基礎,「倒衣」表述了急切的節奏。「命駕」或許呼應「君命召,不俟駕行矣。」(《論語・鄉黨》)所以「命駕」也應該不是「從容命駕」。「高枕」表述的靜態再次標示了「靜止的時間」。「乃吾廬」所宣示的所有權不僅是靜態,甚至抽象。「高枕乃吾廬」隨上句「倒衣還命駕」急促的節奏之後,卻繼之以舒緩沉靜的節奏,足見詩人對於時間語言形構意象的功力。

「花妥」表述花的影象之墮落,亦即由視域隱遯。花影墮落的運動固然表述著時間,視覺形象自有入無,在下一視覺影像升起前,時間的節奏自然響起。相較之下「鶯捎蝶」的運動,在文字的平面線性敘述下,就顯得僅能止於一種時間端點的標示而已。鶯捎蝶,於是花在→花墮→花在→花墮,花在兩端的生動影像恰爲中間一段,花墮幽暗作了時間節奏的標記。

「溪喧」直接道出了「喧」的效果,極易被視爲音響的語言。其實就像擬聲詞一樣,直接道出音響效果的詞句,反而表現詩人遣辭造句能力的衰弱。「溪喧」只成了「獺趁魚」效應的附帶說明,而不是利用視覺意象形構想像的端點,以形構時間的刻度。「溪喧獺趁魚」再怎

麼生動，也只是一幅生動的圖畫，平面的構圖無法傳出歷時性的節奏。

「重來休沐地」唯藉重來的說法，使畫面產生層疊的效果。重複的畫面之間僅存簡單的節奏。至於「眞作野人居」，因爲只是一句結論，未出現時間節奏的明確標記。但過去曾來，「如今重臨」，加上「現實並非」，「未來權作」野人居所預設的時間線索，並未超出讀者閱讀時，每一單音獨體的字詞轉換之際，單純閱讀時間的間距所形成的意義簡單的音節。

就〈重過何氏五首〉其一加以分析，第一重意象元素提供了想像的「名物」，或曰「基本符號」。第二重意象元素提供讀者統合紛陳物象的「主角」，亦即語句中的「主詞」，敘事情節裡的「人物」。第三重意象元素提供了「布局」，「人」與「物」在「光影」的籠罩下，建構一幅幅視覺想像的圖畫。第四重意象元素「時間性」，因爲僅有視覺想像的世界，詩人的心意無法曲盡圓滿。只有時間導向的思維與語言，足以呼應生命的綿延。「時間性」元素與前述視覺想像世界的關係若即若離，而詩人的作法則是「不即不離」。因爲若非視覺世界的物象，我們無以度量時間。每一定位皆可以理解，而對此定位的理解又有其墮落的面目。但若時間被空間化爲幾何的刻度，則時間將背離生命綿延的本質。詩人形構此第四重意象時，必須善用視覺形象，而最常見的方式就是以視覺形象標示時間刻度的端點，並且以影像消逝與影像呈現的間距表述節奏。

如果說「繪畫的問題，從表現的形式和技法看，不過是一個如何認識空間和體現空間的問題。」〔註19〕那麼音樂就其營構的表現形式，基本上就是體現時間。〔註20〕所以作爲時間表象的符號，常見的是和音樂有關的意象。音樂超越視覺形象的片斷支離，以歷時性的節奏、和聲、旋律，呼應生命的時間度量。〔註21〕音樂語言的要素，包

〔註19〕傅抱石，《中國的人物畫與山水畫》（臺北：華正書局，1987），頁23。
〔註20〕鄧昌國，《音樂的語言》（臺北：大呂出版社，1995），頁25。
〔註21〕G. F. W. Hegel, Werke. Bd.15. SS.137～159。

含節奏、旋律、和聲，以及音色。節奏是長短不同的模式，或規則或不規則、加重音或不加重音的聲音與休止。〔註22〕旋律是一條水平發展的，高低長短聲音或休止的節奏。〔註23〕和聲是兩條以上旋律的垂直並進產生和諧效應的作品。〔註24〕在圖畫意象的範疇，音樂意象類比於虛室生白的布局，它存在於視覺意象的間隙，宛如畫面虛實疏密布局裡的虛與疏。

以杜甫〈遊龍門奉先寺〉爲例，詩云：

　　已從招提遊，更宿招提境。陰壑生虛籟，月林散清影。

　　天闕象緯逼，雲臥衣裳冷。欲覺聞晨鐘，令人發深省。

「陰壑」形成想像視域的闇域，黑暗吸收了光線，萬象隱沒於此陰暗的領域。那是視覺感知的極限，也是認知的斷層。我們無法認知的領域，同時也是生存的危境。因此生命被陰暗的世界壓縮，向光明與安全的領域退卻。「虛籟」屬於聽覺的對象，也是視覺無法感知的事物。

「已從招提遊，更宿招提境。」只是提供了地標性的認知依據，至於龍門奉先寺的具體景物並無描繪。接下來的「陰壑生虛籟」，竟然也從我們的視域隱遯，全幅圖畫的布局不得不集焦點於下句。「月林散清影」無疑揭示了光明的想像視域，但是繼上句陰暗的布局而下，縱有普照的「月光」，但詩人僅將月光局限於林中一隅。而且以夜晚作爲表述的基準線，詩人精確的將我們視覺想像的焦點集中於此月光投射下的山林一角。

壓縮視域即剝奪認知的空間，認知空間的縮減相對壓縮著生存的領域。此時人在黑暗大地中光明的一隅，獨對龍門天闕，不免更覺星象逼人而來，臥榻高寒如置身流雲之中。天闕星象原本應在高遠的天宇，流雲更非凡人坐臥之間所能想像。詩人卻讓高遠的天闕象緯逼近人的生存境遇，又使流雲飄浮人的臥榻，一方面由縱向壓縮著人的生

〔註22〕鄧昌國，同上，頁21。

〔註23〕鄧昌國，同上，頁21。

〔註24〕鄧昌國，同上，頁21。

存空間，一方面突出了生存的高寒與孤獨。

「陰壑生虛籟，月林散清影。」藉暗夜與月光布置了壓縮的生存空間，「天闕象緯逼，雲臥衣裳冷。」則以異常的空間配置，突顯了詩人孤高清寒的生命境遇。詩人因爲善用語言的特質，才能夠突破繪畫構圖的限制，達成異常的空間配置。語言較圖畫更具抽象性，所以需要讀者運用想像力，經由記號的提點，喚回具體經驗的記憶，以豐富想像視域的內容。但是詩人重現感性經驗的目的，不在於完成現實生活世界的認知，所以不必刻板的模仿具體的生活經驗。「天闕象緯逼，雲臥衣裳冷。」異常的空間配置，不從屬於現實生活，反而傳達了象外之意。

雖說音樂跳脫視覺形象的執著與框限，直接呼應生命綿延的交響樂，是最貼近生命內在律動的意象，但是依視覺的歷時態閱覽線路，音樂意象其實存在於圖畫的布局裡。即使我們閉目聆聽音樂，圖畫的意象也難免此起彼落。音樂意象雖然不必依存於圖畫意象，但圖畫的布局免不了音樂意象的歷時性觀照。

再以杜甫〈秋興〉第一爲例，末聯：「寒衣處處催刀尺，白帝城高急暮砧。」「寒」本是觸覺意象，但是「寒衣」卻是明確的視覺意象。「刀尺」也屬於視覺意象的範疇，「寒衣」與「刀尺」湊合到一幅圖畫裡，刀尺寒衣的景象鋪陳一段思念遠人的情節。雖說刀尺寒衣表現一節運動，意謂一段時間的歷程，但是它還是一幅圖畫，只是詩人循著「寒衣」與「刀尺」的線索，編織了這一幅素描小品。〔註25〕詩人以「處處催刀尺」，重複呈現著上述刀尺寒衣的素描，形構了畫面的超自然意境。就圖畫而言，雖然並不寫實，更非反映自然，但是其超自然的布局反而表現了超越時空的強烈思念。〔註26〕至於其中隱含

〔註25〕在第三章曾論述一幅畫的主題不如畫中無數的細節重要，一幅美麗的織錦是由無數細節提供的線索編織而成。Gombrich, p.339
〔註26〕在第三章亦曾論述中世紀後期的畫家，在超自然的裝飾性圖畫與如實呈現自然世界之間，以擬似實物的細節，化成裝飾性的象徵符號，完成其繪畫的超自然安排。Gombrich, p.165

的音樂意象，必須轉入下句方能突顯。

「白帝城高急暮砧」句中「白帝城高」無疑屬於視覺意象，高城的素描矗立於想像的視域。「砧」則勾勒起一幅靜物的小品。然而詩人並不要在此鋪陳圖畫，因爲藉著「暮」色，遮去這些視覺意象，白帝高城的影象遂在暮色中隱去，顯隱之間蘊涵音樂的節奏，那是無聲的生命流逝的節奏。靜寫的砧如今卻由「急暮砧」點出運動的音響，雖然只是簡單的節奏，仍可以點綴生命的韻律。

這裡僅先強調，經過暮色無聲的遮蔽，前述視覺意象編織的圖畫，「寒衣處處催刀尺，白帝城高急暮砧。」在光影明滅的層疊映耀下，既鋪陳了布局的虛實疏密，〔註27〕又產生動畫的歷時態效果。圖畫意象與音樂意象的關係也呼之欲出。

處處刀尺催的圖畫意象，已經超越了視覺想像的領域。如果是一處兩處催刀尺，我們還可以一一形構視覺的想像。但是處處催刀尺，使我們無暇一一呈現其圖象，我們的想像從一兩幅圖象中超脫出來，達成一種非視覺性的通觀。

秋意深濃而需寒衣甚急，城內外家家處處刀尺急催，暗示寒氣漸濃，季節輪轉更迭。「處處」皆應觀照的意象，突破了圖畫意象視域的範疇。處處刀尺催的意象，除了達到遍照的通觀之外，催刀尺的圖畫意象一幅繼一幅，層層疊疊，帶進音樂的節奏感。〔註28〕

白帝城的意象既是建築的意象，也是簡潔地以事件爲表述形式的詩句。高聳的白帝城，因爲與天地江山的景深，卻又形成了一幅邊城

〔註27〕虛實：言畫材之有無也。疏密：言畫材排比之距離遠近也。傅抱石，《中國的人物畫和山水畫》附錄〈中國畫題款研究〉，同前註，頁22。
〔註28〕在此借用音樂的特徵，作爲意象分類的指標，乃強調音樂超越視覺形象的片斷支離，以歷時性的節奏、和聲、旋律，直接呼喚心靈感知的效應。請參考 G. F. W. Hegel, Werke. Bd.15. SS.137～159。節奏是長短不同的模式，或規則或不規則、加重音或不加重音的聲音與休止。旋律是一條水平發展的，高低長短聲音或休止的節奏。和聲是兩條以上旋律的垂直並進產生的和諧效果。請參考鄧昌國，《音樂的語言》（臺北：大呂出版社，1995）。

的圖畫。歷史裡的一座高城〔註29〕並非一座獨立無情的土石之城，向晚敲響人們耳膜的砧聲，飄出城的範疇，散入視線已經朦朧的暮色裡。暮砧聲急，引出了快板的節奏感，在我們的視野逐漸黯澹的薄暮時分，一切景象變得不再確定，而急切的節奏卻飄盪入夜的孤城。音樂最能呼應生命的旋律，急急裁布製衣的季節，聲聲擊砧的時分，是思念遠方親人的生命節奏。〔註30〕

　　詩人將思念的情懷嵌入一幅一幅縫製寒衣的圖畫裡，但是圖畫層出不窮的形構使目光不能停駐於任何一幅圖畫之上，想像終於因無處可住而生出一遍觀一切的通觀，從視覺想像的領域昇進全幅無影像的概念裡，但是非視覺形象的概念不能完全脫離——具象的縫製寒衣圖，想像在具象與抽象之間高頻的往還，構成了生命在此孤城的季節性旋律，因爲耳聞一聲急過一聲的寒砧，季節的旋律呼應了處處催刀尺的非視覺知性概觀，白帝城高急暮砧與寒衣處處催刀尺，構成了生命時節的和聲。

　　純粹的音樂記號因爲其抽象性，所以提供想像太多聯想的餘裕，既表現了意志的自由，也迫使意念幽閉在內在自由的想像之中。音樂跳脫視覺形象的執著與框限，直接呼應生命綿延的交響樂，是最貼近生命內在律動的意象，但是也喪失了視覺意象的簡易明白。〔註31〕所以純粹的音樂意象，並不在本章的議題之內，只是權借音樂的特徵，作爲意象分類的指標。〔註32〕

〔註29〕〔元〕張性撰《杜律演義》云：「白帝城有白帝樓，又有最高樓，在夔州，公孫述所築，據蜀自稱白帝。」見葉嘉瑩，同前註，頁 158。

〔註30〕〔清〕邊連寶撰《杜律啓蒙》云：「先砧杵而後刀尺，先刀尺而後寒衣，二句是倒敘。……末聯是當授衣之辰，而自傷遊子無衣之意。言處處者，以見己之獨不然也。」葉嘉瑩按曰：催刀尺，急暮砧，寫客子淒寒之感，而懷鄉之情，盡在言外，此所以次章接言望京華也。同前註，頁 164～5。

〔註31〕G. F. W. Hegel, Werke. Bd.15. SS.137～159。

〔註32〕和音樂意象相關的研究，學者多半著眼於樂器所發出的聲音或經由聽覺器官所接收的聲響，且多以「聲音意象」或「聽覺意象」名之，

以杜甫〈夜宴左氏莊〉爲例，詩云：

　　林風纖月落，衣露靜琴張。暗水流花徑，春星帶草堂。

　　檢書燒燭短，看劍引杯長。詩罷聞吳詠，扁舟意不忘。

這首詩以連續的圖畫意象，表現生命的旋律。詩人以一幅一幅圖畫小品爲音符，表述生活的動靜張弛，譜出生命的樂章。「林」雖然只是普遍概念，並無特殊具體的指涉，但它標示了一想像視域的據點。「林風」卻不屬於視域，尤其無法在一幅圖畫中充分顯現。最少兩幅林的想像視域裡的構圖，安排於一歷時的線索上，風的存在才得以表現。以上是以圖畫意象爲據點，透過追憶的統攝能力，將林間風動呈現於想像的視域，進而譜在讀者心間的生命旋律。然而因爲其間圖象經過語言的簡化，我們無由想像林風的細節，所以計度生命歷程的林風，僅僅表現了最基本的音樂語言：節奏。

　　「纖月」與月下的樹林，原本僅是圖畫意象的形構要素，但「月落」表述的時間性，使前述個別圖畫意象得以貫通。所以繼前述林風的節奏，我們又有了月落的節奏。它們之所以只是節奏，因爲語言使得這些意象相對抽象，只實現了單純的象徵作用。

　　「衣露靜琴張」〔註33〕似乎表述著「靜態」，因此與表現生命動態的音樂意象無關。其實不然，因爲「衣」所標示的視域據點表現爲「衣露」，必須預設一段時間的歷程。這裏可以借李白的〈玉階怨〉：「玉階生白露。夜久侵羅襪。」兩句來說明。李白的句中用「生」字而不用「有」字，因爲「生」有增加的意思，表現了夜晚氣溫下降，

如侯迺慧〈論杜詩的聲音意象及其心理意涵〉一文指出：「杜詩中出現最多的聲音形象是歌聲，一共有七十三次之多，其中有三十五首是杜甫自幾的歌聲。」又如陳清俊〈「落花啼鳥紛紛亂，澗戶山窗寂寂閒」─試論王維山水詩中的聽覺意象〉一文，也「以聽覺意象作爲研究的題材，歸納王維山水詩中不同類型的聽覺意象。……希望經由意象聽覺的角度，掌握王維山水詩中的音樂美。」等是。以上兩文皆收錄於《第四屆中國詩學會議論文集》（彰化：國立彰化師範大學國文系編印，1998）。

〔註33〕此句或作「衣露淨琴張」，「淨琴」作「素琴」解。依仇注作「靜琴」。

露水越來越多，越來越濕，越來越重，詩中的女子已在玉階上佇立良久。次句先已點明「夜久」再以「侵」字，表示露水不僅打濕了羅襪，而且透入羅襪之內。李白的詩中，「生」的是白露，寫的是怨情，用「生」和「侵」的緩慢，表現長久的等待和盼望以及等待落空後的寂寞和怨情。而杜甫此詩的「衣露」從未沾濡露水的衣裳，演繹出沾帶露水的衣裳，也必須經歷一段時間，亦即以「衣露」計度的生命歷程，我們姑且稱之為衣露的節奏。

「靜琴」所表述的靜態，也使人產生與表現生命動態的音樂意象無關的印象。但是「琴張」的現象必須預設琴弦由弛而張的歷程，並且預期琴弦由張而弛的變化。恰如休止符也是一種音符，足以完成節奏的表述。因此，我們又有了琴張的節奏。

「暗水流花徑」表述的節奏相當明顯，首先「暗水」釋去了我們對視覺形象的執著，因此我們的想像力不必經由外立的對象，而是經由類比於生命節奏的「水流」節奏，形構我們對生命流逝的省思。

「春星帶草堂」表現的節奏感，主要繫於夜星的升沉流轉。明言「春星」而不僅言「星」，已經藉四時之序的節奏啟示了時間性。因為「草堂」在這一句的形象顯然表述著視域中靜定的據點。然而相對於「春星」的節奏，「草堂」似乎有了異樣的運動速度。「春星」的節奏是生命的節奏，是生滅成毀的節奏，以「春星」的節奏為度，「草堂」生滅成毀已隱然可見。

「檢書燒燭短」表述著相當的動態，「檢書」的動作因「燒燭」所標示的時間度量而得到確認，那節奏必是悠長的。因為「燒燭短」顯示著一段較長的時間過去，而檢書作詩隱約可以令人想見詩人沉吟的節奏。

「看劍引杯長」表述的是一種動作持續的「長」，而不是表示頻度一再重現的「常」。「看劍」可以是一個靜定的姿態，「引杯」也是一持續的動作，本來兩個同時持續著的姿態，看似單純的圖畫意象，然而關鍵在於「引杯長」點出了一段持續的時間。時間過去越久，表

示看劍的時間越久。

　　「詩罷聞吳詠」拋棄了絕對時間的想法。「詩」與「吳詠」，各自攜帶自己的時鐘以計算時間，且彼此不必一致。時空合一的單元事件「詩罷」與「聞吳詠」，其各自的定位皆可以理解，而其理解又在議論中娓娓道盡其時間性自我組建的詮釋結構。

　　「扁舟意不忘」從計時者的觀點「意不忘」，以及裝備「扁舟」裡，確認時間意義的座標。每一時間性自我組建的詮釋結構之理解都有其情味，每一定位「扁舟意不忘」皆可以理解，而對此定位的理解又有「明朝散髮弄扁舟」的墮落表情，此具墮落情味的理解又在議論中娓娓道盡其生命的理解。

　　杜甫〈秋興〉第二的開頭兩句：「夔府孤城落日斜，每依北斗望京華。」依北斗而望的句子，使人宛然如見孤城下一望鄉的遊子，在秋夜的星空下昂首獨立。但是點出邊城遊子所望的京師，冠蓋相望的京華又是另一幅構圖了。兩幅圖畫之間，遊子的鄉愁成為唯一的連繫，懷鄉的事件隱然成形。依北斗而望京華，由兩幅圖畫連鎖而成一懷鄉的生活事件，是為一句敘事詩。每依北斗望京華卻使生活中一段情節，化成一永恆的鄉愁，詩人已脫離單一的懷鄉事件，將遊子承擔的鄉愁提煉為一段不息地追想。生命既難免離別的宿命，懷鄉的愁緒豈不是徒增傷悲，而遊子卻每依北斗望京華，體現了一種無謂的癡情，一種不息地承擔，承擔著常存的憂懷。〔註34〕依北斗而望京華的事件不再是生活的片段，而是一種維繫生命悲劇意義的，〔註35〕永恆

〔註34〕杜甫觸景傷情，念念不忘京華舊夢，這種放不開的癡情，參照輞川的王維，與自然景物混同，那種透徹的了悟，形成鮮明的對比，表述了截然不同的人生觀。請參考羅師宗濤〈輞川集中王維、裴迪詩作異同之探討〉收錄於《中國文學史暨文學批評學術研討會論文集》（臺北：政治大學中文系，1996），頁16。

〔註35〕我們對悲劇 tragedy 的看法受到尼采 Fredrich Nietzsche 的啟發，他認為希臘悲劇源自過度豐盈的生命力，因此窮其畢生之力熱戀生涯的苦難。其戲劇的表現就是以虛構的生活事件，展現位格化主角在人生歷程中，與永恆不變的命運不息的對抗，藉以表現內蘊的生命意

的承擔與夢想。

〈秋興〉第二的頷聯：「聽猿實下三聲淚，奉使虛隨八月槎。」出句「聽猿實下三聲淚」乍看好似並非圖畫意象，卻著實奠基於視覺意象之上。首先「猿」已提供了非常醒目的視覺對象，〔註36〕而「聽猿」雖有「聽」字卻並非聽覺意象，反而是以線為基礎素描聽猿的姿態形貌。〔註37〕其餘如「下淚」當然是鮮明的視覺意象，而所謂「三聲」，只是使傾聽猿鳴的姿態得以持久。當然，我們也不必否認「聽猿實下三聲淚」句裡，繚繞不去的音樂意象，但是這縈迴耳際的節奏，仍舊依存於上述的視覺意象的斷續。

「奉使虛隨八月槎」句裡，「奉使」的情節當然是一幅躍然紙上的圖畫，〔註38〕而以線為基礎〔註39〕「槎」的圖畫意象更無容置疑。「奉使」的情節需要複雜的圖示，「八月槎」是其中重要的道具。「奉使隨八月槎」的情節可以漫畫式地表現，但「虛隨」的「虛」卻超乎圖畫意象，難以視覺意象描寫。其中的枉然之意，實在圖畫之外。將這種枉然直以「虛隨」點出，關鍵在於「虛—實」這一對概念。〔註40〕「虛—實」可以泛指任何虛實的視覺意象，但是與枉或不枉的判斷難以相聯。詩人以直陳的判斷抒情，或許意謂表現方式的窮促，因而失了詩意。

聽猿聲而下淚，構成一生活事件，所以是以事件為表述的詩句。但是猿聲並不在此連環圖畫之中，飄逸於此深秋寒天薄暮的巫峽巫山之間，猿鳴聲聲不絕，無法捉摸卻又繚繞不去，因而激起生命旋律的共鳴，聽猿聲不絕於江上峽間，使人感於生涯無常，前途曖昧難明，遂而潸然淚下。聲聲不絕的猿鳴，貫穿了孤城下遊子傾聽的圖象與遊子潸然垂淚的圖畫，以凄清哀鳴的主旋律，應和了孤城下遊子垂淚的

志。請參考 Friedrich Nietzsche，Die Geburt der Tragödie. §1。

〔註36〕object，既是對象，也是客體，還是普遍概念「物」。

〔註37〕潘天壽，《潘天壽談藝錄》（臺北：丹青圖書，1987），頁76。

〔註38〕action，使人聯想舞臺上的術語。

〔註39〕潘天壽，《潘天壽談藝錄》（臺北：丹青圖書，1987），頁76。

〔註40〕concept，概念不是靜態的成果，它還有人類認知活動的動態涵意。

歷時性事件，共同譜成了一段生命的交響曲。

奉使是一事件，隨八月之槎亦是一事件，但是這兩個事件運動的方向相反，表述了生涯的兩個流向。奉使離京是鄉愁的起點，乘八月秋槎返回天鄉指向歸鄉的圓滿結局。奉使離京而終於歸鄉夢斷，即使確有神話中的天河槎，〔註41〕亦無法隨之返歸帝鄉，遊子終於隔絕於異鄉的邊城，陷落生命的疏離宿命。詩人明言虛隨八月槎，已知歸鄉夢難圓，看似世故的通達，其實卻是因絕望而生出的虛無情懷。

〈秋興〉第二的頸聯：「畫省香爐違伏枕，山樓粉堞隱悲笳。」出句「畫省香爐違伏枕」又是兩幅小品湊合成的畫面。「畫省」相當具象地呈現了樞要之地的景象，更藉「香爐」如此以線為基礎的細節素描，〔註42〕點染雍容的畫面。「伏枕」依然勾畫可以呈現於想像視域的素描，但是「違伏枕」卻很難歸入視覺意象的範疇。湊合在同一想像畫面的兩幅素描小品之間，存在著一種因果關係。因果關係乃是一種抽象的判斷，「違」的判斷雖然不是無法以具象的視覺意象表現，但是要將「畫省香爐」與「伏枕」兩種生存狀態的相違表現出來，卻極難以視覺意象呈現出來。所以僅就兩幅素描小品之間，因果關係的表現來說，直接將相違的判斷說出來，和前述的〈秋興〉第三的「信宿漁人」等句一樣，也許如鍾嶸《詩品・序》所說：「……若但用賦體，患在意浮，意浮則文散。」都是直說，則詩意太淺，太淺了就容易散漫。而太多詩人直接的判斷，亦有失風流蘊藉的詩意。〔註43〕

「山樓粉堞隱悲笳」句中，「山樓粉堞」是鮮明的視覺意象，甚至在白描之外稍稍著色。色彩在畫面上受線的支配，所以山，樓，堞的輪廓才是要點。「笳」如一幅以線為基礎的細節素描，〔註44〕但是

〔註41〕典出張華《博物志》，言海上浮槎八月來，乘之可至天河。
〔註42〕潘天壽，《潘天壽談藝錄》（臺北：丹青圖書，1987），頁76。
〔註43〕符號如何能夠遮蔽/揭露真實相？關鍵即在於是否能啟發想像。如果某一物無法被用來說謊，則此物將無法說出任何真理，事實上，它根本無法說出任何東西。Umberto Eco, A Theory of Semiotics, p.7。
〔註44〕潘天壽，《潘天壽談藝錄》（臺北：丹青圖書，1987），頁76。

「悲笳」卻難以歸入視覺意象，而「隱悲笳」之隱尤其難。所以似乎難免逕以「隱悲笳」爲音樂意象，因爲我們可以將「悲笳」直接轉譯爲音樂意象。然而音樂意象並不是由詩句字面的音響字眼決定，下文將申論音樂意象如何依存於圖畫意象，所以此處僅先作一消極性的界定。

「隱」其實正是由想像的視域隱逝，只是它並非透視法裡的隱逝點。光線的隱逝乃從第一句「夔府孤城落日斜」而來，日光在詩人的追想沉吟裡逐漸隱沒，萬物的形影於是朦朧，即使眼前有笳也難看得眞切，更何況「悲笳」存於山樓粉堞之內，詩人早以目擊者的觀點表明了「悲笳」的不可見。如果輪廓的線條不是那麼明確，如果形貌有些模糊，宛如將隱逝於陰影裡，應該可以避免形象的乾枯與呆板。當夜晚來臨，詩人漸漸被奪去了繪畫所需的光，隨之失去了他的彩筆，僅於星月微光下影影綽綽的輪廓。此時他只好將笳聲直接說出來，甚至直抒其悲。

如果從音樂意象與圖畫意象的依存關係來看，「山樓粉堞」鮮明的視覺意象缺了與之呼應的一端視覺意象，所以連「山樓粉堞」視覺意象的隱沒都無法點出。如果不連繫到第一句，「隱」的意象都無法婉轉引出。所以「隱悲笳」幾乎是詩人失去畫筆之後，直接而主觀的報導。

畫省香爐構成一幅昔日京華的圖畫，〔註45〕它表述了前文鄉愁的原點。伏枕衰病的景象又是另一幅圖畫，描寫的是今日流離的景況。違是乖違隔離，兩幅圖畫的關係乃乖違隔離。與畫省香爐的京華相違是結果，原因則是流離中的衰病。一種疏離隔絕的生存狀態說明了兩幅圖畫的關係，由是構成了一句敘事詩。詩人並非爲了報導事件而寫這句詩，乖違的狀態否決了流離遊子返回京華的意願，指出衰病

〔註45〕省署以粉畫之，謂之畫省。尚書郎入值臺廊中，給女侍史，執香爐燒熏，以從入臺中，給使，護衣服，奉事明光殿省中。見葉嘉瑩，同前註，頁 200～1。

是不克在京的原因，正說明了原意本願在京也。敘事詩因否定詞的介入，達到了抒情的效果。

從遊子獨立夔府孤城的追想，視角上仰而望北斗，由北斗遙指京華故園，再縱觀夔府孤城與冠蓋京華之間的疏遠隔絕，一幅一幅的圖畫往復交迭，譜成遊子癡戀故園的悲劇。所以事件的焦點又從嚮往京華重回夔府孤城，城下遊子反顧孤城的望樓與城堞，但是吸引我們注意的不是城樓與粉堞，它們都在影音介面上逐漸淡出視域，甚至連視域亦已淡出。山樓粉堞所建構的舞臺上，悲笛正在上演，但是主角卻擅長隱身的演出。〔註46〕原本非視覺形象的音樂，將我們的想像從圖畫的框框引渡到框外不受視線監察的音樂意象裡。但是這兩句詩在圖畫意象的連綴節奏上，顯得模糊。因為構成節奏感的圖畫意象端點，在視線節奏形成之前已經消失。

笛聲隨暮色而起，笛聲隱於山樓粉堞，山樓粉堞隱於夜幕，夜幕低垂，夜月漸昇，日與夜交迭的節奏低沉而緩慢。一時因暮色昏暗而隱去的影象，如今再度浮現，視覺形象的世界重回意象的舞臺。「請看」二字重啓我們想像的眼睛，月光映照眼前石上藤蘿，想像的視域從一點玉露放出去，遼遠瀰天地。如今再由天邊京華，而夔府城樓，而眼前階下，而月下一帶藤蘿。杜甫〈秋興〉從第一首玉露凋傷楓樹林的圖畫，經歷幾許生涯的交響曲，而今重回一幅月下石上的藤蘿圖畫。

洲前蘆荻花又成一幅月下風景，前句石上藤蘿月，倏忽間已映在洲前蘆荻花上，月夜的風景歷時流轉，流過的不僅是月光，更是絕不回頭的生命。一月之下，先是石上藤蘿，再及洲前蘆荻，兩圖之間的差異讓人想見光陰無聲息無形影的腳步，而此光陰的足跡猶生命無聲的空谷足音。前後兩幅月下風景，譜成一闋生命的月光曲，此即多元時間度量事件的最佳範例。

〔註46〕葉嘉瑩先生同意「隱」字有周遮隔絕之意。同前註，頁210。

第三節 多元時間度量事件

亞里士多德（Aristotle）所說的「事件」，是指對人的行動和生活的摹仿。〔註47〕「摹仿」既不指惡意的扭曲和醜化，也不是照搬生活或對原型的生吞活剝，〔註48〕而是一種經過精心組織的，以表現人物的行動爲中心的藝術活動。〔註49〕亞里士多德以客觀化的運動爲思考時間之基準，主張有一個具有優位的靜止狀態。在此前提之下，界定了摹仿人的行動和生活的「事件」。本文採取不同於亞里士多德的時空觀，所以「事件」的定義也自不同。

牛頓的運動定律已足以否決亞里士多德的絕對空間。若採取相對論的觀點，則可進而消除牛頓與亞里士多德所相信的絕對時間理念。如今爲了表述時空合一的單元理念，我們宜先重新界定所謂「事件」。事件即空間中一特定點與時間中一特定點共同標定的事物。「事物」則意謂從事於務的歷程與結果。時間性自我組建的詮釋結構：理解、定位、墮落與議論皆符合事件的定義。上述事件的更新定義，可以幫我們解脫任何模擬古典物理學的世界觀，提供我們更生動的時間軸線，使得詩學的議論更貼近詩歌所表述的生命意義。

以杜甫〈秋興第三〉詩句「信宿漁人還汎汎」爲例，具象的元素

〔註47〕在亞里士多德的哲學體系中，乃至古希臘的文藝理論中，「摹仿」是一個重要的概念。一切的藝術都是「摹仿」。包括詩在內的各種藝術都是摹仿藝術，而包括詩人在內的藝術家都是「摹仿者」。請參考亞里士多德《詩學》第1章。

〔註48〕藝術源於生活，但不必拘泥於生活。藝術作品可以表現作者的主觀意向，藝術摹仿（或表現）不僅可以，而且應該高於生活。請參考亞里士多德《詩學》第6章。

〔註49〕畫家和雕塑家摹仿人和事物的外形，優秀的造型作品應能準確地表現原型的色彩和形狀，音樂可以摹仿，好的音樂本身即可體現正確的原則，因而是對美的趨同。舞蹈以節奏摹仿，可以再現生活，舞姿和旋律可以反映人的精神面貌和道德情操。詩和繪畫、雕塑等藝術一樣，有著寬廣的工作面。換句話說，「摹仿」是藝術的共性，而不同藝術之間的差別在於：摹仿中採用不同的媒介，取用不同的對象，使用不同的方式。請參考亞里士多德《詩學》第1章。

是「漁人」，而漁人之「還汎汎」構成了情節，此一情節的時間經詩人標明：「信宿」。但是「還汎汎」與「信宿」都不是由圖畫表現出來，而是詩人提示的時間刻度。僅就詩句的圖畫意象來看，我們只得一幅漁人浮舟汎汎的景象。我們不妨回顧上述的評論：藝術家的目擊固然可貴，但是終究只能存於鏡中的反射。〔註50〕直接將詩人的感受與判斷說出來，恐怕還是失了風流蘊藉的詩意。詩到底是一種運用語言的媒介，營造意象以寫意的巧藝，若事事直接由詩人道盡，則詩如何成就其獨特性？〔註51〕

〈秋興第三〉詩「清秋燕子故飛飛」句裡，「燕子飛」帶來素描的小品，「燕子飛飛」也加強了視覺意象上層疊的效果，可能是「燕子飛」的素描歷時性出現，也可能是其共時映現，它所造成的效應都依存於原始的那幅「燕子飛」。至於詩人表述的「清秋」，則不免存在著上述所謂，失了風流蘊藉詩意的問題。

綿歷的時間使一幅幅圖畫變成一連串的情節，漁人泛舟是一幅圖畫，信宿標示了事件的時間性序列，每一幅圖畫的意義都存在圖畫之外。詩人看見漁人之舟是圖畫意象，詩人對於漁人信宿在舟，舟歷長夜猶在江上的認知則表述了一件生活事件。漁人經歷一夜捕魚的工作，到天明仍然未去，持續泛舟捕魚的活動，此一認知建立在詩人對於不在目前的景象的確認，漁夫泛舟江上是一幅圖畫意象，但這幅圖出現在昨夜，又出現在今朝，認知這件事的詩人是目擊者，所以反映出詩人一夜未眠，佇立江樓癡癡的凝望。詩人信宿未歸，凝望樓外江上的姿態與情節，由信宿漁人還泛泛的敘事詩句倒映在我們心中。

〔註50〕在第三章曾論述 Jan van Eyck 在 The Betrothal of the Arnolfini 畫中的留言 Johannes de eyck fuit hic，乃藝術家作為完美目擊見證者自覺的典範。Gombrich, p.180。

〔註51〕「詩歌和散文不同，散文只須說明就可以了，詩歌則不行。……詩歌要求它的每一個形象、每一個詞、每一個字的品質都集中起來傳達出一種感動。」參見葉嘉瑩先生，《好詩共欣賞》（臺北：三民書局，1998），頁31。

　　燕子飛又是一幅圖畫，但是清秋燕子故飛，則是一事件。燕子並非無目的的飛翔，清秋時節點明其故，所以燕飛圖蘊涵著時節與歸思。晨曦裡詩人佇立江樓，只見朝暉遍滿千山，江樓四圍盡是青青山嵐，江上漁舟信宿，詩人獨立樓頭，見燕子飛迴而倍增秋意。意象的焦點先是靜峙的天空與群山，繼而收回來在猶如天空與群山般靜立的江樓與樓中人。日日與信宿等歷時性的因素，加深了樓中人癡望的意象，這不是一兩幅圖畫能表達的癡心怨望。歷時性因素的介入使得生命的情調更容易表現出來，它常使圖畫轉變成事件，主體的內心情意藉著生活情節更容易得到完整的表現。日日與信宿還只是以日夜為時間的單位，春秋則提供了更長遠的時間想像媒介。

　　〈秋興〉第三首呈現多重的世界，而且是動態的歷時態的世界。其中繁複的圖畫意象，履行著它們生命計時器的形構原理，即以多元時間度量事件表現生命的多元多重向度。探索這些圖畫意象反映出來的情懷，應該有助於我們理解這些意象形構的原理。

　　然而〈秋興〉八首所形成的組詩，特別彰顯了詩人在圖畫意象方面，布局虛實疏密的功力。但在時間表述方面，該組詩並不見長。從組詩的角度觀察，〈詠懷古跡五首〉的表述形構或許更能彰顯杜甫在時間表述方面的特質。

　　以杜甫〈詠懷古跡五首〉其一為例，曰：
　　　支離東北風塵際，漂泊西南天地間。
　　　三峽樓臺淹日月，五溪衣服共雲山。
　　　羯胡事主終無賴，詞客哀時且未還。
　　　庾信平生最蕭瑟，暮年詩賦動江關。

這組詩題為〈詠懷古跡五首〉，顯示這詩以空間想像營構的視域—「古跡」，古跡猶如歷史的墓碑，時間的沉積賦予這空間特殊的意義。從詩題開始，即以空間想像為基礎，向廣漠的虛空拋出時間想像的線索，因為「跡」所指涉的不管是單純的足印也好，文物也好，或某一處所，在「古」字所蘊含的無法計量的久遠，和這無法計量的久遠中

無法計量的記憶，「古跡」才由泛泛的空間想像中突顯出來。所以，雖然經過三重的形構而成圖象的布局，但詩意不得不向時間的向度蔓延。首先，單就「支離」與「漂泊」原本未能形成時間度量的線索，在加上事件以風塵「際」與天地「間」收尾，時間的想像才注入空間想像的領域中。

頷聯的日、月、溪、雲等意象元素，原本具有時間想像的向度，「日」的出落、「月」的圓缺、「溪」水流逝、「雲」朵飄然，在物象基礎上還多了時間想像的潛能。但是這些具有動態和方向的意象元素，因為「淹」、「共」等狀態的約制，模糊了時間流轉的想像。頸聯「終無賴」與「且未還」本來分別指向時間過去與未來的向度，但是兩句的否定詞「無」與「未」，反而截斷了時間向過去與未來延展的線索。否定詞在這裡否定了外在情境「終賴」和「且還」的實在性，這外在情境虛擬的第一層是「終賴羯胡事主，所以哀時詞客未還」，第二層是「羯胡事主終無賴，所以哀時詞客且還」，然而前兩層虛擬的情境在兩個否定詞的介入，層層翻轉，結果是「羯胡事主終究無賴，而哀時詞客仍且未還」，時間的想像又被限定於現在，而且當下的生命滯礙難行，成為原地打轉的狀態。

末聯裡庾信的「生平」與「暮年」似乎透露了時間想像的線索，但是庾信的生涯也因無法歸鄉而凝結成空間的意象。然而由於庾信故事的歷史節點，時間想像的軸線還是得以成形，詞客當下的流離與庾信昔日的蕭瑟，各自標示著空間想像的端點，而南北朝的庾信與中唐的杜甫， 〔註52〕 類同的遭際在映比間恍惚可以瞥見時間的軸心。

根據上述意象形構的解析，我們可以映比〈詠懷古跡五首〉其一

〔註52〕論唐人詩者，如元・楊士弘《唐音》，每分唐代為初、盛、中、晚。盛唐自玄宗開元元年至代宗永泰元年（713～765 A.D.）中唐自代宗大曆元年至文宗太和九年（766～835 A.D.）。一般文學史將杜甫隸屬盛唐詩人之列，此處說「中唐」，非有意標新，而是杜公此詩若如年譜所繫，成於杜公晚年，即代宗大曆元年（766 A.D.），則謂之「中唐」似無不可。

的表述特色。詩中的時間意象不僅被壓縮，而且少數的時間線索又只是形成單調的線段。基於時間性的延展是生命的根本視域，因此我們可以確認上列意象所表現出來的是生涯的困局。雖然時間的線索呈現扭曲與壓抑，但是時間奇異的向度仍然可以營構另類的時間想像，因此表現了別有深意的敘事手法。如此我們才可以進而申論第五重意象形構，亦即以事件為媒介的表意活動。

又如杜甫〈詠懷古跡五首〉其二曰：

> 搖落深知宋玉悲，風流儒雅亦吾師。
> 悵望千秋一灑淚，蕭條異代不同時。
> 江山故宅空文藻，雲雨荒臺豈夢思。
> 最是楚宮俱泯滅，舟人指點到今疑。

「懷」所蘊涵的懷古之意，依乎詩人的史觀史識。「搖落」不僅是空間裡的運動，同時案諸宋玉《楚辭‧九辯》云：「悲哉秋之為氣也，蕭瑟兮草木搖落而變衰。」提示了宋玉對於秋景的描述。「千秋」、「異代」、「不同時」等詞也都表述了時間的向度。

我們所關心的是時間的度量，「搖落」的木葉以其飄墮的存在樣態，標示了相當短促的時間，草木從生長到凋萎，那是僅僅春秋間的生涯。「千秋」、「異代」是抽象的時間計量單位：以年代作為長間距時間的度量單位，幾何式數量的單純累計表述了相當長的時間。總之，以古人今人存在為對照點，所表述的時間度量，因為兩位格間相知相望的關係，時間產生壓縮的現象。這些詩句所以能夠承受壓縮的時間度量，乃是因為作為時間度量的兩個端點，即「今」人與「古」人本來在視域中並不是共存者，但在位格關係的抽象思維裡，他們一時俱現了。

望見「江山故宅」之「文藻」的宋玉，原是時間度量明確的起點，但是因為宋玉的缺席，所以時間度量的一端成了懸疑。「雲雨荒臺」的襄王與神女，本來也可以看成時間度量的起點，但是在人們的理智上，習慣將它設定為虛擬的神話，一旦視為神話，那麼神話中時間的

游移不定，也失去時間度量和做爲時間起點的可能性。「楚宮」若非「泯滅」，也應視爲時間度量的起點，然而既已「泯滅」，也無從估算其成毀的時間間距。唯一明確的是「舟人」的「指點」，說明「到今疑」的懸而未解。相對於上述抽象的時間端點，後四句的時間論述反而以具象的端點，去擬定時間度量的刻度。但是具象端點的遠端一旦化爲虛擬，則時間的論述將迥異於上四句壓縮時間度量的表述，渺遠的時間度量起點使計時器的經歷因不確定而渙散。暈開來的時間尺度會放大計時器的經歷，提示更深沉的滄桑。

再如杜甫〈詠懷古跡五首〉其三曰：

　　群山萬壑赴荊門，生長明妃尚有村。
　　一去紫臺連朔漠，獨留青塚向黃昏。
　　畫圖省識春風面，環佩空歸夜月魂。
　　千載琵琶作胡語，分明怨恨曲中論。

前三重意象形構的意旨繫於時間的度量，而時間的度量在於計時器的選擇。例如「群山萬壑赴荊門」，擬似人的「群山萬壑」即爲度量赴荊門活動的計時器，我們將群山萬壑當作人，再以人的活動作爲時間度量的基準，則群山萬壑的活動幾近於靜止。

再如「生長明妃尚有村」句中，「明妃」的生長即表述著時間的節奏。「一去紫臺連朔漠」句中，「一去」的姿勢竟成爲計時的儀器，如此表現了某一決定性的瞬間。「朔漠」的空間意象終結了時間想像的綿延，「紫臺連朔漠」與一去之姿相映，同時表述著時間意象在空間視域裡的定格。「獨留青塚向黃昏」句中，「青塚」所承載的時間度量一方面與群山萬壑類似，因爲它們同爲大地的一部分。另一方面，「青塚」作爲死者的居所，標示著時間線索的終結。

「畫圖省識春風面」句中的時間，藉「省識」的活動表述爲一瞬之間。但是由於「畫圖」上的「春風面」是明妃身體形象的反映之象，「省識」所表述的瞬間似乎在重複自我反映下，化爲永恆的凝視。「環佩空歸夜月魂」句中，表述位格的「環佩」以及隱喻位格的「魂」，

在否定意義的字眼－「空」承載的反作用力之下，從視域中退卻，隱身於類比死亡世界的黑暗中。在夜色掩映下，如果視覺無從感知「環佩」的形色，讀者認知「環佩空歸」的可能性只有建立在音響的預設上。而此句時間度量的儀器是則是光，是「夜月」的流光。

最後我們看到此詩唯一明確的時間度量，「千載」乃以「載」作爲明確的計時刻度，另一可供計時的儀器「琵琶」反而受到千載的制約。「載」的明確計算刻度，以及「千載」所表現的想像度量，產生有趣的矛盾。因爲「千載」的超級量度，時間想像的線索從空間化的幾何學模擬視域中散失，甚至因此取得了普遍性的涵意。

杜甫〈詠懷古跡五首〉其四曰：

> 蜀主窺吳幸三峽，崩年亦在永安宮。
> 翠華想像空山裡，玉殿虛無野寺中。
> 古廟杉松巢水鶴，歲時伏臘走村翁。
> 武侯祠屋長鄰近，一體君臣祭祀同。

如果從「蜀主窺吳幸三峽」一句看第四重的意象形構，此句僅提供了時間想像的一個端點。關鍵在於「窺吳」這個姿態，以及「蜀主幸三峽」的歷史標點。而「崩年亦在永安宮」又提示了另一個歷史標點，同時因爲「崩年」所指涉的死亡，所以正好作爲時間線段的終點。從蜀主窺吳到崩於永安宮，時間的節奏相當短促，可見詩人在這裡企圖表述生命的短暫。

「空山」之虛無，「翠華」之虛擬，使「翠華想像空山裡」一句的時間表述因虛擬而抽象，因抽象而擬於永恆。「玉殿虛無野寺中」時空異位的虛擬與錯置，營構圖畫意象之層疊輝映，同時也以想像留住了原本虛無荒頹的玉殿，於是在此也彷彿表述著永恆的時間。

「古廟杉松巢水鶴」提示的是水鶴的平居，亦即以水鶴的生命度量時間。「歲時伏臘走村翁」句中，村翁的生活無疑承擔著時間的度量，而「歲時伏臘」也提示了人間一種客觀的時間線索。

首聯短促的時間節奏，在次聯的虛無想像裡幾乎靜止，且靜止爲

永恆。至於此聯，時間的向度又呈現新的線索。第一是平居無事的慣常向度，第二是水鶴與村翁平凡渺小的生命所承載的時間內涵。

「武侯」與蜀主的生命內涵當然超出村翁水鶴許多，但「武侯祠屋」所提示的日常時間向度則無殊。因此在前後生命內涵強烈的對比下，古廟鶴巢與「武侯祠屋長鄰近」同樣的日常性，表現了詩人對生命恆常性的了悟。最後一句「一體君臣祭祀同」，可以說只是此一表述策略的延續與增強。「祭祀」的宗教意義，以及其所暗示的神話世界，使時間的永恆形象再度顯著。

〈詠懷古跡五首〉其五曰：

　　諸葛大名垂宇宙，宗臣遺像肅清高。
　　三分割據紆籌策，萬古雲霄一羽毛。
　　伯仲之間見伊呂，指揮若定失蕭曹。
　　運移漢祚終難復，志決身殲軍務勞。

「宇宙」所提示的時間度量，因其深具普遍性的意義，所以意謂著永恆。「大名垂宇宙」，垂布的靜態意涵更加強了永恆概念中，絕對不變的意義。「遺像」與「身殲」否定了承載生命徵象的身體，但卻以死亡後不滅的身體形象，表述其于生存時間軸線上的永恆。遺像而能「肅清高」，復以靜態加深其永恆的意象。

「三分割據」同樣以靜態的表述，加深其時間想像的永恆向度。「紆籌策」「軍務勞」以類比於平居無事的慣常向度，表述生存時間軸線上的永恆。「萬古」提示了人間一種客觀的時間度量。雲霄裡「一羽毛」所表現的虛無意象，以幾乎靜止的樣態表述存在的虛無，其虛無的存在樣態指涉幾於靜止的時間度量，而此虛靜的樣態則彷彿其永恆。

「見伊呂」與「失蕭曹」，藉歷史人物標示時間度量的端點。而諸葛能與其相提並論，而且透過「見」與「失」兩介詞，諸葛與過往的歷史人物在時間的軸線上相望相失，如是形構時間想像的自我指涉的效果。

　　「運」與「祚」屬於乃以歷史判斷來度量時間，暗喻著一種超理性的天命觀，猶如紂王在殷之末世竟謂：「我生不有命在天。」〔註53〕項羽在垓下還能堅持：「此天之亡我，非戰之罪也。」〔註54〕這種超理性的天命觀，類比於絕對的時空事件，作爲人間相對時空的衡準。

　　〈詠懷古跡五首〉這一組詩，藉著繁富的名物，多元的主詞與位格，虛實疏密變幻莫測的構圖，不拘一格的敘事節奏與旋律，形構了「多元時間度量事件」。「多元時間度量事件」並非排除了絕對時空這一組概念，而是將其納入詩學詮釋的多重意象結構裡，使得詩意透過多元的時間軸線，而且不限定直線式的時間想像，表現出生命的省思。

〔註53〕《尚書·西伯戡黎》。
〔註54〕《史記·項羽本紀》。

第五章　述往思來

　　第五重意象形構所要論述的內容是以事件為媒介的表意活動。所謂「事件」，就是空間中一特定點與時間中一特定點共同標定的事物。事物則意謂從事於務的歷程與結果。從事於務的歷程與結果即在於時間的闡釋，是詢問存有 Sein（Being）之際超驗的地平線（des transzendentalen Horizontes）。人透過時間性掌握與詮釋他在世界中的存在意義。〔註1〕

　　時間性自我組建的詮釋結構是：理解，定位，墮落與議論，這些皆符合事件的定義。因為言詮表述的組建行動，事件在時空中虛擬的現身才能得到完全的展布，言詮的時間性遂居於樞紐的地位。〔註2〕所以詩在時間性的地平線上展開自身的論述，從而度量詩句中蘊涵的時間性即時間自我詮釋的組建行動。

　　以詩在時間性的地平線上展開自身的論述為前提，第五重意象形構其實是整合了前述四重的意象形構，所以我們可以從事件中分析出「道具」、「角色」、「舞臺」以及「主旋律」，然後事件結合為一齣「戲劇」。第五重意象形構的元素可統稱之為「歷史」，這「歷史」是指作為意象媒介的「歷史」，是作為詩人寫作「素材」的「歷史」，而不是

〔註1〕Martin Heidegger, Sein und Zeit,（Tübingen： Niemeyer 1993）S. 235。
〔註2〕Martin Heidegger, Sein und Zeit, S. 349。

過去某一段時間某些人想像「重現過去事實」的「歷史」。

　　「歷史」也是一種事件的表述，我們依據時間與空間合一的時間觀，命之曰事件。然而歷史不涵蓋所有的事件，中國古代的歷史觀常依乎春秋，而《史記》也足為歷史著作的典範，所以下文先就此兩點展開論述。

第一節　歷史的定義

　　中國史學傳統所謂「歷史」，可以藉《史記·太史公自序》的看法作為理念原型：

> 周道衰廢，……孔子知言之不用，道之不行也，是非二百
> 四十二年之中，以為天下儀表，貶天子，退諸侯，討大夫，
> 以達王事而已矣。

　　中國古代歷史論述的首要原理源自周道衰廢，所以自始歷史論述就具有其理想性，也就是重現周文的理想。

　　周文理念深繁，且不需在此詳述，唯應可以確認的是：歷史論述的目的在於「義」。《史記·太史公自序》又云：「……春秋以道義。撥亂世反之正，莫近於春秋。」而所謂「義」是撥亂反正的理想，「道義」則是撥論反正的活動自身。

　　撥亂反正的目的在於重建人間理想的秩序，即《史記·太史公自序》所云：「……故春秋者，禮義之大宗也。」就《史記·禮書》所云：「……乃知緣人情而制禮，依人性而作儀。其所由來尚矣。人道經緯萬端，規矩無所不貫。……所以總一海內而整齊萬民也。」所謂禮義，終極目的就是能整齊萬民。

　　既然歷史的論述根源於理想，就不能不有是非褒貶。歷史論述的第一原理在於秉持文化理想，對歷史人物進行是非褒貶。所以歷史論述難免多以建立秩序與秩序隳墮的事件為主，演繹歷史中宏觀的時間軸線。歷史論述裡，時間的計算依於其計時器，而萬物皆可作其記述所需的符號。

中國古代歷史論述的次要原理，如《史記·太史公自序》云：「子曰：我欲載之空言，不如見之於行事之深切著明也。」論述之中，是非褒貶必須由事件情節中表現，亦就是說事件情節具體承載著史家的是非褒貶。

所謂具體的事件，包涵上述各意象形構元素。《史記·太史公自序》云：「春秋文成數萬，其指數千。萬物之聚散皆在春秋。」歷史論述的技巧之一，即在於「聚散萬物」。歷史的論述也是文學的論述，如章學誠《文史通義·史德》所云：「雖然，史所貴者義也，而所具者事也，所憑者文也。」義，事，文，可以說是歷史論述的三個元素。如今欲議論其文，則不可不評其事，究其義理也。

「歷史」如果不是單純地「重現過去事實」，那麼則我們必須進一步界定此處所謂「歷史」的意義。從言志的詩學傳統觀之，《史記·太史公自序》所謂：「大抵賢聖發憤之所爲作也。此皆意有所鬱結，不得通其道也。故述往事，思來者。」而所謂「述往事，思來者。」述往的追憶並不是情感的漫遊，回憶的趣向決定於自身生命的構想。一個人對自身生命的設計，表述爲他對未來的構想，也就是上文所謂「思來者」。過去—現在—未來的敘事線索，展現了時間取向的論述企圖。若以《史記》爲典範，其「本紀」、「表」、「書」、「世家」、「列傳」，正顯示太史公時間思維的不同軸線，因而其時間論述的取向有五：

第一，如《史記·太史公自序》所云：「罔羅天下放失舊聞，王跡所興，原始察終，見盛觀衰，……著十二本紀。」《史記》的歷史論述以君王爲主角，表述王跡的興衰始終，乃所謂族姓繁衍的教誨。此第一類論述的時間度量依於「王跡」，其中包涵下列元素：從建國以至亡國的君王，建國至亡國的歷程，以及其間的因果。

第二，《史記·太史公自序》又云：「並時異世，年差不明，作十表。」提示一種客觀計時的向度，在客觀同一的刻度下觀照並時異地的事件經過。客觀與可量化的時間向度，乃漂泊人生所依恃的航海學，齊一歷史咒語歧義的經緯。所謂歷史咒語的歧義，源自歷史事件

不可逆的一次性，逝去的時間乃無可挽回的時間：

現前的時間與過往的時間，或皆顯現於未來的時間，而未來的時間又涵攝於過往的時間。若所有時間恆在現前，則所有的時間都無可挽回。窮盡所有可能發生的往事，僅僅是一個存立於臆想世界裡未息的可能性，一個空虛的抽象概念。即使預言沒有實現，既成的事實惟留無可挽回的遺恨。

第三，《史記‧太史公自序》又云：「天人之際，承敝變通，作八書。」恰如《史記索隱》所云：「書者，五經六籍總名也。此之八書，記國家大體。」爲了鋪陳君王生存的場域，我們需要更爲宏觀的視域。八書編織了相對持久的時間脈絡，將萬事萬物納入他的計算格局裡。以記國家大體的「制度」爲時間度量的儀器，猶如以八千歲爲春，八千歲爲秋的大椿〔註3〕，表現了小知小年所無法觀照的天長地久。這是墓誌銘的救贖，令川流的人生安頓於歸根復命的常度裡。

第四，以王國的生命作爲時間的度量，其實是歷史論述的主流。然而太史公的歷史表述形式，在十表中編織了縱橫交錯的敘事脈絡。在八書裡，太史公又高懸了超越個體生命脩短的度量線索。《史記‧太史公自序》又云：「運行無窮，輔拂股肱之臣配焉，……作三十世家。」於是三十世家以主體位格撐起歷史論述的織錦，原本平板的時間線索重組爲生動的事件情節。後世萬千讀史之人，在夢想的迴路裡召喚歷史上偉大靈魂的遷居。

第五，《史記》洞燭生命與時間的眞諦，王國與家族的生命主體不是時間唯一的度量儀。七十列傳裡的英雄豪傑，各自以其強韌的生命界定了時間的意義，以其卓絕的生活建構歷史的豐碑。此即《史記‧太史公自序》所謂：「扶義俶儻，不令己失時，立功名於天下，作七十列傳。」人間最具創意的人生，只屬於這一群在歷史迷宮裡辯證，

〔註3〕《莊子‧逍遙遊》：「小知不及大知，小年不及大年。……朝菌不知晦朔，蟪蛄不知春秋，此小年也。……上古有大椿，以八千歲爲春，八千歲爲秋，此大年也。」

而流徙於無所藝之大地上的獨白。

上述論述的線索中，以第五條線索對於詩人影響最深。因為詩的素材多為生活的情節，讀者在閱讀中與閱讀後，更體現著一種歷史的軌跡。以上皆可視為「述往事，思來者。」列傳「述往事，思來者。」而主體的身分同時得到解放，凡符合「述往事，思來者。」形式者，即具有歷史意義。

以杜甫〈重過何氏五首〉其一為例，固然從問訊東橋竹到真作野人居，展現一尋幽訪勝的經歷，但故事實際一步步展開。首先就「問訊東橋竹，將軍有報書」觀之，的確是消融前述意象形構而冶於一爐。「橋」、「竹」、「將軍」、「書」這些紛陳的名相，經由能「問訊」者的行動，以語句的形式建立彼此的關係。「我」與「將軍」兩主體，以「東橋竹」與「報書」確立了往還的關係。

從我的問訊到將軍的邀約，時間表述為簡單的音節，兩人互動的情節表現得極為單純。從讀者的立場來看，其中情節的發展並不是時間簡單地流逝，而是過去一段事實的重現。但是詩句顯然表現了詩人的選擇，因為十個字絕不足以重現其間所有的細節。暫且不論詩句背後是否隱涵著深刻的人生哲學，這兩句就是藉著重現過去交往的事件為媒介，表達詩人珍惜友情的心意。

頷聯「倒衣還命駕，高枕乃吾廬。」「衣」「駕」「枕」「廬」作為第一重意象形構元素，提供了視覺想像的基本素材。「倒衣」「命駕」「高枕」與「吾廬」，皆預設著第二重意象形構元素：主體位格。「還」「乃」建構了前後兩幅圖畫中同一主體間的關係。「倒衣還命駕，高枕乃吾廬。」急促的節奏之後，卻繼之以舒緩沉靜的節奏。以上四重意象形構，並非現場實況報導。即使是現場即時的報導，報導之際，事件也已成往事。唯其已成往事，才能夠加以報導。所以前述四重意象形構合組了第五重意象形構的元素，亦即它們共同組構了一椿過往的事件。為了重現過往的事件，詩人拾掇了片斷的意象元素，以重現過往的事件為引，表述內蘊于事件，卻又無法顯露於現象的情意。

頸聯「花妥鶯捎蝶，溪喧獺趁魚。」句中的「花」、「鶯」、「蝶」、「溪」、「獺」、「魚」提供了第一重意象形構元素，「花妥鶯捎蝶」與「溪喧獺趁魚」則各自完成了一幅圖畫。「妥」、「捎」、「喧」、「趁」等介詞鋪排著圖象間的節奏，讀者在閱讀的歷程中，再次重現著詩人對過往事件的表述。

末聯「重來休沐地，真作野人居。」「重來」揭露了全詩的時間基調，亦即「回憶」。「來休沐地」總結了前述詩句的鋪敘，是全詩的主要事件。而「重來」所揭示的意象時間，過去與現在各意象元素間交織進行。

既然歷史議論的單元是事件，而事件即空間中一特定點與時間中一特定點共同標定的事物，所以接下來的議論將以「事件」的主題作爲分類的基準，列舉以事件爲表述方式常見的主題，藉以闡明詩學創作的技藝。但是以歷史事件爲媒介，表述詩人的情志的詩，不同於前一章時間表述形構的詩句。此中「事件」的類型可以名之爲歷史事件，但所謂「歷史」如《文史通義・史德》所云：「史所貴者義也，而所具者事也，所憑者文也。」義，事，文，三者合爲歷史論述的三個元素，史詩即以此爲本也。

魯迅《漢文學史綱要》謂《史記》：「固不失爲史家之絕唱，無韻之離騷矣。」〔註4〕自文學史的角度觀之，《史記》可以立於史詩之林。中國似無荷馬（Homer）的 Iliad 與 Odyssey 型的史詩，但唯有詩可以藉具體的事件表述普遍的眞理，〔註5〕則《史記》可謂中國史詩的典範矣。此即本文議論史詩之所本，而《史記》五重時間度量也是論述的主要線索。

在此特別強調，詩學的這一重範疇，預設閱讀事件的基本能力乃

〔註4〕魯迅《魯迅全集》第九卷（北京：人民文學出版社，1991），頁420。
〔註5〕Aristotellous peri Poiētikēs，（in the Loeb Classical Library, Harvard University Press，1982）p.85。關於詩的定義，若從 Oxford English Dictionary，則 poetry 並不局限於韻文。此爲學術論文，不宜引證到此地步。

「生大歡喜，踴躍無量，身心柔軟，離一切想，除一切障，滅一切惑，所見不忘，所聞能憶，所思不亂，入於無礙解脫之門，普運其心，普見一切，普申敬禮。」(《大方廣佛華嚴經》卷第七十九) 非此不能同時掌握與理解第五重意象形構所整合之事件諸元素「道具」、「角色」、「舞臺」以及「配樂」，如此方能於事件的表述與理解中，將繁富的意象結合爲一齣「戲劇」。下文將由杜詩中，萃取其史詩表述之主題，藉史詩的主題演繹杜甫敘事詩的絕詣。

下文臚列的史詩九主題，並非平行列舉的節目，其間也不意謂著相互排斥的關係。各主題不僅並存共榮，而且可能互相涵攝，但是在議論之際，只好「辯之以相示」。融通各主題以成史詩鉅製，並非本文的主旨。本文反而爲求議論之清明，必須分別列舉，以期達意。

第二節　歷史迷宮裡的辯證

在這節論述中，我們以杜甫詩中攸關「歷史」的作品爲例。首先看〈詠懷古跡五首〉其二的「最是楚宮俱泯滅」句。詩句的主題是遊蕩於古跡迷宮的人生。因爲楚宮「泯滅」，使得「楚宮」這個具體的計時器無法視爲時間度量的起點。原以爲才學文思可以超脫無謂的情欲生命，然而才高如宋玉者亦不免寒傖不遇終其一生，身後名呢？亦不免寂寞。既曰「千秋萬歲名，寂寞身後事」〔註6〕，則宋玉的〈高唐賦〉豈非眞成了夢囈？杜甫的千秋悵望也將漫無所歸。所以此時詩人的憑弔，變成了古跡迷宮裡的漫遊。

「舟人指點到今疑」(〈詠懷古跡五首〉其二) 的主題在於遊魂的辯證。「舟人指點」卻無法解開至今的懸疑，時間論述雖以具體的意象爲端點，界定時間度量的始終，但是具象端點的遠端一旦淪爲虛幻難測的起點，則時間的論述，因爲湮遠的時間度量起點，渙散了時間的尺度。但是詩人並未輕忽那遙遠模糊的起點，反而藉不停的辯證，

〔註6〕杜甫〈夢李白二首〉。

使時間的想像增加了深沉滄桑的幅度。

杜甫〈詠懷古跡五首〉其四曰：「翠華想像空山裡」的主題在於漫遊者的辯證。因爲「想像空山」虛擬而抽象的時間表述擬於永恆，詩人宛如時間的漫遊者，藉想像力徜徉於歷史的博物館裡，自行與古人隨機辯證。「玉殿虛無野寺中」（〈詠懷古跡五首〉其四）的主題成了在時間迷宮裡，漫遊者的歷史辯證。「玉殿虛無野寺中」呈現時空異位的虛擬與錯置，營構層疊輝映的圖畫意象，更是時間迷宮的最佳詮釋。

又如杜甫〈秋興〉第四首云：

> 聞道長安似奕棋，百年世事不勝悲。
> 王侯宅第皆新主，文武衣冠異昔時。
> 直北關山金鼓震，征西車馬羽書遲。
> 魚龍寂寞秋江冷，故國平居有所思。

「聞道長安似奕棋」此句似乎並未給予讀者太多想像的餘地。字面上「長安」僅是一個地名，也就不折不扣是個記號。單純的記號反而允許讀者循多元途徑，連繫自身的想像與理解，例如認它是京城，是黃土高原上的一座大城，是生命的歸宿，是權力的樞紐，甚至是長保平安之意。讀者也可以在腦海浮現轟立蒼天之下的一座大城。

「奕棋」是圖畫式的情節，長安大城與兩人對奕的棋局，兩幅圖畫僅憑詩人的判斷：「似」，我們就應該將兩者的圖象重疊關涉嗎？如果符號的規定只靠專斷的規定，那麼我們就不必講究修辭的技藝了。直接規定記號間的關係，又何須想像的媒介？若是則作者與讀者將同時喪失想像的餘裕。

更耐人尋味的地方在於，詩人既然逕自規定了長安與奕棋的類比關係，爲何又藏頭露尾，將這專斷的姿態轉讓給匿名的他人，由匿名的他人說出，而由詩人被動地聽聞，所以說：「聞道」。這種態度正與前述所謂畫家的目擊意識相反，吾人常說眼見爲憑，如果詩人不是目擊親見，詩人在此豈不成了道聽途說之輩？其實避開目擊意識的迫近和眞切，訴諸傳聞，正是詩人游離於現實之外的表達方式。

「百年世事不勝悲」較上句更加缺乏想像的媒體中介，而只流於作者主觀的感慨。泛指「世事」只不過爲我們的想像提示一共時軸，同樣「百年」則提供了想像的歷時軸。「不勝悲」直接道出詩人的悲懷，草草架構在想像模糊的兩軸上。

長安是一座城的建築，〔註7〕但是長安不是一座普通的城，它還是天下安危所繫的京都，所以長安城的建築之意象其實就是帝國權力的象徵。〔註8〕奕棋是一生活事件，但是此一生活事件在此只是虛擬，似奕棋而已。在權力象徵的建築裡，正有一椿虛構的棋戲在進行，擬似奕棋的情節說明長安這座帝權之都所象徵的內涵，權力的鬥爭與政權的更迭恰如棋戲。〔註9〕

詩人把帝都長安猶如棋戲的生活情節，藉著傳聞的敘事形構，將其權力鬥爭血腥醜惡的現實，置於想像虛無色彩的雲端。〔註10〕將想念的京都置於權力建築的象徵裡，長安承載的歷史記憶沖淡了權力鬥爭的現實。將權力的鬥爭與政權的更迭類比於棋戲，再度疏離了現實的殘酷。最後又將遙遠京都的一切擬諸傳聞，讓我們的想像不知不覺與長安的興衰榮枯都疏遠隔離了。

百年世事正是發生在帝都長安眾事件的概稱，指的是那更迭如棋

〔註 7〕所謂詩詞中的建築意象，最明顯的例子存在於詩人直接表述建築的詩句，藉建築的磚木瓦石，或雕樑畫棟，建構我們視覺想像的基礎。但是與建築藝術一樣，詩中的建築形象，僅能以靜止的片面視覺印象，以象徵符號來表現心意。請參考 G. F. W. Hegel, Werke. Bd.14. SS.266～272。

〔註 8〕楊寬：《中國古代都城制度史研究》（上海：上海古籍出版社，1993）隋唐都城的內城結構特別值得留意，因爲它確立了後世的朝廷制度，集中中央官署以便皇帝集權，鞏固皇位繼承制。最後一點，因爲把宮城，皇城，民居，市區分開，便於護衛機密重地，鞏固領導中心。頁171～3。

〔註 9〕〔清〕盧元昌撰《杜詩闡》以爲棋局喻世事無常，葉嘉瑩先生則謂其自有憂國傷時種種悲慨，而非通古今之變的通說。同前註，頁301。

〔註10〕葉嘉瑩先生云：「聞道」二字，以去國之久，於長安之變，不忍直言，不敢遽信，故託之於聞。同前註，頁304。

局的興衰榮枯。百年世事虛擬猶如前句所云奕棋，一局棋彷彿微觀百年世事，百年世事的興衰榮枯不過依循著同一規律運轉罷了。詩人的悲吟乃對此充滿虛無色彩，與邊城流離詩人如隔雲端的長安棋局而發。他所抒寫的情感，回歸到詩人疏離的身影上，真正可悲的是遊子不得歸鄉的無力與孤絕。紛紜長安的百年世事早已在層層虛構與疏離之際，失去了悲情的重量，也無所謂勝與不勝了。

「王侯宅第皆新主」句中「王侯宅第」還能提供相當具體的想像媒介，使讀者在想像的視域呈現豪門巨室的圖象，但是「王侯宅第皆新主」僅只是一種單調的旁白而已。「新主」必預設有舊，「新主」雖然可以圖象化，但新舊對映的想像更有助於我們理會詩意。所以這一句「王侯宅第皆新主」，其實預設了「王侯宅第皆舊主」的景象，前後新舊交替的情節則蘊涵了戲劇性的張力。

「文武衣冠異昔時」與上句相似，「文武衣冠」可以提供圖畫意象，而「昔時」直接標示另一幅圖畫的存在。時間藉助空間裡視覺意象的刻劃，將無形的時間標誌於空間具象的端點之間，讓想像發揮於具象兩端虛無的空間。此句與上句都運用了異──同這一對概念，所「異」者，今昔新舊也。所同者，「王侯宅第」與「文武衣冠」也。其實「王侯宅第」與「文武衣冠」也非盡同，所同者乃其共相，〔註11〕例如「王侯宅第」所提示的居住框架，無論秦漢隋唐，皆有其「王侯宅第」也。所異者，一朝有一朝的禮法與風流，所以雖然王侯皆有其宅第，但風貌卻各異其趣。

同樣地，「文武衣冠」乃歷朝歷代所不免，但又有各朝各代的「文武衣冠」。如果標示無形時間的視覺意象全然異樣，則不足以表現歷時態的兩端。如果只是全然複製的圖象，又無法啟發歷時的流變。杜甫這兩句詩，在歷時態的表現方面，的確善用了共相與殊相的異同性。但是就表現方式而言，不過僅能平鋪直敘罷了。

〔註11〕universal--particular

　　王侯宅第易換主人，仍是長安諸生活事件，這句仍是以事件爲表述方式的詩句。此句的意象加深了世事一局棋的變幻與無常，個人的無力與虛無更甚。雖貴顯如王侯，也無法久安其宅。人事變化如兒戲，人生何能得安宅？

　　衣冠象徵權勢，此句依然藉擁有權位者，權勢不能常保的情節。權位不能常保意謂人力無法掌握的自身的命運，再度呼應帝京長安局勢猶如棋戲的箴言。第三句與第四句的關鍵就是一個變字，今昔新舊更迭變換，兩句實爲直陳人事變幻無常的史詩。

　　「直北關山金鼓震」句中，「直北關山」披露遼遠的場景，而「金鼓」似乎是小幅的細節。至於「震」，首先它無法僅以一幅圖畫，以視覺意象表現。它表現的雖然是歷時態，但是只要有兩幅金鼓的素描，足以顯露震動的效果所造成形貌的異樣，就可以表達「金鼓震」的視覺意象。如此「直北關山金鼓震」不僅是漫畫式的表現，還具有動畫的趣味。

　　「征西車馬羽書遲」句中，「征西車馬」必須勾畫漫漫征途才足以在視覺意象上表現「征西」的意涵，而不能只有車馬的形象。僅看「羽書」，同樣可以表現一幅羽書的素描小品，難表現的仍然是歷時態的「遲」。遲—速又是一對互相依存的概念，尤其不能忽視它們的歷時性。遲速的意象極難以視覺意象表現，也無法學上句的作法，以漫畫或動畫的方式表現，所以詩人在此又以直接的判斷表述。

　　關山表現爲圖畫意象，金鼓震則蘊涵著戰爭的情節，〔註12〕綜合成句，可以想見在關山圖畫的景深裡，戰鼓頻催，戰事方殷。

　　「車馬」、「羽書」皆爲戰陣圖畫裡的片段，「征西車馬羽書遲」，〔註13〕既將歷時性因素標出，又組構成一事件發生的方向，所以此句

〔註12〕葉嘉瑩先生綜各家之說，謂直北關山金鼓振，當以隴右關輔間回紇吐蕃之亂爲主。同前註，頁333。

〔註13〕有以爲應謂羽書馳，但葉嘉瑩先生以爲杜甫於廣德元年吐蕃陷京師，徵兵莫至，天子蒙塵事，固曾深心痛之。故應仍謂之羽書遲也。同前註，頁334。

仍是一句以事件為表述方式的詩句。第五六兩句，以精煉的詩句表述了京師外圍的戰亂，戰亂自然啟發人們想像生命的無常與不安。

「魚龍寂寞秋江冷」一句詩人表現較多主觀的感受，較少意象的經營。「魚龍」當然是十分引人注目的視覺意象，然而「寂寞」卻屬於主觀的感受。詩人將主觀的感受直接賦予描寫的對象，剝奪了讀者運用自身想像力的機會。「秋江」也是一種看似明確，其實粗疏的說法。秋天的江景究竟如何？詩人並沒有給我們太多的線索指引，所以被規定的秋江就「冷」了起來。冷屬於觸覺經驗，直接道出冷的結論，讀者不必想像就可以得到這判斷，缺乏自身生活體驗可以參與的途徑。

「故國平居有所思」同樣也像上述的詩句，沒有給予讀者太多想像的餘裕。「故國」只不過為我們的想像提示一共時軸，同樣「平居」則提供了想像的歷時軸。「有所思」也直接點出詩人的告白，並草草架構在想像模糊的兩軸上。我們不是由視覺意象得知詩人「有所思」，而是透過詩人自身的告白，要求讀者遵從符號的指示。

魚龍不興，寂靜的秋江就是一幅空留魚龍想像，卻不見魚龍形影的圖畫。但是未見魚龍，怎知魚龍寂寞？所以此句雖有魚龍秋江之圖象，但是必預設了魚躍龍興的江面圖畫，方知此江當秋之不見魚龍之冷寂。因此魚龍寂寞秋江冷，預設了歷時性的情節發展，具有以事件為表述方式的詩句的性質，只不過事件的主角是擬人的魚龍罷了。

故國就是詩人懸念的京華，正因戰亂流離，所以避處邊城，結想縈懷。故國平居有所思，實乃詩人生活情節的自敘，乍看即為一句以事件為表述方式的詩句。但是長安的動亂無常徒托傳聞，邊城遊子只能寒縮如秋江寂寞的魚龍，無助與疏離地懷想著生命意義之所繫的京華煙雲。

杜甫〈秋興〉第四首，只有少數視覺意象，支撐相當遼闊的畫面。「長安」、「故國」、「直北關山」、「征西車馬」、「王侯宅第」、「文武衣冠」只是遼闊畫幅裡粗略的輪廓，至於「百年世事」與「平居」，雖然表現歷時態，卻也是模糊的。表現方式籠統模糊，並不是給予讀者

想像的餘裕，而是類似專斷的怠惰。其中可以視爲較清晰的素描則包括：「奕棋」、「金鼓」、「羽書」、「魚龍」等視覺意象。

另外詩人直接將自身的感懷以「似」、「不勝悲」、「遲」、「寂寞」、「冷」、「思」等字眼表現的主觀判斷，將主觀的感受直接賦予描寫的對象，詩人主觀的判愈多，讀者運用自身想像力的機會相對減少。但是其中「魚龍寂寞秋江冷」，又不僅僅是主觀感情的表現而已。魚龍雖有擬人的位格，但是和人的形貌卻又明顯不同，於是形成特殊的表現效果。因爲這一段寂寞之情，原本屬於人，詩人卻賦予魚龍，但魚龍形貌迥異於人，這種形象的變異，使讀者的情感有從容脫離的機會，所謂「非我族類，其心必異。」稱魚龍寂寞，既啓迪了想像，又確保了想像的自由。當然這過程中仍然依賴一個視覺意象的變形歷程〔註14〕，也就是人的形象與魚龍的形象變化。

杜甫在〈秋興〉八首的前三首詩篇苦心營造出自我孤絕的身影，孤身獨立於邊城的流離困頓裡。原本藉以反映自我孤絕情境的京華追憶，第三首以下的詩篇裡轉成想像的焦點，帝都長安猶如棋戲的生活情節，藉著傳聞的敘事形構，其醜惡的現實被置於想像中虛無的雲端。由棋局微觀百年世事，百年世事的興衰榮枯也不過一場造化弄人的兒戲。詩人的悲吟充滿虛無色彩，邊城流離的詩人想像如隔雲端的長安棋局。他所抒寫的情感，迴歸到詩人疏離的身影上，眞正可悲的是遊子不得歸鄉的無力與孤絕。

人生追求安身立命之地，但是貴顯如王侯，也無法久安其宅。人事變化如兒戲，權位不能常保，人力終究無法掌握的自身的命運，家宅與權位的流失，再度呼應帝京長安局勢猶如棋戲的箴言。

京師外圍的戰亂，啓發人們想像生命的無常與不安。在關山圖畫的景深裡，戰鼓頻催，戰事方殷。自身陷於異鄉的孤絕困頓，遙遠故鄉又隔著脆脆不安的戰雲，京師的繁華既不相干，一切故鄉的訊息又

〔註14〕trans-figuration。

因戰亂隔絕而充滿不安，詩人生存的焦慮凝聚不散。

　　長安的動亂無常徒托傳聞，邊城遊子在懷想歷史軸心的京國之際，其詠懷的詩篇也成爲歷史迷宮裡的跫音，然而詩人終究只能寒縮如秋江寂寞的魚龍，無助與疏離地懷想著生命意義之所繫的京華煙雲，這一切懷想終究無謂。〈秋興〉第四首的詩篇，循著同一軌跡，一逕沉吟低垂而下，淪沒歷史迷宮的寂寞無語裡。

第三節　墓誌銘的救贖

　　古跡銘刻著滄桑歲月，但當年活躍於此的人生已成遺蛻，銘刻於古跡上的滄桑，恍如歷史的墓誌銘。詩人藉古跡抒懷詠嘆，如同對歷史的墓誌銘乞求生命困頓的救贖。以〈秋興〉第六爲例：

　　　　瞿唐峽口曲江頭，萬里風煙接素秋。
　　　　花蕚夾城通御氣，芙蓉小苑入邊愁。
　　　　珠簾繡柱圍黃鵠，錦纜牙檣起白鷗。
　　　　回首可憐歌舞地，秦中自古帝王州。

瞿唐峽口是一幅圖畫，曲江頭又是另一幅圖畫，兩圖並非地理接近，而是由詩人的生命經歷連結。兩幅圖畫驟然並列，卻未言明其關聯，但是今昔枯榮構成鮮明對比。萬里風煙布成一幅遼闊的肅殺圖畫，素秋則標誌了時節，視覺形象與非視覺形象的接駁，帶領想像的跳躍。

　　「回首可憐歌舞地」並非描繪圖畫意象，而是藉「回首」的動作，啓發對於上述華麗視覺意象的通觀。「回首」的動作揭露作者的現場目擊。﹝註15﹞藐遠的「秦中」「帝王州」，儼然是作者／觀者視域的隱逝／匯歸點，﹝註16﹞這邈遠的反顧必須預設詩人的親臨現場，「回首」的詩人構成畫面觀測的基點，如此才能形構上述透視法的隱逝／匯歸點。

﹝註15﹞Jan van Eyck 在 The Betrothal of the Arnolfini 畫中的留言 Johannes de eyck fuit hic，乃藝術家作爲完美目擊見證者 eye-witness 自覺的典範。Gombrich, p.180。畫家的目擊者自我意識，賦予透視法合法的基礎。

﹝註16﹞vanishing/meeting point. Ibid。

「秦中自古帝王州」之所以構成以上畫面的隱逝／匯歸點，因爲「回首」的動作使上述一切繁華的景象都濃縮爲「秦中」與「帝王州」簡單的概念中。它們在視覺想像的視域裡，恍如一個邏輯上的虛構。「秦中帝王州」的簡單概括，同時賦予它啓發豐富聯想的可能性，而且這些可能的情景以共時態存在著。「自古」預設著古—今這一對概念，顯示杜甫在歷時態的表現方面，的確善用了共相與殊相的異同性。但是「秦中自古帝王州」就表現方式而言，也不過僅能平鋪直敘罷了。

詩人在瞿唐峽口的追想，重構了京師繁華的圖畫與事件。回首之姿使想像重回瞿唐峽口，回到孤絕的詩人自身。對於自古繁華的京城，因回首而產生疏離與虛無之慨。秦中自古如何，構成了以事件爲表述方式的詩句的格局。全詩的意象從宏觀而逐步下移，最後只靜靜的白描城的歷史。

杜甫秋興的第六首所呈現的不僅是一幅繁複的圖畫，而且還饒富建築意象的趣味。從「曲江頭」開始，舉凡「花萼樓」「夾城」「芙蓉小苑」，以及細部工筆的「珠簾繡柱圍黃鵠」「錦纜牙檣起白鷗」，組織成本身即具足視覺樂趣的圖象。〔註17〕「萬里風煙」「接素秋」「通御氣」「入邊愁」以一個留白的視覺意象，達成統一畫面的效果。而詩人在「瞿唐峽口」這個視域的基準線「回首」，突顯目擊者的自覺，進而抒寫「可憐」之感懷，令前述無限繁華與憂鬱，在「秦中自古帝王州」的簡單概括之下，倏忽隱逝，化爲詩人「回首可憐歌舞地」之際，通觀的隱逝／匯歸點。

詩人帶領我們乘著季風，追懷京都的繁華盛景，企圖重回生命價值的原點。花萼夾城通御氣，是遙想京華的圖畫意象，原本空白的建築意象得到豐富的內涵。芙蓉小苑入邊愁，藉芙蓉小苑這幅圖畫，描摹帝京一隅。邊愁獲得虛擬的人格，彷彿行進那安居的芙蓉小苑。身體無力達到的目的，詩人卻以無限愁緒潛行而入。

〔註17〕一幅畫的主題 subject 不如畫中無數的細節 trivial objects 重要，一幅美麗的織錦 text 是由無數細節提供的線索編織而成。Gombrich, p.339

　　珠簾繡柱圍黃鵠，珠簾繡柱圍黃鵠遂成一幅圖畫，將生動的情節變為平面的圖畫。錦纜牙檣起白鷗，黃鵠是虛構的圖象，白鷗卻能振起水面，一片錦繡圖畫如夢，越是華美，越是令人傷感。但是上述諸多鮮明的圖畫意象，若無「非視覺意象」的介入，布局將密無想像立錐餘地。

　　「萬里風煙」「接素秋」「通御氣」「入邊愁」非視覺意象的留白，使密植的圖象有了疏朗的空間。風與氣疏朗的留白，恰如「瞻彼闋者，虛室生白。……」〔註18〕圖畫意象是意義的居所，但若執實，則室豈容居？創作意象虛空透氣之道在於：

　　　若一志，無聽之以耳而聽之以心，無聽之以心而聽之以氣。
　　　聽止於耳，心止於符。氣也者，虛而待物者也。唯道集虛。
　　　虛者，心齋也。〔註19〕

這時閱讀者閱覽視線的時間，不是由物化的意象為計算尺度，而是以無形的氣為度。肉眼不能看見的氣，必須心無罣礙方可識得。我們的想像容易寄寓於圖畫意象之上，但若執著耽溺於其逼真之形貌，將無想像迴旋的餘地，所以想像力的法則就是：

　　　若能入遊其樊而無感其名，入則鳴，不入則止。無門無毒，
　　　一宅而寓於不得已，則幾矣。〔註20〕

所以「萬里風煙接素秋」之「接」，「花萼夾城通御氣」之「通」，「芙蓉小苑入邊愁」之「入」，「珠簾繡柱圍黃鵠」之「圍」，「錦纜牙檣起白鷗」之「起」，其中擬人的意味，在於實現布局的疏朗處。將「瞿唐峽」、「曲江頭」、「花萼」、「夾城」、「芙蓉小苑」、「珠簾」、「繡柱」、「錦纜」、「牙檣」、「黃鵠」、「白鷗」，各圖畫意象連成一幅畫面，不靠緊密毗鄰，而且依賴多元主體的散點透視。觀者單一的觀點如何轉化為多元主體的散點透視呢？還是繫於觀者超越主體自覺的心齋坐

〔註18〕《莊子‧人間世》。
〔註19〕《莊子‧人間世》。
〔註20〕《莊子‧人間世》。

忘：「夫徇耳目內通而外於心知，鬼神將來舍，而況於人乎。是萬物之化也，……」〔註21〕無執於圖畫意象，所以能變幻主體，以物觀物。

　　回首可憐歌舞地，詩人在瞿唐峽口的追想，重構了京師繁華的圖畫與事件。回首反顧之姿使想像重回瞿唐峽口，回到孤絕的詩人自身。回首不僅表述歷史的省思，更預設逝者如斯的生命憬悟。自古繁華的京城，更因僅存於回首之際而產生疏離與虛無之慨。秦中自古帝王州，全詩的意象從宏觀而逐步下移，最後只靜靜的白描城的歷史。從意象的簡約，我們似乎可以想見詩人因貧弱而乏味的人生。杜甫以在野之身，仰望京師，正是所謂野望的正詮。而野望的詩人，遍歷大千世界，於繁瑣的物象，寄寓流離失所的情懷，可以讓我們深入領會憑弔逝者之際，往昔的記憶與未還的遺憾遂在繁華的懷想之上，雕刻著墓誌銘。

　　再如杜甫〈詠懷古跡五首〉其三曰：「群山萬壑赴荊門」的主題在於以蠕動樣態的，群山萬壑的活動幾近於靜止的時間流程，拯救明妃和親那一段無可挽回的歷史。「生長明妃尚有村」（〈詠懷古跡五首〉其三）的主題在於「明妃」的生長所表述著時間已經一去不返，尚留至今的昭君村儼然是明妃的墓誌銘。

　　杜甫〈詠懷古跡五首〉其四曰：「武侯祠屋長鄰近」的主題在於拯救豪傑未竟之志，亦即「武侯祠屋長鄰近」蠕動著日常性的生涯，以生命恆常性的了悟，企圖彌補命運的憾恨。「一體君臣祭祀同」（〈詠懷古跡五首〉其四）以日常生活的安定作英烈生涯的墓誌銘，以如常的祭祀超度蜀漢君臣的遺恨。「祭祀」所暗示的神話世界與宗教信仰，彰顯時間的永恆形象。

　　杜甫〈詠懷古跡五首〉其五曰：「三分割據紆籌策」既然以靜態的生活墓誌銘的表述形式，延續時間想像的永恆向度，生命的節奏往復地自我複製，於是蠕動的日常性生涯，賦予生命恆常性的了悟，藉此彌補不幸命運造成的遺憾。

〔註21〕《莊子・人間世》。

「萬古雲霄一羽毛」(〈詠懷古跡五首〉其五) 則以其虛無的存在樣態，表述幾乎靜止的時間度量，而此虛靜的樣態則類比著永恆的救贖。因此「萬古雲霄一羽毛」的主題就是「疏離／歸屬」將人從現實的不幸中拯救出來，提升到此類比著永恆的救贖。

「運移漢祚終難復」(〈詠懷古跡五首〉其五) 以歷史判斷來度量時間，如《史記‧太史公自序》云：「天人之際，承敝變通，作八書。」八書編織了相對持久的時間脈絡，以國家的「制度」爲時間度量的儀器，表現了小知小年所無法觀照的天長地久。〔註22〕「天人之際，承敝變通」意謂著一種對於命運的理性詮釋，但是同時也暗喻著一種超理性的天命觀，暗示著神話世界與宗教信仰，進而彰顯了其實超越時間度量的永恆形象。

感悟「運移漢祚終難復」，表述人類致力於理性的歷史觀照，但是最後放棄／超越了理性思維，表現詩人貫穿紛紜表象後的洞見，以及了悟。「志決身殲軍務勞」(〈詠懷古跡五首〉其五) 雖然延續類比於平居無事的時間向度，以表述時間軸線上的永恆，但是「志決身殲」是何等的壯烈，所以我們在永恆形象的光照下，那蠕動於日常時間軸線上的人生樣態雖然宛然蠕動，卻似群山萬壑的靜定，拯救了「運移漢祚終難復」那一段無可挽回的歷史。詩人以古跡爲墓誌，當歷史的意義回歸諸葛武侯鞠躬盡瘁的生命，從而化解了個體當下生存的窮絕際遇。

第四節　歷史咒語的歧義

命數運祚之說表述歷史事件不可逆的一次性，逝去的時間乃無可挽回的時間。但是正因爲逝去的時間無可挽回，所以任何歷史的預言必蘊涵歧義。杜甫〈詠懷古跡五首〉其二曰：「悵望千秋一灑淚」的主題在於表現一種簡易的歷史推論，惆悵或欣喜倒不是關鍵。因爲單

〔註22〕《莊子‧逍遙遊》：「小知不及大知，小年不及大年。奚以知其然也？朝菌不知晦朔，蟪蛄不知春秋，此小年也。」

以此句觀之，詩人並沒有透露太多惆悵灑淚的原因。況且千歲春秋又豈能在一句悵望之間盡其意？前文已說明，以年代作爲長間距時間的度量單位，幾何式數量的單純累計表述了相當長的時間。以古人、今人兩位格間相知相望的關係，時間產生了壓縮的現象。千歲春秋既不能在一句悵望之間盡其意，則灑淚其實表現了一種簡易的歷史推論。

「蕭條異代不同時」（〈詠懷古跡五首〉其二）的主題在於命運的詛咒。如果不幸發生一次，可以歸諸偶然。但是如果不幸黏附於某種人生的屬性，例如屬於詩人的共同屬性—「文章憎命達」，那麼不免讓人懷疑，是否古往今來詩人的命運遭到了永恆的詛咒。爲何在漫長的時間間距中，「蕭條」的境遇，不只一次地出現在不同的端點上？杜甫在悵望千秋之餘，說出異代同樣蕭條的考語，提示讀者：是否眞有命運的詛咒存焉？

「搖落深知宋玉悲，風流儒雅亦吾師。」（〈詠懷古跡五首〉其二）生命從古跡延伸出來的歷史向度，關鍵在於古今呼應的懷抱。千載之下的深厚相知，相類的風流儒雅，溝通了時空的隔閡。雖然詩人說：「悵望千秋一灑淚，蕭條異代不同時。」類比的意象與相似的情懷並非僅存在於古今同一的情境複製之中，時空場景的變異將滄桑的意象代入，生存境遇的異樣與其中類同的因素同樣重要。「江山故宅空文藻，雲雨荒臺豈夢思。」（〈詠懷古跡五首〉其二）類同與異樣並非處靜態恆定的對映中，類與不類互爲消長，古跡雖然延遲了身體爲基準的變化，但延遲中蓄積的異變能量卻可以形成更爲醒目的啓示，啓示生死存亡的臨界情境。「最是楚宮俱泯滅，舟人指點到今疑。」（〈詠懷古跡五首〉其二）題云「懷古」，卻言到「最是楚宮俱泯滅」，然而因此突顯了記憶與想像的作用。我們在歷史所見所聞眞的是族群共同的記憶？抑或只是共通的想像？杜甫在這一首詩中營造的懸疑，將我們的想像由具體的古跡帶入可疑的史事，指向無根的虛無，達成生命眞諦的質疑。

杜甫〈詠懷古跡五首〉其三曰：「千載琵琶作胡語」的主題在於

「千載」的超級量度。時間想像的線索在空間化的模擬視域中散失，週而復始的歲月軌跡虛擬的歷史軌道，在世代遞遭裡逐漸偏斜錯謬，轉譯成異樣的音響。「分明怨恨曲中論」（〈詠懷古跡五首〉其三）的主題繼承上述世代遞遭裡逐漸形成的偏斜錯謬，表述著「扶義儵儻，不令己失時，立功名於天下」者，對著凡人詛咒。

杜甫強烈的歷史判斷由「群山萬壑赴荊門，生長明妃尚有存。」（〈詠懷古跡五首〉其三）明妃村古跡開始。杜甫並非靜態描摹古跡，野村荊扉雖然卑微，千山萬壑的形勝卻足以映比明妃的歷史地位。尤其詩人以群山萬壑爲主詞，以「赴」爲動詞，形成一幅動態的意象，爲明妃的歷史出場營造驚心動魄的氣勢。

「一去紫臺連朔漠，獨留青塚向黃昏。」（〈詠懷古跡五首〉其三）承接上聯明妃的出場驚心動魄的氣勢，將帝京宮闕的影像朝邊疆朔漠延伸，而青塚的孤寂聯著無望的夕陽，疏離孤絕的意象瀰漫了大漠天涯。杜甫以另一種方式說明了「千秋萬歲名，寂寞身後事。」其實這表達了一種歷史的虛無主義。﹝註23﹞首聯所肯定的古跡，在此聯的孤寂無聊中失去存在的意義。其間悽涼的況味使古跡的存在反而令人倍感傷心。不免質疑短暫人生的拼搏，究竟意義何在？

「畫圖省識春風面，環珮空歸夜月魂。」（〈詠懷古跡五首〉其三）明妃人生際遇的疏離，絲毫未因身後世人的景仰歌頌而有所改善。明妃縱然魂歸故里，豈能分潤片刻人間的溫暖？「千載琵琶作胡語，分明怨恨曲中論。」古跡並未留住人生的價值，身後的美名與歷史的判斷也總是虛無，只有美麗的故事透過蒼涼的古跡，產生無限感人的想像。此即音樂一般響徹歷史的旋律。

杜甫〈詠懷古跡五首〉其四曰：「古廟杉松巢水鶴」將人生的謎語轉譯爲鶴語，生命循著各自的軌道，形構時間的多元歧義。「古廟杉松巢水鶴」詮釋生命平居的常度，古廟，水鶴，以及廟中的英靈，

﹝註23﹞爲避免望文生義，關於虛無主義的意涵可參考：Martin Heidegger, Nietzsche, Verlag Günther Neske Pfullingen, 1961. Bd.2, SS.335～399。

廟外的遊子，各自以自身的生命演繹著時間的意義。「歲時伏臘走村翁」（〈詠懷古跡五首〉其四）句中表述平民百姓的生活常度，廟前的奔走反映廟中亡靈的詛咒。因爲「歲時伏臘走村翁」平凡渺小的生命所承載的時間內涵，與英雄聖賢的生涯反而變成命運的詛咒。

三國劉備與諸葛亮君臣爭雄天下失利，此一史實表現了歷史功業的虛無。此詩藉死亡事件「蜀主窺吳幸三峽，崩年亦在永安宮。」（〈詠懷古跡五首〉其四）開啓生命意義的反省。「翠華想像空山裡，玉殿虛無野寺中。」（〈詠懷古跡五首〉其四）昔日的翠華玉殿，如今僅存於虛無想像。藉歷史激發的想像，通達人生虛無的觀照。銘記歷史事件的古跡，給予我們的不是安頓生命的堅實居所，而是空山野寺的荒蕪空虛。

「古廟杉松巢水鶴，歲時伏臘走村翁。」增強了在野的荒涼，但卻可以當作權力解放的轉折。淒清古廟固然可以作成王敗寇權力鬥爭法則的註腳，但是水鶴村翁來相親近，則超出帝國集權統治的羅網，呈現在野的安定閒適。「武侯祠屋長鄰近，一體君臣祭祀同。」（〈詠懷古跡五首〉其四）君臣相知相惜的佳話，或許使原本寂寞空虛的生命得以充實。這一片古跡真實的意義，既不在昔年的功業，也不在今人的懷念，而在於君臣師友一段曠古難求的知遇。在歷史的謎語裡，或許只有這曠古的知遇絕無歧義。

第五節　夢迴逝者的囈語

萬里遠隔京華的繁華盛景，雲深野處的詩人瞻望懷想的身影，乃是自身昨日已逝的生命。所謂夢迴逝者的囈語，因爲慨歎者深知「可憐身是眼中人」也。重組平板的時間線索爲生動的事件情節，藉歷史論述的織錦，在夢想的迴路裡召喚偉大靈魂的歸來，此即夢迴逝者的囈語。

以杜甫〈秋興〉第六爲例：

昆吾御宿自逶迤，紫閣峰陰入渼陂。

香稻啄餘鸚鵡粒，碧梧棲老鳳凰枝。

佳人拾翠春相問，仙侶同舟晚更移。

綵筆昔遊干氣象，白頭今望苦低垂。

「昆吾御宿自逶迤」與「紫閣峰陰入渼陂」揭開畫面之後，「香稻啄餘鸚鵡粒」與「碧梧棲老鳳凰枝」將畫面近景修飾得極華麗。但是如此的華麗還只是一段序曲似的分合，主體還在「佳人拾翠春相問」與「仙侶同舟晚更移」鋪陳的戲劇性情節。以上是畫面近景，而以「綵筆昔遊干氣象」與「白頭今望苦低垂」為畫面作結，讀者彷彿在繁華盛景的邊緣，遠隔京華萬里的雲深野處，瞥見詩人衰老失意的身影。

昆吾御宿自逶迤，想昆吾御宿諸地依然如昔，逶迤自然，雖靜實動，擬人而寓其自在也。紫閣峰陰入渼陂，山影映入川中，蜿蜒自在。想像的焦點從夔府孤城的江山城池樓閣，經歷有形入無形的意象，邁越千山，追穿歲月，隔著神話的蒼茫雲氣，逡巡夢想的京華，掃瞄過宮闕樓閣城池，然後依依不捨，反顧再三，京師的山川如畫，超寫實之絕美，反更令人神傷。故而又以極華麗的意象，寫香稻與碧梧。

香稻啄餘鸚鵡粒，鸚鵡啄食香稻，美食食之不盡，以點出所餘的富裕。碧梧棲老鳳凰枝，鳳凰的神話屬性，使得碧梧因經歷長久的歲月而成為棲鳳的神物。詩人京華夢想之餘音，已逸出神仙宮闕，踱出花城柳池，來到城下郊野，猶瞻顧徘徊，沉吟不忍遽去。

長吟不已，念念佳人拾翠春相問，仙侶同舟晚更移，佳人踏青尋春而相問遭，神仙伴侶同舟樂而忘歸。此皆追懷京華之情也，一路追想下來，意象紛陳，其華麗嚴飾幾乎已達飽和。層層累積，由下聯結束之。

綵筆昔遊干氣象，結束上文豐盛而悲涼的追憶，以自身曾經攜綵筆紀壯遊，直與山水爭奇，凌其氣象的美好形象，為綿密寥遠的鄉愁劃下句點。白頭今望苦低垂，以自我白頭衰病的身體形象，望斷歸鄉路的失望頹喪，表述了江山歲月與身世際遇的淪落與流失。

上述瀏覽之餘，音樂意象的旋律隨之起舞。首先「自逶迤」的共時態，彷彿以休止符構成交響樂的第一節。「入渼陂」的歷時態圖畫

意象與「自逶迤」的共時態的圖畫意象，合作了這一段生命歷覽的節奏。

「啄餘」的動態圖象，以及「棲老」的長時間靜態形象，再度以兩端的圖畫意象，構成了這一段間奏。「拾翠」的雍容，以及「同舟」的歡會，以兩端的圖畫意象，揚起一段輕快愉悅的旋律。「春相問」共時態的起音，「晚更移」則記錄著歷時的節奏。「昔遊」的動態圖畫意象，結束於「今望」靜態的休止。

上述的詩句體現了「依視覺的歷時態閱覽線路，音樂意象存在於圖畫的布局。」但是在布局虛實疏密的明滅裡，圖畫意象體現的空間翻成標示生涯的音符。生命意義的反思譜成生命的樂章，所以圖畫意象試圖留住的年華，〔註24〕終於無法挽回歲月無情的流逝。

人類有限生命的音樂本質就是無可救贖的悲劇，因為悲劇的起源正在於音樂。〔註25〕杜甫在詩的意象裡，有許多生涯的回顧與反思，可以說充分體現了上述的悲劇意義。而詩人表現生涯的回顧與反思的方式，正在於圖畫意象與音樂意象之間，旋起旋滅，方生方死的節奏。

「江山故宅空文藻」（〈詠懷古跡五首〉其二）主題在否定詞「空」的催動下，宣示著故宅主人宋玉的缺席，使得時間度量的一端成了懸疑。杜甫於遺跡裡，追尋逝者的身影。但往者已矣，這無謂的追尋終究只是詩人自傷身世的夢魘。

「雲雨荒臺豈夢思」（〈詠懷古跡五首〉其二）人們的理智將襄王與神女虛擬的神話，設定為時間度量的起點。詩人隔著千秋異代，遙觀神話一樣的男女情欲。未定的一端固然賦予時間恆久的想像，但曖昧的時間度量，虛實難辨的端點，此皆足以增飾方生方死的情欲。〔註26〕

〔註24〕He-who-keeps-alive。請回顧第一章，埃及人圖畫意象的理念。

〔註25〕Friedrich Nietzsche，Die Geburt der Tragödie。§1。

〔註26〕人生在世，乃歷時性的存在，即如《論語》所謂：「子在川上曰：逝者如斯夫，不舍晝夜」。這是生命不斷流逝變化的寫照。而旋起旋滅，方生方死，則如《莊子・齊物論》所謂：「物無非彼，物無非是，自彼則不見，自知則知之。故曰：彼出於是，是亦因彼，彼是方生之

　　如果情欲生命顯示方生方死的無謂，似乎只有留下〈高唐〉、〈神女〉的宋玉，那文思玄想才有恆久的價值。肯定了逝者永恆的才思，詩人有限的人生才有不朽的寄寓。如此詩人自傷身世的夢魘裡無謂的追尋，轉化為英靈不昧的召魂。

第六節　族姓繁衍的教誨

　　繁衍國族的教誨原本就是史詩的軸心，[註27] 如《史記・太史公自序》所云：「罔羅天下放失舊聞，王跡所興，原始察終，見盛觀衰，……著十二本紀。」杜甫〈詠懷古跡五首〉其四曰：「蜀主窺吳幸三峽」的主題在於繁衍國族的教誨，雖然「蜀主窺吳」僅提供了時間想像的一個端點，但是主角卻擺足了開國雄主的姿態，所以此句詩不能不說是史詩的關鍵議題。「崩年亦在永安宮」(〈詠懷古跡五首〉其四)的主題以雄主的死亡事件印證國族繁衍的教誨，因為「崩年」所標示的死亡，既是時間線段的終點，更是帝王死亡的專門表述。

　　但是《史記・太史公自序》又云：「運行無窮，輔拂股肱之臣配焉，……作三十世家。」所以有「武侯祠屋長鄰近，一體君臣祭祀同。」(〈詠懷古跡五首〉其四)君臣相知相惜的佳話。然而杜甫與司馬遷的立足點，使他們更著意於所謂：「扶義俶儻，不令己失時，立功名於天下，作七十列傳。」人間最具創意的人生，例如杜甫〈秋興〉第三首：

　　　　千家山郭靜朝暉，日日江樓坐翠微。
　　　　信宿漁人還汎汎，清秋燕子故飛飛。
　　　　匡衡抗疏功名薄，劉向傳經心事違。
　　　　同學少年多不賤，五陵衣馬自輕肥。

此詩前半篇以繪畫的要素：形貌，色彩，以及光影，營造戲劇性的布

說也。雖然方生方死，方死方生，方可方不可，方不可方可，因是因非，因非因是，是以聖人不由，而照之於天，亦因是也。」參考 Martin Heidegger Sein und Zeit §51，§52，§53。
〔註27〕G. F. W. Hegel, Werke. Bd.15. SS.351～2。

局張力。例如「山郭靜朝暉」的停格效果，使山城聚居「千家」的細節清明朗現。「江樓坐翠微」呼應上句，將山水畫標準的格局鋪陳於目前。以「日日」拉開圖畫的歷時態，形構音樂意象的節奏。「漁人還汎汎」與「燕子故飛飛」點綴江山如畫。「信宿」與「清秋」雖然嫌其少意趣，但其蘊涵的歷時性，與「朝暉」「日日」共同展開圖畫背後的歷時軸，提供詩意的景深。在此山水布局間，有漁人汎汎浮舟，更有詩人自身入畫，山城江樓與江上漁翁隱然形成畫面的平衡與和諧。

後半首「匡衡抗疏」與「劉向傳經」雖然都是蘊涵戲劇性的畫面，但是因為觀照到其間的歷史意義，所謂「運行無窮，輔拂股肱之臣配焉。」於是「匡衡抗疏」特別布置了情節的共時態，而「劉向傳經」可以說突顯了其間的歷時態。「功名薄」與「心事違」的結論顯得急切而少餘韻。以「同學少年」為情節核心的感慨，表現詩人衷心「扶義俶儻，不令己失時，立功名於天下。」而經過「五陵衣馬自輕肥」這樣明確的雕塑，使詩人乘興直書的主觀判斷「多不賤」獲得較多的說服力。

杜甫在這首詩裡，不僅展現對繪畫要素的運用，還以細節的刻劃，組織戲劇性的畫面布局，格外引人注目。但是其間甚多快捷少文之語，難掩怨憤不平之意。從詩的圖畫意象組織來看，杜甫的確採用了許多引人注目的個別圖象，藉著圖象奇異的重組，我們得以流覽詩人的心情。未曾稍息的時光無情地流逝，當陽光重臨大地，建立在視覺形象上的圖畫意象取代了生命的樂章，重新開啓我們想像的視域。

朝暉下千家山郭共時的靜穆，迴向日日江樓獨對青山，日日困守生涯的孤獨身影，獨對靜峙的山郭，映現亙古常存的無情歲月。山郭不遷的靜峙，照見江樓裡人生趨近靜止的困守。

漁夫泛舟江上，認知這件事的詩人是目擊者，所以反映出詩人一夜未眠，佇立江樓癡癡的凝望。歷時性因素的介入使得生命的情調更容易表現出來，主體的內心情意藉著生活事件的節奏，更易完整地表現。清秋燕子故飛飛，日日與信宿還只是以日夜為時間的單位，春秋

則提供了更長遠的時間想像媒介。江樓獨對千家山郭的孤絕清寂，經歷綿長的時間而逐漸深刻。

匡衡抗疏與劉向傳經皆是歷史事件，功名薄與心事違又皆與史事不符，詩人以否定的詞意，虛構的歷史事件，介入自傷身世的慨歎。以事件爲表述方式的詩句裡總有一個主角，一個爲理想奮鬥的人格典型，劉向與匡衡猶如矗立歷史洪流中的偶像，但是他們並非以事件爲表述方式的詩句中的主角，他們的存在只是爲了吸引我們對主角的期待，經過詩句的否定形構，反照詩人沉吟「立功名於天下」心事的孤獨身影。

「同學少年多不賤」主要表述詩人自己的判斷。「同學少年」以其身分的位格性雕著畫面裡人物的面目，「同學」表述其身分，而「少年」表述其相對的身體形象。「不賤」所預設的「貴——賤」，以及「多不賤」所預設的「多—少」，都是抽象的概念，提供判斷的項／詞。〔註28〕這一句詩僅提供了「同學少年」的位格雕像，其餘多是詩人主觀的結論「多不賤」，甚至沒有提示推理的前提。

「五陵衣馬自輕肥」則提示了鮮明的圖畫意象。「五陵」，「衣輕」，以及「馬肥」都足以啓發視覺想像。較難闡釋的部分在於「自輕肥」中的「自」。然而由上句「同學少年多不賤」所形構的位格來看，這是由「同學少年」「五陵」，「衣輕」，以及「馬肥」共同雕塑出來的人物，所以上句「多不賤」的結論得以證立。換言之，上述的判斷無法由上句獨立完成，所以賺得詩人較多的言詞。

邊城孤獨的身影，在歷史名人的巨大身影下更見渺小。詩人又追憶少年時節的同學，想像他們如今多已騰達，唯獨自己不僅不能實現經世濟民的理想，甚至困處邊城，遠離繁華的京師，無法參與中興盛事。想像少年同學如今冠蓋滿京華的盛況，此一想像中的生活情節，反映出詩人遠離京城，年華老去卻困頓無依。他對自身生存的焦慮，

〔註28〕term 譯爲項／詞，如構成三段論 syllogism 的大項 major term，中項 middle term，小項 minor term。

全反映在少年同學的榮華想像之上。

昔日同學如今騰達者，其榮華富貴的景象，想像中乃衣輕裘，騎肥馬，得意於京師五陵顯貴聚居之地。既然是昔日同學，何以彼之騰達與己無關呢？詩人以自輕肥句中之「自」字，將歡樂榮華的圖畫意象與自身隔絕開來，彼之榮華自是彼之榮華，與我無關。

從朝陽下千家山郭的壯闊景象以來，以「王跡所興，原始察終，見盛觀衰」爲史詩的背景，詩的意象逐步收斂，目光迴向孤獨的身影。孤絕的生存處境在設定了綿延的時間後，他與歷史與社群的聯繫都被隔開，歷史上的前賢典型與我命運迥異，同學也都飛黃騰達。雖然詩人全詩無一語自道幽怨，但所有的意象裡都映著詩人獨立邊城，孤絕疏離的影子。

少年同學如今冠蓋滿京華的盛況，反映詩人遠離京城，年華老去卻困頓無依的疏離感。他對自身生存疏離的焦慮，反映在少年同學如今的榮華意象之上。詩人以自輕肥句中之「自」字，將歡樂榮華的圖畫意象與自身隔絕開來，彼之榮華自是彼之榮華，我亦自陷於無人援引的孤絕困頓之中。其實疏離乃生自榮華的渴望，嚮往功名榮華的欲望「扶義俶儻，不令己失時，立功名於天下」則本於繁衍族姓的教誨。

第七節 召 魂

藉歷史的通觀，以輓歌尋宇宙裡安身立命的答案，詩人白首狂歌其實乃召魂的禱辭，杜甫〈詠懷古跡五首〉其一曰：「庾信生平最蕭瑟」。所謂蕭瑟，據《楚辭・九辯》云：「悲哉秋之爲氣也，蕭瑟兮草木搖落而變衰。」秋天的蕭殺之氣本屬視覺想像之外的境界，但秋風的效應卻隱隱可見。恰似暮夜之城，雖然繁華的景象已經隱入暗夜，但爲何騷亂的氣息恍惚在目？本來具體形象必須借助光線才能爲視覺感知，城市之夜雖然沒有了光，吾人仍然可以從夜間市聲的此呼彼應，在心目中感受到城中夜晚的生活。

　　「暮年詩賦動江關」（〈詠懷古跡五首〉其一）所謂暮年詩賦，據庾信《哀江南賦》所云：「信年始二毛，即逢喪亂，藐是流離，至於沒齒。燕歌遠別，悲不自勝。楚老相逢，泣將何及？」詩人暮年的哀賦，是回首一生飽經喪亂別離，年華就在生離死別中流逝，因傷逝而招魂。杜甫在歷史的長河中，召喚「庾信」這樣一位古人，以古人之作—「詩賦」作為與古人心意相通、應答的媒介，〈哀江南賦〉有如庾信從幽渺的過往發出的喟歎，這一聲歎息竟在數百年後得到回應，回應他的正是一個對自己的才華十分自許，遭遇同樣寂寞淒涼的詩人。

　　如呂正惠先生所說：「從這首詩前四句所描寫的事件與地點來看，把第七句的庾信換成杜甫恐怕更適合。很明顯的在這首詩裏，庾信、杜甫兩人已無法分得開來，杜甫在心情上之認同庾信、自比庾信，在這首詩裏表現得最為淋漓盡致。」〔註29〕又說：「杜甫對庾信的稱道，跟身世之感有密切的關係。杜甫晚年的漂泊西南，跟庾信後半生的流落異國非常的類似；因此引起杜甫對庾信的『同情共感』而有著異乎尋常的嘆賞。」〔註30〕所以，杜甫藉庾信蕭瑟的生平與暮年哀賦，向幽冥呼喚靈魂的遷徙。

　　末聯藉庾信無法歸鄉的生涯，將時間想像凝滯於空間的意象。將遙遠的觀想中，個人欲望的起落，以及生命趣向的否定與頓挫，都收攝在這個凝滯的意象中。而且重現了前面所述歲月的淹留，以及「疏離／歸屬」的猶疑。由是庾信與杜甫雖然也是「蕭條異代不同時」，卻同時以他們的生涯表現了「支離」者與「漂泊」者的存活樣態。

　　「畫圖省識春風面」（〈詠懷古跡五首〉其三）的主題從上述死亡的獨白開始，由已逝的遺影召喚離魂。由「省識」畫圖表述的永恆凝

〔註29〕參見呂正惠先生《杜甫與六朝詩人》（臺北：大安出版社，1989），頁160～161。

〔註30〕呂正惠先生認為，現存的杜甫詩共有一千四百五十多首，其中提到庾信的有八首，其中只有兩首是早期作品，其他六首都寫於入蜀之後。這似乎暗示：晚年的杜甫對庾信的興趣要遠超過早年，而這應當是跟他的流落西南有關係的。參見呂正惠先生，同前註，頁156。

視，在想像的視域重現逝者的身體形象。「環佩空歸夜月魂」（〈詠懷古跡五首〉其三）的主題乃在夜之城的市街暗中的呼哨與回應，亦即認知建立在音響預設上，恍惚的「環佩空歸」。隱喻位格的「夜月魂」，從視域中退卻，隱身於類比死亡的暗影。「夜月」的流光紊亂了時間的線索，加深了召魂夜恍惚的想像。

古跡是古人生命的遺跡，憑弔遺跡而生感懷，所懷者不僅古人，其實託古喻今也。在詩人的懷抱與現實的坎限之間，詩人臨在的古跡成為情意的媒介。古跡既帶有歷史的審判，兼可跨越時空的間隔，將局限於此身生死存亡的懷抱，向歷史的時空延展。生存境遇的歷史詮釋可以解放生死的焦慮。

「支離東北風塵際，漂泊西南天地間。」以身體形象為主角，演繹支離漂泊的身世。「三峽樓臺淹日月，五溪衣服共雲山。」日月雲山雖然不改，可是此日月雲山絕非京畿的日月雲山。三峽五溪標示在野的流離顛沛。「羯胡事主終無賴，詞客哀時且未還。」說明顛沛流離的原因，歷史事件的重演將今昔流徙三峽五溪的詞客身世相聯。所以雖然說「庾信生平最蕭瑟，暮年詩賦動江關。」其實也可以將主詞代換為杜甫，後人讀此詩篇，不僅想見詩中的庾信，更照見懷庾信的杜甫。

跨越時空的歷史記憶登錄于古跡，古跡雖經歷歲月的磨洗，卻延遲了身體所承載生死遷流的歷程，變成個人生命跨過生死臨界的媒介。詩人藉想像與反思的作用，在古跡中解譯了情意的密碼。但是祕密並非客觀存在於古跡中的某物，而是今時今日憑弔古跡詩人內心的生命真諦。破解古跡密碼，傳譯的內容屬於當下面對古跡的詩人。所以「詠懷古跡」的核心在於詩人的「懷抱」，但是懷抱的內涵經由歷史的媒介，向過去與未來發展出更具深度與廣度的世界觀。

圖畫意象的歷時軸向更悠遠綿長的向度延伸，於是歷史的圖象登場。因為凡發生過的事情，絕對無法在生涯中重複出現。詩人採取其片面印象，營構繁複的圖畫意象，依自身的理解與感情表現出來。後人對歷史事件的每一次重述，都蘊涵了個人的創意。詩的意象逐步收

斂，孤絕的生存處境在設定了綿延的時間後，他與歷史與社群的聯繫都被隔開，詠懷古跡雖然藉歷史意象表述懷抱，但是詩人的懷抱已超越了歷史的價值判斷，更超脫了興廢榮枯帶來的傷感，目光迴向孤獨的身影。

圖畫意象的形構原理，如石濤所說：「搜盡奇峰打草稿。」藝術家創造的基地在其世界觀與時間觀。古跡環伺的死者的城市裡，墓誌銘度量著歷史的救贖。詩人啟發的想像，選集奇峰湊配奇峰，使構成不落平常的作品，更能體現流動的空間。能夠普見一切的因陀羅網事事無礙的世界觀，應最能體現流動的空間。華嚴「法界緣起」的存有學裡，世界觀在此流動的空間裡，任何領域的時間度量，都必須還原到此一領域裡計時者的觀點與裝備，依此作為辨認時間意義的參考座標。意象就是我們生命的計時器，如果可以通觀因陀羅網層重疊現的世界，則必能映現珠珠相攝的生命之旅。

古跡啟發的寂寞淒涼，幫助我們豁開對有限生命格局的偏執，達觀歷史歲月流光之上，凌駕生事無盡的折磨摧殘，領會命物之宗而不與物遷的永生之道。既然圖畫意象的形構原理，聲稱上述層疊繁複的圖畫意象，宛如藝術家選集歷史的奇峰湊配歷史的奇峰，使構成不落平常的作品，從江樓枯坐以至於萬古雲霄，多元多層次的時─空既張開了圖畫意象的因陀羅網，也重定了我們生命之旅自旋的角度與轉速。寂寞淒涼遭遇的詩人藉蕭瑟生平與暮年哀賦，向幽冥呼喚靈魂的遷徙。個體有限的生命改變生命自旋的角度與轉速後，置身人生意象的因陀羅網，生死不過是靈魂的遷遷流謝，此其為召魂的禱祝。

第八節　漂泊者的航海學

航海學提示泊向港灣的人，在茫茫海洋中的想像刻度，例如杜甫〈詠懷古跡五首〉其一曰：「支離東北風塵際」情節的主題在於「支離」

所意謂的漂泊。情節是對行動的摹仿，〔註31〕也是事件的組合，〔註32〕而詩人是情節的編製者。〔註33〕詩中所呈現的「漂泊」情節，有如現實生活中的刑事偵察，偵察行動中對於罪行眞僞的判準，即不在場證明的有效性，乃是建立在人的存活樣態預設之上。如果不是預設人類生命的個體存在樣態，不在場證明必喪失其意義。

《莊子·人間世》曰：「支離疏者，頤隱於臍，肩高於頂，會撮指天，五管在上，兩髀爲脅。」可見「支離」之義原是從人類生命的個體存在樣態上著眼。以支離爲目之事件，藉個體生命的自我意識，表述了存活樣態的變異。這變異乃是從原來預設的「東北」方位所指陳的存活樣態中，產生疏離和改變。

「漂泊西南天地間」（〈詠懷古跡五首〉其一）情節的主題在於「漂泊」。「漂泊」的航海學，類比於一種無法釋懷的想念。星月的方位錯置了，因爲東北西南只是無所謂的方位命名，但是航海的經線本來就只是自由心證，物換星移任何一條經線都可以是本初子午線，這根本是政治問題。詩人功名顯榮之心，其實正是他漂泊的航海經線，決定了他人生的本初子午線。生命唯一的方位就是與心中的京國疏離，漂泊使我淹留於持久的疏離。

「風塵」與「天地」所範限的「支離」者與「漂泊」者提供的位格，成爲讀者尋繹詩句意義時，想像活動的銜接點，從這裡過渡到意義的理解。「風塵」與「天地」乃所謂視覺意象邊際的元素，視覺是眼睛辨別外界物體明暗和顏色特性的感覺，「風塵」與「天地」這類

〔註31〕情節是理性和規則的產物，它的組合必須符合必然或可然的原則。詩人應按必然或可然的原則組織情節，只要編排得體，一件不可能發生但可信的事，比一件可能發生但不可信的事更爲可取。請參考亞里士多德《詩學》第6章。

〔註32〕情節是事件的組合，應有一定的長度。請參考同上，第6章。

〔註33〕詩人應按必然或可然的原則組織情節，只要編排得體，一件不可能發生但可信的事，比一件可能發生但不可信的事更爲可取。情節是理性和規則的產物，它的組合必須符合必然或可然的原。

元素都好像可以憑藉我們的視覺作用去感知，卻又在若有似無之間，我們如何看到「風塵」，如何看到具體的「天地」？

實際上，當我們自以爲看到「風塵」或「天地」時，並無法看見它們的眞實內容，只是在視覺想像的邊緣留下的陰影，正如梁武帝時的畫家張僧繇畫的佛像或人物畫，一改傳統人物畫對於線條的依賴和堅持，取消線條後，在朦朧的輪廓與柔軟豐美的色彩中，能使一個形式與另一個相互吞融，並爲觀者的想像力留些餘地，如果說畫家運用這樣的的手法，刻意留下一些東西給觀者去尋思、去猜測，那麼像「風塵」或「天地」這樣的意象元素，正是介於具象和抽象間朦朧的輪廓。因爲它們具體指涉對象內涵相對貧乏，所以一方面提示了最基本的存活場所，一方面又形成了生命存活的邊際界限。因此它們表現了「支離」者與「漂泊」者存活樣態的荒漠無聊。

「東北」與「西南」標示的方向，使得位格主體—「支離」者與「漂泊」者，在想像的視域得以展布開來。然而「支離」與「漂泊」原本未能形成時間度量的線索，詩句以風塵之「際」與天地之「間」收尾，「際」和「間」本來都可以提供時間量度的線索，展現生涯的時間向度，可是受限於「支離」與「漂泊」的主題，時間的想像，亦即生命的想像，就被此淹留於空間的想像裡了。

「羯胡事主終無賴」（〈詠懷古跡五首〉其一）情節的主題在於遙觀中，欲望之興起與失落。君王所親信的羯胡，終於因其背叛而令君王失望了。遙觀的事實出於前述疏離的現狀表述，映比前後「疏離」與「歸屬」，因此必須下句未還之憾相續表述，才能將此句詩人自況的失志對照出來。

「詞客哀時且未還」（〈詠懷古跡五首〉其一）表述著志意未償的悲哀，那是生命趣向的否定與頓挫。猶行屍走肉一樣無望的生存樣態，一直無法掙脫的夢魘。如上述「終無賴」與「且未還」分別指向時間過去與未來的向度，同時兩句時間的命題，都遭否定詞截斷了時間展向過去與未來的線索，此即所謂行屍走肉的生存樣態，與無法掙

脫的困境。時間性終究是我們理解生命的地平線，如果對於生存樣態的表述不能展現時間流動的向度，那麼意謂的是個人意志不得伸展，生命呈現滯留的狀態。

「伯仲之間見伊呂」（〈詠懷古跡五首〉其五）以過往的歷史人物為時間度量的參考基準，於是諸葛武侯與伊尹與呂望，在時間的軸線上相望，如是預設了時間想像的自我指涉的效果。「伯仲之間見伊呂」以歷史人物的存活樣態，解消了原本彼此在對方歷史現場缺席的事實。歷史人物存活樣態的類比論述，使我們在個體生涯的漂流中，有了航海學的了悟。

陸地上的人如今憑經度所區格畫分出的「時區」，將時間的想像化為一個個區塊，當然區塊中還有更細的刻度，時區的概念顯然已經把時間空間化。但航海人面對空闊無際的汪洋，必須隨時知道它所在的經緯度。航行中只要用簡易的方式便可定出船隻的方位，但是正確經度測量卻受到時間推移的干擾，擁有精確的計時器航行者才能在時間和空間的換算銜接中形成一定的向度。〔註34〕至於「漂泊」者的人生，宛如沒有方位向度指引的航行，只是一任地漂流，雖然對目的地的牽掛不曾或忘，卻始終上不了岸。

「指揮若定失蕭曹」（〈詠懷古跡五首〉其五）似乎與過往的歷史人物在時間的軸線上相失，但是相頡頏的預設，形構了生命意義在時間軸線上的自我指涉。「指揮若定失蕭曹」或許再度說明了時間向度上，相望相失的航海學，同時類比於一種無法釋懷的想念。此無法釋懷的對象，在時間軸線上的自我指涉表述了深重的自我期許，所以這裡所使用的歷史的類比，同樣建構了漂泊人生的航海學。

杜甫〈秋興〉第二首：

　　夔府孤城落日斜，每依北斗望京華。

─────────────

〔註34〕航海者須有兩種時間，才可以把時間的差異換算成地理的差距。參見戴瓦梭貝爾（Dava Sobel）著，《尋找地球刻度的人》（Longitude）范昱峰、劉鐵虎譯（臺北：時報文化出版，1998）。

聽猿實下三聲淚，奉使虛隨八月槎。

畫省香爐違伏枕，山樓粉堞隱悲笳。

請看石上藤蘿月，已映洲前蘆荻花。

國畫以線爲基礎〔註35〕「孤城」、「淚」、「槎」、「畫省」、「香爐」、「山樓粉堞」、「笳」、「石上藤蘿」、「蘆荻花」等造型，雖然色彩單調，卻都是可以在視域形成清晰線條形象的圖畫意象。至於「每依北斗望」、「聽猿」、「奉使」、「伏枕」等身體形象的形構也以線爲基礎。

圖畫意象的另一元素，「落日斜」「隱」「月」「映」充分表現了光影的運用。光線從首句點出「落日斜」就開始牽引我們想像的視線，標示我們注目的焦點。「北斗」猶如落日，依然導引我們想像的目光，拋下天際，投向京華。暫時轉而「聽猿」，唱歎枉然「奉使」，意象的表現轉趨模糊。

直陳「畫省香爐——伏枕」意象矛盾的關係，白描「山樓粉堞——悲笳」意象的層疊，我們暫時失去光的指引。但是詩人立即恢復他目擊的報導，甚至參與了他的目擊。發出「請看」的邀約之際，光又重新回到舞臺上，「石上藤蘿月」與「洲前蘆荻花」皆可見矣。杜甫此詩裡，若隱若現生命歷時態的存在方式。話說「已映」，爲前述光的旅行標示計算的刻度。當光以歷時態流貫大地，杜甫將散置的小品素描集合起來，然後藉光的輪照而得以整合。

我們的議題仍然在於意與象的關係，要評價詩人對於圖畫意象元素運用是否得當，仍然要追索詩人的懷抱。想像的焦點，從第一首暮色蒼茫裡的白帝城，移向背景西斜的落日，構圖因而更爲宏闊，孤城的寂寞也更爲突出。生命既難免離別的宿命，懷鄉的愁緒豈不是徒增傷悲，而遊子卻每依北斗望京華，體現了一種無謂的癡情。依北斗而望京華的事件不再是生活的片段，而是一種漂泊人生的航海學。所有遙遠的天文事件都必須記錄下來，爲航行於茫茫大海的水手引路。

漂泊的命運未止，生涯的斷想隨猿鳴聲聲不絕，無法捉摸卻又繚

〔註35〕潘天壽，《潘天壽談藝錄》（臺北：丹青圖書，1987），頁76。

繞不去，因而激起生命旋律的共鳴，聽猿聲不絕於江上峽間，使人感
於生涯無常，前途曖昧難明，遂而潸然淚下。進而感慨於奉使離京而
終於歸鄉夢斷，即使確有神話中的天河槎，亦無法隨之返歸帝鄉，遊
子終於隔絕於異鄉的邊城，陷落生命的疏離宿命。

　　因爲流離中的衰病，詩人乖離了畫省香爐的京華，。一種疏離隔
絕的生存狀態說明了兩幅圖畫的關係，由是構成了一句生涯流離的以
事件爲表述方式的詩句。從嚮往京華重回夔府孤城，城下遊子反顧孤
城的望樓與城堞，城樓與粉堞卻都在影音介面上逐漸淡出視域。山樓
粉堞所建構的舞臺上，悲笳正在上演，但是隨夜色逐漸隱匿在心境的
孤寒裡。

　　隱約的悲情在「請看」二字的引導下，重新開啓我們想像的眼睛，
月光映照眼前石上藤蘿，想像的視域從一點玉露放出去，曾經遼遠瀰
於天地。這些意象承載時間的度量，計時器之於時間，猶如頭腦之於
思想，計時器流轉未絕，時間卻一去不返，但即使沙漏破碎，日晷黯
然，時間依然未曾稍絕。我們之所寄望於計時器者，也僅是追認時間
的足跡而已。如今再由天邊京華，而夔府城樓，而眼前階下，而月下
一帶藤蘿。月夜的風景歷時流轉，流過的不僅是月光，更是絕不回頭
的生命。在遠別京華，流離失所裡反映自身的疏離孤絕，孤獨的自覺
觀照著生命無情的流逝。

　　述懷之所欲述者，除了懷念，更重要的是藉懷念之情，映照自我
的懷抱。「懷」所蘊涵的懷抱之意，依乎詩人的身體形象。世界觀不
僅是客觀環境的表述，還是人生境界的構想，上引〈天末懷李白〉還
只是詩人懷才不遇的怨言，而下述〈旅夜書懷〉，杜甫嘗試開出人生
的出路：

　　　細草微風岸，危檣獨夜舟。星垂平野闊，月湧大江流。
　　　名豈文章著，官應老病休。飄飄何所似，天地一沙鷗。
在朝或在野是杜甫生涯的臨界情境，「朝」的世界元件如宮室朝堂京
華故國，「野」的世界包括郊原田野山河峰澗江湖草莽。杜甫的〈旅

夜書懷〉顯然是詩人在野的懷想。「細草微風岸，危檣獨夜舟。」是當下孤危寡與的生存處境，「星垂平野闊，月湧大江流。」點染在野的寥落場景，「名豈文章著，官應老病休。」並非單純的回憶，而是詩人的人生反思，感悟「文章憎命達」，所以長吟「名豈文章著」，表述蒼涼的達觀。對於漂泊的宿命，蹭蹬的際遇，杜甫期許自身「官應老病休」遂得解脫仕宦的懸念，人生的境界瞬間達於逍遙任化的高明自在：「飄飄何所似，天地一沙鷗。」

詩句中事件相續，情節宛然，可以說如圖畫中全憑墨線的迴旋曲折，縱橫交錯，順逆頓挫，馳驟飛舞等等。〔註36〕詩人的懷抱以線為基礎，彷彿徘徊於身體形象的「望」、「聽」、「隨」、「伏」、「看」等等姿態上。詩人注目星月交織的計時學（Horologium），其實只不過試圖為漂泊的人生，尋找航行的本初子午線，因此從表述詩人懷抱的角度觀之，這首詩相當成功地運用了墨線的迴旋交錯，勾勒畫面的戲劇性情節，突顯了人物內心的感懷與嚮往。漂泊人生所依恃的航海學，實乃齊一歷史咒語歧義的經緯，將漂泊的人生導向大地歸鄉。

第九節　歸根復命的禱詞

漂泊者的喟歎乃源自鄉愁，但是所欲歸者並非僅是地理上的故鄉。死亡是人生不可避免的宿命，但是詩人既有志於「扶義俶儻，不令己失時，立功名於天下」又豈能默然而逝。墓誌銘默默的呢喃，眞的足以拯救詩人漂泊的靈魂嗎?故園京國，其實象徵著人生價值的根源，是生命終極的歸宿。《老子》十六章曰：「萬物並作，吾以觀其復。夫物云云，各歸其根。歸根曰靜，靜曰復命。」漂泊者向生命發出存有意義的質問，自存有學的層面，探詢人生終極的歸鄉。因為人生終極的歸宿，可以當下拯救漂泊的疏離。漂泊的意義繫於歸根復命的反思，此為杜詩藉歷史事件表述的史詩主題之一。杜甫〈秋興〉第一首：

〔註36〕潘天壽，《潘天壽談藝錄》，同前註，頁76～77。

玉露凋傷楓樹林，巫山巫峽氣蕭森。
江間波浪兼天湧，塞上風雲接地陰。
叢菊兩開他日淚，孤舟一繫故園心。
寒衣處處催刀尺，白帝城高急暮砧。

叢菊兩開的事件由兩幅菊花綻放圖所表述，它們提示了歲月。時間
意象的介入使一滴淚珠的內涵豐富起來，淚滴流出的情感穿過時光
隧道，表達眷戀京華的鄉愁。孤舟乃詩人自寓漂泊生涯的居所，卻
又將孤舟繫在一個非視覺形象的端點上。孤舟無法真實繫於所謂故
園之心，而是虛擬繫於一縷鄉愁之上。故園具體的圖象在詩人點出
鄉愁之後，從視域隱入心中的幻影。這是詩人對自己身世的憬悟，
鄉愁是不可脫免的宿命，但是歸鄉夢斷，鄉心終究只能繫在無法執
實的心情之上。

　　自省生命內照的節奏，猶如處處刀尺催的意象，達到遍照的通
觀。催刀尺的圖畫意象一幅繼一幅，層層疊疊，帶進音樂的節奏感。
耳聞一聲急過一聲的寒砧，季節的旋律呼應了處處催刀尺的非視覺知
性概觀，白帝城高急暮砧與寒衣處處催刀尺，構成了生命時節的和
聲。綿歷不絕的時間意象，最貼切生命綿延不息的想像。而此生涯在
逐漸於蒼茫暮色裡隱去的白帝孤城之野，想像上升到自我通觀此生孤
絕的邊城望樓之上，老去的生命也將如寒夜的急砧，雖然一聲急似一
聲，但是卻又無可奈何地散入無情的暗夜。

　　杜甫〈詠懷古跡五首〉其一曰：「三峽樓臺淹日月」情節的主題
在於歲月的淹留。三峽樓臺並非真能淹浸日月，但是日月逝於上，三
峽樓臺卻依舊環繞著我的生活。三峽樓臺遂成爲淹滯生活的墓誌銘，
逝者如斯，不舍晝夜，但生命的節奏卻流連往復，單調地自我複製著。

　　「五溪衣服共雲山」（〈詠懷古跡五首〉其一）情節的主題在於「疏
離／歸屬」。生涯偃蹇的際遇在於西南與中央的對立，在於生命滯留
於三峽五溪標示的異域。人在異域的疏離，既無法預言歸鄉，又無從
當下歸化。要拯救如此的疏離，唯有試圖改變疏離的一端。如果歸鄉

遙遙無期，或許應該當下歸化，以共此雲山。

上聯「天地」與「風塵」提示了視覺想像的邊界與框架，但是只是泛泛提示了「支離」者與「漂泊」者存在的場域。而「峽」與「溪」將視線帶到了近前，「樓臺」提供了暫時安身之地，「衣服」則包裹著「支離」者與「漂泊」者的存在。「支離」者與「漂泊」者生命疏離的樣態，則在「三峽」與「五溪」標示的風土特色裡得到進一步的說明。

「日月」與「雲山」因「三峽」與「五溪」的風土標示，從指涉普遍存在的共相，轉變成為局限一隅的殊相。共相與殊相是一組對立的概念，例如「日」與「今日」、「月」與「長安月」、「雲」與「巫山雲」、「山」與「泰山」等即是共相與殊相的關係。《莊子·齊物論》曰：「非彼無我，非我無所取」，本來「日月」與「雲山」皆是泛稱，並沒有特殊的指名是哪處或哪個日月雲山。因為限定了那是三峽的日月，以及五溪的雲山，所以界定了「支離」者與「漂泊」者與京師的疏離，我們想像的世界藉著「疏離／歸屬」形成明確的布局與深淺。〔註37〕

「日月」「淹」於此「三峽樓臺」，生命的時間度量歸零，「三峽樓臺」反覆鏤刻著生命的凋萎。而「雲山」「共」映於「五溪衣服」，生命跌落此異域山川的節奏，等待從淹滯中獲得拯救。

杜甫〈詠懷古跡五首〉其二曰：「搖落深知宋玉悲」的主題在於歷史的觀照，此中蘊涵詩人悲情的問答。因「搖落」而察知秋天是詩人當下的情節，由此而領悟古詩人「宋玉」的悲情，則又是一情節。詩人由知秋而知宋玉悲，其實必先排除了木葉搖落的其它可能意涵，而以此草木之搖落獨繫於悲秋。如此的歷史觀照，表現了詩人貫穿紛紜表象的洞見。

「風流儒雅亦吾師」（〈詠懷古跡五首〉其二）的主題在於回歸生命的文質彬彬，從而化解當下生存的困境。詩人虛擬師生的關係，提

〔註37〕布局（composition）對寫作而言，可以稱謀篇或章法。在繪畫中，主要指構圖，即畫面上各種成分和部分的分布配置。

示宋玉的人生風度就是自身當下困局的解答。因為詩人既已表述深知宋玉的悲情，此一同情可資以代入造此悲情的困境。標舉宋玉風流儒雅的生命風度可以為吾師，正可回應上句暗示的困境。

「諸葛大名垂宇宙」（〈詠懷古跡五首〉其五）的時間論述乃以垂布的靜態意涵，加強時間的永恆形象，維持生存樣態的絕對不變。《史記・太史公自序》曰：「運行無窮，輔拂股肱之臣配焉，……作三十世家。」於是三十世家以主體位格撐起歷史論述的織錦，原本平板的時間線索重組為生動的事件情節。這就是「諸葛大名」此一歷史記號所承載的意義。所以繼而「宗臣遺像肅清高」（〈詠懷古跡五首〉其五），遺像的存在既否定了承載生命徵象的身體，卻以死亡後不滅的身體形象，表述時間軸線上的永恆。「肅清高」所表述的價值判斷，是以春秋之義建立生命意義的歸宿，解救個體生命的未酬之志。

就全詩觀之，「諸葛大名垂宇宙，宗臣遺像肅清高。三分割據紆籌策，萬古雲霄一羽毛。伯仲之間見伊呂，指揮若定失蕭曹。運移漢祚終難復，志決身殲軍務勞。」（〈詠懷古跡五首〉其五）先主武侯的曠世奇遇，賦予人生超絕的價值。所謂「大名垂宇宙」，故不虞歲月的淘洗。至於杜甫讚譽諸葛武侯「萬古雲霄一羽毛」，後人雖以「志凌雲霄，神機獨斷。」「正與清高相應」等語詮釋其義，但是似未能點出「萬古雲霄」何等之重，而「一羽」又是何等之輕，在這輕重跌宕映比之間，繃緊諸葛武侯獨特的歷史定位。

「運移漢祚終難復」已揭示了武侯壯志難酬的悲劇性命運，「志決身殲軍務勞」則貼切地描述了武侯鞠躬盡瘁以酬知遇的悲劇英雄性格。諸葛武侯的悲劇英雄性格可以解釋，為何杜甫以極輕與極重的意象表述他的歷史評價。

《莊子・逍遙遊》曰：「夫列子御風而行，泠然善也，旬有五日而後反。彼於致福者，未數數然也。此雖免乎行，猶有所待者也。」諸葛武侯雖然能達道「且舉世而譽之而不加勸，舉世而非之而不加沮，定乎內外之分，辯乎榮辱之境」，但是縱使「御風而行，泠然善

也」，卻不免因為千載難逢的知遇而「猶有所待者也」。所以諸葛武侯「萬古雲霄一羽毛」，猶如「藐姑射之山，有神人居焉，肌膚若冰雪，綽約若處子，不食五穀，吸風飲露。乘雲氣，御飛龍，而遊乎四海之外。」是為神人無功之境也。神人不以人間的功名為務，卻依然不免期待千古知遇。

所謂雲從龍，風從虎，列子御風而行，仍有待於風起雲湧。自古才士縱能超然物外，無視塵濁功名富貴，但終有無所逃於天地的自尊自貴。諸葛武侯雖然苟全性命於亂世，不求聞達於諸侯，躬耕南畝，高臥隆中，但劉先主三顧之下，終不免感於知遇，鞠躬盡瘁，死而後已。

杜甫詠懷古跡的極致，總結於此。諸葛武侯雖未興復漢室，一統天下，最後且齎志以沒，但卻成為杜甫心中，萬古雲霄的大英雄，說明了杜甫個人的懷抱。杜甫少壯讀萬卷書，行萬里路，有致君堯舜之才志，卻半生流離顛沛，凋喪落魄。杜甫感懷諸葛，實自傷也。難道杜甫要任自己在這自傷自憐中隕歿？果真如此，則詩人對諸葛武侯的懷念讚佩就變成了污蔑。

詠武侯不可止於自傷身世，而在於一股超越歷史評價的強勁生命力。憑藉這一股強勁的生命力，詩人才能說出萬古雲霄一羽毛，以臻於神人之境。所以詠懷古跡雖然藉歷史意象表述懷抱，但是詩人的懷抱已超越了歷史的價值判斷，更超脫了興廢榮枯帶來的傷感。古跡啟發的寂寞淒涼，幫助我們豁開對有限生命格局的偏執，達觀歷史歲月流光之上，凌駕生事無盡的折磨摧殘，獲致命物之宗而不與物遷的永生。

第十節　天地流離的獨白

既然最具創意的人生，只出於歷史迷宮裡辯證，再流徙於無所藝之大地上的獨白，我們將看到那不堪族姓繁衍沉重負擔的個人，以獨

行其志的孤絕勇悍，表述人生的歸宿。杜甫〈詠懷古跡五首〉其三曰：「一去紫臺連朔漠」的主題在於背叛，〔註38〕以及因背叛而導致的放逐。〔註39〕《後漢書・南匈奴傳》曰：

> 昭君字嬙，南郡人也。初，元帝時，以良家子選入掖庭。時呼韓邪來朝，帝敕以宮女五人賜之。昭君入宮數歲，不得見御，積悲怨，乃請掖庭令求行。呼韓邪臨辭大會，帝召五女以示之，昭君豐容靓飾，光明漢宮，顧景裴回，竦動左右。帝見大驚，意欲留之，而難於失信，遂與匈奴。生二子。及呼韓邪死，其前閼氏子代立，欲妻之，昭君上書求歸，成帝敕令從胡俗，遂復爲后單于閼氏焉。〔註40〕

先有「不得見御，積悲怨」的委屈，後有君王「難於失信，遂與匈奴」的背叛，才造成昭君的一去不返。「一去」的姿勢表現放逐的決定性瞬間，「紫臺連朔漠」與一去之姿相映，以空間化的意象終結了時間想像的綿延。「一去紫臺連朔漠」既是背叛與放逐歷史的因果論述，也是想像之時間向度的背叛，將生命綿延的時間意象自我放逐於視域單調的靜止與界定中。

杜甫〈詠懷古跡五首〉其三曰：「獨留青塚向黃昏」的主題在於「青塚」爲大地的一部分，承載著幾近於靜止的時間。而「青塚」作爲死者的居所，標示時間想像綿延的終結。於是無所蓺的大地，純然獨對天道運行的流轉不息，卻只能以靜默表述死亡的獨白。

杜甫〈秋興〉第七首云：「昆明池水漢時功，武帝旌旗在眼中。織女機絲虛夜月，石鯨鱗甲動秋風。波漂菰米沉雲黑，露冷蓮房墜粉

〔註38〕昭君之事本出於正史，《漢書・元帝本紀》、《漢書・匈奴列傳》與《後漢書・南匈奴傳》均有記載。然而同屬正史系統，漢書與後漢書也有差異，顯見東漢時流傳有關昭君之事已較西漢曲折、豐富。漢書的記載簡略，傳爲晉葛洪所作之《西京雜記》則添加畫工誣陷之說。

〔註39〕小說、戲曲或民間文學系統中的昭君故事，多把昭君的放逐歸諸畫工的構陷，然而亦不乏譴責帝王之失者，如白居易〈昭君怨〉：「見疏從道迷圖畫，知屈那教配虜庭。自是君恩薄如紙，不須一向恨丹青。」即是。

〔註40〕范曄《後漢書・南匈奴傳》，頁2941，台北：鼎文書局。

紅。關塞極天唯鳥道，江湖滿地一漁翁。」

「昆明池水漢時功」可以說是歷史圖畫的素描，「昆明池」直指地名，所以擬諸素描。「昆明池水」使前述地名式的表現方式產生變化，變得更具象。「漢時」也只是一種路標式的介紹，爲這幅圖畫標誌時間的座標。「漢時功」略具情節，使前述時間的標竿在戲劇性的情節裡取得定位。

「武帝旌旗在眼中」以具象的方式豐潤了圖畫的內涵。「武帝」雖然也是以指名式的表現方式，揭示一尊雕像，但武帝在這兩句詩中的情節，勾勒出這以武帝爲名的位格身上的歷史線條。其中「武帝旌旗」是十分視覺性的意象，無庸置疑。饒富興味的地方在於「在眼中」，若依詩人文字的導引，此時讀者的視線應該聚焦於詩人的眸子。「武帝旌旗在眼中」雖然好像一種泛泛的描述，想像武帝時的旌旗應在讀者的眼中，但是因爲主詞的隱退，觀點開始變得不確定。詩人眼中的旌旗，讀者眼中的旌旗，乃至於讀者自詩人眼中看見的旌旗，無論是那一種可能，總歸是一種視覺意象，而且使人在觀點的游移中，充分體會視覺意識。

昆明池水構成一幅圖畫，但是此一圖畫是歷史的圖畫，詩人以漢時功標明了歷時性的端點，使得圖畫有了史詩的意象。

從上句的時間界標展開另一幅圖畫，眼中宛若鋪排開來漢武帝的軍陣旌旗，只是這幅圖畫如今雖憑想像，在我們眼前展開，其實它重構了過去的歷史事件，所以又是史詩的圖畫。

「昆明池水漢時功」簡單揭開了畫面，將近景的場所點出來。「武帝旌旗在眼中」以目擊者的觀點，將歷史的想像從遠景拉到近前。「織女機絲虛夜月」與「石鯨鱗甲動秋風」呈現神話虛幻的圖象，以及位格主體藉身體形象，在畫面上呈現的戲劇性緊張。「波漂菰米沉雲黑」與「露冷蓮房墜粉紅」具有濃豔的色調，但在繁華誇飾的畫面下，卻

渲染著陰沉的憂鬱。〔註41〕這是畫面的主體，而主眼卻是那不確定的「武帝旌旗在眼中」裡的那雙眼睛。〔註42〕上述的視覺意象鋪陳畫面的近景，而藉著「關塞極天唯鳥道」的承轉，布局歸結於既寥遠又切身的「江湖滿地一漁翁」圖象。

　　昆明池水漢時功，詩人以漢時功標明了歷時性的端點，使得圖畫有了史詩的意象。武帝旌旗在眼中，從上句的時間界標展開另一幅圖畫，鋪排開來漢武帝的軍陣旌旗，它重構了過去的歷史事件。

　　織女機絲虛夜月，織女的形象從某紡織之女，轉變為愛情故事中的女主角，再轉變為神仙，再轉變為歷史的雕像，她已經脫離現實的思維，層層虛構達成解放想像的目的。夜月下織女機絲虛而不能織，這是對織女意象的否定。經過這層否定，所有預設的期望盡皆落空。情節的終絕截斷了綿延的生意，詩人以包涵否定義的以事件為表述方式的詩句，表述了生機的終絕。石鯨鱗甲動秋風，石鯨驚動肅殺秋風，因為石鯨的神話意象，其所飆起肅殺秋風似有神意，實人力所難迴也。

　　波漂菰米沉雲黑，波漂菰米形構一幅圖畫，圖畫的著色卻是由一個虛擬的動作來完成，所謂虛擬是因為我們未見使雲黑沉的手，只見雲已黑沉。露冷蓮房墜粉紅，露冷蓮房是一虛構的事件，其中有一虛擬的位格，以感知其冷，遂傳達了其中的冷，以及顏色之冷墜。

　　關塞極天唯鳥道，關塞極天的隔絕裡，只有飛鳥得以逃出生天。唯字的詞義在此具有否定義，強烈地否決了人的出路。江湖滿地一漁翁，江湖滿地所構劃的生存視域極端遼闊。在這幅遼闊的圖畫裡，只餘一孤獨的漁翁，更顯得出路無限廣闊。江湖儘管遍在，然而何處是歸鄉？

　　註定漂流的孤絕，無往不可的江湖其實了無繫舟之處。詩人表述

〔註41〕藝術家以極度誇飾的殿宇，在人間建構的極樂。繁華的歡讌，卻瀰漫陰沉憂鬱的寂靜。Gombrich, p. 356～9。

〔註42〕何謂主體？何謂主點？例如人物畫，頭是主體，眼是主點。主點很小，卻很引人注目，故有人稱之為畫眼。傅抱石，同上，附錄〈中國畫題款研究〉，頁15。

繁華過盡的蒼涼，並非僅止於撫今追昔的傷感。而是透過追憶中永遠不再重現的盛世，以及天上神仙幻境永恆的遺憾，突顯詩人當下孤絕疏離的生存處境。詩人期盼人生的出路，為求安頓漂泊的生命。而終究與人間盛世疏離，並且隔絕於神仙世界之外的虛無感，表述詩人與望鄉的好夢已碎，生命的意義頓失歸宿。然而既出乎歷史迷宮裡辯證，不再留連昆明池水與或武帝旌旗的迷陽，反身湧現滿地江湖裡，扁舟漁翁漂蕩無繫的流徙，人生的真諦乃無所藝之大地上逍遙任化的獨白。我們將看到那不堪族姓繁衍沉重負擔的個人，以獨行其志的孤絕勇悍，表述著人生同於大通的歸宿。〔註43〕

〔註43〕《莊子・大宗師》:「墮肢體，黜聰明，離形去知，同於大通，此謂坐忘。」

第六章　夜角自語

　　第一重意象形構元素爲天地萬象，第二重意象的元素是位格，第三重意象形構則是在「意」與「象」假立的名相之間，鋪陳抽象關係的具體圖畫。第四重意象元素「時間性語句」，導向時間的思維與語言，呼應生命的綿延。第五重意象形構整合了上述四重意象形構，組織「道具」、「角色」、「舞臺」以及「旋律」等意象形構，然後組構諸事件表述爲一齣「連環圖畫」。第五重意象形構的元素可統稱之爲「歷史」。第五重意象形構是以事件爲媒介的表意活動。事件的意義在於它是時間性自我組建的詮釋結構。其中如時間的理解，定位，墮落與議論皆符合事件的定義。

　　第六重意象形構元素是「我的情感」，這裡所說的「我」與第二重形構中「身心性命」合而爲一的主體位格（Personae）不同之處，在於後者著重表述位格的外顯表象，而前者在乎表述位格的生命內省感受。第四重時間意象固然呼應生命的綿延性，但因藉圖畫意象的隱顯表意，不免偏重時間的空間化表現。唯有第六重意象形構元素「我的情感」，才是直接以生命的非視覺樣態爲元素的表述技藝。

　　抒情詩的定義在於其特殊的意象形構元素「我的情感」。但是「我」必須超越一己之私，方能以「我的情感」啓發他人的想像。超越一己之私至少有四重藩籬，即生理學層面、心理學層面、倫理學層面以及

存有學層面的藩籬。每一層面都有一些指標性的字眼，足供分辨。

　　生理學層面指標性的字眼，以「身體」爲媒介，如衰老病死。心理學層面指標性的字眼，以「人格」爲媒介，如瘋狂悲哀。倫理學層面指標性的字眼，以「身分」爲媒介，如君臣父子兄弟。存有學層面指標性的字眼，以「性命」爲媒介，如生死存亡。上述的四層面當然未必能窮盡杜詩中的抒情媒介，但卻可以概括其犖犖大者。四者之間的交集就是位格的我，其實此四者皆是位格的自我指涉。同時在同一首詩中，此四層面可以一時並出。四者並出，或許表示詩人強固不化的自我意識，更標示抒情詩的難度。每一次詩人以否定詞跨越一己之私的藩籬，就表現抒情詩的成功。

第一節　照我衰顏

　　超越一己之私的藩籬，生理學層面指標性的字眼，通常以身體爲媒介，如衰老病死。前文述及凡指涉位格的詩句中者多有「身」、「心」、「首」、「肘」、「口」、「骨」、「骸骨」「眼」、「齒」、「膝」、「腹」、「胸」、「皆」、「顏」、「面」、「白頭」、「白髮」、「尸」、「淚」、「涕淚」、「血」等等字眼。例如杜甫〈晚晴〉詩云：「照我衰顏忽落地」句中的自我以身體形象「顏」爲媒介，表述「衰」之自我認知。又如〈秋野五首〉之五：「身許麒麟畫，年衰鴛鷺群。」〔註1〕其中的「身」和「年」，藉己「身」之所「許」與「年」華之「衰」，表述的是屬於生理層面的自我認知。

　　杜甫〈晚晴〉詩云：「南天三旬苦霧開，赤日照耀從西來。六龍寒急光徘徊，照我衰顏忽落地。」詩人圖畫式的表述，藉著表述時間性的語句之助，在我們面前將自己所有的運動與形象鉅細靡遺地展現出來。表述時間性的語句之於圖畫式表述，猶如我們目睹織品（texture）在穿梭間完成一樣。接下來說：「口雖吟詠心中哀，未怪

〔註1〕〈晚晴〉與〈秋野五首〉，朱注及《年譜》皆繫於大曆二年瀼西作。

及時少年子。」徒然感慨學術社群集結的權威，塑造了缺乏音感的群眾，只能理解沉悶枯燥的推理，無法歡唱生命的旋律。詩人於此詩中表述著毀滅的焦慮，然而毀滅或許是新生命的契機。一如《莊子·人間世》所提示，坐忘的原理即在於剝落自我意識所寓的身體形象，如果能夠超越這一重自我意識的藩籬，進而始可言於大我。

又如杜甫〈甘林〉詩云：「我衰易悲傷」，此一語句所表述的情感不具普遍性，其主詞表述未能喪我，並未指涉同於大通的「我」，所以僅是直陳小我的傷感。因為衰與悲傷之間並不具有普遍必然的關係，固然有因衰而悲傷者，但衰者未必就易於悲傷。衰者最易衍生的情感究竟是豁達，或是虛無，又或者是無助，並無普遍性的定論。所以「我衰易悲傷」，只能算是詩人一己的論斷。詩句中的我必須先超越自我意識，在每一個別自我之上，通觀人生底蘊的大我，其所謂「我的情感」才具有說服力。

解消位格化主體，在所有運動裡消失的主體（subject），沒有主詞的語句，其實是超越日常的理智。故《莊子·齊物論》曰：「（形如槁木，心如死灰）今者吾喪我。……聞天籟夫。……夫吹萬不同，而使其自己也。咸其自取，……」正試圖解答無主詞語句的抒情謎語。

「……夫吹萬不同，而使其自己也。咸其自取，……」就是莊子所謂的自然，以此界定「吾喪我」的意涵。但是藝術的領域應該避免任何主觀的欲求，超脫自我的陷溺，並令個體的意志與欲望沉寂下來。抒情詩以「我」為表意的媒介，但是這個「我」乃是同於大通的「我」，而不是經驗領域裡，時——空——因果條件所規劃與界定的「我」。所以就表述媒介觀之，抒情詩人等於表述時間性的專家。〔註2〕

因此我們不妨將第六重意象形構當作心聲的音樂性表述，而與心意的圖畫式表述相反。因為表述音樂的語句，其語言是時間的語言，而時間性又是生命的基本視域，所以表述音樂性的語句是世界的理念

〔註2〕Friedrich Nietzsche，Die Geburt der Tragödie. §5。

實相,而圖畫式表述只是理念的反射倒影。圖畫式表述裡無數的形影,都只是表述音樂的語句之複本,乃生命省思對象化之後的成品。

前述《莊子‧齊物論》曰:「(形如槁木,心如死灰)今者吾喪我。」一句中出現同樣指涉第一人稱的「吾」和「我」,好像一個人誕生兩次,第一次是存在,第二次是生活。同於大通的「我」,僅存在於下文所闡述心齋坐忘之後的人格裡,心齋坐忘是人間的「奧德賽(Odyssee)」。尤利西斯(Ulisse)象徵存活於人間的歷險,而我們的激情(nos passions)是我們存活的首要工具,是上天直接賦予人的指令。自然的激情是我們自由的工具,使我們得以存活。所有奴役我們與使我們滅亡的激情,都不是自然的激情。

從位格的迷宮出走,就如《莊子‧德充符》所說:

> 有人之形,故群於人。無人之情,故是非不得於身。……
> 道與之貌,天與之形,惡得不謂之人?……吾所謂無情者,
> 言人之不以好惡內傷其身,常因自然而不益生也。

由《莊子‧德充符》這段話來看人的「自然狀態」,乃是本章的關鍵。現代人一談到「自然」,難免以近代物理學的自然觀為預設,但是卻對自身的成見無所覺。為了突顯詩人抒情表述的意象形構,必須超越這些非藝術因素所造成的成見,以說明「我的情感」。而語言是現象的機關與符號,永遠無法揭露表述時間性的語句的內在核心。語言試圖模仿表述時間性的語句,但卻只能觸及表述時間性的語句的表層。我們透過言說表達自己的理念,杜甫〈偶題〉詩云:「文章千古事,得失寸心知。」說明杜甫在時間性論述的語句裡,對於語言表述的自省。人的位格在此只是語句中的主詞,他的意義受「特稱命題」的格局限制。

語言在改變符號的同時也改變了呈現的理念,歷史豈是事實的集合?中國史學的傳統言春秋以道義,不知倫理道德又豈能學會歷史論述?在單純分辨知解的人眼中,舞出生命旋律的人散發的是異國風情,有如迴旋魔舞的瘋子。分別智者無法從生活的安固中,分解出生命駭人的、毀滅性的、因為過度豐盈而引起的騷動。「有人之形,無人

之情。」的說法，因爲主詞不合理的定位衍生出語句瘋狂的意義，看似超越日常生活衡準的語言表述，卻是抒情詩人解放個體私情的契機。

《孟子・告子》上曰：「口之於味也，有同嗜焉。耳之於聲也，有同聽焉。目之於色也，有同美焉。至於心，獨無所同然乎。心之所同者何也，謂理也義也。」從語言表述的層面省察，雖然味覺表述最易感動人，但是味覺全是生理的與物質的，也是最不具想像空間者。嗅覺雖是生理感觸最輕微的，卻是極可縱容想像者。最具想像餘地者，以及最不具想像餘地者，於意象形構最難。所以味覺與嗅覺經驗，最不容易顯現於圖畫意象的範疇。因爲實際的世界有其界限，想像的世界無限。當詩人技窮，往往將味覺與嗅覺經驗直接作成甜酸苦辣香臭的判斷，意與象之間迴旋騰挪的藝術遂不得顯。

「心之所同者何也，謂理也義也。」從幼兒變成一個人，可以由其語言能力作區分。記憶使我們可以維繫自我同一的認知，開始有個人的自我意識，承擔自身行爲的幸或不幸的後果。因此，我們可以考察一個人的是非善惡了。

現代人或者以強勢與利益控制他人，古人卻深諳說服與感動心靈之道，他們以符號的舌頭說話。我們所生存的大地就是誓約記錄的檔案庫，誓言之井、見證的石堆，都是神聖信約的紀念碑。這些沉默的證人，比今日空洞嚴酷的法律更能堅定人的信念。《孟子・告子》說得生動並非藉著詞，而是藉著符號。不是說得生動，而是表演得生動。使理念可以被感覺，充分地知覺物體的世界。對自然人用勢力，對成人講理性，這是自然的秩序。讓自然人明白他唯一的限制是他自己的力量，而非任何其它權威，這是自然之軛。

「……有同嗜焉。……有同聽焉。……有同美焉。……心之所同者何也，謂理也義也。」說明自然狀態裡有一種不可摧毀的眞實平等，人與人之間的差異並不足以使人互相依賴。在文明狀態裡，權利的平等是虛假的，因爲保持這種平等的方法同時毀滅著這種平等。公共的勢力也壓迫弱勢者，破壞自然的平衡。歷史與哲學總是不斷地詆譭人

類。傳奇小說與歷史並無大的差異，只是小說家依自己的想像寫作，而史學家依他人的想像寫作罷了。杜甫曾經在詩篇中表現清晰的自我認知，但是這些自我認知屬於歷史認知的範疇，卻未必達到同於大通的境界。

例如杜甫〈登高〉詩云：

風急天高猿嘯哀，渚清沙白鳥飛迴。
無邊落木蕭蕭下，不盡長江滾滾來。
萬里悲秋常作客，百年多病獨登臺。
艱難苦恨繁霜鬢，潦倒新停濁酒杯。

詩人的悲秋與自傷其實皆源於自愛，自愛是一切激情的原始根本，它一定是好的，以及符合秩序的。但是卻在此教人無情，因為《莊子·德充符》曰：「吾所謂無情者，言人之不以好惡內傷其身，常因自然而不益生也。」真正無情自愛使我們保守生命，並且推愛於那些保守我們生命的人。人的首要使命就是要有人情味。對所有的人，不分階級、年齡，皆須有人情味。教導自然人珍惜現在，就是最大的人情。我們固然因無人之情而得自然，但是莊子所謂無人之情並非一般現代語彙所謂無情，而是「因其固然」，所謂常因自然而不益生。如《莊子·養生主》曰：「適來，夫子時也。適去，夫子順也。安時而處順，哀樂不能入也，古者謂是帝之懸解。」懸解而無情，實乃自然真情。

所以〈登高〉詩的：「萬里悲秋常作客，百年多病獨登臺。」句中，「作客」、「多病」之身已標示著深刻的自覺，一個隱身幕後卻無法取消的主詞，決定了這首詩的意義。「艱難苦恨繁霜鬢，潦倒新停濁酒杯。」裡的「繁霜鬢」，也以疼惜的身體形象分明道出詩人的人生慨歎。「艱難苦恨」與「潦倒」，旨在推高「獨登臺」句中孤絕的況味。這首後世非常推重的杜詩，〔註3〕其實因為主詞龐大的身影，無

〔註 3〕明胡應麟《詩藪·內編卷五》對此詩推崇備至，許為「古今七律第一」，胡氏曰：「此章五十六字，如海底珊瑚，瘦勁難移，沉深莫測，而精光萬丈，力量萬鈞。通章章法、句法、字法，前無昔人，後無來學，此當為古今七律第一，不必為唐人七言律第一也。」

法解脫一己之私所蘊涵的苦恨，於是所抒之情也局限於詩人個別的感觸。

如果杜甫明白《莊子‧養生主》所謂無情，詩人登高的孤獨感就有可能使詩人契入同於大通的大我，如此方可言於抒情詩。以下由位格的解構，描述眞人之見獨與無古今，以與杜甫的人生省思對照：

> 古之眞人，不逆寡，不雄成，不謨士。若然者，過而弗悔，當而不自得也。若然者，登高不慄，入水不濡，入火不熱。是知之能登假於道者也若此。〔註4〕

同樣「登高」，眞人登高不慄，杜甫登感傷身世之餘，是否有登假於道的可能呢？

第二節　獨立蒼茫

超越一己之私的藩籬，心理學層面指標性的字眼，以人格爲媒介，如瘋狂悲哀，例如杜甫〈晚晴〉詩云：「口雖吟詠心中哀」，此心不是生理學層面的心，而是心理學層面的心。但是生理與心理層面的表述，經常相因而生，例如《莊子‧人間世》曰：「若一志，無聽之以耳而聽之以心，無聽之以心而聽之以氣。聽止於耳，心止於符。氣也者，虛而待物者也。唯道集虛。虛者，心齋也。」心齋乃經歷身體形象的剝離，然後爲心建立安頓的居所。

雖然說心的居所，《莊子‧人間世》又曰：「若能入遊其樊而無感其名，入則鳴，不入則止。無門無毒，一宅而寓於不得已，則幾矣。」人生所寄，並無可以執實的心室，因爲心齋後，心也是虛。例如《莊子‧人間世》曰：「瞻彼闋者，虛室生白。……夫徇耳目內通而外於心知，鬼神將來舍，而況於人乎。是萬物之化也，……。」

杜甫〈樂遊園歌〉詩云：

> ……卻憶年年人醉時，只因未醉已先悲。數莖白髮那拋得，百罰深杯辭不辭。聖朝亦知賤士醜，一物但荷皇天慈。此

　　身飲罷無歸處，獨立蒼茫自詠詩。

萬物之化的前提，不僅在於身體形象得以解消轉化，更在於剝除位格所寓的自我意識。沒有人的意識才能夠與乎萬物之化，同於大通。同於大通，則無患乎是人是鬼，也可以自在出入萬物象形之間。抒情意象形構的首要目標，即在於剝離寓居身體形象內的自我認知。如《莊子‧大宗師》所說：「墮肢體，黜聰明，離形去智，同於大通，此謂坐忘。」坐忘的原理即在於剝落自我意識所寓的身體形象，進而始可言於大我。庸俗的民粹的大眾喜劇，墮落的庸碌生活的推理，將觀眾世俗的日常生活帶上舞臺，現實的庸俗因此獲得了正當性。俗眾不僅喜好舞臺上平易近人的劇情，還沾沾自喜地以為在劇情中學會了說話與生活。庸碌生活的推理展現了機智巧辯的勝利，現實凌駕了過去與未來。棋戲的歡樂乃是奴隸的歡樂。庸碌生活的推理似乎在藝術家與公眾之間建立了適當的關係，但所謂公眾不過是一個詞令罷了。藝術家為什麼要屈從於依賴數碼建立的勢力呢？恰如《莊子‧齊物論》所述人類認知的宿命：「夫隨其成心而師之，誰獨且無師乎？未成乎心而有是非，是今日適越而昔至也。是以無有為有。」

　　語言是承載意義的符號，它承載的方式不是一對一，也不是透過分類辨識。言辯的是非已是真諦的遮蔽，隱去真諦之後，我們隔著榮華的裝飾猜測隱微的真相。如果要以偏見來統治，必先統治偏見。自然從不欺騙我們，總是我們自己欺騙自己，如《莊子‧人間世》所說：「……大多政，法而不諜。雖固，亦無罪。……夫胡可以及化？猶師心者也。……」

　　所以《莊子‧大宗師》這一段坐忘之說乃由：「假於異物，託於同體，忘其肝膽，遺其耳目，反覆終始，不知端倪，……」發其端，以身體形象的部分，即肝膽耳目指涉人的自我意識。而以假託遺忘等具有否定意義的字眼，剝落自我意識的寓所，說明坐忘的修行路數與目標。

　　《莊子‧大宗師》又曰：「……若化為物，以待其所不知之化已

乎。且方將化，惡知不化哉？方將不化，惡知已化哉？吾特與汝，其夢未始覺者邪。且彼有駭形而無損心，有旦宅而無情死。」自覺之心以身體形象爲寓所，成爲人生寄頓之所，實乃人之常情。

但《莊子・大宗師》卻欲解消位格群組的締結：「……且也相與吾之耳矣，庸詎知吾所謂吾之乎？且汝夢爲鳥而屬乎天，夢爲魚而沒於淵。不識今之言者，其覺者乎，其夢者乎？造適不及笑，獻笑不及排，安排而去化，乃入於寥天一。」以「吾」爲位格的符號，從能言者的立場展開的寓言，目的在於解消位格與主詞的執著。抒情詩的前提即在於，解消寄頓於身體形象裡的自我。

杜甫無所歸的疏離感，源自他亟求歸屬的欲望。我們生而軟弱，所以需要力量。我們生而一無所有，所以需要幫助。我們生而愚蠢，所以需要判斷能力。我們出生所沒有的，以及我們成長所需要的，皆有賴於心齋坐忘。理性告訴我們，除非一個人有意犯錯，否則我們不應懲罰他。我們絕不可以因爲一個人無可救藥的無知，定他的罪。不可以向未處於理解狀態的人宣講眞理，因爲你將變成只是宣講謬誤。只要不屈從任何人的權威，以及我們族姓流俗的成見，在自然的建構裡，理性的光照將啓示自然宗教給我們。

杜甫不知道他所亟欲歸屬的世界不是他的世界，所以此際他的孤獨感無法超度到大我的境界，而追求聖朝天慈的欲望，正是應予淘汰者。這心齋坐忘或受之於自然，或受之於人類，或受之於萬物。內在機能與器官的發展屬自然的心齋坐忘，學習如何運用這些發展屬人類的心齋坐忘，由影響我們的外物獲得適當的經驗屬萬物的心齋坐忘。如果將此種心齋坐忘視爲一種藝術，人們不可能成功。因爲即使屬於人類的心齋坐忘，也不能盡如人意。所有心齋坐忘最終的目標乃「自然」。我們反對「習慣成自然」的說法，除非那習慣符合自然，否則自然的心齋坐忘絕非人爲強制的習慣。自然的教導以感官啓發想像，人的教導以想像啓發感官。

心齋坐忘不在於教希望心齋坐忘的人許多事物，而在於正確清楚

的理念。記憶力與理解力是兩種本質不同的能力，但卻必須與對方聯合才能夠真正發展。在理性未顯之際，人不能接受理念，而只能接受形象。所以「數莖白髮」表述了他不能拋捨的自我認知。

形象是感覺對象的絕對圖像，理念是關涉確定的其他理念的客體的觀念。一個形象可以單獨存在於重現形象的精神中，而所有的理念皆支持著其他的理念。想像時你只是觀看，思索時卻需有所比較。感覺純粹是被動的，知覺或理念確誕生於判斷時主動的原則。透過想像力所看到的不是事物的接續而來的樣子，而是想像力所要看的，因為這出於它的選擇。

「此身飲罷無歸處，獨立蒼茫自詠詩。」表現詩人在人間關係層層剝落之後，反而得到所謂：「詩三百，一言以蔽之，曰思無邪。」抒情詩人最原始的領悟，最初心齋坐忘純粹是消極的，不在於教導德行與真理，而在於防止內心的悖逆，以及精神的錯誤。如老子《道德經》所說：「為學日益，為道日損，損之又損，以至於無為，無為而無所不為。」〔註5〕教人善行，其實正喻示了惡行。所以應尊重愛護人的無邪（innocence）。保持單純，我們要慎防在教無邪的自然人分辨善惡時，自己反而變成了自然界這人間天堂裡的誘惑之蛇。非不得已要教自然人分辨善惡時，只是因為要他明白他不是任何人的主人，不可以一己之私作為思考的中心。

第三節　全身極樂

超越一己之私的藩籬，倫理學層面指標性的字眼，乃以身分為媒介，如君臣、父子、兄弟。主體意識不可解的懸結，來自人生內外兩重生存權力根源的終極懸念，如《莊子・人間世》所說

> 天下有大戒二，其一，命也。其一，義也。子之愛親，命也，不可解於心。臣之事君，義也，無適而非君也，無所

〔註5〕《道德經》第四十八章。

逃於天地之間。

以感觸去約束想像，以理性克制偏見。所有的激情皆源自感性，而想像決定其方向。如果想像誤導，連神仙也會犯錯。當他的感性超出其個體時，他具有感觸與善惡觀念，因而成為人類真實的一員。如杜甫〈樂遊園歌〉詩云：「……卻憶年年人醉時，只因未醉已先悲。數莖白髮那拋得，百罰深杯辭不辭。聖朝亦知賤士醜，一物但荷皇天慈。此身飲罷無歸處，獨立蒼茫自詠詩。」「聖朝」、「賤士」、「皇天」、「此身」便構成了相關的符號。超飽和的生命向外奔流，他開始對周圍的人發生興趣，開始覺悟不應孤獨生活。

　　若要袪除成見，依事物真實的關係作判斷，首先必須孤獨一人，像魯賓遜（Robinson Crusoe）一樣，按實物的用處作判斷。作為一個生理意義上的人，他此時唯一能理解的人只有他自己。他透過利用、自己的安全、衛生、好處，理解其可感知的關係情境，評估人自然的身體與其所勞動的產物。獨自一人可以操作自然的技藝，而文明社會中工業的技術則需多人協作。因為要操作工業技術，遂使社會成為必要之物。當產物超出一身之所需，剩餘物促使我們重新分配與分工，而分配與分工正是社會的機制。社會使人軟弱，因為它剝奪了人運用其力量的權利，而且使他的力量得不到回饋。妄想是基於不真實需要的欲望，而且其欲望必須藉他人之助才能滿足。杜甫〈晚晴〉詩云：「汨乎吾生何飄零」、「支離委絕同死灰」此詩中的杜甫，正因其飄零支離，剝盡自信，反而最有可能接近真實無妄的自然狀態。

　　人存活於世有兩種依賴：依賴於物乃自然性的依賴，依賴於人乃社會性的依賴。依賴於物不具道德性，不損害自由，也不產生錯誤。依賴人則致使萬惡叢生。國族以法律來武裝普遍意志，是凌駕個別意志的強權。如前面所說的，人命運內外兩重生存權力根源的終極懸念，來自自然與社會的雙重鎖鏈，即《莊子・人間世》中所謂不可解於心與無所逃於天地之間的「命」與「義」，《莊子》的文字說明人在社會裡的命運即時時受苦。我們憐憫他人的命運，然而我們自己才應

該被憐憫，我們最大的不幸都是我們自己造成的。消極地保障自然人的自由，就是心齋坐忘者最大的使命。而隨機地肆應生活的危機，是分散危險，減少危險。

　　好的社會體制在於使人「非自然化」，奪去他的絕對存在，再賜予相對的存在。將「我」移置於統一的共同體中。他不再是一個獨立完整的人，而是整體的一部分。當詩人長吟「汨乎吾生何飄零」之際，或許同時領悟人之繁衍並不是為了層疊相軋地生存，而是要散居於他耕耘的大地之上。擁擠地聚居而生使人趨於腐敗。人是最不宜聚居的動物，人的呼吸對他的同類足以致命。所以詩人感嘆：「薄俗防人面，全身學《馬蹄》。」〔註6〕城市使人類滅亡，鄉村則使人類重生。所以託跡山林，回歸鄉野自然以順浮生之理，如〈秋野五首〉之二所說：

　　　易識浮生理，難教一物違。水深魚極樂，林茂鳥知歸。

　　　衰老甘貧病，榮華有是非。秋風吹几杖，不厭北山薇。

此生若浮，則貧病可安，榮華不足羨。但世人豈易勘破此理？世俗的榮華建立在有用無用的評價上，《莊子‧逍遙遊》裡的宋榮子「舉世而譽之而不加勸，舉世而非之而不加沮，定乎內外之分辨乎榮辱之境，……」已屬不凡，莊子卻還認為「猶有未樹也」，進而提出：「至人無己，神人無功，聖人無名。」與知效一官，行比一鄉，德合一君，而徵一國者對照來看，既詮釋了有用無用，又說明了詮釋生命真諦的方法。《莊子‧逍遙遊》又曰：「今子有大樹，患其無用，何不樹之於無何有之鄉，廣莫之野，徬徨乎無為其側，逍遙乎寢臥其下，不夭斤斧，物無害者。無所可用，安所困苦哉。」

　　「臣之事君，義也，無適而非君也，無所逃於天地之間。」社會秩序中，每一個位置皆有標記，達到任何一個位置皆應有相當的教養。人們敏銳地觀察到當時的社會，人在社會秩序中的位置是浮動的，我們真正要研究的是人的處境與際遇，以普遍性的觀照人生情境中各種突發的事件。生命充滿各種變化，心齋坐忘的目標在於訓練人

〔註6〕〈課小豎鋤斫舍北果林枝蔓荒穢淨訖移床三首〉之二。

足以對抗命運的打擊。心齋坐忘並非防止人受死，而在於教人生存，引導人適合一切人間情境。生命不只是呼吸而已，更重要的是存在感。最眞實的人生不在於活完其生命，而在於有情的一生。

《莊子‧大宗師》曰：「……且夫得者，時也。失者，順也。安時而處順，哀樂不能入也。此古之所謂懸解也，而不能自解者，物有結之。」如果靈魂被困在不完善的器官裡，甚至對自身的存在都沒有感觸。不要試圖塑造自然人的生命，而應幫助他早日自由運用他的身體，讓自然人充分遭遇自然，心齋坐忘之道即在於不妨礙這種向自然學習的情境。杜甫〈江亭〉詩云：

> 坦腹江亭暖，長吟野望時。水流心不競，雲在意俱遲。
>
> 寂寂春將晚，欣欣物自私。故林歸未得，排悶強裁詩。

「水流心不競」表述一種寧靜的心境，或許呼應著自然最初的衝動，在人心中沒有原始的邪僻。當人唯一自然的激情就只是自愛或私愛，「欣欣物自私」所表述的私愛雖不必關乎他人，但是因爲它與自然同一，所以私愛卻成就了最平等的大化流行。詩人此時已能由萬物發言，我的情感不局限於自我意識的格局裡，雖云物自私，然物之所以能欣欣自私，正因人無私焉。

第四節　潤物無聲

超越一己之私的藩籬，在存有學層面指標性的字眼，以性命爲媒介，表述如生死存亡等存有的樣態，它們構成了主詞自我指涉的關鍵用語。例如杜甫〈晚晴〉詩云：「汨乎吾生何飄零，支離委絕同死灰。」說明人因爲弱勢而取得社會性。我們因人類共通的苦難而心存人情，眞正的幸福只存在孤獨自立中。杜甫詩中關於「隱」的生活描繪，最能詮釋孤獨中所得到的眞正幸福，如〈題張氏隱居二首〉之一：

> 春山無伴獨相求，伐木丁丁山更幽。
>
> 澗道餘寒歷冰雪，石門斜日到林丘。
>
> 不貪夜識金銀氣，遠害朝看麋鹿遊。

乘興杳然迷出處，對君疑是泛虛舟。

「孤獨」、「隱」的眞諦不在物理上的距離，而在於眞正的遺忘，所以
「養拙江湖外，朝廷記憶疏。」〔註7〕唯有對故國的懸念斷絕，對朝
廷的記憶疏遠，才可能眞正養拙於江湖之外。遠離大城，遠離文明與
市場機制的宰制，那麼：

　　風落收松子，天寒割蜜房。〔註8〕

　　青青高槐葉，采掇付中廚。新麵來近市，汁滓宛相俱。〔註9〕

「松子」、「蜜房」、「槐葉」都是自然的恩賜，人的獨立與自由端賴其
對心的節制，而非臂力的強弱。

　　抒情的定義繫於「我的情感」，但此處「我」必須是同於大通的
我，情感則以無人之情爲修行。曰「我」，則必須能見獨，超脫個體
生命的生滅成毀，回歸常因自然而不益生的自然狀態，如《莊子‧大
宗師》所謂「道」之存有學曰：

　　吾聞道矣。……參日而後能外天下，……七日而後能外
　　物，……九日而後能外生，……而後能見獨，……而後能
　　無古今，……而後能入於不死不生。殺生者不死，生生者
　　不生。其爲物，無不將也，無不迎也，無不毀也，無不成
　　也。其名爲攖寧，……攖而後成者也。

例如杜甫〈曲江二首〉其一詩云：

　　一片花飛減卻春，風飄萬點正愁人。
　　且看欲盡花經眼，莫厭傷多酒入脣。
　　江上小堂巢翡翠，苑邊高塚臥麒麟。
　　細推物理須行樂，何用浮名絆此身。

「愁人」實因「浮名絆此身」，由於人間信約逾越了自然狀態，也有
損自由，所以服從對信約的承諾，正是這種法律製造了謊言。「細推
物理須行樂，何用浮名絆此身。」所謂物理即外天下，外物，外生之

〔註7〕〈酬韋韶州見寄〉。
〔註8〕〈秋野五首〉其三。
〔註9〕〈槐葉冷淘〉。

後領悟萬物之化的物理。明萬物皆化而後能見獨，則其生存樣態已非局局於一己之私的孤獨存有。而是能無古今，超越時間度量之上，永恆不滅的存有，所以能入於不死不生。「其為物」就是說他的存有樣態，「無不將也，無不迎也，無不毀也，無不成也。」其前提在於無己，因為「至人之用心若鏡，不將不迎，應而不藏，故能勝物而不傷。」〔註10〕唯其無己，方可言乎抒情詩。

　　人類的結社充滿矛盾。當生命沒有價值時，我們卻為他付出極高的價格。只有當人力可以挽回時，我們應當努力。死亡不是我們可以挽救的，我們應該將生命的終結付諸自然，不作無謂的掙扎。《莊子‧養生主》曰：「吾生也有涯，而知也無涯。以有涯隨無涯，殆矣。」生是在一境地生存，涯則是水岸，是人生旅途的斷限，養生主探討生涯規劃應解脫知的坎陷。因為以無己為前提，唯一的道德教訓就是如《莊子‧養生主》所說：「為善無近名，為惡無近刑，緣督以為經，可以保身，可以全生，可以養親，可以盡年。」處世之道在免於刑名的框限，是所謂保身，全生，養親與盡年之道。最高的美德是消極的，同時也是最困難的，因為我們不能為了作給他人看，為了他人的滿足而心生愉悅。人因為力量與欲望之間的不等，過度的欲望使我們變弱。無知不會作惡，錯誤才是災難。一個人迷途，不是因為他所不知道的，而是由於他自以為知者。當我們的力量不足時，我們僅著意自保，我們的思想不超過我們的視野。

　　縱然「欲盡花經眼」，生命必死的悲劇性說明了藝術不是模仿自然，而是在形而上的層次補足了自然。心齋坐忘須全都放任自然，否則人一插手，自然就撒手了。為了鍛練思想，我們必先鍛練四肢、感官、機體，如庖丁解牛般在娛樂中完成了心齋坐忘。心齋坐忘最大的秘密在於身體的操練與精神的修持互相調劑。人生是痛苦少就快樂，幸福之道在於減少超出自身能力的欲望，所謂「少私寡欲」〔註11〕或

〔註10〕　《莊子‧應帝王》。
〔註11〕　《老子》第十九章。

「無欲則剛」。〔註12〕只有在自然情境可以得到幸福。當需要不超過力量者強，反之爲弱。那爭取我們幸福的力量，造成我們的不幸。任何發現自己活著的人就是幸福的人，離開了自然的立法，我們如何能得到眞實的幸福？

繼「且看欲盡花經眼，莫厭傷多酒入脣。」達觀的勸誘，詩人強調幸福乃在於人能拋棄地位，在命運作弄下昂然爲人，即所謂「細推物理須行樂，何用浮名絆此身。」生涯的遠見使我們常期求能力不及之事，因此而傷春悲秋，此即不幸的根源。將人的存在緊束於人自身之內，我們將不再不幸。你所具有的自然力量有多大，你的自由與權力就有多大。此外盡爲奴役、幻象、威名。心齋坐忘原理的根本：眞正自由的人只要他能力所及之物，只作他所樂意之事。

又如杜甫〈曲江二首〉其二詩云：

> 朝回日日典春衣，每日江頭盡醉歸。
> 酒債尋常行處有，人生七十古來稀。
> 穿花蛺蝶深深見，點水蜻蜓款款飛。
> 傳語風光共流轉，暫時相賞莫相違。

惟有表述時間性的語句可以使我們領會如此的理念：世界與萬有，因爲它們是美學現象而得以堂皇存立。但若從合理道德的心眼觀看世界，世界難免充滿了邪惡的假象，因此人生缺乏生存的價值。當人類沉浸於生命最深刻的毀滅與痛苦中，只有藝術可以拯救他，使他免於墮入頹廢的虛無，所以說「陶冶性靈存底物？新詩改罷自長吟。」〔註13〕從詩歌的創作中獲得性靈的陶冶，由此，藝術拯救了生命。

我們所要的是更高的判斷力，而非更多的科學。一個人想獨立自主地生活於此世，將難以存活於地盤已被佔盡的這個社會。人們自然的需要一樣，滿足需要的方法也一樣。心齋坐忘的目的應在於使他適

〔註12〕《論語·公冶長》：「子曰：吾未見剛者。或對曰：申棖。子曰：棖也慾，焉得剛。」
〔註13〕〈解悶十二首〉第七：「陶冶性靈存底物？新詩改罷自長吟。熟知二謝將能事，頗學陰何苦用心。」

應他這個人，而非去湊和其它的東西。然而如「典春衣」與「酒債」所承載的關係與責任。在這個階段，我們進入道德的世界，向悖逆亂行打開大門。沒有交易就沒有社會，沒有共同的尺度就沒有交易，沒有平等就沒有共同的尺度。社會的首要法則就是人際與物際信約上的平等。人間信約的平等迴異於自然的平等，它需要成文法，亦即政府與法律。為求物際的信約平等，而發明了貨幣。因而貨幣可說是社會真實的紐帶。

啓示「傳語風光共流轉，暫時相賞莫相違。」那是抒情詩人風流倜儻的人間的風尙，「人生七十古來稀」以前是由閱讀歷史而知人的激情，如今則僅需「傳語風光共流轉」，亦即開始研究品味的原理。品味只涉及我們不關心的東西，或我們覺得有趣的東西。因為對於我們需要的東西則無關品味，而在於我們有沒有胃口。有品味且真能享樂的人，無需富有，只要能自由與自主即可。

《古詩十九首》曰：「生年不滿百，常懷千歲憂。」我們如果真能不朽，豈非十分不幸？我們如果不信人生終將一死，就會傾力保守它。人生不過一死，醫生卻使我們時時經歷死亡的焦慮。醫術不能延長生命，反而剝奪了生活的樂趣。所以當詩人說「傳語風光共流轉，暫時相賞莫相違。」將生死存亡視為一體，以自身化入萬象之流轉，則正是《莊子·大宗師》：「孰能以無為首，以生為脊，以死為尻，孰知死生存亡之一體者，吾與之友矣。」最佳的註腳。

當詩人以更高的角度觀照生命，我們所要的是更高的判斷力，以高瞻遠矚的生命境界，觀照詩人的抒情詩。《華嚴經》曰：

> 善男子，我莊嚴佛土以大悲心救護眾生，教化成就，供養諸佛，事善知識。為求正法，弘宣護持，一切內外悉皆能捨，乃至身命亦無所吝。一切劫海說其因緣，劫海可盡，此無有盡。〔註14〕

莊嚴佛土是依「教化成就」所需，以形下的言詮表述形上的世界。此

_____

〔註14〕《大方廣佛華嚴經》卷第八十。

中，教化是關鍵，而「以大悲心救護眾生」就是形上世界存立的根本。若《大方廣佛華嚴經》的教詮之道是詩學，則此詩藝的主旋律就是這救護眾生的悲願。這悲願實現爲《大方廣佛華嚴經》裡的抒情詩，但歸根究底這一切皆是由此悲願裡來。

所謂「一切內外悉皆能捨」點明藝術的領域應避免任何主觀的欲求，反而應該超脫自我的陷溺，並令個體的意志與欲望沉寂下來。抒情詩人等同於音樂家。抒情詩以「我」爲表意的媒介，但是這個「我」乃是同於大通的「我」，而不是經驗領域裡，時——空——因果條件規劃的「我」。因爲音樂的意象形構，直接得自生命根本的眞理實相，是眞正的自然狀態。《大方廣佛華嚴經》又曰：

> 善男子，我法海中，無有一文，無有一句，非是捨施轉輪王位而求得者，非是捨施一切所有而求得者。……我如是等往昔因緣，於不可說不可說佛刹微塵數劫海，說不可盡。
> 〔註15〕

上文所謂「無有一文，無有一句，非是捨施轉輪王位而求得者，非是捨施一切所有而求得者。」說明抒情詩的本質。音樂的合唱派生了劇場裡，舞樂道白的符碼體系。這些視覺影象的符碼體系讓合唱者看見諸天神佛。事實上，舞臺上一切視覺影象的符碼體系都只是生命根本泰一的音樂自身。透過第一重魔幻寶鏡的光照，音樂將自身幻化爲符號化的夢想形象，生命根源的痛苦在音樂中無形地迴光返照，偕同它在單純表象裡的救贖，製造了第二重魔幻寶鏡。

例如杜甫〈春夜喜雨〉詩云：

> 好雨知時節，當春乃發生。隨風潛入夜，潤物細無聲。
> 野徑雲俱黑，江船火獨明。曉看紅濕處，花重錦官城。

詩人因觀照而了悟，因了悟而將位格賦予此詩的春雨，正如《大方廣佛華嚴經》裡，童子透過觀照而了悟，諦觀是關鍵：

> 爾時，善財童子見毘盧遮那莊嚴樓閣如是種種不可思議自

〔註15〕《大方廣佛華嚴經》卷第八十。

在境界，生大歡喜，踴躍無量，身心柔軟，離一切想，除
一切障，滅一切惑，所見不忘，所聞能憶，所思不亂，入
於無礙解脫之門，普運其心，普見一切，普申敬禮。〔註16〕

所以文本裡的視線並非單純的直線，而是珠珠相攝，重重無盡的目光
網絡，讓我們再次審視《大方廣佛華嚴經》引文：

……一一塵中出一切世界微塵數佛光明網雲，周遍照耀。一
一塵中出一切世界微塵數佛光明輪雲，種種色相，周遍法
界。一一塵中出一切世界微塵數佛色像寶雲，周遍法界。一
一塵中出一切世界微塵數佛光燄輪雲，周遍法界。一一塵中
出一切世界微塵數眾妙香雲，周遍十方，稱讚普賢一切行願
大功德海。一一塵中出一切世界微塵數日月星宿雲，皆放普
賢菩薩光明，遍照法界。一一塵中出一切世界微塵數一切眾
生身色像雲，放佛光明，遍照法界。一一塵中出一切世界微
塵數佛色像摩尼雲，周遍法界。一一塵中出一切世界微塵數
一切菩薩身色像雲，充滿法界，令一切眾生皆得出離，所願
滿足。一一塵中出一切世界微塵數如來身色像雲，說一切佛
廣大誓願，周遍法界。是爲十。〔註17〕

再加上觀點的顛覆：「時，善財童子又見自身在普賢身內，十方一切
諸世界中，教化眾生。」（見卷第八十）我們發現觀眾的目光交織成
同心圓式的劇場，此同心圓式的劇場令觀眾得以通盤觀照其所置身的
文化世界，並且在深沉的冥想裡，想像自身是生命交響樂裡的演奏
者。所有演奏者經魔幻變身，完全遺忘了自己的出身，以及社會的地
位。他們是角色遞換變形的合唱隊，具體實現了物化觀，而魔幻變身
是一切戲劇藝術的前提。

　　上述劇場既已成形，《大方廣佛華嚴經》不僅具備敘事詩與抒情
詩，更富有戲劇詩的形構：

是故，善男子，我以如是助道法力、諸善根力、大志樂力、
修功德力、如實思惟一切法力、智慧眼力、佛威神力、大

〔註16〕《大方廣佛華嚴經》，卷第七十九。
〔註17〕同上，卷第七十九。

> 慈悲力、淨神通力、善知識力故，得此究竟三世平等清淨
> 法身，復得清淨無上色身，超諸世間，隨諸眾生心之所樂
> 而爲現形，入一切刹，遍一切處，於諸世界廣現神通，令
> 其見者靡不欣樂。善男子，汝且觀我如是色身，我此色身
> 無邊劫海之所成就，無量千億那由他劫難見難聞。〔註18〕

形而上的悅樂隨時由變化形象的喧鬧將我們撕裂。我們在此瞬間成爲根本大生，感受祂狂野的生存欲望，以及生存的喜悅。無盡生命暫厝的形象則互相推擠，泛濫湧進生命渾沌的場域。自宇宙意志旺盛的繁殖力觀之，鬥爭，痛苦，以及現象的毀滅，如今對我們而言，盡皆演繹爲鮮活的事實。而這一切高潮迭起的劇情，全繫於戲劇本事中的主角：

「得此究竟三世平等清淨法身，復得清淨無上色身，超諸世間」（卷第八十）因爲個體化是所有苦難經歷的根本原因，而苦難經歷是他自身客觀化的潛能，所以《大方廣佛華嚴經》不僅呈現史詩英雄的歷險，更以史詩的底子，成就了悲願歷劫的悲劇。「爲求正法，弘宣護持，一切內外悉皆能捨，乃至身命亦無所吝。一切劫海說其因緣，劫海可盡，此無有盡。」（卷第八十）當一切內外悉皆能捨，乃至身命亦無所吝，那麼身命所寓的身體形象也不再固執，如同〈贈虞十五司馬〉詩云：「欲化北溟鯤」，不僅表現了萬物靜觀皆自得的物化觀，進而詮釋了萬物生命的旋律乃大化流行，而各種藝術只是它在不同文本裡的客觀形構。語言絕對無法演繹表述時間性的語句的宇宙性符號系統，因爲表述時間性的語句參與元始泰一的根本衝突與根本痛苦的連鎖裡，由此造就了外於且優於現象的符號領域。正是如此的悲願，歷劫不盡，標誌了其中的悲劇性。例如杜甫〈清明〉詩云：「人生悲歡暫相遭」，所以無上正等正覺乃以藝術的美感勘破理論的局限，復以生命的本眞了悟藝術的美感。

接下來看杜甫〈遣興三首〉詩云：「風悲浮雲去」我們就不會覺得突兀。詩人所云萬物之悲情，固然表現詩人的同體大悲，但此悲情卻

〔註18〕同上，卷第八十。

不同常人庸俗的情感。因為人間的悲願，並非因為無底的虛無感而墮入人生多苦的宿命，而是因為過度豐盈的生命遂耽溺於無盡的苦行。

詩人的同體大悲使他致力消融個體於大化流行的生機之中，將在自己身上體現隱藏於事物裡的根本衝突，所以〈雨四首〉詩云：「鮫人織杼悲」，而〈宿府〉詩又云：「永夜角聲悲自語」，悲願的智慧超脫推理的邏輯，更解脫單純自我壓抑的道德律，也無求於知識分解所生的悅樂。「無量千億那由他劫難見難聞」（卷第八十）歷不盡劫，不為成就史詩英雄復興的功業，更無推理劇中步步為營的計算，歷劫的用心只為一種如來遊戲神通的趣味：「超諸世間，隨諸眾生心之所樂而為現形，入一切刹，遍一切處，於諸世界廣現神通，令其見者靡不欣樂。」（卷第八十）

上述的悲願才是抒情詩中，悲情的真諦。生命真正的活動應是藝術，而非一味追求合理的道德。世界因為是美學現象而得以存在，所以要「傳語風光共流轉，暫時相賞莫相違。」如果有一創造世界的神祇，則此神祇僅僅是為了經歷善惡之外的歡樂與光榮，即創造即毀滅。無常的世界唯有在藝術中才能獲得解救，而在藝術中，世界萬物皆只是表象而已。

承上述以物觀物的世界觀，再看杜甫〈江上獨步尋花七絕句〉其七詩云：

> 不是愛花即欲死，只恐花盡老相催。
> 繁枝容易紛紛落，嫩蕊商量細細開。

不僅表現詩人「萬物靜觀」的同情想像，「繁枝容易紛紛落，嫩蕊商量細細開。」還透露著生滅流轉的達觀。唯有基於如此的達觀，詩人才獲得代萬物發言，抒寫萬物之情的權利。

成見，權威，必需，範例，所有壓在人身上的社會體制，皆扼殺了人的自然。在自然秩序中，每一個人都是平等的，人們共同的職命就是縱浪大化。杜甫〈晚晴〉詩云：「照我衰顏忽落地」乃自我於生理學層面以身體為媒介，表述衰老病死。而《莊子·養生主》曰：「適

來，夫子時也。適去，夫子順也。安時而處順，哀樂不能入也，古者謂是帝之懸解。」當自我超越了身體的迷思，我的情感方可滲出自我的偏執，滲入大化之流行。然而杜甫〈登高〉詩云：「萬里悲秋常作客，百年多病獨登臺。艱難苦恨繁霜鬢，潦倒新停濁酒杯。」此詩可見杜甫就自我於生理學層面言之，未解於倒懸。

杜甫〈樂遊園歌〉詩云：「此身飲罷無歸處，獨立蒼茫自詠詩。」乃自我於心理學層面以人格為媒介，表述其瘋狂悲哀的情態。而《莊子‧大宗師》所說：「墮肢體，黜聰明，離形去智，同於大通，此謂坐忘。」繼身體形象的解放，抒情詩人必須解消寓於身體形象裡的自我意識。杜甫〈狂夫〉詩云：「厚祿故人書斷絕，恆飢稚子色淒涼。欲填溝壑惟疏放，自笑狂夫老更狂。」頑強的自我意識躍然紙上，不知所以自解。

杜甫〈樂遊園歌〉詩云：「聖朝亦知賤士醜，一物但荷皇天慈。」自我於倫理學層面以身分為媒介，表述君臣、父子、兄弟等人倫情感。《莊子‧逍遙遊》曰：「至人無己，神人無功，聖人無名。」從人之所以為人的位格入手，剝落了社會與歷史加諸人生的桎梏，抒情詩人的感情才不致於墮入一己之私的框限裡去。杜甫〈晚晴〉詩云：「汨乎吾生何飄零」，益見老杜無法解脫功名塵網。

〈曲江二首〉其一詩云：「細推物理須行樂，何用浮名絆此身。」乃自我於存有學層面以性命為媒介，表述生死存亡的存有樣態與正當性。《大方廣佛華嚴經》以引文：「……一一塵中出一切世界微塵數佛光明網雲，周遍照耀。」表述了「法界緣起」的存有學，體現抒情詩同體大悲的真諦。而杜甫〈宿府〉詩云：「永夜角聲悲自語」，令人不免想見詩人溫柔敦厚之情。

以上述四層面觀照杜詩中的抒情意象形構，乃是以圓融的教理詮表未盡的詩情，如《莊子》或《大方廣佛華嚴經》等高深的義理，未必具現於杜詩之中，但可在高明文學理論觀照下，確認杜詩在抒情意象形構方面的成敗。

第七章　陰陽造化

第一節　界定神話

　　杜甫詩歌裡最異樣的意象範疇就是神話元素，前述重重意象的邊緣，都藉否定詞的作用，隱隱指涉著一個神話的意象範疇。下文將先界定神話論述的基調，然後依之詮表杜詩的神話意象形構。

　　瘋狂的議論應該是神話的起點，試觀《莊子・逍遙遊》曰：「吾聞言於接輿，大而無當，往而不返。吾驚怖其言，猶河漢而無極也。大有逕庭，不近人情焉。」神話最明顯的特徵就是其特殊的論述，就日常生活的語言觀之，神話的論述超乎理智的邏輯，所以令人驚怖其言。河漢無極的生存境界凌駕現實生活的觀察，不近人情的神思超越平庸理智的推理，形構超寫實的神話論述。爲了顛覆庸俗學者詮表的世界觀，我們必須有不同於他們的語言，建立異樣的翻譯語法，形構神話的詮釋學。

　　「連叔曰：其言謂何哉。曰：藐姑射之山，有神人居焉。肌膚若冰雪，綽約若處子。不食五穀，吸風飲露。乘雲氣，御飛龍，而遊乎四海之外。其神凝，使物不疵癘而年穀熟。吾以是狂而不信也。」「藐姑射之山，有神人居焉。」居處的樣態提示了人格性的面貌，但違背日常生活的居地卻表述著神話的特徵。「肌膚若冰雪，綽約若處子。」

既以肌膚指涉人格性的生命樣態，但又以否定日常生活的需要「不食五穀，吸風飲露。」表述其神格性的面貌。

光影整合的構圖將我們從酒神的大化流行中抽出，讓我們發現個體帶來的歡喜。祂使我們感懷個體，透過個體以滿足我們渴望偉大崇高形相的美感要求。祂向我們展現生命的形象，而且刺激我們在思想中領悟生命的內核。光影整合的構圖以形象、概念、倫理教誨以及同情心，將人從狂歡的自我毀滅裡扯出來，遮蔽他們注視酒神祭的眾生銷魂的目光，使他們相信自己只是看見世界的一個單一形象。

由上述超越現實的否定性論述，我們觀察其中「狂」言的邏輯。神話以神化的位格為主詞，形構神人的生活，以及神仙的世界觀。從表述神人世界的論述裡，我們可以建構詮釋神話的理則。然而正如《莊子·逍遙遊》所提示的人智界限：「瞽者無以與乎文章之觀，聾者無以與乎鐘鼓之聲。豈形骸有聾盲哉，夫知亦有之。」我們在論述伊始，必須先略論瘋狂的邏輯，以免冒犯了日常的理性。下文將由「狂」言的邏輯入手，展開神話意象形構的議論。

杜甫〈江畔獨步尋花七絕句〉其一詩云：〔註1〕

　　江上被花惱不徹，無處告訴只顛狂。

　　走覓南鄰愛酒伴，經旬出飲獨空床。

瘋狂是真實生命的魔幻條件，違背日常生活的需要，無處告訴的癲狂，卻通於神話思想的邏輯。杜甫在〈戲題寄上漢中王三首〉中也說：「尚憐詩警策，猶記酒顛狂。」〔註2〕知識扼殺行動，行動需要幻象的掩護。猶記酒顛狂，卻難憶日常之蹭蹬，詩人藉失憶的斷層割開日常現實的世界，豁開宇宙人生方生方死的實相。

杜甫〈望牛頭寺〉詩云：〔註3〕

　　牛頭見鶴林，梯逕繞幽深。春色浮山外，天河宿殿陰。

〔註1〕此詩據《年譜》及朱注，均繫於上元二年（761 A.D.）。

〔註2〕此詩據《年譜》及仇注，均繫於寶應元年，往梓州時作（762 A.D.）。

〔註3〕此詩據《年譜》及朱注，繫於廣德元年（763 A.D.）。

傳燈無白日，布地有黃金。休作狂歌老，迴看不住心。

雖然在宗教的境地，鋪陳許多佛教的符號，然而既曰迴看不住心，顯然無法住於無住。一旦日常現實的世界重新進入意識層，禁欲苦行就會挾帶著厭煩繁衍開來。唯有狂歌得以超脫日常生活瑣碎的算計，寄情於超現實的夢境。

杜甫〈不見〉詩云：〔註4〕

　不見李生久，佯狂眞可哀。世人皆欲殺，吾意獨憐才。

　敏捷詩千首，飄零酒一杯。匡山讀書處，頭白好歸來。

在本文第二章曾經論述，個體的自我意識是所有苦難經歷的根本原因，因此苦難經歷反而是他自身客觀化的潛能。所謂「文章憎命達，魑魅喜人過。」佯狂固然可哀，卻能解脫個體才情帶來的苦難。

杜甫〈官定後戲贈〉詩云：〔註5〕

　不作河西尉，淒涼爲折腰。老夫怕趨走，率府且逍遙。

　耽酒須微祿，狂歌託聖朝。故山歸興盡，回首向風飆。

上章曾謂自我意識不可解的懸結，來自人生內外兩重生存權力根源的終極懸念，如《莊子·人間世》所說：

　天下有大戒二，其一，命也。其一，義也。子之愛親，命也，不可解於心。臣之事君，義也，無適而非君也，無所逃於天地之間。

自我意識乃個體實存的原理，個體實存的原理所形構的世界在崩潰之際，演繹出藝術的實相。宇宙人生的實相在變形的慶典中響起狂歌的旋律，世界竟在毀滅中得到救贖。杜甫思念李白兼且自傷之際，醉酒狂歌成爲唯一的救贖。

杜甫〈贈李白〉詩云：〔註6〕

　秋來相顧尚飄蓬，未就丹砂愧葛洪。

　痛飲狂歌空度日，飛揚跋扈爲誰雄。

〔註4〕此詩據《年譜》及朱注，均繫於上元二年（761 A.D.）。

〔註5〕此詩據《年譜》及朱注，均繫於天寶十四載（755 A.D.）。

〔註6〕此詩據《年譜》及朱注，均繫於天寶四載（745 A.D.）。

如果按單線發展的因果理則，人世間的無常，實在是非理性，並產生絕望無助的痛苦。於是難免讓人從心底發出希望未曾出生的悲歎。無奈之餘，則感傷不如當下了斷殘生。宇宙人生方生方死的實相與無法重生的人生神話，在詩人醉酒狂歌之際淡忘，並且了悟，兩者不可分割。了悟與遺忘都出自光影整合的構圖藝術領域之外，醉酒狂歌則轉化出一個令世人恐怖的形象與騷亂的噪音，銷魂蝕骨。兩者皆因自信超卓強力的魔幻藝術，演奏不歡的琴弦。兩者藉此演奏，令可能最壞的世界得以堂皇存立。

　　杜甫有一首詩，詩題就直接點明〈狂夫〉，[註7] 詩云：

　　萬里橋西一草堂，百花潭水即滄浪。
　　風含翠篠娟娟淨，雨裛紅蕖冉冉香。
　　厚祿故人書斷絕，恆飢稚子色淒涼。
　　欲塡溝壑惟疏放，自笑狂夫老更狂。

田園牧歌虛構出來的自然狀態，爲所謂好的原始人建立天堂樂園。他們善良且易感，愉悅而樂觀地生活於祥和的樂園裡。但狂夫的笑歌表述世界萬有的無常變滅，於是神話啓示的完美夢想，經藝術家的解放而大赦天下。

　　杜甫〈遣悶戲呈路十九曹長〉[註8] 詩云：

　　江浦雷聲喧昨夜，春城雨色動微寒。
　　黃鸝並坐交愁濕，白鷺群飛太劇乾。
　　晚節漸於詩律細，誰家數去酒杯寬。
　　唯君最愛清狂客，百遍相過意未闌。

雖然我們的神話絕非爲了使人生更舒適，透過第一重魔幻寶鏡的光照，宇宙人生方生方死的實相將自身幻化爲符號化的夢想形象，生命根源的痛苦在宇宙人生方生方死的實相中無形地迴光返照，偕同它在單純表象裡的救贖，製造了第二重魔幻寶鏡。醉酒狂歌從魔幻寶鏡轉出夢想絕美的世界，因此人能夠消受無常世界的苦行，生命藝術由此

〔註7〕此詩據《年譜》及朱注，均繫於上元二年（761 A.D.）。
〔註8〕此詩據《年譜》及朱注，均繫於大曆二年（767 A.D.）。

展現了悟與遺忘的智慧。

第二節　神人夢境

　　杜詩中的「天地」與「宇宙」，或「天」與「地」退至視域邊緣後，呈現更高的抽象性，因之更易於表述神話世界的超現實性。其它如「乾坤」、「陰」、「陽」，因爲與「天」「地」概念間的轉譯，也可以歸屬於此一範疇。這一範疇因其抽象性，超越了現實生活，適足以表述神話的世界。

　　試以杜甫〈秋興〉的第五首爲例：「承露金莖」細寫神物，「瑤池」標示仙境，「王母」則突顯神人，「霄漢」與「函關」變成神仙世界的景深，「雲移」與「日繞」是映耀中國古代神話世界的富貴氣象，「紫氣」渲染神祕的色彩，「西望」與「東來」則拉開寬廣的橫幅。

　　「蓬萊宮闕對南山」（〈秋興〉第五）以「宮闕」閱讀的起點，指涉長安皇居的蓬萊宮，同時指向更深一層神仙宮闕的涵意。「蓬萊」蘊涵著神話的線索，於是人間的宮闕瞬間轉化爲神仙的居所。天上人間兩重意涵就其圖畫意象的營構而言，「蓬萊宮闕對南山」藉著「對」所拉開的張力，同時呈現寫實與超寫實兩重畫面。由於詞的多重意義，使我們從單純定點觀察的透視法格局裡解脫。一切事物一旦來到無法重生的人生裡，光影整合的構圖明這一部分的表面，亦即對白的部分，一切事物都變得單純，透明，以及美觀。「南山」依「蓬萊宮闕」的涵意而定，層疊映現神話的世界。

　　這一幅充滿視覺意象的想像的圖畫，除了「南山」、「霄漢」、「西望」、「東來」、「雲」、「日」巨幅的布局，詩人使用了許多誇飾的的形貌與色彩，例如「雉尾」、「宮扇」、「龍鱗」、「聖顏」、「青瑣」、「朝班」形容皇居。運用許多神話的視象符碼，如「蓬萊宮闕」、「承露金莖」、「瑤池降王母」、「紫氣滿函關」在人間營構想像可以企及的仙境。「蓬萊宮闕對南山」「雲移雉尾開宮扇」「日繞龍鱗識聖顏」「幾回青瑣點

朝班」營構了人間皇居兼仙境，而「承露金莖霄漢間」「西望瑤池降王母」「東來紫氣滿函關」，三句布滿神話的符碼，使皇居與仙境的圖象造成意象的重疊輝映。

「承露金莖霄漢間」（〈秋興〉第五）其歷史背景與神仙道化的憧憬，同時垂布於畫面，同時呈現寫實與超寫實兩重畫面。蓬萊宮闕上還有一層神話的寓意，產生一種否定現實的力量，因此使得前述的意象自地面浮起。夢境啟示的主體性，還將忘我於象外生命的宇宙人生方生方死的實相裡。我們在歌唱與舞蹈中，展現自身歸屬於一更高的明通無礙世界。承露金莖所表述歷史事件，蘊涵神仙道化的期望，因此描寫史事的圖畫背負著超現實的理想，也就是現實景況的圖畫意象其實包含著自我否定的超寫實意象。

「西望瑤池降王母」（〈秋興〉第五）以神話為底，神話的人物與情節皆可具象化，為了鎮壓生命無常遷化變滅所帶來的痛苦，不使人生迷失於虛無之中，神祇幻化無盡的夢想，為人生締結和樂的盟約。

「東來紫氣滿函關」（〈秋興〉第五）主詞缺席，「紫氣」與「函關」不是純粹風景的寫生，而是蘊涵歷史事件／神話故事的舞臺。主詞的缺席無疑富於神龍見首不見尾的況味，但是「紫氣」「東來」「滿函關」不息的情節，魔幻變身是一切戲劇藝術的前提。如是的仙境其實是詩人的夢境，在夢境中，我們因為直接的圖象式了悟，而洞澈明通。在夢境中，所有的形象直接對我們傾訴，每一處細節都充分顯示意義。夢的世界如實展現世界，同時啟示世界是單純的表象。我們在觀照神話世界種種形象時，得以詮釋人生的意義，並且因此得以歷練人生。

史詩是光影整合的構圖的觀想。光影整合的構圖以單純表象產生的歡樂，在神話詩句裡轉變為生命自然最深沉的恐怖，光明的單純表象光照下的形象之間進行的對話，展現於魔幻變形的舞蹈旋律之中。在神人變身的舞蹈中，至偉的力量仍然潛藏，但以其運動的曲盡婉轉與沛然莫禦，洩露了造化的行藏，試圖引渡虛無怒川上漂泊的個體生命。

仙境中的主角就是神人，杜甫的〈望嶽〉詩云：

　　岱宗夫如何，齊魯青未了。造化鍾神秀，陰陽割昏曉。
　　盪胸生層雲，決眥入歸鳥。會當凌絕頂，一覽眾山小。

　　視域回歸並且集中於一獨立的身體形象，述及「胸」、「眥」等身體的部位，點出身體形象的預設，而身體形象是承載位格的媒體。以「造化」爲主詞鍾神秀於泰山，繼而以「岱宗」主詞割剖天象昏曉，再以「人身」爲主詞觀照層雲歸鳥，最後以「同一自我」爲主詞預期登臨絕頂的境界。前文表述詩人藉位格化的「造化鍾神秀」建立宏觀的想像，復以「陰陽割昏曉」表述擬人之陰陽造化所完成的天地布局。然而這都是由位格化的「岱宗」揭開序幕，以「造化」「陰陽」刻畫天地的事件，拓開讀者想像的視域。同時「造化」虛擬的位格，具有了神格的內涵。

　　主詞標示著承載「通觀」的主體，主詞的更迭引導讀者轉換觀點，揭示不同層次的視域。詩人在這首詩裡，表現了超寫實全知的閱讀觀點。邏輯學上的弔詭，神話的表述使我們的想像突破寫實的構圖，看見登覽者眼中的歸鳥，同時切入層雲激盪的胸懷。

　　第二重意象形構的位格如《莊子·大宗師》曰：「今以天地爲大鑪，以造化爲大冶，惡乎往而不可哉？」造化在此章句中具有虛擬之位格。「今以天地爲大鑪，以造化爲大冶，惡乎往而不可哉？」所以能夠創作恍若「偉哉造化，又將奚以汝爲，將奚以汝適？以汝爲鼠肝乎？以汝爲蟲臂乎？」，案諸《莊子·大宗師》知「死生存亡之一體者」，既然已知死生存亡乃一體之化，所以莊子有意虛構「造化」者，以詮表生命的創造因或第一因，但讀者回到《莊子》內篇的脈絡裡，即明白此造化亦不過一名號而已。

　　〈望嶽〉的主體透入萬象，推究存有的根源，思索生命的境界，這岱宗絕頂之下的山河大地，是岱宗矗立的世界，而盪胸生層雲，決眥入飛鳥的詩人，幾與岱宗化而爲一，極目之視域乃超寫實全知的閱讀觀點。

　　因爲主角的神格，所以構成了假托史詩的神劇。圖畫裡的主角是

神話中人，點明了上述事件實屬虛構，與現實相反的虛構，因爲並非事實，所以脫免了報導事實的功能，專門用以表達了人的意願。以圖畫爲敘事的張本，而主角又是神格化的人物。神人的生存的範疇應異於紅塵俗世中的凡夫俗子。

這種思想提供生命更深刻的存有基礎，它使生命的變化不淪沒爲虛無的幻象。所以詩人透過光源之神創造了眾神的世界。光明的眾神世界乃魔幻寶鏡，照耀人間世令得神聖的光環。無盡變滅的無常世界，其實是我們親切地經歷。生命力若洶湧的大海，人生的經歷則恍如波濤，而眾神的世界則是波光映耀的華麗光景。人生的切實經歷雖如單純的表象，卻與生命大海同一。至於眾神的世界，不過是單純表象的表象。

唯有透過整合光影的構圖，藉醉狂的魔幻寶鏡將神話的旋律傾流而出，我們才能理解陰陽造化的神話智慧。超寫實全知的閱讀觀點，引領我們營構夢境。自古以來，人們相信夢境具有預言的功能。吉凶禍福的預言是人生的安全瓣，使人得以存活，並且使人生值得活。在世間無常的折磨裡，我們憑藉形象的同一性，實現安固的自我認同，度過無盡的劫難。夢境啓示的是個體實存的原理。

第三節　尸解物化

第四章曾經申論，時間的理念繫於時間的度量，而時間的度量在於計時器的材質，計時器的材質與形式決定時間之定義，任何場域裡的時間度量，都必須還原到此一場域裡生存的計時者與計時器，從計時者的觀點與裝備裡確認時間意義的座標。前引海德格的時間觀，以爲生命的時間性詮釋，應該建立於那些時間性的詮釋自我組建的結構上。這些時間性自我組建的詮釋結構就是理解，定位，墮落與議論。〔註9〕此所以詩學裡，計時器的材質即時間性自我組建的詮釋結構也。

〔註９〕Martin Heidegger, Sein und Zeit, S.33～5。

　　神話就是人生超現實的計時器，我們以神人在仙境中的經歷，重新度量生命的意義。以杜甫〈寫懷〉為例，所謂：「古者三皇前，滿腹志願畢。胡為有結繩，陷此膠與漆。禍首燧人氏，屬階董狐筆。君看燈燭張，轉使飛蛾密。」以及絕命詩〈風疾舟中伏枕書懷三十六韻奉呈湖南親友〉：「軒轅休製律，虞舜罷彈琴。尚錯雄鳴管，猶傷半死心。」

　　黃帝堯舜三代聖君，傳說開啓千年華夏文化。神話的宿命在於，逐漸淪落於所謂歷史現實的狹小格局裡。而且由後代曲解為具有歷史聲明的特定事實。「聖賢名古邈，羈旅病年侵。」卻又表述了世間功業的虛無，虛無感的解放力反而使人領悟生命的真諦。

　　至於詩人自道「生涯相汩沒，時物正蕭森。」表現其生涯的困窮，不僅貧如「烏几重重縛，鶉衣寸寸針。」，兼且有「狂走終奚適」的驚疑不定。既悟宇宙人生方生方死的實相乃形構生命樣態的根本真理，即此為真正的自然狀態。

　　所謂「叨陪錦帳坐，久放白頭吟。」現代人的田園牧歌，是偽稱自然的文化幻象總和所造作的仿冒品。窮愁潦倒的生涯提示了位格面貌，「反樸時難遇，忘機陸易沉。」於是詩人歷經窮窘之後，領悟虛無之後的曠達「應過數粒食，得近四知金。」既以身體指涉人格性的生命樣態，但卻不能否定日常生活的需要。警世寓言是邏輯建構的遺蛻，宣告光影整合的構圖的死亡。寓言的延伸顯示田園牧歌式自然主義的愛好，並公布了宇宙人生方生方死的實相之神的死亡。但詩人並未假作忘機，更無心拘泥警世寓言。

　　「葛洪尸定解，許靖力難任。家事丹砂訣，無成涕作霖。」成為詩人人生終極的解答。「尸解」乃道家解脫死亡焦慮的生命詮釋，所謂尸解以登仙也。「丹砂」謂點石成金之術，個體生命只有託付想像中的點金術。家事無託，學仙不成，唯有涕淚縱橫。宇宙人生方生方死的實相派生了舞樂道白的符碼體系，這些視覺影象的符碼體系讓了悟與遺忘的狂夫看見他們的神仙化境。事實上，舞臺上一切視覺影象的符碼體系都只是宇宙人生方生方死的實相之神仙化境。

　　杜甫的世界觀有此世與他世的階層結構，他世的神仙化境超越了視覺意象所營構的世界觀。在這種形而上的基礎上，杜甫論述人生的眞諦。對於漂泊的宿命，蹭蹬的際遇，杜甫以神仙化境提升生命的期許，解脫現實功名事業的懸念，達於逍遙任化的生命境界。

　　無法重生的人生介入宇宙人生方生方死的實相，爲我們言說只有宇宙人生方生方死的實相才能直接言說的，同於大通的符碼。猶如神仙化境維妙維肖的形象，拯救吾人於最高世界理念所啓開的直接了悟之中。神話詩實拯吾人於無意識之原始意志百無禁忌的泛濫傾流之中。

結　論

　　人們之所以會將自身無能理解的事理，逕自判定爲錯謬，正是因爲他看不見自身認知裝備的短絀。人類的認知與理解既然囿於他生命存在的界域，則必須以不息的辯證，澄清意與象的互動。但是因爲人的心意內蘊，只有心意的表象呈露於外，所以唯有檢視表象，議論表象才能免於妄想與臆斷。

　　所謂意象，本來是兩個分立的概念，「意」指生命之自由意志，「象」謂作爲表意媒介的形象，「意象」一詞則超越了傳統分立的關係，消融爲一新的概念。這一概念指涉造「意」與「象」的辯證關係，它是「意」與「象」辯證的歷程與結果。乍看「意象」一詞涵蓋兩個側面，一面是主體的觀念，一面是客觀的形象，意象作爲一個完整的概念，乃主體藉客體化（或對象化）形象表達心意的形構，以形象爲媒介，使主體內心隱微的意志獲得客體性，成爲可被認知的對象。但是本文特別藉誤置具體性的謬誤，強調「意」與「象」皆是假立的名相，意象的類別可依形象的媒體材質分類，也須參考意志在承載意志的媒體中，自由表述的程度而加區分。

　　杜詩常用的意象形構約有七重，七重形構相互乃辯證關係，而非單線發展，或互相排斥的關係。這是基於自始本文的分類依據就是「意」與「象」的辯證關係，而每一層意象形構，除了消融昇進之外，還在詩篇中相因相成。於此暫作結語之際，深感杜詩七重意象形構，恰如彌勒樓閣中，帝網重重無盡也。

第一節　萬物靜觀

　　杜甫詩作最基本的意象形構，直接表述爲天地萬象。針對萬象之名所作的分類，乃形式的分類，而非內容的分類。就詩學評論的需要而言，藉物象以表意的基本結構，存乎物象間相對的關係，以及此種關係所涵涉的意義。至於萬象難以計數的內容，或許提供生活史研究豐富的材料，實乃歷史研究的課題，而非詩學研究的課題。

　　萬象之名不是單純並列的名物，其中直接指涉人類位格的名詞，應該與其它名物區分開來。指涉位格的媒體如「身」、「心」、「首」、「肘」、「口」、「骨」、「骸骨」、「眼」、「齒」、「膝」、「腹」、「胸」、「皆」、「顏」、「面」、「白頭」、「白髮」、「尸」、「淚」、「涕淚」、「血」……等等，當然居於最核心的位置。本文雖然分章專門議論直接指涉人類位格的名詞，然而諸意象形構雖然各有特色，卻又相因而生。名物之意象形構即因其與直接指涉人類位格的名詞，「切近／疏遠」的程度爲其分類依據。

　　直接指涉人類位格名詞之所指，亦即能知的主體以其所知的程度爲分類依據，亦即以「具象←→抽象」爲名相的分類軸線。前述杜詩意象的物象範疇分類原則，乃以能知的主體爲原點，度量所知與能知的主體間「切近／疏遠」的程度。而另一個與能知的主體有關的標準，也是更具有參考價值的評論標準，乃以主體對客體的理解程度爲分類依據，亦即以萬象之「具象←→抽象」爲名相的分類軸線。

　　單就「具象←→抽象」爲名相的分類軸線觀之，發現越抽象越易於表述意念，也越便於推論，但卻離詩藝越遠，而近於邏輯。〔註1〕越具象越易於呈現物象，但卻易使人眩惑於萬象，遠離詩人亟欲表現的情意。

　　單就指涉人類位格的名詞「切近←→疏遠」爲分類軸線，則物象越切近位格，視域越微小，也越貼近日常生活。若物象越疏遠，則視

───────────────

〔註1〕邏輯 logic 與 logos，理性 reason 與 reasoning，藉轉譯而呈現其間的關係。

域越宏大，也越遠離日常生活。

　　若以位格爲原點，以「切近←→疏遠」爲橫軸，以「具象←→抽象」爲縱軸。則第一象限內可以有四種意象類型，分別爲具象而切近，具象而疏遠，抽象而切近，抽象而疏遠。

　　其一，具象而切近的意象，「冠」、「衣裳」、「衣冠」、「裾」、「鶉衣」、「簪」、「寒衣」、「鞋」、「衣袖」、「畫圖」、「遺像」、「衣服」、「環佩」等等，因爲具象而切近，所以易於表現生命的細微情節。

　　其二，具象而疏遠的意象，如「山」、「岑」、「雲山」、「江山」、「嶔崟」、「山郭」、「南山」、「群山萬壑」、「峽」、「溪」、「川」、「江」、「江湖」、「平野」、「陸」、「陂」、「水鄉」、「池」、「洲」、「岸」、「谷」、「絕頂」、「陰壑」、「秋水」、「波浪」、「石」等等，因爲具象，所以易於表現，復因疏遠，所以視域遼闊。

　　其三，抽象而切近的意象，如「人」、「性命」、「魂」等等，雖然切近身體，但因抽象，所以變成易於表述意念，也越便於推論，反而缺乏詩意。

　　其四，抽象而疏遠的意象，如「宇宙」、「天地」、「天」、「地」、「乾坤」、「陰」、「陽」……等等，易於表述意念，也越便於推論，而且拓開想像的視域，便於宏觀的思考。

　　正如上文所述，若意象離主體越遠，其指涉越抽象，則越不易啓發想像，也越可能是失敗的意象形構。若意象離主體越遠，其指涉越抽象，越表現出主體的武斷，越不易啓發想像，也越可能是失敗的意象形構。

　　如果意象指涉越具象，[註2]越容易表現物象，也越便於感知與想像，於是離詩藝越近，而且近於現實生活。但這一方面的風險在於因爲寫實而使人執著物象，反而喪失想像力。不過只要確保「主體」與「所指」間不即不離的關係，應可超度此種風險。若意象離主體越

〔註 2〕具象 embodiment 與 body-image，形象 image 與想像 imagine，透過轉譯與並列，說明具象化與意象形構間較密切的關係。

近，而且指涉越具象，則越易啓發想像，也越可能是成功的意象形構。
若意象離主體越遠，其指涉越具象，則越能開展客觀的想像視域，越
易於啓發想像，也越可能是成功啓發想像的意象形構。

名物意象形構雖可分析出一些亞類，但卻未必要依上述的分類原
則，然而不同的分類標準是否能提供詩學評論的需求，才是我們考量
分類準則時，最主要的根據。

議論名物意象形構時，其中有一類關乎神物仙境者，它們展現了
詩人超凡的想像力，而且賦予萬物位格性，類比於形上學意義之萬物
有靈論。萬物有靈之說，須以萬物的位格化入手，所以我們不得不進
一步闡釋位格意象形構。

第二節　同於大通

位格乃人生的寓所，人安身立命之地。因爲生命的一次性，發生
過的事情無法在生涯中重複出現，人類的回憶只是採取其片面印象，
依自身的理解與感情加以重構。採集生涯的片面印象，並加以符號
化，足以安頓我們對於自我人生的認知，所以「位格」其實才是人生
永恆的居所，而人所寄寓的居所必須表現個人的「位格」特色，才能
夠彰顯其人生的意境，也才能夠表達其生命的意義。

例如杜甫的〈寫懷二首〉其一詩云：「萬古一骸骨，鄰家遞歌哭。」
我們參考《莊子・齊物論》：「一受其成形，不忘以待盡。與物相刃相
靡，其行盡如馳，而莫之能止，不亦悲乎！終身役役而不見其成功，
苶然疲役而不知其所歸，可不哀邪！人謂之不死，奚益。其形化，其
心與之然，可不謂大哀乎？」形骸直接承載著我們的生命，所以杜甫
經常以身體形骸抒寫感懷。但是從上引詩句，我們可以推敲詩人已不
拘拘於身體形骸所表述的生命。

杜甫承接了莊子所引發的生命悲歌，同時也在詩句文本裡揭露了
生命的體悟。如杜甫〈詠懷古跡五首〉其五所指的「諸葛」與「大名」，

其所指涉的符號形式位格正是人生永恆的居所。

《孟子·盡心》上曰：「君子之於物也，愛之而弗仁。於民也，仁之而弗親。親親而仁民，仁民而愛物。」從物與人的關係，說明位格的定位。從名物意象形構觀照位格的意義，則其次第乃親先於民，而民先於物。人與物的關係在於愛，人與人的關係在於仁，人與親的關係在於親。

「親親而仁民，仁民而愛物。」說明了人、我、物之間旁通的關係，但是位格還有自內而外，下學而上達的一脈縱貫的關係，即《孟子·盡心》上曰：「盡其心者知其性也，知其性則知天矣。存其心，養其性，所以事天也。殀壽不貳，脩身以俟之，所以立命也。」由人的身心性命，界定位格的內涵。心性天命都是抽象的概念，但與身體形象的關係卻有遠近親疏之分。「身」以身體形象承載位格，「心」形構位格的內向表述，「性」標示位格的普遍性，「命」將位格表述爲「時—空」事件，並以此事件度量生涯。

就身體形象而言，如杜甫〈詠懷古跡五首〉其一，詩中「支離」者與「漂泊」者的存在，將上述的意象元素統整於一全幅的想像視域裡。又〈詠懷古跡五首〉其三「春風面」與「夜月魂」，更加從人格的裡外，勾勒出位格的多重意涵。「面」因爲臉相與人品之間的類比，所以幾乎可以視爲位格自身。面子是位格價值的代稱，面目是人格特質的表述。相對於「面」被視爲位格主體的表象，「魂」則往往被視爲位格的隱喻。〔註3〕

〔註 3〕　「魂」通常指人的意念或精神，並且是可以離開肉體單獨存在的精神。因此「魂」做爲位格的隱喻，比起有具體的「臉」、「面」更爲貼切。所謂「位格」（personae 或 person）是指精神性的個體，因此，位格是具精神性及不能爲別的個體所共有的特質之個別存有者。人以位格的形式出現於可見世界，他有個別姓名，一切陳述均以他爲主體，一切特性均以他爲擁有者，例如：我們說諸葛亮是人，是政治家，是聰明絕頂的……等等，這些敘述都是以諸亮爲位格主體，可見精神性才是位格的重心。

　　就位格的內向表述，以及標示位格普遍性的心性而言，如〈遊龍門奉先寺〉詩云：「已從招提遊，更宿招提境。陰壑生虛籟，月林散清影。天闕象緯逼，雲臥衣裳冷。欲覺聞晨鐘，令人發深省。」詩人藉「遊」與「宿」揭示了生存活動的主題，同時也是全詩表述的主軸。由「遊」與「宿」生存活動的主題，回歸能「覺」與能「省」的主體，所以這位格不停留於身體形象的表面論述，而及於標示位格普遍性的心性層面。

　　就表述爲「時－空」事件中，位格的命運而言，〈天末懷李白〉所云：「涼風起天末，君子意如何。鴻雁幾時到，江湖秋水多。文章憎命達，魑魅喜人過。應共冤魂語，投詩贈汨羅。」其中「君子」、「命達」者，「魑魅」、「冤魂」，皆具有位格性。天命是世界的形上結構，詩人生存的世界之外，存在一種決定此世的力量，亦即「命」與「魑魅」的世界。「應共冤魂語，投詩贈汨羅。」預示的解脫也連繫到另一個世界。杜甫的世界觀有此世與他世的階層結構，一層是世人流徙的人生，一層是魑魅冤魂的喜怒哀樂。在此兩重世界觀中，皆有異名同位格存在。

　　位格意象形構的另一課題就是位格化，將位格賦予他物，令他物具有人的情感與行動。例如杜甫的〈秋興〉第一「玉露凋傷楓樹林」，「凋傷」使「玉露」「楓樹林」具有擬似的位格性，玉露「凋傷」楓樹林的情節使得玉露與楓樹林都取得了位格的地位。傳統的說法，位格化即謂之擬人，其實擬人與否的說法，就表現方式來說並不究竟。

　　位格意象形構特殊的課題就是物化，物化意謂將位格等同於物格，人不再是首出庶物的主宰者。例如杜甫的〈望嶽〉詩，以「造化」爲主詞鍾神秀於泰山，以「岱宗」主詞割剖天象昏曉。其中主詞的更迭引導讀者轉換觀點，揭示不同層次的視域。詩人在這首詩裡，藉萬物皆化的表述透顯了流動的閱讀觀點。

　　又如〈風疾舟中伏枕書懷三十六韻奉呈湖南親友〉「葛洪尸定解，

許靖力難任。家事丹砂訣，無成涕作霖。」「尸解」乃道家解脫死亡焦慮的生命詮釋，所謂尸解以登仙也。「丹砂」謂點石成金之術，生命只有託付想像中的點金術。杜甫晚年或以道術的意象為生命最終的解脫，而道術尸解的思想的根本在於道家「物化」的理念。《莊子・齊物論》：「不知周之夢為胡蝶與？胡蝶之夢為周與？周與胡蝶則必有分矣，此之謂物化。」固然是美麗的文學意象，同時也是一種生命真諦的闡釋。道家齊物應化的想像，開拓出現實生活視域之外，凌駕歷史潮流之上，直探生命根源的多元生命形態。

詩人必須運用位格，採集生涯的片面印象，依自身的理解與感情加以重構，並加以符號化，藉以安頓我們對於自我人生的認知，但是隨著身體形象的衰亡，位格的生成與毀滅同時展開。將他物位格化，或許可以突破身體形象衰亡的悲運，但是唯有萬物齊一，同於大通的物化歷程，才能夠顯現詩人駕馭意象的能力。所以就位格意象的形構而言，透過物化以超度位格乃是此重形構的絕詣。

第三節　重重相望

圖畫意象形構在於認識空間，以及體現空間。〔註4〕無思想性的形象與色彩，經過藝術家的眼與腦，具有了思想性。圖畫意象形構還要能看到未來，要有美好的幻想，啟發人們的想像。詩學在「意」與「象」假立的名相之間，鋪陳抽象關係的具體圖畫。詩學的任務在於依循「意」與「象」之間蛻變的光譜，映比詩人創作的軌跡，使文學批評不再是空想或自由心證。

例如「玉露凋傷楓樹林」（〈秋興〉第一）寥寥七字，卻運用多層意象交織出一種生命的傷感。從玉露到楓林，視域由微觀而宏觀，焦點由小而大，由近而遠。玉露與楓林是兩幅交迭互映的圖畫，中間季節的流轉與生死的更迭，由外顯的凋傷類比內心的感傷。

〔註4〕傅抱石，《中國的人物畫與山水畫》（臺北：華正書局，1987），頁23。

　　「玉露」的意象因為玉的顏色與露珠的形象與凝結的場景，「楓樹林」在視覺領域鋪張了一幅色彩豐富的圖畫。

　　「巫山巫峽」單調的描寫，既無顏色，也無光影，卻實現了線的運用。所謂「氣蕭森」者，失之於抽象。巫山巫峽拉開了視野，視覺想像從一點玉露，而一片紅透的楓林，而一帶江山，色彩氣象漸次展開，展布於讀者想像的視域。

　　工筆的細節，一是「叢菊」，一是「淚」。「舟」首先揭示白描的舟，「孤舟」反而帶入眾舟的意象。「故園」是一幅寫意，「心」原本也是一幅寫真，圖象超越時空錯置並列，宛如漫畫，而漫畫式的表現方式說明寫意與肖似之間的辯證關係。

　　全詩是由許多視覺意象組成，「玉露」、「楓樹林」略略點染顏色，「樹林」、「巫山巫峽」、「波浪」、「塞上」、「叢菊」、「淚」、「孤舟」、「故園」、「寒衣」、「刀尺」、「白帝城」、「砧」、「暮」則顯示詩人素描此圖形貌的成果。「樹林」、「巫山巫峽」、「波浪」、「塞上」、「故園」、「白帝城」、「天」、「地」諸意象，描寫的是大體，「叢菊」、「淚」、「孤舟」、「砧」等則是細節的特寫。其實每一視覺意象都有其視域的邊界，隨著詩人提示的視域邊界，全詩的畫面產生層疊輝映的效果。

　　圖畫意象的範疇，運用線條，色彩與光影的變化，人與物的虛實疏密布局，進而表現生命的活動歷程。視覺意象的布局兼顧遠近、大小、明暗。近處明處莫過於心與淚，遙遠處出現故園模糊的影象。眼前的叢菊與墮淚是當下的細節，這是一層面；白帝城下展望稍遠處巫山巫峽，又是一層面。兼天波浪與接地風雲，又是一層面。渺遠的故園與昔日的叢菊淚滴，則恍然即是隱逝／匯歸點。故園是詩人全幅詩意之所繫，卻置於所有畫面的最後方，其遙遠難覓彷彿隱逝於我們視域的邊界，這正是透視法所謂的隱逝／匯歸點。

　　杜詩圖畫意象形構的特色在於其多重映象布局，意象形構多重映象布局的特色，表現國畫選集奇峰湊配奇峰的布局，依眼睛視覺的能量來畫畫。虛實互見，為觀者留下想像的餘地，視線不黏滯於塞滿形

象的畫面，反而體現流動的空間。虛實取捨，使中國畫的畫面表現極
高的靈動，使主體得到最突出，最集中，最明豁的視覺效果。留白是
謂虛。因空虛留白故主體突顯，是謂實。〔註5〕例如「蓬萊宮闕對南
山」（〈秋興〉第五）揭露的圖畫，以「宮闕」閱讀的起點，可以指涉
長安皇居的蓬萊宮，然「蓬萊宮闕」同時可以指向更深一層神仙宮闕
的意涵。詩人藉著「對」所拉開的張力，務必使這兩幅圖畫處於虛實
對映的相關位置。營構畫面的寫實與超寫實兩重畫面，藉視覺意象鋪
陳出層疊寓意。蓬萊宮闕有一層神仙道化的寓意，產生一種否定現實
的力量，因此使得前述現實的建築意象隨之扶搖而上。

　　眼睛看東西也要有節奏有變化，這是布局疏密的問題。〔註6〕圖
畫布局的疏密：是指畫材排比之距離遠近。而布局疏密之道在於密不
透風，疏可走馬。進一步說則是：疏處不可空虛，還得有景。密處還
得有立錐之地，不可使人感到窒息。試以〈懷錦水居止二首〉其一為
例：「軍旅西征僻，風塵戰伐多。猶聞蜀父老，不忘舜謳歌。天險終
難立，柴門豈重過。朝朝巫峽水，遠逗錦江波。」

　　「朝朝巫峽水，遠逗錦江波。」綿綿不絕的巫峽水，此景疏可走
馬。與遙遠的錦水居協奏詩人的生活旋律，疏處不僅不空虛，還得有
景，如此放逐的杜甫可以安居於這連綿的江湖。

　　再以〈懷錦水居止二首〉其二為例，「橋西宅」、「潭北莊」、「層
軒」、「老樹」、「雪嶺」、「錦城」乃描繪詩人所懷之居，從如是橋，如
是潭，如是花，如是水，如是嶺與如是城，見布局之密不透風，表現
詩人對錦水居的懸念。懷居的懸念透過詩句周詳的布置，密處得有立
身之地，足見考量圖畫布局的意義在於詩人期盼人生的出路，而目的
是為求安頓漂泊的生命。

〔註5〕傅抱石，《中國的人物畫與山水畫》，附錄〈中國畫題款研究〉，同前
　　　註，頁18。
〔註6〕傅抱石，《中國的人物畫與山水畫》，附錄〈中國畫題款研究〉同前
　　　註，頁20。

第四節　念念相續

　　第四重意象的基本元素是「時間性」語言，時間是人生在世的存在樣態，因著人對自我與世界之體驗（即時間性），人能把握到整個人生在世期間，並加以塑造。所以我們以時間性的言詞或語句當作計時器，從而度量詩句中蘊涵的時間性，藉著時間性的詮釋，表述詩句中承載的生命領悟。

　　例如杜甫〈夜宴左氏莊〉詩云：「林風纖月落，衣露靜琴張。暗水流花徑，春星帶草堂。檢書燒燭短，看劍引杯長。詩罷聞吳詠，扁舟意不忘。」「林風」不屬於視域，最少須在兩幅林的構圖間，安排一歷時的線索，風的存在才得以表現。「月落」表述的時間性，使前述個別圖畫意象得以貫通。所以繼前述林風的節奏，我們又有了月升月落間風動的節奏。時間意象以圖畫意象為據點，透過追憶的統攝能力，呈現於想像的視域，進而譜在讀者心間。

　　從「衣」所標示的視域據點到表現出「衣露」，必須預設一段時間歷程。從未沾濡露水的衣裳，演繹出沾帶露水的衣裳，即以「衣露」計度的生命歷程。「琴張」的現象必須預設琴弦由弛而張的歷程，並且預期琴弦由張而弛的變化又有了琴張的節奏。

　　「暗水」釋去了我們對視覺形象的執著，因此我們的想像經由類比於生命節奏的「水流」節奏，形構我們對生命流逝的省思。言「春星」而不僅言星，已經藉四時之序的節奏啟示了時間性。相對「春星」的節奏，「草堂」似乎有了異樣的運動速度。「春星」的節奏是生命的節奏，是生滅成毀的節奏，以「春星」的節奏為度，「草堂」生滅成毀已隱然可見。

　　「檢書」的動作因「燒燭」所標示的時間度量而得到確認，「燒燭短」顯示著一段較長的時間過去，而檢書作詩隱約可以令人想見詩人沉吟的節奏。「看劍」可以是一靜定的姿態，「引杯」和「檢書」一樣也是一持續的動作，「引杯長」點出了一段持續的時間。

　　「詩」與「吳詠」，各自攜帶自己的時鐘以計算時間。時空合一

的單元事件「詩罷」與「聞吳詠」，其各自的定位皆可以理解，而其理解又在詮釋其時間性自我的組建。「扁舟意不忘」從計時者的觀點「意不忘」，以及裝備「扁舟」裡，確認時間意義的座標。時間性自我組建的詮釋結構之定位「扁舟」，「扁舟意不忘」則可以理解其情味，而對此定位的理解又有「明朝散髮弄扁舟」的墮落表情。

　　詩人形構此第四重意象時，必須善用視覺形象，而最常見的方式就是以視覺形象標示時間刻度的端點，並且以影像消逝與影像呈現的間距表述節奏。詩人若能善用時間性的言詞或語句當作計時器，從而度量詩句中蘊涵的時間性。並能藉著時間性的詮釋，表述詩句中承載的生命領悟，如此就是成功的時間意象形構。如果無法修作表述時間性的語句，無法以語句（命題）度量時間，無法以時間性作爲生命的地平線（基本視域），則意謂著詩人在時間意象形構方面的失敗。

第五節　方生方死

　　第五重意象形構整合了前四重意象形構，所以我們可以從事件中分析出「道具」、「角色」、「舞臺」以及「主旋律」，結合爲一齣「複構事件」。第五重意象形構的元素可統稱之爲「歷史事件」。既然歷史議論的是複構事件，而事件即空間中一特定點與時間中一特定點共同標定的事物，所以此重意象形構的論述乃以複構事件的主題爲分類基準，列舉敘事詩常見的主題，藉以闡明詩學創作的技藝。

　　正如前文所議，各重意象形構皆相因而生，第五重歷史意象形構乃因於第四重時間意象形構。但是時間在此乃事件的相續，而非現代意識所謂客觀度量的時間，《史記·太史公自序》云：「子曰：我欲載之空言，不如見之於行事之深切著明也。」論述之中，是非褒貶必須由事件情節中表現，亦即事件情節具體承載著史家的是非褒貶。所以歷史意象形構的目標在於每一事件主題的營構，意象形

構便繫於主題營構的成敗。我們不試圖窮盡事件的主題,但適度舉
隅將有助於理解與評論。

杜甫〈詠懷古跡五首〉其二曰:「最是楚宮俱泯滅」的主題是遊
蕩於古跡迷宮的人生。〈詠懷古跡五首〉其四曰:「翠華想像空山裡」
的主題則在於漫遊者的辯證。

再如杜甫〈詠懷古跡五首〉其三曰:「群山萬壑赴荊門」的主題
在於以蠕動樣態的,群山萬壑的活動幾近於靜止的時間流程,拯救明
妃和親那一段無可挽回的歷史。「生長明妃尚有村」(〈詠懷古跡五首〉
其三)的主題在於「明妃」的生長所表述著時間已經一去不返,尚留
至今的昭君村徒然為明妃的墓誌銘。

〈詠懷古跡五首〉其二曰:「悵望千秋一灑淚」的主題在於千歲
春秋既不能在一句悵望之間盡其意,則灑淚其實表現了一種簡易的歷
史推論。「蕭條異代不同時」(〈詠懷古跡五首〉其二)的主題在於命
運的詛咒。發生一次的不幸,或許可以歸諸偶然,但是如果不幸黏附
於某種人生的屬性,那麼不免讓人懷疑,是否古往今來詩人的命運遭
到了永恆的詛咒。反觀人生的無可挽回的一次性,必死的宿命又是歷
史內涵的永恆詛咒。

「江山故宅空文藻」(〈詠懷古跡五首〉其二)主題在於以否定詞
宣示著故宅主人宋玉的缺席,無謂的追尋終究只是詩人自傷身世的夢
魘。「雲雨荒臺豈夢思」(〈詠懷古跡五首〉其二)詩人隔著千秋異代,
遙觀神話一樣的男女情欲。時間度量未定的一端,固然賦予時間恆久
的想像,虛實難辨的端點闡釋詩人對於方生方死的情欲與歷史/神話
式的領悟。

〈詠懷古跡五首〉其四:「蜀主窺吳幸三峽」的主題在於繁衍國
族的教誨,主角卻擺足了開國雄主的姿態,所以此句詩不能不說是史
詩的關鍵議題。「崩年亦在永安宮」(〈詠懷古跡五首〉其四)的主題
則以雄主的死亡事件印證國族繁衍的教誨。

〈詠懷古跡五首〉其一曰:「庾信生平最蕭瑟」繁華的暮夜之城

隱入暗夜，騷亂的氣息如在目前。「暮年詩賦動江關」（〈詠懷古跡五首〉其一）回首一生飽經喪亂別離的暮年詩賦，追憶年華在生離死別中流逝，詩人因傷逝而招魂。杜甫實藉庾信蕭瑟的生平與暮年哀賦，向幽冥呼喚靈魂的遷徙。

杜甫〈詠懷古跡五首〉其一曰：「支離東北風塵際」以支離表述了存活樣態的變異，這變異產生疏離和改變。「漂泊西南天地間」（〈詠懷古跡五首〉其一）情節的主題在於「漂泊」。漂泊的航海學，類比於一種無法釋懷的想念。星月的方位錯置了，漂泊使我淹留於持久的疏離，卻與心中的京國疏離。

「諸葛大名垂宇宙」（〈詠懷古跡五首〉其五）垂布靜態的時間論述，加強時間的永恆形象，維持生存樣態的絕對不變。歲月淹留，遂成為淹滯生活的墓誌銘，生命的節奏卻流連往復，單調地自我複製著。「宗臣遺像肅清高」（〈詠懷古跡五首〉其五），遺像的存在否定了承載生命徵象的身體，生涯偃蹇的際遇在於人在異域的疏離，既無法預言歸鄉，又無從當下歸化。乃以春秋之義，重新建立生命意義的歸宿，解救個體生命的末酬之志。

第六節　同體大悲

第六重意象形構元素是「我的情感」，如杜甫〈登高〉詩云：「萬里悲秋常作客，百年多病獨登臺。」句中「作客」、「多病」之身已標示深刻的自覺。「艱難苦恨繁霜鬢，潦倒新停濁酒杯。」裡的「繁霜鬢」，也分明道出詩人的人生慨歎。但是「艱難苦恨」與「潦倒」，旨在推高「獨登臺」句中孤絕的況味，突顯了詩人一己的悲情，不能保證讀者同體大悲的感動。

再如〈晚晴〉詩云：「汨乎吾生何飄零。支離委絕同死灰。」人因為弱勢而取得社會性，因人類共通的苦難而心存人情。但是同體大悲之情不能囿於一己的傷感，反而應該先瓦解一己的自我意識，所以

自傷飄零之際，委絕同於死灰的詩人，卻最切近大我的境界。或許同時領悟人之繁衍並不是爲了印證族姓繁衍的教誨，而是要飄零散居於大地之上。

〈江亭〉詩云：「水流心不競」表述自然最初的衝動，人心中沒有邪僻的原始自然。「欣欣物自私」表述的私愛雖不必關乎他人，但是因爲它與自然同一，所以私愛卻成就了最平等的大化流行。能由萬物發言，我的情感遂能不局限於自我意識的格局裡。

同體大悲的無私悲願才是抒情詩中悲情的眞諦。生命眞正的活動應是藝術，而非一味追求合理的道德。世界因爲是美學現象而得以存在，即創造即毀滅。無常的世界唯有在藝術中才能獲得解救，而在藝術中，世界萬物皆只是表象而已。例如〈春夜喜雨〉詩云：「好雨知時節，當春乃發生。隨風潛入夜，潤物細無聲。野徑雲俱黑，江船火獨明。曉看紅濕處，花重錦官城。」杜甫將位格賦予此詩的春雨。

又如〈贈虞十五司馬〉詩云：「欲化北溟鯤」，不僅表現了萬物靜觀皆自得的物化觀，進而詮釋了萬物生命的旋律乃大化流行，各種藝術只是它在不同文本裡的客觀形構。詩人「萬物靜觀」的同情想像，「繁枝容易紛紛落，嫩蕊商量細細開。」還透露著生滅流轉的達觀。唯有基於如此的達觀，詩人才獲得代萬物發言，抒寫萬物之情的權利。同體大悲使他致力消融個體於大化流行的生機之中，將在自己身上體現隱藏於事物裡的根本衝突，〈宿府〉詩又云：「永夜角聲悲自語」，悲願的智慧超脫推理的邏輯，無求於知識分解所生的悅樂，如此方爲第六重抒情意象形構之正詮。

第七節　歸根復命

杜甫詩歌裡重重意象的邊緣，都藉否定詞的作用，隱隱指涉著一個超現實的神話意象範疇。神話最明顯的特徵就是其特殊的論述，就

日常生活的語言觀之，神話的的生存境界凌駕現實生活，不近人情的思維超越平庸理智的推理，依此形構超寫實的神話論述，建立異樣的翻譯語法，形構神話的詮釋學。

　　超越現實的否定性論述，表述其神人的面貌。表述神人的世界乃有「狂」言的邏輯。瘋狂是眞實生命的魔幻條件，違背日常生活的需要，通於神話思想的邏輯。例如杜甫〈江畔獨步尋花七絕句〉其一詩云：「江上被花惱不徹，無處告訴只顛狂。走覓南鄰愛酒伴，經旬出飲獨空床。」無處告訴說明狂夫的異常與疏離。

　　〈不見〉詩云：「不見李生久，佯狂眞可哀。世人皆欲殺，吾意獨憐才。敏捷詩千首，飄零酒一杯。匡山讀書處，頭白好歸來。」說明個體化是所有苦難經歷的根本原因，而苦難經歷是他自身客觀化的潛能。此即所謂「文章憎命達，魑魅喜人過。」佯狂固然可哀，卻能解脫個體才情帶來的苦難。

　　杜詩中的「天地」與「宇宙」，或「天」與「地」超越了現實生活，足以表述神話的世界。〈望嶽〉詩云：「岱宗夫如何，齊魯青未了。造化鍾神秀，陰陽割昏曉。盪胸生層雲，決眥入歸鳥。會當凌絕頂，一覽眾山小。」詩人藉擬人的「造化鍾神秀」建立宏觀的想像，復以「陰陽割昏曉」表述擬人之陰陽造化所完成的天地布局。然而這都是由擬人的「岱宗」揭開序幕，以「造化」「陰陽」刻畫的天地，拓開讀者的視域。「造化」雖只是虛擬的位格，但卻具有神格的功能。神話以神化的位格爲主詞，形構神人的生活，以及神仙的世界觀。從表述神人世界的論述裡，我們可以建構詮釋神話的理則。

　　神話就是人生超現實的計時器，我們以神人在仙境中的經歷，重新度量生命的意義。但是杜甫並不完全理解神話的意義，以〈寫懷〉爲例，所謂：「古者三皇前，滿腹志願畢。胡爲有結繩，陷此膠與漆。禍首燧人氏，厲階董狐筆。君看燈燭張，轉使飛蛾密。」又如〈風疾舟中伏枕書懷三十六韻奉呈湖南親友〉：「軒轅休製律，虞舜罷彈琴。尚錯雄鳴管，猶傷半死心。」神話逐漸淪落於所謂歷史現實的狹小格

局裡，而且由後代曲解爲具有歷史聲明的特定事實。

　　反而倒是〈詠懷古跡五首〉其四曰：「翠華想像空山裡」因爲「想像空山」虛擬而抽象的時間表述擬於永恆，詩人宛如時間的漫遊者，自行與古人隨機辯證。「玉殿虛無野寺中」（〈詠懷古跡五首〉其四）時空異位的虛擬與錯置，營構層疊輝映的圖畫意象，更乃時間迷宮的最佳詮釋。古跡經歷歲月的磨洗，延遲了身體所承載的生死歷程，變成個人生命跨過生死臨界的媒介。而「萬古雲霄一羽毛」（〈詠懷古跡五首〉其五）則以其虛無的存在樣態，表述幾乎靜止的時間度量，而此虛靜的樣態則類比著永恆的救贖，將人從現實的不幸中拯救出來，提升到此類比神仙道化的永恆救贖。

　　在知性的眼睛裡，宗教的神話前提系統僵化爲一整套符應理性的歷史事件。神話死時，宇宙人生的眞諦亦死。神話被歷史學家以其狹隘的理性，重新界定爲歷史的童騃時期，因此人類歸根復命的契機被截斷了。「雲雨荒臺豈夢思」（〈詠懷古跡五首〉其二）人們的理智雖然將襄王與神女虛擬的神話，設定爲時間度量莫測的起點，詩人卻隔著千秋異代，遙觀神話未定的一端，以虛實難辨的端點，肯定了逝者永恆的才思，詩人有限的人生才有不朽的寄寓。

　　所有喪失神話的文化，同時也喪失了它自然創生的權力。當人類與方生方死的自然實相對抗之際，神話庇護了我們。神話世界的建立，使人世得到正當性，宇宙人生方生方死的實相，授予神話強烈且極具說服力的形上意旨，因此詩人在「意」與「象」的辯證關係中，形構超越現實生存的境遇，邁向生命境界的昇華。換句話說，神話詩將生命從無方所的奔流中拉出來，讓人產生生命的安定感，因此得到永恆的救贖。所以當吾人詮釋詩歌意象的意涵時，必先釐清攸關生存境遇反省的世界觀，揭露生命眞諦的時間觀，在神話超現實的表述開示下，創作形上世界最能啓發想像的形下表述。

參考書目

一、杜詩箋注本

1. 《王狀元集百家注編年杜陵詩史》，宋‧王十朋等集註，（江蘇：廣陵古籍刻印社，1997）。

2. 《九家集注杜詩》，宋‧郭知達集註，（臺北：大通書局，1974）。

3. 《杜臆增校》，明‧王嗣奭撰，民國‧曹樹銘增校，（臺北：藝文印書館，1970）。

4. 《錢牧齋先生箋注杜詩》，清‧錢謙益注，（臺北：大通書局，1974）。

5. 《杜工部詩集》，清‧朱鶴齡注，（臺北：中文出版社，1977）。

6. 《杜詩論文》，清‧吳見思撰，（臺北：大通書局，1974）。

7. 《杜詩闡》，清‧盧元昌撰，（臺北：大通書局，1974）。

8. 《杜工部詩說》，清‧黃生注，（臺北：中文出版社，1976）。

9. 《杜詩詳注》，清‧仇兆鰲注，（臺北：里仁書局，1980）。

10. 《讀杜心解》，清‧浦起龍撰，（臺北：里仁書局，1979）。

11. 《杜詩鏡銓》，清‧楊倫注，（臺北：華正書局，1976）。

12. 《杜詩提要》，清‧吳瞻泰撰，（臺北：大通書局，1974）。

13. 《讀杜詩說》，清‧施鴻保著，（臺北：中華書局，1986）。

14. 《才子杜詩解》，清‧金聖歎，（臺北：新文豐出版公司，1979）。

二、杜詩研究專著

1. 《杜甫年譜》，劉孟伉主編，（臺北：學海書局，1981）。

2. 《杜甫作品繫年》，李辰冬，（臺北：東大圖書公司，1977）。

3. 《杜甫秋興八首集說》，葉嘉瑩，（臺北：桂冠圖書公司，1994）。

4. 《杜甫戲為六絕句集解》，郭紹虞，（臺北：木鐸出版社，1982）。

5. 《杜甫夔州詩析論》，方瑜，（臺北：幼獅文化事業公司，1985）。

6. 《杜甫律詩攬勝》，許總，（臺北：聖環圖書股份有限公司，1997）。

7. 《杜甫研究論文集》，第一輯，（北京：中華書局，1962）。

8. 《杜甫研究論文集》，第二輯，（北京：中華書局，1962）。

9. 《杜甫研究論文集》，第三輯，（北京：中華書局，1962）。

10. 《杜甫評傳》，陳貽焮，（上海：上海古籍出版社，1982）。

11. 《杜甫敘論》，朱東潤，（臺北：木鐸出版社，1983）。

12. 《杜甫傳記唐宋資料考辨》，陳文華，（臺北：文史哲出版社，1987）。

13. 《杜甫與六朝詩人》，呂正惠，（臺北：大安出版社，1989）。

14. 《清初杜詩學研究》，簡恩定，（臺北：文史哲出版社，1986）。

15. 《杜甫評傳》，莫礪鋒，（南京：南京大學出版社，1993）。

16. 《杜詩學通論》，許總，（臺北：聖環圖書股份有限公司，1997）。

17. 《杜詩意象論》，歐麗娟，（臺北：里仁書局，1997）。

三、一般參考書目

1. 《甲骨文字釋林》，于省吾，（北京：中華書局，1979）。

2. 《甲骨文編》，中國科學院考古研究所，（北京：中華書局，1989）。

3. 《甲骨文字集釋》，李孝定，（臺北：中央研究院，1965）。

4. 《說文通訓定聲》，清・朱駿聲，（臺北：藝文印書館，1975）。

5. 《經傳釋詞》，清・王引之，（臺北：華聯出版社，1975）。

6. 《古籍虛字廣義》，王叔岷，（臺北：華正書局，1990）。

7. 《殷墟甲骨文引論》，馬如森，（長春：東北師範大學出版社，1993）。

8. 《十三經注疏》，（臺北：藝文印書館）。

9. 《詩毛氏傳疏》，清・陳奐疏，（臺北：臺灣學生書局，1972）。

10. 《詩經釋義》，屈萬里，（臺北：華岡出版部，1974）。

11. 《詩經通釋》，王靜芝，（臺北：輔仁大學文學院，1978）。

12. 《詩經學論叢》，江磯，（臺北：崧高書社，1985）。

13. 《詩經評註讀本》，裴普賢，（臺北：三民書局，1991）。

14. 《高本漢詩經注釋》，高本漢，董同龢譯，（臺北：國立編譯館，

1979）。

15. 《詩經研究》，白川靜，杜正勝譯，（臺北：幼獅出版社，1973）。

16. 《史記》，漢・司馬遷，（臺北：鼎文書局，1979）。

17. 《漢書》，漢・班固，（臺北：鼎文書局，1979）。

18. 《後漢書》，南朝宋・范曄，（臺北：鼎文書局，1979）。

19. 《三國志》，晉・陳壽，（臺北：鼎文書局，1979）。

20. 《晉書》，唐・房玄齡等，（臺北：鼎文書局，1992）。

21. 《舊唐書》，後晉・劉昫等，（臺北：鼎文書局，1976）。

22. 《新唐書》，宋・歐陽修、宋祁等，（臺北：鼎文書局，1976）。

23. 《文史通義校注》，章學誠著，葉瑛校注，（臺北：里仁書局，1984）。

24. 《中國青銅時代》，張光直，（臺北：聯經出版公司，1984）。

25. 《中國青銅時代》（第二集），張光直，（臺北：聯經出版公司，1990）。

26. 《中國上古史研究講義》，顧頡剛，（臺北：文史哲聯經出版社，1989）。

27. 《史林雜識》，顧頡剛，（臺北）。

28. 《顧頡剛讀書筆記》，顧頡剛，（臺北：聯經出版公司，1990）。

29. 《中國政治思想史》，蕭公權，（臺北：聯經出版公司，1983）。

30. 《中國知識階層史論》，余英時，（臺北：聯經出版公司，1980）。

31. 《古代社會與國家》，杜正勝，（臺北：允晨文化實業公司 1992）。

32. 《周代城邦》，杜正勝，（臺北：聯經出版公司，1979）。

33. 《中國上古史論文選集》，杜正勝，（臺北：華世出版社，1979）。

34. 《編戶齊民—傳統政治社會結構的形成》，杜正勝，（臺北：聯經出版公司，1990）。

35. 《黃土與中國農業的起源》，何柄棣，（香港：中文大學，1969）。

36. 《中國經濟制度史論》，趙岡、陳鐘毅，（臺北：聯經出版公司，1984）。

37. 《中國城市發展史論》，趙岡，（臺北：聯經出版公司，1995）。

38. 《墓葬與生死》，蒲慕州，（臺北：聯經出版公司，1993）。

39. 《中國古代都城制度史研究》，楊寬，（上海：上海古籍出版社，1993）。

40. 《大方廣佛華嚴經》，（收錄於大正新脩大藏經，第十卷，頁1～444，1998）。

41. 《老子》，河上公注，（臺北：廣文書局）。

42. 《南華經解》，清・宣穎，（臺北：藝文印書館，無求備齋莊子集成續編三十二）。

43. 《南華眞經正義》,清・陳壽昌,(臺北:藝文印書館,無求備齋莊子集成續編三十七)。

44. 《莊子集釋》,清・郭慶藩,(臺北:漢京文化出版公司,1983)。

45. 《中國哲學史新編》,馮友蘭,(北京:人民出版社,1980)。

46. 《三松堂學術文集》,馮友蘭,(北京:北京大學出版社,1984)。

47. 《生生之德》,方東美,(臺北:黎明文化事業公司,1979)。

48. 《原始儒家與道家》,方東美,(臺北:黎明文化事業公司,1983)。

49. 《華嚴宗哲學》,方東美,(臺北:黎明文化事業公司,1989)。

50. 《中國哲學原論——原道篇》,唐君毅,(臺北:學生書局,1976)。

51. 《中國人性論史》,徐復觀,(臺北:臺灣商務印書館,1977)。

52. 《才性與玄理》,牟宗三,(香港:人生出版社,1963)。

53. 《中國哲學十九講》,牟宗三,(臺北:臺灣學生書局,1983)。

54. 《中國古典哲學概念範疇要論》,張岱年,(北京:中國社會科學出版社,1989)。

55. 《魯迅全集》,第九卷,魯迅,(北京:人民文學出版社,1991)。

56. 《全唐詩》,清・聖祖御定,(臺北:文史哲出版社,1977)。

57. 《唐人絕句萬首》,宋・洪邁編,(臺北:鼎文書局,1978)。

58. 《唐詩品彙》,明・高木秉編,(上海:古籍出版社,1993)。

59. 《全唐詩錄》,清・徐倬編,(上海:古籍出版社,1993)。

60. 《方東樹評今體詩鈔》,清・姚鼐選,方東樹評,(臺北:聯經出版公司,1975)。

61. 《十八家詩鈔》,清・曾國藩編,(臺北:臺灣商務印書館,1996)。

62. 《唐宋詩舉要》,高步瀛選注,(臺北:漢京文化出版公司,1992)。

63. 《王右丞集注》,唐・王維著,清・趙殿成箋注,(臺北:中華書局,1985)。

64. 《韋蘇州集》,唐・韋應物,(臺北:中華書局,1985)。

65. 《樊川詩集注》,唐・杜牧著,清・馮浩集注,(臺北:漢京文化出版公司,1983)。

66. 《玉谿生詩集箋注》,唐・李商隱著,清・馮浩箋注,(臺北:里仁書局,1980)。

67. 《苕溪漁隱叢話》,宋・胡仔,(臺北:中華書局,1971)。

68. 《唐音癸籤》,明・胡震亨,(臺北:木鐸出版社,1982)。

69. 《石遺室詩話》,清・陳衍,(臺北:臺灣商務印書館,1976)。

70. 《歷代詩話》，清・何文煥輯，（臺北：漢京文化出版公司，1983）。

71. 《歷代詩話續編》，丁福保輯，（臺北：木鐸出版社，1988）。

72. 《清詩話》，丁福保輯，（臺北：木鐸出版社，1988）。

73. 《清詩話續編》，郭紹虞輯，（臺北：木鐸出版社，1983）。

74. 《宋詩話輯佚》，郭紹虞輯，（臺北：華正書局，1994）。

75. 《藝概》，清・劉熙載，（臺北：漢京文化出版公司，1985）。

76. 《唐詩紀事校箋》，宋・計有功撰，王仲鏞校箋，（成都：巴蜀書社，1989）。

77. 《唐才子傳校正》，元・辛文房撰，周本淳校正，（臺北：文津出版社，1988）。

78. 《登科記考》，清・徐松撰，羅繼祖補遺，（京都：中文出版社，1982）。

79. 《唐代科舉與文學》，傅璇琮，（陝西：人民出版社，1995）。

80. 《唐詩研究》，胡雲翼，（臺北：臺灣商務印書館，1987）。

81. 《唐詩概論》，蘇雪林，（臺北：臺灣商務印書館，1988）。

82. 《唐代詩學》，不著撰者，（臺北：正中書局，1973）。

83. 《唐詩通論》，劉開揚，（臺北：木鐸出版社，1983）。

84. 《唐詩論文選集》，呂正惠編，（臺北：大安出版社，1985）。

85. 《唐詩論學叢稿》，傅璇琮，（哈爾濱：黑龍江人民出版社，1990）。

86. 《唐七律藝術史》，趙謙，（臺北：文津出版社，1992）。

87. 《唐詩史》，許總，（江蘇：江蘇教育出版社，1994）。

88. 《唐詩體派論》，許總，（臺北：文津出版社，1994）。

89. 《迦陵談詩》，葉嘉瑩，（臺北：三民書局，1970）。

90. 《迦陵談詩二集》，葉嘉瑩，（臺北：三民書局，1985）。

91. 《唐集敘錄》，萬曼，（北京：中華書局，1982）。

92. 《神話與詩》，聞一多，（臺北：里仁書局，1994）。

93. 《中國詩史》，吉川幸次郎著，劉向仁譯，（臺北：明文書局，1983）。

94. 《古詩考索》，程千帆，（上海：古籍出版社，1984）。

95. 《中國詩學》，劉若愚，（香港：三聯書店，1977）。

96. 《中國詩歌藝術研究》，袁行霈，（臺北：五南圖書出版公司，1989）。

97. 《詩歌意象論》，陳植鍔，（中國社會科學出版社，1990）。

98. 《中國詩歌原理》，松浦友久著，孫昌武、鄭天剛譯，（臺北：洪葉文化事業公司，1992）。

99. 《中國詩學之精神》，胡曉明，（江西：江西人民出版社，1990）。

100. 《中國詩歌美學史》，莊嚴、章鑄，（吉林：吉林大學出版社，1994）。

101. 《中國詩學思想史》，蕭華榮，（上海：華東師範大學出版社，1996）。

102. 《中國神話史》，袁珂，（臺北：時報文化出版公司，1991）。

103. 《文心雕龍注釋》，梁劉勰著，周振甫注，（臺北：里仁書局，1984）。

104. 《中國文學論集》，徐復觀，（臺北：臺灣學生書局，1976）。

105. 《中國藝術精神》，徐復觀，（臺北：臺灣學生書局，1976）。

106. 《宋詩選註》，錢鍾書，（臺北：書林出版有限公司，1980）。

107. 《七綴集》，錢鍾書，（臺北：書林出版有限公司，1980）。

108. 《中國文學史論文選集》（三），羅聯添，（臺北：臺灣學生書局，1986）。

109. 《傳統文學論衡》，王夢鷗，（臺北：時報文化出版公司，1987）。

110. 《中國文學理論與實踐》，王夢鷗，（臺北：時報文化出版公司，1995）。

111. 《中國文學批評的理論與實踐》，張雙英，（臺北：萬卷樓圖書公司，1993）。

112. 《修辭學》，黃慶萱，（臺北：三民書局，1990）。

113. 《中國修辭學史》，周振甫，（臺北：洪葉文化事業公司，1995）。

114. 《芥子園畫譜》，清·沈心友等編，（臺北：華正書局，1982）。

115. 《中國的人物畫和山水畫》，傅抱石，（臺北：華正書局，1987）。

116. 《潘天壽談藝錄》，潘天壽，（臺北：丹青圖書公司，1987）。

117. 《唐代詩與畫的相關性研究》，陳華昌，（陝西：陝西人民美術出版社，1993）。

118. 《唐畫詩中看》，王伯敏，（臺北：東大圖書公司，1993）。

119. 《中國山水畫美學研究》，朱玄，（臺北：學生書局，1997）。

120. 《中華雕刻史》，上冊，鄭家玉華、鄧淑蘋編著，（臺北：商務印書館，1987）。

121. 《中華雕刻史》，下冊，那志良、吳鳳培、袁德星編著，（臺北：商務印書館，1991）。

122. 《全唐詩中的樂舞資料》，中國舞蹈藝術研究會舞蹈史研究組編，（北京：人民音樂出版社，1996）。

123. 《語言與音樂》，楊蔭瀏，（臺北：丹青圖書有限公司）。

124. 《樂理》，黑澤隆朝著，邵義強譯，（臺北：全音樂譜出版社，1997）。

125. 《音樂的語言》，鄧昌國，（臺北：大呂出版社，1995）。

126. 《唐詩與音樂》，朱易安，（廣西：漓江出版社，1996）。

127. 《唐詩與莊園文化》，林繼中，（廣西：漓江出版社，1996）。

128. 《中國古代建築史》，劉敦楨等編撰，（臺北：明文書局，1982）。

129. 《隋唐宮廷建築考》，楊鴻年，（陝西：人民文學出版社，1992）。

130. 《唐代園林別業考論》，李浩，（陝西：西北大學出版社，1996）。

131. 《場所精神──邁向建築現象學》，施植明譯，（臺北：田園城市文化事業有限公司，1995）。

132. "Genius Loic-Towards A Phenomenology of Architecture"Christian Norberg-Schulz。

133. 《唐代階級結構研究》，張澤咸，（河南：中州古籍出版社，1996）。

134. 《歷代官制‧兵制‧科舉制表釋》，臧雲浦、朱崇業、王雲度，（江蘇：江蘇古籍出版社，1997）。

135. 《中國古玉圖釋》，那志良，（臺北：南天書局，1991）。

136. 《謙謙君子──玉器的欣賞與鑑定》，那志良，（臺北：書泉出版社，1994）。

137. 《清代玉器之美》，宋小君，（臺北：東大圖書公司，1998）。

138. 《岩石學》，陳汝勤、莊文星，（臺北：聯經出版事業公司，1992）。

139. Aristotellous peri Poiētikēs, in the Loeb Classical Library, （Harvard University Press,1982）。

140. Aristotle, The Metaphysics, in the Loeb Classical Library, （Harvard University Press，1989）。

141. Aristotle, The Categories, in the Loeb Classical Library, （Harvard University Press，1973）。

142. Benjamin,Walter. Zum Bilde Prousts, in walter Benjamin selected writings vol. 2 1927～1934（The belknap press of Harvard University Press,1999, p.p. 237～247），林志明（譯），〈普魯斯特的形像〉收錄於《說故事的人》（臺北：臺灣攝影工作室，1998）。

143. Bloom ,Harold（ed.）The Bible（Chelsea House, 1987.）。

144. Chang, Kwang-Chin. The Archaeology of Ancient China（New Haven & London： Yale University Press.1977）。

145. Cole,Alison. Perspective（London：Dorling Kindersley, 1992.）。

146. Creel, H. G. Confucious and the Chinese Way（N.Y.：Harper & Brothers,1960）。

147. Eco,Umberto. A Theory of Semiotics（Indiana University Press. 1976）。

148. Fang, Thomé H. Chinese Philosophy ：Its Spirit and Its Development（Taipei: Linking　Publishing Co.Ltd.,1981）。

149. Gombrich,E.H. The Story of Art（Oxford：Phaidon,fifteenth edition,1990 reprinted.）。

150. Hegel,G.W.F. Werke Bd.13～15.（Suhrkamp Verlag Frankfurt am Main 1986.）。

151. 《美學》，朱光潛譯，（臺北：里仁書局，1981～1983）。

152. Hawking,Stephen W. A Brief History of Time（New York： Bantam Book, 1989）。

153. Heidegger,Martin. Sein und Zeit （Tübingen, Max Niemeyer Verlag, 1993）Being and time / translated [from the 7th German ed.] by John Macquarrie & Edward Robinson（Oxford [Oxfordshire]: Blackwell, 1967）。

154. Langer,Susanne K. Feeling and Form-A Theory of Art,Developed from Philosophy in a New Key（New York：Charles Scribner's Sons,1953）。

155. Nietzsche,Friedrich. Die Geburt der Tragödie ,Samtliche Werke Bd.1.（Berlin/New York：Walter de Gruyter,1980）The birth of tragedy and other writings / Friedrich Nietzsche ; edited by Raymond Geuss and Ronald Speirs ; translated by Ronald Speirs Cambridge, U.K.（New York: Cambridge University Press, 1999）。

156. Nietzsche,Friedrich. Zur Genealogie der Moral, Samtliche Werke Bd.5.（Berlin/New York：Walter de Gruyter,1980）。

四、論文、期刊

1. 《辭與物：易傳釋物的秩序》，李霖生，（國立臺灣大學哲學研究所博士論文，1996 年）。

2. 〈杜詩製題〉，汪中，（收錄於《唐代文學研究》第三輯，廣西師範大學 1994 年 6 月）。

3. 〈六祖慧能的禪學與中華文化〉，羅宗濤，（《中華文化復興月刊》十二卷九期）。

4. 〈四傑三李之夢〉，羅宗濤，（收錄於《第二屆國際唐代學術會議論文集》文津出版社，1993 年 6 月）。

5. 〈唐人詠雲詩試探〉，羅宗濤，（收錄於《第三屆中國唐代文化學術研討論會論文集》臺北：中國唐代學會，1996 年）。

6.　〈輞川集中王維、裴迪詩作異同之探討〉，羅宗濤，（收錄於《中國文學史暨文學批評學術研討會論文集》臺北：政治大學中文系，1996年）。

7.　〈論杜詩的聲音意象與其心理意涵〉，侯迺慧，（第四屆中國詩學會議論文集，國立彰化師範大學國文系編印，1998年）。

8.　〈杜甫詩中的碧海鯨魚意象〉，廖美玉，（第四屆中國詩學會議論文集，國立彰化師範大學國文系編印，1998年）。

9.　〈唐詩意象研究（I）〉，蕭麗華，（行政院國家科學委員會研究計畫成果報告，1998年）。